Diogenes Taschenbuch 21739

de
te
be

Friedrich Glauser

Gourrama

Ein Roman aus der Fremdenlegion

Diogenes

Erstdruck 1937/38
in der Zürcher Wochenschrift ABC
Diese Ausgabe bringt den vollständigen Text
der 1940 im Schweizer Druck- und Verlagshaus erschienenen
Erstausgabe; sie wurde um ein Inhaltsverzeichnis ergänzt
Umschlagfoto von Lotfi Rachidi, Marrakesch

Veröffentlicht als Diogenes Taschenbuch, 1989

100/89/43/1
ISBN 3 257 21739 0

Inhalt

Alltag

La solitude bleue et stérile a frémi…
Mallarmé, *Don du poème*

1. Kapitel

Der vierzehnte Juli

Nur noch zwei Kilometer«, sagte der alte Kainz. »Du kannst schon den Turm vom Posten sehn ... Jetzt! Schau! Dort, wo's blitzt, liegt das Zimmer vom Alten.«

Er hielt sich am Steigbügel fest und keuchte, denn er war alt.

»Wüllst net du jetzt reiten?« fragte Todd, während er sich den Schweiß aus den spärlichen Barthaaren wischte. – »Na, na!« Kainz schüttelte den vertrockneten Kopf und fuhr mit seinem Nastuch unter den Tropenhelm. Es war erst neun Uhr morgens, aber die Sonne brannte schon heiß. Die dritte Sektion der 2. Compagnie montée vom 3. Fremdenregiment hatte ein Detachement von zwanzig Mann, das aus Algerien zur Verstärkung gekommen war, von Atchana abgeholt. Die Truppe marschierte nach Gourrama zurück, einem kleinen Posten im südlichen Marokko.

Grau war die Ebene und tiefe Gräben zerteilten sie. Die Ränder fielen steil ab, und es sah aus, als habe Hitze und Trockenheit die Erde auf weite Strecken gespalten. Aber im Winter flossen in den Spalten Bäche – herab von den Bergen aus rotem Stein, die fern in der Sonne flimmerten. Und im Osten, hinter ihnen, bauten sich die Schneegipfel des Hohen Atlas auf, weißblendend wie glühendes Silber, gegen den dunkelblauen Himmel.

An der Spitze der Kolonne ritt Sergeant Hassa, ein Böhme mit falschen Augen, der in Colomb-Béchar das Kommando über die »Neuen« übernommen hatte. Freiwillige für Marokko aus Saida, Le Kreider, Bel-Abbès. Hassa selbst kam mit zwei Korporalen und drei Mann aus Géryville. Neben Hassa ritt der Adjutant Cattaneo, Befehlshaber der dritten Sektion, ein Piemonteser, der im aufgedunsenen Gesicht einen graugesprenkelten Schnurrbart trug; seine Haut hatte der Schnaps blau gefärbt – außerdem war er ein Analphabet, und nur mit großer Mühe gelang es ihm, seinen Namen zu unterzeichnen. Aber stets fand er Freiwillige genug, die ihm seine Rapporte schrieben, denn er war gefürchtet ob seiner Grobheit. Wie viele Ungebildete, denen unerwartet Macht zuteil wird, liebte er es, belehrende Vorträge zu halten. Und er war froh, daß Sergeant Hassa ein aufmerksamer Zuhörer war.

Adjutant Cattaneo erzählte von den Zuständen in der zweiten Compagnie montée. Capitaine Chabert führe sie, ein ruhiger, anständiger Mann, der jedoch nicht viel auf Disziplin halte. Mit den Unteroffizieren sei sein Benehmen manchmal unter jeder Kritik – unter jeder Kritik –, denn er gebe immer dem gemeinen Manne recht. Dann wurde die Stimme giftig, denn nun wurde Leutnant Lartigue durchgehechelt. Ein hocheleganter Herr sei dies – un moossiööö! – der sich viel mit Büchern beschäftige, ja, diese Bücher sogar lese! Und elegant sei dieser Herr Leutnant! Fünf weiße Uniformen besitze er und drei khakifarbene! Zum Zeitvertreib –, denn anders könne man wohl seine militärische Tätigkeit kaum nennen – befehlige er die Sektion der Maschinengewehre. Ein Herr, der den Größenwahn habe! Weiter sei über ihn wohl nichts zu sagen... Hassa nickte zu diesen Eröffnungen und sein Lächeln hatte die richtige Nuance der Untertänigkeit.

Nun kam ein anderer Mann an die Reihe, der, obwohl Korporal, doch eine gewisse Rolle in der Kompagnie zu spielen schien. Lös heiße dieses Individuum, sagte der Fuhrmann aus dem Piemont –, denn dieses ehrliche Handwerk hatte Cattaneo betrieben, bevor er es zu einem kleinen Tyrannen in einem Söldnerheere gebracht hatte. Was diesen Korporal Lös angehe, so habe er vor zwei Monaten die Administration vom Sergeanten Sitnikoff übernommen. Und das Merkwürdige an dieser Verpflegung – an dieser Administration – sei, daß sie nicht eigentlich dem Kommandanten der Kompagnie, dem Capitaine Chabert, unterstehe, sondern dem Intendanzbüro in Bou-Denib. Bitter fuhr der Adjutant fort, sich über das Individuum Lös zu beklagen. Ihm, seinem Vorgesetzten –, denn es sei doch klar, daß dem Range nach ein Adjutant höher stünde als ein Korporal –, ihm also, seinem Adjutanten, habe dieser Lös den Morgenschnaps verweigert! ... Und dabei lagerten in der Administration mindestens fünf Fäßlein zu je dreihundert Liter! Fünf Fäßlein! ... Kartoffelschnaps! ... Wie wohl tat es dem Adjutanten, seinen Grimm über diesen Administrationskorporal Lös auszuspucken! Und wie wohl taten ihm die Bestätigungen von einem Untergebenen! Sie hoben das Selbstbewußtsein, hoben es derart, daß Cattaneo seinen Wallach Trésor mit den Sporen kitzelte – das Roß griff aus und Hassas gemütliches Maultier folgte dem leichten Trab kopfschüttelnd, schnaufend und unwillig...

Die weißen Mauern des Postens waren schon nah und glitzerten in der Sonne wie Firnschnee.

»Ein paar anständige Leut' gibt's schon bei uns«, meinte der alte Kainz hinauf zum Reitenden, denn auch er fühlte sich verpflichtet, den neuen Freund aufzuklären ... Sie verstanden sich gut, denn sie waren beide Wiener. Das hatten sie gleich festgestellt. »Der Chabert – das is der Capitaine, der schaut auf uns. Prison und Kriegsgericht –, das kennen mir net. Wenn einer beispülsweis an Rausch hat, so muß er ihn in der Zellen ausschlafen. Und dann laßt ihn der Alt' wieder springen. Dann ham mer noch den Leitnant Lartigue, an feinen Menschen! Groß, fest! Der nimmt dir a Mitraillös mitsamt dem Dreifuß auf eine Hand und stemmt's mit ausgestrecktem Arm; aber Fieber hat er halt immer! Des is schod! Aber wenn du einmal kane Spreizen mehr hast, so gehst einfach zu ihm. Dann schenkt er dir zwei oder drei Packerln ... Ja ...!«

Todd verstand die Anspielung. Die algerischen Zigaretten, die »Job« waren rar in Marokko ... Darum suchte er in seiner Tasche, fand ein angebrochenes Paket und reichte es dem alten Kainz. »Na, na ... Geh weg ... Sei stad! So hab i's net g'meint! I hab noch genug zum Rauchen, und mein Korporal gibt mir, wenn ich brauche ...« In der Verlegenheit verfiel er in ein komisches Hochdeutsch. Doch da Todd nicht nachgab, nahm er die Zigaretten doch an.

»Gut! Wenn d'es wüllst ... Aber ich revangschier mi dann. Heut am Abend kommst mit mir in die Administration, es is eh vierzehnter Juli – und dann stell i di meim Korporal vor, dem Lös. Der wird dir g'folln ... Weißt, i bin in der Administration Fleischhauer ...«

»Tränken!« rief der Adjutant, denn die Truppe kreuzte einen Einschnitt, auf dessen Grunde ein spärlicher Bach sickerte. Verkrümmte Oleanderbüsche säumten seine Ufer ein. Die Tiere schwärmten aus, senkten den Kopf, während die Reiter sich nach hinten lehnen mußten, weit zurück, um nicht abzurutschen. Dann hoben die Esel wieder ihre Schnauzen, und die Wasserfäden, die von ihren Mäulern hingen, schillerten in allen Regenbogenfarben...

Während das Detachement im Gänsemarsch weiterzog (vorn die Fußgänger, dann die Reiter), fragte Cattaneo:

»Und wie sind die Leute, die Sie mitgebracht haben?«

»Die meisten kenne ich zu wenig.« Hassas Französisch war gut, denn er diente schon seit sechs Jahren. »Ich habe sie erst in Colomb-Béchar übernommen. Aber von denen, die sich in Géryville gemeldet haben, kann ich wenig Gutes berichten. Meistens Kranke, und der Capitaine war froh, sie abzuschieben...«

»Die will ich in meine Sektion«, unterbrach der Adjutant. »Die werd' ich mir kaufen! Ich kenn' nämlich keine Kranken und will sie schon dressieren – die Bürschlein, die Vögelein!«

Er lächelte ein ziemlich häßliches Lachen, die Zähne unter seinem Schnurrbart waren gelb und abgefressen, und die Falten, die das Lächeln entstehen ließen, gaben dem Gesicht einen dumm-grausamen Ausdruck – bei Schwachsinnigen läßt sich ein ähnlicher beobachten. – Dann spuckte Cattaneo kunstgerecht durch eine Zahnlücke und traf das Pferd auf die Nüstern. Trésor wollte bocken, aber ein Ruck an der Kandare zwang das Roß wieder zu zitternder Untergebenheit.

Ein kahler Platz – ein richtiger Exerzierplatz. Rechts niedere Häuser mit gelbgestrichenen Lehmmauern – ein vorstehendes Gebäude war mit einer Veranda geschmückt.

»Das ist unsere Pinte«, erklärte der Adjutant. »Und die schöne Farbe, die zum Anstrich verwendet worden ist, habe ich entdeckt ... Eine Art Erde, die ganz in der Nähe zu finden ist. Schön! Finden Sie nicht?« Hassa nickte.

»Und dort«, Cattaneo wies auf ein einzelstehendes Haus, das hinter der roten Mauer, die es umgab, kaum zu sehen war, »das ist unser Kloster! Hahahaha!« Er ließ sein Lachen scheppern, zog die Luft geräuschvoll ein und begann es dann von neuem ... Hassa stimmte devot ein. »Jaja, Sie werden es nicht glauben! Schöne Weiber haben wir hier! Zehn für zweihundertfünfzig Mann – ohne die durchziehenden Truppen zu zählen. Glauben Sie mir das, mein lieber Sergeant – wie war doch Ihr Name? – Hassa! Ganz richtig! Mein lieber Hassa! – Natürlich, diese Weiber sind nur da für die Mannschaft. Wir (es lag eine Welt von Hochmut in dem »wir«), wir Offiziere haben unsere Frauen hier im Dorf (er wies auf die paar Lehmbaracken), die Sergeanten auch, wenn sie es nicht vorziehen, sich eine nette Ordonnanz auszusuchen.« Er verschluckte sich und mußte lange husten. Schweratmend fuhr er fort: »Ich sage Ihnen, Sergeant, diese Weiber! Vergiftet sind sie bis in die Knochen! Zwar kommt der ›Toubib‹ (und ich brauche Ihnen wohl nicht zu erklären, daß wir den Arzt hier ›Toubib‹ nennen) von Rich, um sie zu untersuchen. Aber was nützt das? Sie kümmern sich den Teufel drum, ob sie konsigniert sind oder nicht. Wenn sie nur Geld einnehmen! Und die Alte, die das B. M. C. führt ...«

»B. M. C.?« unterbrach Hassa fragend.

»Man könnte meinen, Sie seien ein Neuling, lieber Hassa. Ah, Sie haben nur Tonkin gemacht? Dann, ja dann ... Nun das B. M. C. ist das ›Bordel militaire de campagne‹. Untersteht der französischen Administration, auf Marsch werden ihm Zelte und Saumtiere zur Verfügung gestellt. B. M .C. Kürzer könnte man es nicht benennen ... Die Alte war seinerzeit die Freundin des Sergeanten, der vor dem Vorgänger jenes Lös die Administration führte. Ein dickes Weib! ... Aber Liebe macht blind – sagt man nicht so? Der Sergeant nannte die Alte: ›Mutatschu Guelbi!‹ – ›Mein kleines Herz!‹ Prächtig, nicht wahr?«

Der alte Kainz zeigte auf einen Bau, links am Rande des großen Platzes – Feigenbäume wuchsen hinter seinen Mauern. Der Bau glich in der Form dem Posten – nur war er kleiner und nicht von drei Reihen Stacheldraht umgeben. »Schau«, sagte der Metzger. »Das dort ist das ›bureau arabe‹. – Dort darf sich der Bicot über uns beschweren ...« Ein Trupp grauer Kapuzenmäntel flatterte aus dem Tor, zerstreute, ballte sich dann wieder zu einer festen Masse ... Vor ihr spazierte ein schlanker Mann hin und her, barhaupt, aber die schwarzblauen Haare wirkten wie ein stählerner Kettenhelm.

»Das is der Capitaine Materne«, sagte Kainz. »Auch ein Bicot... Ein Araber... Sein Vater soll Scheich gewesen sein in der Gegend von Rabat – und reich is er a, der Materne... Weißt, unser Alter muß ihm folgen, denn der Materne is Platzkommandant–. Die grauen Leit hinter ihm – des san Maghzen; die wern aufbotten ›zu Aufklärungsdiensten‹, wenn mir unterwegs san ... Aber der Materne zahlt sie schlecht. Darum muß er si mit eana streiten. Aber ihm kann nix passieren. Denn in dem Bau dort liegen no Gums – marokkanische Kavallerie – aber eigentlich folgen's nur ihrem Sultan in Fez. Das is auch so a G'schicht, wo niemand sich auskennt. Mir kommen gut aus mit die Gums – denn unser Korporal, der Lös, der gibt eane guets G'wicht. – Das Häuserl, das du dort siehst, is das Schlachthaus. Da geh i jeden Morgen meine acht Schaf abstechen ... Was für Viecher! Haut und Knochen! I sag dir: zwölf Kilo Lebendgewicht. Und Würm in der Leber! So groß!« Kainz streckte den Zeigefinger aus.

Vor dem Eingangstor war in die drei Reihen Stacheldraht eine Öffnung geschnitten. Aber an der Seite standen Gestelle, ebenfalls mit Stacheldraht überzogen, die genau in die Öffnung paßten. An der Mauerecke, die dem Eingang am nächsten war, drohte das Rohr einer Kanone gegen die Berge im Süden, und dort war der Himmel hell. »Die große Sahara ...!« murmelte der alte Kainz noch mit zahnlosem Mund und sprach das Wort wie den bekannten jüdischen Vornamen aus. Dann ließ er Todd absteigen, nahm das Maultier am Halfter und folgte den andern zum Park.

Furchtsam drängten sich die Neuen zu einem Häuflein zusammen, mitten im Hof, den vier niedere Baracken einsäumten. Der Adjutant hatte sich unter einem vorspringenden Dächlein einen schattigen Platz ausgesucht und saß dort mit hochgezogenen Knien, die Hände auf den Schienbeinen gefaltet. Hassa flüsterte aufgeregt auf den buckligen Sergeanten Schützendorf ein, der schmierig aussah. An seinem Uniformrock fehlten Knöpfe, und seine Wangen waren unrasiert. Er kam aus Saida.

Plötzlich rollte um die Ecke der einen Baracke eine khakifarbene Kugel, die viel Staub aufwirbelte. Etwas schien ihren Lauf zu hemmen, denn sie hielt an und war ein kleiner, sehr kleiner und dicker Mann mit zerknitterter Uniform. Die Policemütze, ohne Schirm, aus dickem, resedagrünen Stoff, war tief über den Kopf gezogen. Die Wangen sahen aus wie rote Polster aus einem Puppenbett... Der Adjutant stand gemütlich auf, und sein Kommando: »Auf zwei Reihen!« klang mehr wie eine im Gesprächston gegebene Aufforderung. »Garde à...«, sagte er noch, aber das »vous« mußte er verschlucken, denn die dicke Gestalt winkte ab mit müder Gebärde. Die Neuen betrachteten verwundert den Mann, der mit seinen kurzen Armen eine kreisförmige Bewegung beschrieb. Sie sammelten sich, und ihr Geflüster raschelte.

»Ich bin«, sagte der Unscheinbare, »euer Capitaine, meine Kleinen. Seid ihr gut gereist? Ja?« Erstaunte, fragende Blicke kreuzten sich. Wollte sich der Mann einen Spaß erlauben? Einen solchen Ton war man in der Legion nicht gewohnt. Als alle stumm blieben: »Ich möchte gern eine Antwort! Seid ihr gut gereist? Habt ihr eine Klage vorzubringen? Redet nur ruhig. Oder, wenn einer von euch nicht öffentlich reden will, so mag er sich melden und nachher zu mir ins Büro kommen. Ich bin da, um euch zu eurem Recht zu verhelfen. Nun, nochmals, seid ihr gut gereist?«

Zögernd, im Chor, die Antwort »Oui, mon capitaine.«

»So ist's recht. Ich merke, ihr müßt euch zuerst an meine Art gewöhnen... In Algerien, denk' ich, hat man euch nur angeschnauzt und sich dann nicht weiter um euch gekümmert. Nun, hier bei mir im Posten, ist das anders. Ich fühle mich verantwortlich für euch alle, ja für alle...« Wieder die kreisförmige Bewegung mit den Ärmchen. »Ihr sollt es gut haben hier. Wenn ihr euch Frankreichs Fahne verpflichtet habt, so sollen wir, eure Vorgesetzten, als Vertreter der großen Republik, euch Dank wissen dafür. Jawohl... Nun, heute habt ihr frei – ihr und meine Kompagnie.. (das Wort »meine« unterstrich der Capitaine mit stolzer Betonung und Gebärde)... Meine Kompagnie und ihr habt heute frei – der 14. Juli ist ein festlicher Tag, und feierlich wollen wir seinen Abend begehen. Was für ein Tag es ist – heut abend werd ich's euch erklären. Morgen wird der Chef eure Effekten nachsehen – jetzt könnt ihr abtreten.«

Er fuhr mit seiner feisten Hand ganz scharf zur Stirne, die versteckt war unter dem resedagrünen Stoff der Policemütze – aber weder auf ihr noch auf den Ärmeln glänzten die drei goldenen Borten seines Grades. Und dieser ungewohnt korrekte Gruß (in Algerien hatten gewöhnlich die zwei Finger eines Offiziers Mühe, sich in Schulterhöhe zu heben) schien die Zuhörer des kleinen, unscheinbaren Mannes zu begeistern. Es knallten die Absätze, als sie aneinanderprallten, gestreckt fuhren die Hände zu den Korkhelmen und blieben dort, die Handfläche nach außen.

Capitaine Chabert aber trollte sich wieder, ohne den Adjutanten beachtet zu haben.

Die Leitung des abendlichen Festes hatte Sergeant Baguelin übernommen, ein rothaariger Südfranzose, dessen zarte, mit viel Sommersprossen übersäte Haut die Sonne auch nach sechs Monaten noch nicht hatte braun brennen wollen. Er gehörte nicht der Fremdenlegion an, sondern der Kolonialtruppe, besorgte die Post und bediente das Telephon.

Mit Sergeant Hühnerwald von der Cooperative und Korporal Dunoyer (16 Dienstjahre, davon zwölf in den »Travaux publics«) hatte er am Nachmittag die Baracke der Mitrailleusensektion ausgeräumt und die Bühne auf zehn Fässern aufgestellt, die Korporal Lös von der Administration geliehen hatte. Wenig Sitzgelegenheiten: ein paar alte Feldbetten, deren Füße mit Draht befestigt waren. In der ersten Reihe standen drei wirkliche Stühle...

Die Vorstellung begann nach dem Nachtessen, das überaus reichlich gewesen war. Vier Mundharmonikabläser eröffneten das Programm: sie spielten die Marseillaise und stampften dazu im Takt über die Bretter, die sich in der Mitte bogen. Die Zuschauer hatten sich erhoben, der Capitaine sang laut mit, einige brummten die Melodie, die andern standen schweigend und gelangweilt, mit gefalteten Händen, wie in der Kirche. Dann traten die Spieler ab, und alles ließ sich wieder nieder. Die Feldbetten aber konnten das schwere Gewicht nicht tragen, sie brachen zusammen, worauf sich die Versammlung verpflichtet fühlte, ein lautes Lachen erschallen zu lassen. Auch der Capitaine, bequem zurückgelehnt auf seinem Stuhl, ließ ein überzeugtes Wiehern hören. Er hatte in der ersten Reihe Platz genommen. Rechts von ihm hockte seine Ordonnanz, der ungarische Kommunist Samotadji, dessen blonder Bart am Gürtel spitz auslief; links saß der Korporal Hans Lös mit verschränkten Beinen, in einer Stellung, die er vom Scheich des nahen Dorfes gelernt hatte. In weitem Halbkreis umgaben den Capitaine noch etwa zwanzig Mann, als eine Art Leibgarde, und unter dieser befand sich ein einziger Gradierter, eben jener Korporal Lös. Die Vorliebe des Capitaines für den gemeinen Mann war allzu bekannt. Er trug noch immer seinen verwaschenen Khakianzug, der nirgends die drei goldenen Streifen seines Grades sehen ließ.

Aus seinem wohlausgestatteten Zimmer hatte Peschke, Leutnant Lartigues Ordonnanz, einen Klubsessel geschleppt, in dem der Leutnant mit langausgestrecken Beinen lag. Die weiße, gut gebügelte Uniform ließ seine massigen Glieder noch dicker erscheinen. Sein blondes Haar zitterte im Luftzug über der gelben Rundung seiner Stirne; Müdigkeit hatte rund um die Augen und um die trockenen, weißlichen Lippen Falten eingegraben. Am Morgen hatte er einen Fieberanfall gehabt und darum zwei Gramm Chinin geschluckt. Außerdem hatte ihm seine kleine arabische Freundin draußen im Dorf einen Aufguß von Hanfblättern bereitet. Deshalb glänzten seine stark vorgewölbten Augen im Flimmern der vielen Kerzen, die rings an den Wänden auf kleinen Holzbrettern brannten. Nur vorn an der Bühne waren Karbidlampen aufgestellt, deren Pfeifen in der bisweilen einsetzenden Stille deutlich zu hören waren. In einer Ecke, auch in der ersten Reihe, saßen, wie auf einer Insel, voneinander wie durch eine gläserne Wand getrennt, Leutnant Mauriot und Adjutant Cattaneo. Leutnant Mauriot, dessen glattes Bubengesicht vergebens versuchte, sich in verächtliche Falten zu legen – zu gespannt und jung war noch seine braune Haut – und des Adjutanten versoffenes Gesicht, das im gelben Licht grünlich leuchtete, wie das Gesicht eines Ertrunkenen, waren trotz dem Platzmangel von einem kleinen, leeren Raum umgeben, der unübersteigbar schien. Von Zeit zu Zeit warf Leutnant Lartigue aus seinen Kugelaugen einen spöttischen Blick nach den beiden, und ein andauerndes inneres Gelächter, das sich nicht entladen konnte, durchschüttelte seinen Körper.

Endlich, nach einer langen Pause, erschien Sergeant Baguelin auf der Bühne. Um seine knochige Hüften hatte er ein buntes Tuch gewunden, und um den nackten Oberkörper, in der Höhe der Brustwarzen, ein gepolstertes Bändchen geknüpft, das wohl einen Büstenhalter vorstellen sollte. Eckig, mit den Hüften pendelnd kreuzte er über die Bretter, wobei die hölzernen Absätze, die er an seine Tuchschuhe geleimt hatte, im Steptakt klappten. Er sang mit hoher Stimme:

»Et puis si par hasard,
Tu voyais ma tante ...«

Dazu zwinkerte er. Das Wort »Tante« löste ein lautes Brüllen aus. Chabert beugte sich zu Lös, klopfte ihm auf die Schulter und kniff das linke Auge zu. Lös fühlte sich geschmeichelt; er war der einzige Unteroffizier, dem der Capitaine Freundschaft bewies, wahrscheinlich weil er kein Kommando hatte.

Leutnant Lartigues Gesicht war naß. Das endlich ausgelöste Gelächter hatte einen Schweißausbruch zur Folge gehabt, und seine Haare waren strähnig geworden. Sein Gesicht schien nun eingefallen, alt und durchfurcht, der Nasenknochen trat deutlich hervor, schmal und spitz, unter der dünnen Haut.

Aber der Lärm verstummte plötzlich, und eine schier ehrfurchtsvolle Stille legte sich auf die Köpfe der vielen, die wie abgelöste Kugeln auf der dunstigen Luft schwammen. Eine Frauengestalt stand auf der Bühne, in einem einfachen braunen Kleid, das von den Schultern geradlinig herabfiel. Die Haut, von einem warmen Braun, war wenig heller nur als die Augen, die ruhig und ein bißchen matt in die Ferne sahen.

Erst stand die Gestalt reglos und ließ die Arme entspannt herabhängen. Der Scheitel, der ihr dunkles Haar auf der rechten Seite teilte, war ein sehr weißer Strich, das einzige Weiße an der Erscheinung. Und sie begann zu singen, in deutscher Sprache, ohne merkliche Bewegung, nur der Kopf schwankte sanft auf langem Halse im Takte der Melodie:

»Wir sind die Dollarprinzessen,
Mädchen aus lauter Gold.«

Deutlich war die Wirkung des Gesanges in der schweren Stummheit; die gespannten Körper der Lauschenden füllten den Raum mit einer harten Sehnsucht, und die Seufzer, die laut wurden, rissen bunte Fetzen aus den vielen Vergangenheiten und warfen sie in die Baracke, die umgeben war von einer hellen Nacht, einer fremden und feindlichen.

Als sie geendet hatte, verbeugte sich die Frauengestalt leicht und bescheiden, und hielt dabei die Hände in ihrem Schoß gefaltet. Nun schwoll Klatschen an und Füßegetrampel, immer stärker wurde der Lärm. Pfiffe zerschnitten ihn und begeisterte Schreie; all dies schien die Gestalt nicht zu berühren. Sie verbeugte sich noch einmal und ging dann ab, mit leicht wiegenden Schritten. Aber der Beifall rief sie noch einmal hervor. Mit gut gespieltem Zögern betrat sie die Bretter von neuem, verneigte sich, streckte beschwichtigend die flache Hand aus. Der Lärm brach ab.

Die gleiche Stimme, leise, farblos, ein wenig belegt, so, als müsse sie sich durch einen dünnen Stoff durcharbeiten, begann wieder zu singen: das gleiche Lied. So, ohne jegliche Begleitung, einzig getragen von ihrer eigenen Schwäche und unterstützt von den spärlichen Bewegungen des Kopfes, drang sie doch bis in die hinterste Ecke. Aber die braunen Augen verschmähten es, all die Blicke aufzufangen, die sich wie in einem Knotenpunkt auf ihrem Gesicht trafen. Sie waren in die Ferne gerichtet, sahen wohl nichts, enthielten weder Sehnsucht noch Erinnerung.

Als sie geendet hatte, beugte sich Chabert zu Lös. Recht anzüglich ließ er das linke Lid einige Male über das Auge klappen und meinte dann: »Hä, Lös, das wäre wohl was für diese Nacht, meinst du nicht, mein Kleiner?«

Lös schreckte auf und wunderte sich über die Sehnsucht, die ihn langgezogen seufzen ließ. Dann zuckte er mit den Achseln.

»Das ist ja nur Patschuli, mon capitaine, und der ist schon so gut wie verheiratet.«

»Verheiratet, haha, verheiratet. Hören Sie doch, Lartigue, was der kleine Lös mir da erzählt.« Der Capitaine beugte sich zum erschöpften Leutnant, um ihm hinter dem Handrücken den guten Witz zu erzählen. Aber Lartigues spröde Lippen blieben fest geschlossen, kein Lächeln vermochte sie zu biegen. Er schien taub zu sein, und der Capitaine wandte sich wieder der Bühne zu.

Dort trat soeben ein sonderbares Wesen auf. Es schien auf einem Schiebkarren einen andern vor sich her zu fahren. Aber bei aufmerksamem Hinschauen erkannte man, daß der Mann den Oberkörper einer Puppe auf den Rükken geschnallt trug, die in seinen lebenden Beinen auszugehen schien, während ein Paar ausgestopfte Hosen auf dem Schiebkarren mit dem Oberkörper des Mannes verbunden waren. Das Ganze sah grob und grausam aus, die Züge der Puppe waren wild bemalt, sie zeigte scharfe Holzzähne und schlenkerte erschreckend mit den toten Armen. Der Mann selbst hatte auch sein Gesicht ganz weiß angemalt, mit schwarzen Kohlefurchen die Schatten nachgezogen, die durch die Wangen liefen und durch die Stirn, und der große, blutige Mund zog sich bis zu den Ohren. Niemand erkannte zuerst das furchtbare Doppelgeschöpf, bis schließlich einer, der Bescheid wußte, flüsternd die Aufklärung weitergab: »Das ist der Hühnerwald.«

Capitaine Chabert bearbeitete ununterbrochen seine Schenkel mit den Händen, er hüpfte auf seinem Stuhl und konnte nicht aufhören mit »Ah« und »Oh« und »épatant«. Selbst der Adjutant schien aus seiner Starrheit zu erwachen, ein lautes befriedigendes Grunzen ließ seine langen Schnurrbarthaare zittern.

»Enfin, j'ai une auto
Et j'y promène ma femme.«

sang oben das weiße Gesicht und stieß den Schiebkarren über die holprigen Bretter.

Als er nach einigen Reigen verschwunden war, erschienen wieder die vier Mundharmonikabläser; sie spielten nun den Sambre-et-Meuse-Marsch, traten dann ab, und Capitaine Chabert bestieg die Bühne. Breitbeinig stand er oben und winkte Lös und den Sergeanten Sitnikoff zu sich herauf. Er wirkte klein und unscheinbar zwischen seinen beiden Untergebenen. Mit zu kurz geratenen Bewegungen erzählte er von der Erstürmung der Bastille, sprach von der Freiheit, die Frankreichs Volk über ganz Europa gebreitet habe. Auch im vergangenen Krieg sei sein Blut für die Befreiung der Menschheit geflossen, und nun folge es weiter seinen edlen Traditionen, wenn es den Flüchtlingen aller Nationen ein Asyl gewähre gegen die Verfolgungen ihrer Regierungen: den Russen gegen die bolschewistische Diktatur, den Deutschen gegen die Reaktion. Frankreich genüge es, zu wissen, daß alle treu zu seiner Ehre stünden, die es aufgerichtet habe vor mehr als hundert Jahren: die Tricolore. Ob Sozialist, Kommunist oder Royalist, ob Verbrecher oder Unglücklicher, Frankreich frage nur nach Tapferkeit und Treue. Und diese Eigenschaften seien stets hochgehalten worden in der Legion.

»So«, sagte Capitaine Chabert und wandte sich zu seinen Begleitern, »nun erzählt ihr meine Geschichte in eurer Sprache, damit alle etwas davon haben.« Damit vergrub er seine Hände in den Taschen seiner verknitterten Hose und lauschte mit gekniffenen Augen den fremden Lauten, die den Mündern seiner Genossen entströmten.

Leutnant Lartigue suchte verschlafen nach Peschke, um

sich heimführen zu lassen. Er fühlte sich allzu unsicher auf den Beinen. Und da er seine Ordonnanz nicht fand, winkte er Lös zu sich heran.

»Lös«, sagte er, »der Alte hat gut reden. Asyl! Lächerlich. Parlamentarierschlagworte. Und den armen Leuten spricht er von einer neuen Heimat. Ich bitte Sie! Nun ja, der Alte behandelt sie gut, aber... Na, im Grunde geht mich ja die ganze Sache nichts an.« Er seufzte laut, denn er mußte daran denken, daß er diese Nacht wohl würde allein schlafen müssen. Er war heute nicht stark genug, um seine kleine Freundin unter dem lang herabfallenden Mantel am grinsenden Wachtposten vorbeizuschleppen. Offen konnte er sie nicht in den Posten führen. Der Alte würde sich allzusehr aufregen: Anstand mußte gewahrt bleiben. Lös hatte sich auf die Armstütze des Stuhles gesetzt. Die schwere Hand des Leutnants legte sich auf seine Schulter: »Hören Sie, bringen Sie mir doch heute abend noch einen halben Liter Schnaps. Sie verstehen doch? Ich könnte ja in der Cooperative kaufen, aber dort gibt es nur edlen, den man fast Likör nennen müßte. Während Ihr Schnaps so durchaus gemein und giftig ist, daß er mein anständiges Gemüt erquickt. Auch habe ich die drei letzten Nummern der »Nouvelle Revue Française« erhalten. Sie stehen zu Ihrer Verfügung, zusammen mit ein paar allerneuesten Schmökern. Übrigens, große bittere Neuigkeit: Proust ist gestorben.« Des Leutnants Stimme klang traurig, fast, als habe er den Tod eines sehr nahen Freundes erfahren. »Ich habe ein Bild von ihm.« Lartigue schloß Daumen und Ringfinger zu einem Kreis und zerschnitt damit die Luft in kleine Zylinder. »Darauf sieht er aus wie eine weiße, dicke Spinne, die irgendwo in einem verdunkelten Raume sitzt und die schillernden Fliegen des Klatsches in silberne Fäden einspinnt.« Er schnalzte leise mit der Zunge, als sei er vom Geschmack seines Satzes richtig entzückt.

»Proust ist also tot?« wiederholte Lös, und auch seine Stimme klang traurig, denn ein Stück Vergangenheit flog an seinen Augen vorbei: eine Bank am See, ein weicher Wind, der mit den Blättern der Bäume spielt. Er liest die Geschichte Swanns, die ihn tröstet, irgendwie, weil er selbst gerade eifersüchtig ist. Vor drei Jahren war dies. Was ist nur seither geschehen, daß er hier in einem kleinen Posten sitzt, daß er den Liebenswürdigen spielen muß, um nur seinen Druckposten in der Verpflegung beizubehalten? Lieber nicht an Vergangenes denken! Lang sind die Nächte in dieser Verwaltung, weil der Körper den Tag über nicht genug Müdigkeit zu einem tiefen Schlaf hat aufspeichern können. Und darum sind die Nächte bisweilen angefüllt mit Verzweiflung, die sich nicht vertreiben läßt, sondern wieder kommt, wenn man sie verscheuchen möchte wie einen Fliegenschwarm. Ja, in Bel-Abbès hat er noch Angst gehabt, die fünf Jahre könnten zu schnell vergehen und er müsse wieder zurück in die Verantwortlichkeit und den Kampf, dort in Europa. Aber seit einem Jahre etwa ist diese Angst verschwunden, und nur die Sehnsucht ist geblieben: die Sehnsucht nach Städten, nach dem Asphalt der Straßen, den der Wind hobelt, nach einem Kaffeehaus, dem Klinglerquartett und vielleicht auch nach einer weißen Frau.

Lartigue hatte die Augen geschlossen, und Lös verließ ihn. Als er an der Bühne vorbeikam, hockte dort in einer Ecke die braune Frauengestalt, die vor kurzem gesungen hatte. Zerflossen war die Schminke, das Gesicht sah alt aus, mit bläulichen Schatten auf den Wangen. Die gefalteten Hände hielten die Knie umschlossen.

»Was ist los, Patschuli, bist du traurig?« fragte Lös. Patschuli hieß eigentlich Erich Laumer. Er sei Damenimitator gewesen, früher, so erzählte er. Sonst war sein Ruf sehr eindeutig in der Kompagnie.

»Wie meinen Sie, Korporal?« Patschuli versuchte beleidigt auszusehen, runzelte die Stirne und gab seinem Mund die Form eines Halbmondes.

»Verzeihen Sie mir.« Lös verbeugte sich und legte die Hand auf die Brust. »Aber vielleicht gestatten Sie mir, Sie zu einem Glase Wein einzuladen.«

»Oh«, sagte Patschuli, stand auf und schlängelte seinen Körper. »Aber Sie müssen meinen Freund auch einladen. Fritz«, rief er, »ein Herr will uns zu einem kleinen Imbiß einladen. Hältst du mit?«

Zwischen den Fässern kam gelenkig Fritz Peschke hervorgekrochen, apfelgelb das Gesicht, als sei er leberkrank, eine schwarze Locke wie ein dickes Komma mitten in der Stirn.

»Kennen sich die Herren?« flötete Patschuli und legte seine Hand auf die Schulter des Freundes. Es lag doch viel echte Zärtlichkeit in dieser Bewegung.

»Laß die Faxen«, fuhr Peschke auf, seine Hand schnappte nach den Fingern des andern und preßte sie roh zusammen.

»Nein doch, du tust mir weh.« Der Ton dieser Worte war vorwurfsvoll und die Stimme so weibisch, daß Lös ein wenig zusammenzuckte: wieder wollte ihn Sehnsucht überkommen, Sehnsucht nach etwas Unbestimmtem, nach den Zärtlichkeiten einer Frau vielleicht, die man zum Weinen gebracht hat, und mit der man dann, versöhnt, Arm in Arm, durch helle Straßen geht, an erleuchteten Schaufenstern vorbei. Kleider bewundert man dort, während Hupen und Sirenen singen und Trambahnklingeln die Begleitung spielen. Ein breiter Fluß rauscht in der Nähe.

Aus der leeren Baracke rief eine müde Stimme: »Führen Sie mich zuerst in mein Zimmer, dann können Sie meinetwegen gehen.«

Patschuli und Lös sahen zu: Mühsam erhob sich Leutnant Lartigue, stützte sich schwer auf die Schulter des Kleineren, der gerade die richtige Höhe zu haben schien, und ging schwerfällig zur Tür. In der Türe wandte er sich um: »Auf später, Lös, Sie kommen doch noch?«

Aber Peschke drängte vorwärts, und der Leutnant mußte folgen. Bevor er die Türe schloß, warf Peschke noch einen eifersüchtigen Blick auf den zurückbleibenden Freund.

Lös mußte lächeln. Und er dachte wohl an ferne Dinge, denn er knallte mit der Stirn gegen den niederen Türbalken, als er die Baracke verlassen wollte.

Draußen war die Nacht weit und hoch. Der Wind hatte mit viel feinem Sand die Wellblechdächer glattgeschmirgelt, so daß sie nun spiegeln konnten, wenn der Mond sein weiches Licht über sie legte.

Der Hof der Verpflegung war ein Quadrat mitten im Rechteck des Postens. Drei niedere Schuppen enthielten Wein und Mehl und verschiedene Nahrungsmittel. Zwei kleinere Kammern, die sich an den Weinschuppen lehnten, wurden von Lös bewohnt. In einer Ecke des Hofes erhob sich ein Turm, der höchste Bau des ganzen Postens, auf dessen flachem Dach eine Fahne wehte. Dort wohnte der Alleinherrscher, Capitaine Gaston Chabert, der mit seinem Namensvetter aus Balzac weder das tragische Schicksal noch die grausame Frau gemeinsam hatte.

Eigentlich regierte die Frau des Capitaines die ganze Kompagnie, obwohl sie in Frankreich lebte. Im Turmzimmer stand ihre Photographie auf einem kleinen Tisch. Ein volles Gesicht mit Doppelkinn und engem Mund. Sehr vorwurfsvoll und unversöhnlich blickten die Augen. Capitaine Chabert war vor dem Kriege Kassenbote in Rouen gewesen; seine Frau stammte aus einer alten Hugenottenfamilie. Der Capitaine hatte dies seiner Ordonnanz Samotadji erzählt; da aber die Ordonnanz ihre Kenntnisse des Französischen aus den Briefen der Frau Chabert bereicherte, so erfuhr die Kompagnie nach und nach von der Güte dieser fernen Frau. Milde, schrieb die Gattin, sei den Soldaten entgegenzubringen, denn Menschen seien sie und Geschöpfe Gottes; unerbittlich werde der Höchste Rechenschaft verlangen über jede Grausamkeit, über jedes zugefügte Leid. Schwere Strafen seien vorgesehen für denjenigen, der einem dieser Unglücklichen (heimatlos seien sie und bisweilen von großer Schuld bedrückt) Leid zufüge und Schmerzen, schwere Strafen auch in einem unerbittlichen Jenseits. Dies war wohl der Grund, warum Capitaine Chabert selten jemand einsperrte. Auch seine angeborene Gutmütigkeit half ihm dabei. So kam es, daß das Arrestlokal, eine schmale Zelle mit einem Zementblock zum Liegen, meist leer stand; länger als eine Nacht war diese Zelle nie besetzt. Grund der Einkerkerung war dann gewöhnlich sinnlose Betrunkenheit. Am folgenden Morgen entließ der Capitaine den Verkaterten mit väterlichen Ermahnungen: »Das nächstemal, mein Kleiner, mußt du früher zu Bett gehen. Denke daran, der Zement ist hart und kalt, und mir bereitest du Schmerz, wenn ich dich nicht auf deiner Matratze schlafen lassen darf.« Klagte jedoch ein Unteroffizier über die Unbotmäßigkeit eines Mannes, so erhielt er zur Antwort: »Du hast Fäuste, mein Kleiner, gebrauche sie. Und wenn du eine Beleidigung deiner Schnüre fürchtest, kannst du ja den Rock ausziehen.«

Lös ging über den Hof. Die weißen Mauern beschien der Mond. Er war wie eine Milchglaslampe in der hohen Decke des Himmels eingelassen. An die Mauer der Verwaltung stieß der Park, der die Schafherde umschloß. Ein Lamm weinte leise und feucht.

Als Lös die Tür zu seiner Kammer öffnete, sprang ihm Türk entgegen. Die kalte Schnauze des Hundes berührte sein Kinn. Türk stieß ein rhythmisches Bellen aus, einen langgezogenen Ton zuerst, hoch und schrill, dann zwei tiefe knurrende Laute. Türk hatte große Ähnlichkeit mit einem Dackel, nur war er größer. Vor zwei Monaten war er in die Verpflegung gekommen, abgemagert und zerzaust. Seither hatte er sich satt essen können. Nun war er dick und walzenförmig geworden. Die gebogenen Beine vermochten den schweren Körper nur mühsam zu tragen; am meisten war ihm das langsame Gehen beschwerlich. Darum machte er meist Sätze, die ihn weit über das Ziel hinaustrugen; er kroch dann auf dem Bauche zurück.

»Hör, Korporal«, sagte der alte Kainz und trat mit einem Unbekannten aus dem Schatten der Mauer. »Da ist ein

Freund von mir, der heut mit den Neuen angekommen ist. Ich kenn ihn schon von Bel-Abbès. Ist ein lieber Kerl. Und da schau, Korporal, eine echte Job noch, ich hab sie für dich aufgehoben. Da, der Todd hat sie mir geschenkt. Mit seinen letzten. Ist kein geiziger Kerl. Kannst ihm auch ein Bidon Wein spendieren.«

»So, Todd heißt du.« Es war keine Frage, eher eine Feststellung. Lös betrachtete den Neuen im Scheinwerferlicht des Mondes. Das gelbe Gesicht war knochig und lang, mit spärlichen schwarzen Härchen, die aus dem Kinn wuchsen und das Gesicht noch länger und dünner machten. Lös streckte die Hand aus, der andere legte die seine darein. Sie war kalt und trocken. Die Hände blieben lange verbunden, wenigstens schien es den beiden so.

»Bleib doch hier«, sagte Lös, »dann kannst du ein paar Leute kennen lernen. Oder mußt du zum Appell?«

Todd nickte. Er schien nicht gern zu sprechen. Die beiden setzten sich nebeneinander auf den Boden und lehnten sich gegen die Mauer der Hütte.

»Du, Kainz, bring dem Leutnant Lartigue noch einen halben Liter Schnaps. Da hast du die Schlüssel.«

Sie blieben allein und schwiegen. Lös schätzte die Schweigsamkeit des andern. Sie war sonst nicht üblich in der Legion; im ersten Ansturm mußte gleich die ganze Lebensgeschichte erledigt werden, alle waren sie Grafen, Millionäre, große Verbrecher oder Anführer, Offiziere oder Revolutionäre gewesen. Todd aber schwieg; er hatte die Arme über der Brust verschränkt, und der Mond beleuchtete seine Handgelenke, die merkwürdig geformt waren, dünn, mit riesigen Gelenkkugeln.

»Warum hast du diesen verrückten Namen gewählt: Todd?« fragte Lös. Dabei legte er zögernd die Hand auf die magere Schulter, die an seine streifte.

»Den Namen habe ich gewählt, weil ich wirklich Sehnsucht hatte nach dem Tod. Das klingt ganz blöd, ich weiß es schon. Aber du weißt vielleicht auch, wie es ausgesehen hat, drüben bei uns, in Wien besonders. Wir waren so ein paar nach dem Krieg und der Revolution. Haben nicht mehr recht gewußt, was machen. Ein wenig schieben, aber die Kabarette, wo man das Geld verplemperte, öd waren die. Und dann all die Leut', die auf der Straße umgefallen sind, weil sie nichts mehr zum Essen gehabt haben. Ganz gleichgültig war's uns auch nicht. Einer hat sich erschossen. Ich hab nur einen Scheck gefälscht, und wie sie mich packen wollten, war ich schon auf dem Bahnhof unter französischem Schutz, engagé pour la légion.« Wieder schwieg Todd und rieb seine langen Hände gegeneinander.

Vom Weinschuppen her kam ein scharfer Essiggeruch. Und dieser Geruch weckte in Lös eine Erinnerung. Er sah seinen Vater, der während des Mittagessens eigenhändig den Salat anmachte: Zwei Löffel Olivenöl, dann kommt auf den Grund des Holzlöffels eine Messerspitze Senf, die Höhlung wird mit Essig ausgefüllt, und die Holzgabel verrührt den Senf. Die braune Flüssigkeit spritzt in die Schüssel, und im warmen Zimmer verbreitet sich der Essiggeruch.

»Mich hat der Vater in die Legion geschickt«, hörte Lös sich sagen. Dabei schaute er auf die gegenüberstehende Mauer, über die das Mondlicht einen weißen Stoff gebreitet hatte, der ein Stück weit noch den Boden bedeckte. »Hingebracht sogar, bis ins Rekrutierungsbüro nach Straßburg. Weißt du, ich hab in der Schweiz gelebt und hab dort ein paar Dummheiten gemacht. Schulden und so. Und die Schweizer haben mich in eine Arbeitsanstalt stecken wollen. Liederlicher Lebenswandel. Und da bin ich zu meinem Vater nach Deutschland gefahren. Der hat mich zuerst wieder in die Schweiz schicken wollen. Und dann hat er gemeint, die Legion, das wird die Rettung sein. Und hat mir einen Paß verschafft, den er während der ganzen Reise in der Tasche behalten hat. Ja, in Mainz haben sie mich nicht nehmen wollen. Wegen den Zähnen. Und in Straßburg, beim Abschied, hat er dann geweint, der alte Mann. Ganz ehrlich geweint. Und fünfzig Franken hat er mir in die Hand gedrückt. Ja. Das war schon besser als die Tränen. Zum Korporal hab ich's ja gebracht. Höher langt's nicht. Mein Alter hat immer geglaubt, ich komm als Offizier zurück.«

Eine Signalpfeife gellte in langen Trillern durch den Posten, kam näher, entfernte sich wieder. Eine rauhe Stimme rief: »Appell.«

»Du mußt jetzt gehen. Komm dann später zurück. In welcher Sektion bist du? Mitrailleuse? Das ist gut. Der Lartigue ist ein feiner Kerl.«

Lös blieb allein. Es kam ihm sonderbar vor, daß er die Wahrheit gesprochen hatte. Sonst hatte er das Beispiel der andern befolgt und mit einer erfundenen Vergangenheit geprunkt. Schweizer Offizier, Liebschaft mit einer verheirateten Frau, Entdeckung durch den Mann, Flucht. Er stand auf und holte aus einer Kammer drei Blechflaschen, die er im Weinschuppen füllen ging.

Rund und schwer standen die Achthundert-Liter-Fässer in der hellen Dunkelheit. Der Essiggeruch war so scharf, daß er den Atem verschlug. Und während Lös den Wein in Flaschen füllte, steckte der Mond durch die Ritzen des Daches weiße Stäbe und tastete mit ihnen den feuchten Boden ab.

Als er sich umwandte, sah er fünf Gestalten über den Hof kommen und ging ihnen entgegen.

2. Kapitel

Geschichten in der Nacht

Voraus schritt das Paar, aneinandergeschmiegt und wiegend. Patschulis Gesicht sah im unbarmherzigen Lichte des Mondes gedunsen und nackt aus. Es war glatt, ohne jegliche Falte. Aufreizend wirkten auch die nackte Schulter und das braune herabfallende Gewand, das die rasierten Waden entblößte bis zum Knie. Peschke trug eines der seidenen Hemden seines Leutnants, am Halse geöffnet, mit umgeschlagenem weichen Kragen, dazu Breeches und schwarze Wadenbinden.

Den beiden folgten die Korporäle Smith und Pierrard, die derart verschieden waren, daß ihr Zusammengehen komisch wirkte. Smith war ein dicker Mecklenburger mit waagrechten Schultern, auf denen ein glattgeschorener Kugelschädel saß. Die Wangen hingen in Säcken herab, zu beiden Seiten des wulstigen feuchten Mundes, über dem die Nasenlöcher sich wie riesige Höhlen öffneten. So abgeplattet war die Nase, daß sie im Profil unsichtbar blieb.

Pierrard war Belgier. Er sah groß aus neben dem kugelförmigen Smith. Über dem scharfen Gesicht standen die Haare borstig und silbern schimmernd in die Höhe. Sein Schritt war majestätisch, denn er hielt den Oberkörper mit auf dem Rücken verschränkten Armen stark nach hinten gebeugt.

Als letzter kam, mit schlenkernden Armen und Beinen, Todd.

Sie alle wurden einzeln begrüßt und ließen sich dann vor Lös' Hütte nieder. Es war der einzige Platz, der vom Fenster des Capitaines aus unsichtbar blieb. Lös füllte die Blechtassen. Andächtig wurden sie geleert. Dann schwieg die Versammlung.

Da ergriff Pierrard die Feldflasche und trank lange und ausgiebig. »Ich bin traurig heut abend«, sagte er. Seine Stimme klang heiser. Er rollte das Ende seines Schnurrbarts, zog es gedankenvoll durch den Mund und ließ die Blicke über die Gesichter der Sitzenden streifen, bis sie an Lös hängen blieben, der zwischen Patschuli und Smith saß. Dann begann Pierrard leise zu sprechen, in deutscher Sprache, die einen harten flämischen Akzent hatte. »Einmal, während des Krieges, auch an einem vierzehnten Juli, habe ich mit dem König aus derselben Flasche getrunken.« Er schwieg wieder. Der Wein schien zu wirken, das Blut drängte sich in die Haut seines Gesichtes, die Augen quollen vor zwischen den weitaufgesperrten Lidern. Der Oberkörper sank ein wenig nach vorne. Aber mit einem Ruck fuhr Pierrard wieder auf, sah sich im Kreise um. Und das Galliergesicht wurde verächtlich. Er begann zusammenhängend zu sprechen, wandte sich aber an Lös. »Ja, ich habe oft mit unserem König Albert gesprochen, denn ich war doch sein Adjutant. Capitaine war ich und habe dann eine Kompagnie geführt!« Noch einmal beobachtete er die Mienen seiner Zuhörer. Da er nur Gleichgültigkeit wahrnahm, schien ihn dies zu ärgern.

»Ihr glaubt mir wohl nicht? Aber Lös, du glaubst mir?

Haben wir uns nicht oft genug unterhalten über Racine und Goethe und Voltaire? Ha, und Latein verstehen wir auch, nicht?

> Odi et amo quare id faciam fortasse requiris.
> Nescio sed fierim sentio et excrutior.«

Er schwieg wieder und blinzelte Lös zu. Da kam aus der Dunkelheit, wo im Schatten der Mauer Todd hockte, die leise Übersetzung:

»Ich hasse und liebe, warum ich dies tue, fragst du vielleicht, ich weiß es nicht, aber daß ich's tue, fühl ich, und leide.«

Flüstern. Wer ist das? Pierrard staunte. Lös mußte lächeln. Dann faßte sich Pierrard und drückte seine Freude darüber aus, daß noch ein Gebildeter hier unter ihnen weile. Da würde er doch auf Verständnis stoßen. Lös füllte wieder die Becher, alle stießen sie mit Todd an, näherten ihre Gesichter dem seinen, das plötzlich, im hellen Lichte, uralt und mumienhaft aussah. Er nickte nur mit halbgeschlossenen Lidern und versank dann wieder in den Schatten. Pierrard goß hintereinander zwei Quarte Wein in den Hals, wischte die Tropfen von den Mundwinkeln und vom Kinn, trocknete die Hände an den Haaren und fuhr fort. Seine Stimme war laut und prahlerisch.

»Eigentlich heiße ich Löwendjoul, Baron von Löwendjoul. Und mein Großvater war Balzacs intimer Freund. Du weißt doch, wer Balzac war, Lös? Der große französische Dichter.« Er blickte starr in Lös' Gesicht. Patschuli machte sich bemerkbar. Er war die ganze Zeit mit dem Kopf auf seines Freundes Knien gelegen. Nun setzte er sich auf, meckerte höhnisch, stieß Lös in die Seite, als wolle er ihn einladen, mit in das Gelächter einzustimmen, fuhr dann Peschke mit gespreizten Fingern durch die Haare. »Tu nicht so«, rief er Pierrard zu. Der schien ihn nicht zu sehen, denn er wartete auf Lös' Antwort. Da ließ Patschuli von ihm ab, rollte sich zusammen, drückte sich gegen seinen Freund und versank wieder in Schweigen.

»Warum bist du eigentlich in die Legion gekommen.« frug Lös, um einer Antwort zu entgehen.

»In die Legion bin ich vor zwei Jahren gekommen. Warum? Das ist eine lange Geschichte. Soll ich sie erzählen? Wenn ich nur sicher wäre, daß ich euch vertrauen darf. Dir schon, Lös, und auch Smith. Aber die andern?«

Zum erstenmal öffnete Peschke den Mund. Er übertrieb noch seine Berliner Aussprache: »Von wejen mia brauchst du keene Angst nich zu haben.« »Und ich bin schweigsam wie das Grab«, bestätigte Patschuli mit geschlossenen Augen und viel Schläfrigkeit in der Stimme.

»Ich bin ja zur selben Zeit wie du nach Bel-Abbès gekommen«, sagte Pierrard. »Aber, während du in die Unteroffiziersschule eingetreten bist, hab ich mich im Hintergrunde halten müssen. Denn, wenn man mich erkannt hätte, wäre ich ausgeliefert worden. Du weißt ja, wegen Diebstahls liefert die Legion nicht aus. Aber wegen Mord ...« Pierrard ließ eine Pause eintreten und blickte Lös fest an. Der fühlte sich als Gastgeber verpflichtet, Aufmerksamkeit zu zeigen, und sah gespannt auf seines Kameraden Mund. Patschuli ließ ein hohes Kichern hören und spielte mit Peschkes Händen. Smith und Todd murmelten sich leise Bemerkungen zu, schenkten sich gegenseitig ein und stießen mit den Blechtassen an. Pierrard sprach aufgeregt weiter, mit weiten Bewegungen, als spiele er in einem Melodrama.

»Das Schloß unserer Familie liegt bei Ostende am Meer. Wir sind sehr reich und auch mit der ganzen internationalen Aristokratie bekannt. So kam es, daß ich vor dem Kriege oft zum Fürsten von Fürstenberg nach Deutschland eingeladen wurde. Und dort lernte ich meine Frau kennen. Während des Krieges wohnte meine Frau in unserem Familienschloß. Mit ihr waren dort auch englische Offiziere einquartiert. Sie selbst war eine Engländerin, eine Tochter des Lord, des Lord ...« Pierrard zögerte kaum merklich, »des Lord Chesterfield«, stieß er heraus. Er machte eine Pause, trank aus der Flasche, räusperte sich. Es klang wie das Kratzen der Nadel auf einer Grammophonplatte vor Beginn eines Stückes.

»Ja, sie liebte die Engländer mehr als die Belgier. Nach dem Waffenstillstand kam ich heim. Die englischen Offiziere reisten ab, nur ein junger Hauptmann blieb noch. Er hatte sich bei meinem Vater eingeschmeichelt, und auch meine Frau schien ihn sehr zu schätzen. Sie spielte oft mit ihm Tennis und Golf.«

»Und wie hieß dieser Hauptmann?« krächzte eine Stimme aus dem Hintergrund. Todds Gesicht erschien im Licht, auffallend war eine Zahnlücke im gespaltenen Mund.

»Der Hauptmann hieß, wie hieß der Hauptmann doch?« Pierrard dehnte die Worte. Er klammerte sich mit seinen Blicken an Lös, als wisse dieser die Antwort. »Nun, er hatte einen englischen Namen, der mir entfallen ist.«

»Einen englischen Namen, wie sonderbar. Und war englischer Offizier«, zwitscherte Patschuli und gebrauchte seine Hand als Fächer.

»Nennen wir ihn Alscott«, sagte Pierrard.

»Ja, ja, Alscott, oder Doyle, oder Smith, wollen wir ihn nicht Smith nennen? Vielleicht war ich's, obwohl ich nie Hauptmann war«, prustete Smith los, fand seinen Witz so ausgezeichnet, daß er sich auf die Schenkel klatschte, Todd anstieß, zu Lös hinüberlangte, alles Einladungen, doch endlich mitzulachen und die Komik seines Ausspruches gebührend zu würdigen.

Doch auch dieser offensichtliche Hohn schien Pierrard nicht zu stören. Er wandte sich wieder ausschließlich an Lös, der sich an dem Grinsen der anderen nicht beteiligt hatte.

»Dieser Hauptmann blieb also ein paar Monate auf unserem Schloß. Dann fuhr er fort. Nach England zurück. Meine Frau schien ihn nicht zu vermissen, sie sprach nie von ihm. Doch dann, ein Jahr war vielleicht vergangen, begann sie kleine Reisen zu unternehmen. Sie blieb nie länger als eine Woche fort. Sie erzählte mir, sie fahre zu ihrem Vater nach England, und ich erhielt auch immer Briefe von dort. Dann erzählte mir ein Fliegeroffizier, Vonzugarten hieß er« (Pierrard stieß den Namen stolz heraus, so als wolle er sagen: Seht ihr, wie gut ich mich erinnern kann), »daß er meine Frau so oft in Brüssel sehe. ›In Brüssel?‹ frage ich. ›Das ist doch nicht möglich. Ich bekomme doch immer Briefe aus Middlesex, wo Lord Chesterfield sein Landgut hat.‹ ›Ja‹, sagt Vonzugarten, ›das kann schon sein, aber ich habe sie in Brüssel getroffen, in Begleitung eines jungen Engländers. Übrigens wohnt sie immer im Splendid‹. Da bin ich hingefahren. Ich hatte so eine kleine Walterpistole, die man bequem in der Westentasche tragen kann. Sehr praktisch, sag ich euch. Man greift mit zwei Fingern in die Tasche, so, als wolle man sein Zigarettenetui herausholen. Ich bin also einmal am Morgen ins Splendid gegangen. Die beiden liegen noch im Bett, wie ich ins Zimmer trete. Und dann hab' ich sie einfach erschossen. Die Pistole hat wenig Lärm gemacht. Ich hab' noch ohne Aufsehen das Hotel verlassen können. Dann hab' ich mich in Lille anwerben lassen. Ja, in Lille. Viel gesoffen hab' ich dort und die Kameraden alle freigehalten.« Pierrard schwieg, als sei eine Feder plötzlich abgelaufen. Wieder floß der dicke Wein in die Blechtasse. Pierrard trank. Dann sog er noch gierig die Tropfen von seinem Schnurrbart, damit nichts von der kostbaren Flüssigkeit verloren gehe.

»Als ich im Ballet der Berliner Oper tanzte, im Tannhäuser, kam nach der Vorstellung immer ein Baron von Löwendjoul in meine Garderobe und machte mir Anträge. War das ein Verwandter von dir?«

Pierrard schaute mißtrauisch auf, ob der andere sich über ihn lustig mache. Aber Patschuli sah ganz ernst drein. Er stützte das Kinn auf den Handrücken, spreizte geziert den kleinen Finger und zog die Lippen zu einem kleinen dunklen Kreis zusammen.

»Ja, ich habe wohl einen Vetter, der solch unnatürlichen Neigungen frönt«, sagte Pierrard und sein Gesicht verzog sich, der Oberkörper straffte sich. Hochmütige Verachtung strahlte von ihm aus. »Ich weiß, es ist in der Legion eine alltägliche Sache, niemand regt sich mehr darüber auf. Aber mir ist sie widerlich.«

Patschuli ließ seine Blicke erst über die Gesichter der Anwesenden streifen, wohl um der Stellungnahme der anderen sicher zu sein. Die Gleichgültigkeit, die er fand, gab ihm Mut, und er ließ ein helles Lachen los, das fast natürlich klang: wohl die Frucht langer Übung. So ansteckend war dieses Lachen, daß auch die Münder der übrigen sich strafften und sie ihre Lustigkeit durch lautes Schnaufen kundgaben.

»Ha, du findest wohl, ein Doppelmord sei anständiger? Wie? Oder hast du alles nur erfunden, um uns zu imponieren?« Patschuli ging zum Angriff über. Doch Peschke war wachsam. Er fühlte sich für die Aufführung seines Freundes verantwortlich.

»Kusch«, sagte er trocken. Patschuli zog ein Mäulchen, rollte sich zusammen und schwieg einen Augenblick. Dann begann er wieder mit sanfter singender Stimme:

»Als ich beim Theater war, waren die feinsten Lebemänner meine Freunde. Ein großer englischer Dichter, Oskar Wilde hieß er«, Patschuli sprach den Namen deutsch aus, »war mein Freund. Er brachte mir immer gelbe Orchideen mit.«

Lös lachte laut.

»Der ist doch schon lange tot, Patschuli.«

»Dann war es sein Sohn.« Patschuli streckte die Hand anklagend gegen seinen Unterbrecher aus. »Es kann auch sein, daß ich den Namen verwechselt habe. Aber es war ganz bestimmt ein großer englischer Dichter. Denn er hat mir ein Buch geschenkt. Mit wunderschönen Illustrationen und einer Widmung, die ich nicht recht verstanden habe: meinem kleinen Phaethon.«

»Phaidon, Phaidon«, lachte Lös dazwischen.

»Und Phaethon ist ein Wagen«, sagte Todd aus seiner Ecke.

»Natürlich«, bestätigte Pierrard, verschränkte die Arme über der Brust und fühlte sich gerächt.

»Darauf kommt's doch nicht an«, plapperte Patschuli weiter. »Auf alle Fälle war die Frau des Dichters schwer eifersüchtig auf mich. Das glaubt ihr mir nicht?« Mitleidiges Achselzucken. »Solche Leute sind doch gewöhnlich verheiratet, und Kinder haben sie auch.«

Patschuli unterbrach sich. Eine Hand preßte seinen Nakken zusammen und Peschke fauchte: »Halt jetzt dein Maul, blamierst dich nur. Bist doch nie aus dem Tingeltangel rausgekommen.«

Aber Patschuli riß sich los. Mit hoher keifender Altweiberstimme überschüttete er seinen Freund mit ausgesuchten Schimpfworten.

Peschke blieb ruhig. Er haschte nach der flatternden Hand, bog sie gegen den Ellbogen, immer weiter, bis der andere leise wimmernd schwieg.

»Na, ich will mal was Interessantes erzählen«, er ließ Patschulis Hand los, lehnte sich zurück und stützte sich auf beide Hände. »Nach dem Krieg war das ja eine tolle Sache. Zuerst war ich mit Hasenclever im Rheinland, dann hab' ich den Putsch in München mitgemacht. Wißt ihr, 's war praktisch. Mal bei den Roten, dann beim Freikorps. Wo's eben was zu verdienen gab. Na, in München bin ich dann mit dem Koffer von 'nem Ententeoffizier abgeschoben. Die Kluft, die drin war, paßte mir tadellos. Pikfein hab' ich ausgesehen, wie ich in Berlin angekommen bin. Und Moneten hatt' ich auch. Einmal seh' ich da auf der Straße n' Mädel. Ich steig' ihr nach, sie merkt es und läßt mich rankommen. Hakt bei mir ein und führt mich in ihre Wohnung. Stellt mich dem Papa vor. War 'n Graf von Schweiditz, schwerreich, Rittergutsbesitzer. Na, der Papa sagt, wenn ich dem Mädel gefalle, soll ich nur dableiben. Schöne Nächte hab' ich mit dem Mädel gehabt. Ein Badezimmer hatte sie und Kleider!«

Er schwieg und spuckte. Ein Streichholz, das er anrieb, beleuchtete sein knochiges Gesicht und die groben knochigen Hände mit den abgenagten Nägeln. Er zog den Rauch des ersten Zuges tief in die Lungen, bevor er den anderen die Zigaretten anbot.

»Wenn man nur Koks hätte«, seufzte er.

»Oh, Koks, ja ja. Damit hab' ich einen Haufen Geld verdient.« Smith rückte vor. Seine Hände griffen mit gekrümmten Fingern in die Luft, als wolle er etwas an sich heranreißen. Ängstlich blickte er in die Runde: ob jemand ihm das Recht zu erzählen streitig machen wolle. »Ich kannte viele elegante Französinnen, Tänzerinnen aus den Music-Halls, aber ich hatte nie genug Geld, um ihnen richtig imponieren zu können.« Smith übertrieb seinen englische Akzent, wie Peschke sein Berlinerisch übertrieben hatte; diese Übertreibung war ganz natürlich. Es war ein Mittel, sich von der Masse der anderen zu unterscheiden, sich eine Persönlichkeit zuzulegen. Und wie einen Preis, wie eine Auszeichnung fast erhielt derjenige, der am besten die Redeweise, die Art eines Landes, einer Stadt zu verkörpern schien, den Namen dieses Landes, dieser Stadt. Ein Ziel war erreicht, und kein kleines, wenn man einmal »der Berliner«, »der Wiener« oder gar »der Engländer« war. Und Smith wollte schier bersten vor Stolz, als er erfuhr, daß er in der Kompagnie nicht mehr »der Schneider«, sondern »der Engländer« hieß. Schwer war es nicht gewesen. Er war der einzige, der in Großbritannien gelebt hatte und der singen konnte: »O yes, we have no bananas, we have no bananas to-day.«

»Immer ist es so, die Weiber, sie machen sich über mich lustig, weil ich kein Geld habe. Aber an einem Abend habe ich einen Chinesen getroffen in the docks. Ich war gerade traurig und hatte nichts zu tun. Auch kein Geld. Ich ging am Wasserfluß auf und ab, und jedesmal, wenn ich umkehrte, kehrt sich auch der Chinese und kommt mir entgegen. Endlich frage ich ihn, ob er etwas von mir will. O yes, sagt er, und ob ich nicht will viel Geld verdienen. Er habe mich oft mit schönen Frauen gesehen, und er habe da eine Ware, die von diesen Frauen sehr geschätzt werde. Ob ich nicht mit ihm kommen wolle? – Ich ging mit. Es konnte mir ja nichts geschehen, Geld hatte ich keines. Aber ich war doch vorsichtig und zeigte dem Tschainamann, dem Chinesen, mein leeres Portemonnaie. Er lachte nur. Dann kamen wir in einen kleinen Room, und da zeigt er mir winzige Pakete, mit einem weißen Pulver drinnen. ›Snow‹, sagte er. Das heißt Schnee. Und erklärt mir, das sei Kokain, und ob ich nicht den Vermittler spielen wolle. Die Französinnen besonders seien ganz scharf auf dies Pulver. ›O ja‹, sage ich, ›ich will es schon gern versuchen.‹ Und wieviel ich dabei verdienen könne? Nun sagt der Chinese, er verkauft mir das Gran für ein halbes Pfund, und ich könne ruhig ein ganzes dafür verlangen.« Ganz mitleidig wendete sich Smith an seine Zuhörer, um ihnen zu erklären, daß ein Pfund, er sagte »a pound«, etwa zweihundert Franken seien. Ein schönes Geld. Hier wurde er unterbrochen. Mit wütendem Kläffen fuhr Türk, der in einer Ecke verdaut hatte, auf eine helle schlanke Gestalt los, die mit wippenden Schritten über den Hof kam.

»Korporal Lös«, sagte Sergeant Sitnikoff von weitem; es wirkte wie Rufen durch die übertrieben deutliche Aussprache. »Wollen Sie einen Augenblick kommen.«

Lös erhob sich, die beiden begrüßten sich mit sehr korrekten Verbeugungen. Er komme nur fragen, ob er auch ein Glas Wein verlangen dürfe, er wolle durchaus nicht stören. Den spitzen Kopf weit vorgebeugt, mit verkniffenen Augen versuchte Sitnikoff die Anwesenden zu erkennen. Er rümpfte die Nase, als er Peschke und Patschuli erkannte. Doch auf die Versicherung Lös', die beiden würden bald verschwinden, geruhte er näherzutreten, begrüßte Smith und Pierrard mit Herablassung, schien die ausgestreckten Hände des Paares zu übersehen, ließ sich den Todd vorstellen und schüttelte diesem herzlich und lange die Hand. Dann tätschelte er Türk, der sich nicht recht beruhigen wollte und mißtrauisch die parfümierte Luft beschnupperte, die den Sergeanten umgab.

»Bitte, Korporal Smith, ich möchte Sie nicht unterbrechen.« Ein Schlenkern der schmalen Hand, die automatisch an ihren gewohnten Platz zurückkehrte, unters Kinn, um dort den Kopf zu stützen. Sergeant Sitnikoff war nur noch Aufmerksamkeit.

»Ja, von da an ist mir's gut gegangen. Die kleinen Französinnen machten alles, was ich wollte. Es sprach sich natürlich herum, daß ich ›Snow‹ hatte, und alle wollten von mir. Jeder Wunsch war sogleich erfüllt. Freibillette mit Champagnerdiners und Nächte mit den Frauen. Schöne Frauen waren es, ich sage euch.« Smiths dicke Unterlippe war mit Speichel überschwemmt, den er mit zischendem Geräusch immer wieder in den Mund sog. Sitnikoff nickte achtungsvoll, Patschuli gähnte laut, es klang wie der Liebesruf einer Katze, Peschke schnalzte verächtlich. Pierrard blinzelte dem Mond zu, der diese Familiarität einfach ignorierte.

»Hin und wieder hab ich das Zeug auch selbst probiert. Einmal hatte ich ziemlich genommen und ging hernach in ein sehr nobles Restaurant«, Smith schien plötzlich seinen englischen Akzent vergessen zu haben, aber er verbesserte sich sofort »in ein sehr distinguished Hotel . . .« (mit der Betonung auf der ersten Silbe). »Da sehe ich an einem Tisch nahe mich, eine Lady, die mich fixiert. Sie hat wohl meine glänzenden Augen bemerkt und daß ich keinen rechten Appetit habe. Sie steht auf und winkt mir, mitzukommen. Zwei Pfund hat sie mir für ein Gran geboten. Aber ich sage: ›No, my Lady, ich wünsche eine Nacht von Ihnen.‹ Ihr versteht, es hat mich gereizt. Ich, der arme Schneider und eine große, reiche Lady. Endlich war sie einverstanden. Alles machte sie, nur um eine Prise. Eine Lady.« Gedankenvoll und wie über seine Wichtigkeit erstaunt, ließ Smith seinen Kugelschädel hin und her rollen.

»Und dann?« fragte Lös und heuchelte Spannung. Es war

ihm darum zu tun, die unangenehme Pause zu zerbrechen. Er schämte sich vor Sitnikoff und Todd: da diese beiden ihn nach seinen Bekanntschaften beurteilen könnten. »Und dann?« fragte er noch einmal, da Smith noch immer schwieg.

»Dann bin ich verhaftet worden. Das Geld, das ich bei mir hatte, langte gerade für die Kaution. Ich bin später entlassen worden, aber die Lady hatte Angst, ich könnte Erpressungen versuchen. Vielleicht habe ich es auch einmal versucht. Ich weiß es nicht mehr genau. Sie hat sich hinter meinen Vater gesteckt. Der hat mich gezwungen, ins Ausland zu gehen, um dem Prozeß zu entgehen. Zehn Pfund hat er mir gegeben. Die waren aber bald verbraucht in Paris. Dann bin ich ins Rekrutierungsbüro gegangen. Ja.«

Alles schwieg. Aber die Stille war nur kurz. Todd durchbrach sie plötzlich mit gedämpfter Trompetenstimme.

»Als ich bei Lettow-Vorbeck als Oberleutnant diente, habe ich in Wiesbaden beim Bac 30 000 Emm vaspielt. Graf Esterhazy ist eigentlich mein Name.« Er sprach wie ein Schmierenschauspieler, der in einem Lustspiel einen vertrottelten Grafen zu mimen hat. Und sprach und sprach, ohne Pause, den Blick starr auf einen kleinen Kiesel zu seinen Füßen gerichtet.

»Geh hör jetzt auf, das schickt sich nicht«, tönte eine Stimme aus dem Schatten des Daches. Der alte Kainz trat hervor. »Du mußt die andern net so frozzeln. Und dann beleidigst du unsern Korporal.« Er trat dicht an Lös heran, strich ihm über die Schultern, Entschuldigung heischend, so als fühle er sich verantwortlich für den Kameraden, den er eingeführt hatte.

Verlegen schüttelte Lös die Hand ab. Der alte Kainz setzte sich und stellte eine Flasche vor sich hin. »Schnaps« sagte er und schenkte die Tassen halb voll. Alle tranken.

Pierrard hatte sich auf den linken Ellbogen gestützt und die Hände über der Brust gefaltet. So blickte er in die Sterne. Die struppigen Haare fielen ihm in die Stirn und schimmerten weiß. Er sah stark und unnahbar aus, wie ein betrunkener Soldatenkaiser, mit fallender Unterlippe und kantigem Kinn.

Smith dagegen trank in hastigen kleinen Schlucken und sah aus wie ein überernährtes dreijähriges Kind. Schweißtropfen schimmerten auf seinem Nasensattel und zitterten an seinen Brauen.

Peschke soff. Den letzten Schluck ließ er stets in der Tasse, um ihn dann in weitem Schwung auf die Erde zu schütten. Ein Opfer vielleicht für die Namenlosen, die längst vergessenen, von denen ein schlummernder Teil in ihm noch träumte.

Zierlich zwischen Daumen und Zeigefinger hielt Sergeant Sitnikoff die Tasse, nicht am Henkel, nein, so als habe die Tasse einen schlanken Hals wie ein Likörglas. Und er schloß die Augen, während er das Trinkgefäß ruckweise kippte.

Todd war in seine frühere Teilnahmslosigkeit zurückgesunken. Die gefüllte Tasse stand vor ihm. Er hatte die Hände rechts und links flach auf den Boden gelegt. Ein grober Bleiring glänzte an einem Zeigefinger.

Um zu trinken, hatte sich Patschuli weit nach hinten gelehnt. Mit prallen Lippen hatte er sich am Blechrand der Tasse festgesaugt und dann mit der Zunge noch den Boden ausgeleckt. Er richtete sich nicht mehr auf, sondern blieb mit dem Kopf auf Lös' Knien liegen.

Das Gewicht dieses Kopfes auf seinen Knien erregte Lös. Und die Wärme des fremden Körpers riß Sprünge in seine Einsamkeit. Er hob die Hand und streichelte die kurzen Haare Patschulis. Diese Berührung, die wie ein Besitzergreifen war, hob aus der Tiefe ein vergessenes Erlebnis.

Er sah das Knabeninternat, in dem er als Fünfzehnjähriger gewesen war, das Zimmer, das er damals bewohnt hatte, den Freund, der jünger war als er, und der ein weiches, rundes Gesicht gehabt hatte und weiche Haare. An einem Abend nach dem Lichterlöschen war er in das Zimmer des Freundes geschlichen. Da war die Türe plötzlich aufgerissen worden: der Direktor war es gewesen, der hatte ihn in sein Zimmer zurückgetrieben. Am nächsten Tage hatte er Selbstmord begehen wollen mit Chloroform, das er aus dem Laboratorium gestohlen hatte. Aber es war ihm nur übel geworden, und er hatte sich übergeben müssen. Die Übelkeit von damals war mit einem Schlage wieder da. Verworren dachte er noch: Warum erzählen wir uns nicht solche Geschichten, die wahr sind, statt uns anzulügen und uns wichtig zu machen. Da riß er die Augen auf und sah:

Peschke stützte sich auf, blieb dann einen Augenblick mit dem rechten Knie am Boden kleben, die Fäuste aufgestemmt wie ein Schnelläufer am Start. Dann stürzte er vor, packte Patschuli an einem Ohr und riß ihn in die Höhe. Patschuli kreischte schrill. Da ließ der andere das Ohr los, schnallte mit einem Ruck den Ledergurt ab und trieb den Schreienden mit klatschenden Schlägen zum Tor hinaus.

Ein Fenster im Turm an der Ecke ging auf. Die Zurückgebliebenen, die sich bis zur Mitte des Hofes vorgeschlichen hatten, sahen eine behaarte Brust, der Kopf des Capitaines blieb unsichtbar im Schatten des Daches. Und aus dem Schatten des Daches tönte eine klagende Stimme.

»Ruhe dort unten, ich will schlafen.«

Die klatschenden Schläge hörten auf. Lös sah die beiden Laufenden sich erreichen und in der finsteren Türe einer Baracke verschwinden.

Todd summte: »Das ist die Liebe, die dumme Liebe.« Aber Lös winkte ab, und Todd nagte an der Haut seines Handrückens, als schäme er sich seiner Gedankenlosigkeit.

»Oh, pfui näin, wie gemäin!« sagte der Sergeant Sitnikoff erregt in einem sonderbar gefrorenen baltischen Dialekt. Er seufzte laut und machte den Vorschlag, noch ein wenig beisammen zu bleiben, da doch die störenden Elemente sich nun entfernt hätten.

Die andern waren einverstanden und lagerten sich wieder im Kreise. Kainz wurde gebeten, einen starken Kaffee zu kochen. Er kam bald mit einer großen Blechkasserolle zurück, in der er die Körner mit dem Kolben des Karabiners zermalmte.

»Wirklich, sehr interessant, was Sie uns soeben erzählten, Korporal«, Sergeant Sitnikoff haßte das familiäre ›Du‹, der Gebrauch des ›Sie‹ war ihm unentbehrlich, er überhörte geflissentlich jede familiäre Anrede und zwang dadurch auch die abgebrühtesten alten Legionäre, ihm mit Höflichkeit zu begegnen. Hinter seinem Rücken machten sie sich über seine Pose, wie sie es nannten, lustig; doch wenn sie mit ihm sprachen, schienen sie selbst erfreut zu sein, sich dieser Höflichkeit unterwerfen zu können.

»Denken Sie sich, mir sind auch sonderbare Dinge passiert. Ich war doch Rechtsanwalt in Odessa, als die Bolschewiken eindrangen. Im Pyjama und Schlafrock war ich nur über die Gasse gegangen, um mich rasieren zu lassen, richtiger um die Straßenecke. Und als ich zurückkam, war die ganze Häuserreihe schon besetzt. Was blieb mir übrig? Ich ging an den Hafen. Dort stand eine französische Besatzungstruppe, bereit zum Einschiffen. Bei ihr ein Trüpplein Russen, das sich für die Legion verpflichtet hatte. Ob ich nicht mitkommen dürfe, fragte ich den Sergeanten. Nein, die Listen seien abgeschlossen. Da erinnerte sich ein Korporal, daß ein Schreiner namens Sitnikoff, der sich auch verpflichtet hatte, im letzten Augenblick nicht erschienen sei. Ob ich für ihn einspringen wolle. Ich sagte ja. Wo sollte ich auch hin, ohne Geld, in Pyjama und Schlafrock? So kam ich also zu dem Namen Sitnikoff.«

Smith gähnte laut, Pierrard stimmte ein. Die beiden verabschiedeten sich. Die Zurückbleibenden saßen still beisammen, bis einige Wolkenschwämme auch die letzten weißen Kreidetupfen der Sterne von der Schiefertafel des Himmels gelöscht hatten, die zurückblieb, weiß verschmiert.

3. Kapitel

Zeno

»Kommst, Korporal? Mir gehn schlachten«, sagte der alte Kainz. Türk schien verstanden zu haben, denn sein Schwanz zeichnete fröhliche Arabesken in den Sand. Sitnikoff dankte für die Gastfreundschaft, kümmerte sich nicht um das Schweigen Todds, sondern führte ihn, höflich plappernd, bis zur Tür der Baracke.

Am Tor des Viehparks traf Lös den alten Hirten, der jeden Morgen kam, die Schafe auf die Weide zu treiben, hinaus auf die dürre Ebene, den Bled, auf dem nur Alfagras und wilder Thymian wuchs. Die mageren Schafe stolperten unsicher, das Maul mit Rotz verschmiert, durch das enge Gatter. Lös zählte sie, und der alte Hirte nickte dazu, versuchte auch manchmal, selbst mitzuzählen: »Ouachad, susch, thleta...«, aber bei drei mußte er aufhören. Zwei in der Nacht geborene Lämmer, die noch feucht waren, nahm der Alte unter die Arme. Er sah aus wie eine Karikatur des guten Hirten.

Fünf Schafe behielt Kainz zurück und trieb sie über den Platz zum Schlachthaus. Der jüdische Schächter wartete dort und begrüßte Lös demutsvoll. Die Schafe mußten getötet werden nach dem alten Gesetz, denn die Eingeweide wurden den Bewohnern des Dorfes verkauft. Und nie hätten diese Fleisch von einem Tier gegessen, das von einem Rumi geschlachtet worden wäre.

Der Schächter war klein und alt. Über dem weißen Gesicht erhob sich eine schwarze Kegelmütze, und ein schmaler Bart berührte den Überwurf aus weißer Wolle. Aus diesem zog er das rechteckige Messer und prüfte die Schärfe auf dem Daumennagel. Kainz warf ein Schaf auf den Rükken und kniete darauf. Mit priesterlicher Gebärde legte der Schächter die Hand auf das Maul des Tieres, drückte den Kopf gegen den Boden und fuhr, gedankenvoll sägend, mit dem Messer hin und her. Der Hals klaffte. Nur spärlich rann das Blut. In dem Schnitt war ein weißer Kreis sichtbar, und Luftblasen platzten mit leichtem Geräusch. Kainz sank mit den Knien tief in die Brust des Tieres.

Lös aber blickte in die Augen des Juden. Sie sahen durch die blutbespritzte Lehmmauer hindurch, irgendwohin in eine unsichtbare Vergangenheit. Das Messer in der erstarrten Hand sah lächerlich altertümlich aus, wie ein Schermesser. Es wippte, kaum wahrnehmbar, im Takte des menschlichen Herzschlages und war überzogen von einem dünnen Blutschleier.

Der Schächter wischte das Messer ab am Saume seines Mantels; ein zartes rötliches Ornament blieb zurück. Der Jude starrte auf die fernen Bergzüge, die über die Lehmmauer ragten, sich aufwellten aus dem Blau und wieder darein versanken.

Und jedesmal, beim Schlachten der übrigen Schafe, erhielten die Augen des Juden einen Ausdruck stummen, sich erinnernden Gehorsams, der eine unbekannte Vergangenheit hineinzerrte in einen stinkenden Hof, wo Fliegenschwärme um Kothaufen summten, und ein dicker Hund, schier mit dem gleichen sich erinnernden Blick, das rieselnde Blut mit träger Zunge lappte.

Auf dem Rückweg traf Lös den Capitaine Materne. Er ging mit langen Schritten vor dem Büro auf und ab und ließ einen Weidezweig mit leicht pfeifendem Geräusch regelmäßig gegen seine Gamaschen klatschen. Im Hintergrunde schüttelten die Maghzens drohende Fäuste. Doch diese Drohungen vermochten des Capitaines Spaziergang nicht zu unterbrechen; sechs Schritte vor, sechs Schritte zurück, in aufreizender Eintönigkeit. Der Schwarm folgte ihm.

»Sind die Maghzens nicht vor drei Tagen aufgeboten worden?« fragte Lös den alten Kainz, der neben ihm lief und einen zweirädrigen Handkarren stieß, auf dem die geschlachteten Schafe lagen, mit den abgehäuteten Köpfen nickten und die zerbrochenen Beine willenlos schlenkerten.

»Darum machen sie auch so ein Geschrei. Heute ist schon der zweite Tag, wo sie sich so benehmen, gestern den ganzen Morgen haben sie schon mit dem Materne gehandelt.«

Nun hatten die Männer den Capitaine eingekreist. Alle streckten sie drei Finger in die Höhe und fuchtelten damit vor dem Gesicht des Schweigsamen. »Thleta duro«, kreischten sie. Es klang wie ein tragischer Chor.

Der alte Kainz war stehen geblieben und sah interessiert zu. Auch Lös mußte halten. Die beiden standen nur wenige Schritte von der Versammlung entfernt.

Capitaine Materne machte noch zwei Schritte. Dann hinderte ihn der geschlossene Kreis am Weitergehen. Die Weidengerte stand senkrecht in seiner Hand und zitterte ein wenig. Sein Kopf überragte die schreiende Menge, die ihn geduckt umgab. Und seine Augen blickten über die Köpfe weg, nach den weißen Schneegipfeln; dann sagte er leise und deutlich, und die Weidengerte wies in die Ebene, die hinter seinem Rücken lag: »Hemschi'l Bled.« Da klappten die aufgeregten Finger an den Händen der Maghzens zusammen, die Fäuste verschwanden in den weiten Ärmeln. Murmelnd verzog sich der Schwarm, wie Mücken, die dem Rauch weichen müssen. Capitaine Materne aber (drei Jahre St. Maxence, vier Jahre Weltkrieg, Kommandant der Ehrenlegion, Kriegskreuz mit drei Sternen und zwei Palmen) stand steif, seine Augen waren weich, und ihr Ausdruck ähnelte dem des Schächters. Lös stellte es erstaunt fest.

Links neben dem Eingang des Postens saß ein Mädchen, eingehüllt in einen alten blauen Stoffetzen. Lös erkannte sie und winkte ihr zu. Es war Zeno, die im nahen Ksar wohnte und täglich zum Posten kam, um die schmutzige Wäsche einiger Unteroffiziere zu holen, die sie dann im nahen Oued wusch. Sie war mit wenig zufrieden: mit einer Handvoll Gerste, einer Gamelle Suppe, einem halben Laib Brot. Sehr mager war sie, ein schmutziges weißes Tuch wand sich um ihren Kopf und ließ ein Büschel strähniger Haare am Hinterkopf frei. Ihr Gesicht war hellbraun, regelmäßig und nicht tätowiert.

Ihr Gang war sanft und knabenhaft, ohne nutzloses Wiegen in den Hüften. Ungeschickt gab sie Lös die Hand, führte den Zeigefinger an die Lippen, nach uraltem Brauch; ihre Stimme war hoch und ein wenig rauh, als sie Lös ansprach; sie begehrte Zucker und Kaffee und verlangte die

Wäsche. Kainz spuckte verächtlich aus: er liebte es, den Weiberfeind zu spielen. Lös versprach, nach dem Mittagessen zu kommen. Oh, sie werde gerne warten, versicherte Zeno, sie habe nichts zu tun, und ob der Korporal nicht einmal nach dem Ksar kommen wolle. Sie werde ihm Tee bereiten und Kuskus. Lös nickte, er hörte nur halb zu, denn aus dem Posten winkte mit feierlicher Gebärde der Sergeant-Major Dupont.

Narcisse Arsène de Pellevoisin, so behauptete Dupont, sei sein Name, und nur wegen geringfügiger Differenzen mit seiner Familie habe er seinen wirklichen Namen abgetan. Aber von den Sergeanten, die ihm nahestanden, weil sie ihn hofierten, ließ er sich gerne Narcisse nennen. Dieser Blumenname paßte wenig zu seiner vierschrötigen Gestalt, doch war er (wem glich er darin nicht?) ganz außerordentlich von seiner eigenen Schönheit überzeugt. Ein Bart kräuselte sich um seine Wangen und um sein Kinn. Zwar ward behauptet, er trage diesen Bart nur, um eine tätowierte Schlange zu verbergen, die von einem Haaransatz zum andern um sein Gesicht lief. Narcisse war geizig und freigiebig, je nach den Leuten, mit denen er es zu tun hatte. Aber Geld hatte er stets genügend. Er verwaltete die Kompagniekasse.

»Du«, sagte Dupont zu Lös, »auf elf Uhr sind sechzehn Wagen mit Gerste angesagt. Von Bou-Denib. Komm mit. Ich muß dir was erklären.«

Er bot eine englische Zigarette an. Three-Castle stellte Lös fest. Der Sergeant-Major ließ diese Sorte in Tausenderschachteln von Fez kommen und verschacherte sie zu Wucherpreisen.

Sie gingen hintereinander durch den Posten. Viele Müßige standen herum, saßen auch an den Mauern der Baracken und flickten Kleidungsstücke oder putzten Gewehre. Vor der Mitrailleusensektion gab Sergeant Sitnikoff Theorie: »Die Mitrailleuse Hotchkiss ist eine automatische Waffe, die mittels der entweichenden Pulvergase getrieben wird. Sie besteht aus Rohr, Dreifuß und ...«

Sitnikoff grüßte freundlich. Narcisse dankte kaum.

»Ein Trockenfurzer«, sagte er und packte mit dem Unterkiefer die Oberlippe. Dadurch stand der Bart waagrecht nach vorn.

Lös ließ ihm den Vortritt. Der Sergeant-Major hatte einen stark vorspringenden Hinterteil, den er in Pendelschlägen hin und her warf.

In Lös' Kammer war es still und etwas kühl. Die Läden des kleinen Fensters waren geschlossen. Lös ging zwei Flaschen Bier holen, die im kleinen Kanal vor der Hütte kühlten.

Narcisses geringelter Bart wurde von Schaumflöckchen verziert, als er das Glas geleert hatte. Dann begann der Chef zu sprechen, und seine Worte machten ihm sichtlich Freude. Die Endsilben ließ er genießerisch auf der Zunge vergehen.

Wenn der Ort, von dem die Ware komme, erklärte er, mehr als hundert Kilometer entfernt sei, so dürfe man laut Reglement (wo hast du's? Hier? Bien!) pro hundert Kilometer zwei Prozent abschreiben. Der Spanier, der die Gerste bringe, sei stets bereit gewesen, diesen Überschuß sofort zu kaufen, ja bar zu bezahlen. Der Preis der Gerste sei augenblicklich recht hoch, sechzig Franken der Zentner.

Immerhin eine Einnahme von rund dreihundert Franken. Das sei wohl nicht zu verachten. Aber er bitte sich aus, da er doch diesen Vorschlag gemacht habe, daß seine Mühe honoriert werde. Fünfzig Franken dünke ihn gerade recht. Damit wolle er aus Freundschaft zufrieden sein und dafür auch das Abladen der Säcke beaufsichtigen, falls, man könne ja nicht wissen, zufällig ein Offizier oder gar der Alte dazukäme. Er sei dann immer da, um Auskunft zu geben.

Lös war einverstanden.

»Chef«, sagte er (diese Anrede wurde im Posten gebraucht, wenn man Narcisse besonders schmeicheln wollte, es war der Titel, der einem Sergeant-Major der Kavallerie gebührte, Maréchal des Logis-Chef), »Sie kümmern sich um mich, als ob ich Ihr Bruder wäre. Wenn ich Ihnen irgendwie von Nutzen sein kann, so sagen Sie es nur.«

Der Chef lächelte ein kurvenreiches Lächeln zwischen seinem geringelten Bartwuchs. Er schlug sich mit der Hand auf die gepolsterte Brust, die vorstand wie bei einer Frau, und meinte, er kenne sich schon aus und wisse gut, mit wem er es zu tun habe. Und Lös habe ihm von Anbeginn gefallen, darum habe er sich auch beim Capitaine verwendet, um ihn in die Verwaltung zu bringen, ob er sich noch erinnere an die erste Inspektion, da habe eine Capotte gefehlt, und sonst noch manches. Und wer habe das alles ersetzt? Er, der Chef. Ja, das sei eben die Kunst, im Leben keinen Schwierigkeiten zu begegnen. Man müsse die Richtigen aussuchen, sie an die richtige Stelle setzen, dann sei die Arbeit ein Vergnügen. Darum duze er sich auch mit dem Korporal, er wisse wohl warum, denn er, Lös, habe doch mehr Bildung und mehr Fingerspitzengefühl als dieser Sergeant. Nur sich schön ruhig in dieser Administration halten, und übers Jahr, vielleicht schon früher, werde er den Capitaine schon dazu bringen, Lös zum Sergeanten vorzuschlagen. Also, punkt elf Uhr, bis dahin auf Wiedersehen.

Der Chef kreuzte ab, steif und wippend.

Die Sektionen kamen fassen. Brot, Wein, Seife.

Dann spazierte Lös durch den Posten, besah sich die Baracken, die dunkel und voll summender Fliegenschwärme waren. Holpriger Steinboden, darauf dünne Matratzen. Braune Decken waren unordentlich am Fußende aufgestapelt. Ein Geruch nach Speisen und menschlichem Schweiß hockte fest zwischen den Wänden, und auch der Luftzug, der durch die beiden geöffneten Türen drang, vermochte ihn nicht zu vertreiben.

Es war vielleicht die Schlaflosigkeit der letzten Nacht und die sonderbare Wachheit, die nach vielem Weingenuß zurückbleibt, die Lös' Augen schärfer machte als sonst. Auch das Auffrischen der Vergangenheit mochte dazu beitragen. Aber er sah die Gesichter der vielen, die ihm begegneten, so hell und scharf, wie man sonst nur Dinge sieht. Und sie schienen ihm alle einen gleichen Zug zu tragen, viel Müdigkeit vor allem und eine graue Stumpfheit, die unter der braungebrannten Haut durchschimmerte. Auf allen Gesichtern war diese Stumpfheit zu sehen, ob sie nun Deutschen gehörten oder Russen. Einzig der alte Guy, ein Franzose, der zu alt war, um bei der regulären Truppe zu dienen, torkelte über den Hof und trug auf seinem roten Gesicht die Fröhlichkeit wie ein buntes Banner. Er sang und lachte, umarmte Lös. Als dieser sich gereizt freimachte, verschwand die Buntheit aus des andern Gesicht. Es wurde farblos und zerrissen, Tränen füllten die Furchen aus, die das Alter und die Luft gegraben hatten. Aber trotz allem, trotz diesem Schmerz, schien das Gesicht des alten Guy noch Leben zu bewahren, ein Leben, das den andern fehlte. Denn plötzlich rief er: »Vive la France« und entschwand im Dunkel einer Tür, fuchtelnd und rotzend.

Die Baracke der Mitrailleusensektion enthielt eine goldenschimmernde Dunkelheit. Löcher, in das Wellblechdach gebohrt, ließen viele Sonnenstrahlen ein. Auf einem Bettgestell saß ein einsamer Mann. In der Linken hielt er einen kleinen runden Spiegel, mit der Rechten teilte er hingebungsvoll seinen kurzen Bart in zwei Teile. Immer wieder fand er ein Härchen, das nicht an seinem Platze war, immer wieder fuhr der Kamm dem Kinnscheitel entlang. Lös betrachtete ihn eine gute Weile. Endlich fühlte der Kämmende den Beobachter, er wandte sich um, eine Grimasse, verlegen und traurig, hob die dicken Wangen. Er trat näher: »Ponimaisch porussky?« Lös schüttelte den Kopf. »Ah, Deutscher.« Verbeugung, Hand aufs Herz mit einer edlen Geste:

»Gestatten Sie, Korporal Koribout.«

»Lös.«

»Sehr erfreut, Ihre Bekanntschaft zu machen. Bin gestern neu angekommen. Ja. Ganz angenehm in der Kompagnie, nicht?«

Stimmen riefen nach Lös. Dazu knatterte Peitschenknallen. Lös winkte ab und lief davon.

Beim Tor stand ein Fuhrmann, rot leuchtete seine Leibbinde, blau das Hemd. Der kurze Peitschenstiel in seiner

Hand ließ die lange Schnur Spiralen beschreiben, die in einer knallenden Wellenlinie endeten.

Vor dem Posten hielten die hohen zweirädrigen Karren, jeder bespannt mit sechs Maultieren hintereinander. Knarrend fuhren sie durch das enge Tor, luden in der Verwaltung ab (die dritte Sektion war zum Abladen abkommandiert worden) und fuhren wieder hinaus, während die Kompagnie fast vollzählig Spalier bildete. Diese Spanier in Zivil, die vorüberzogen, wirkten wie Schauspieler, die ein Zugstück spielten: das Spiel vom freien Mann; leben kann er wie er will, seine Stelle verlassen wann er will, essen, was er sich kauft, und nicht das, was ihm von einer Autorität auf Befehl gekocht wird. Welch anderes Bild von Freiheit soll sich der Soldat wohl machen?

Lös hatte den Führer des Wagenzugs zusammen mit dem Chef zum Mittagessen eingeladen: der alte Kainz hatte zwei Lämmer geschlachtet und sie im Backofen mit roten Pfefferfrüchten, Tomaten und neuen Kartoffeln gebacken. Dazu gab es aus der Cooperative weißen algerischen Wein: Kebir, den Großen. Der Führer hatte eine Flasche Absinth gestiftet und der Chef ›Amer Picon‹.

Die Gerste wurde verkauft, und der Führer zahlte. Ein Fünfzigfrankenschein verschwand in Narcisses Hand. Dafür erneuerte der Chef sein Versprechen, beim Abladen des letzten Wagens draußen vor dem Posten zugegen zu sein.

Und dies erwies sich als notwendig. Denn Capitaine Chabert, der den ganzen Morgen unsichtbar geblieben war, verzichtete heute auf seine Siesta und ging im glühenden Sonnenschein draußen vor dem Posten barhäuptig spazieren. Er umkreiste gedankenvoll den Wagen, dessen Säcke nach und nach auf die andern Wagen verteilt wurden. Irgendwie schien es ihn zu belästigen, daß nicht die ganze Fracht in seinem Posten blieb. Aber in dem Augenblick, als der Capitaine einen von den Fuhrleuten um Auskunft fragen wollte, warf der Chef den beruhigenden Schatten seiner großen Gestalt über Chabert und erklärte sachlich und ohne Verlegenheit den Vorgang, wie er sich in den Augen des Capitaines auszunehmen hatte. Und Chabert setzte beruhigt seine Wanderung fort im stillen Dröhnen des Mittags.

Doch noch ein anderer strich mit hastigen Schritten um die Karren, Leutnant Mauriot, mit schmaler Nase und mangelndem Kinn. Aber seine Kenntnisse des Spanischen waren nur spärlich. Darum verstand er auch die Erklärung des Fuhrmanns nicht, trabte lautlos auf den weichen Stricksohlen seiner Espadrilles in den Posten zurück, erkundigte sich zuerst beim alten Kainz, der immer »je ne sais pas, mon lieutenant« wiederholte, bis er schließlich mit einem lautlosen Sprung in Lös' Kammer landete und diesen zur Rede stellte.

Mißtrauisch trabte er wieder ab, mit verkniffenem Ausdruck, wie ihn Schulmeister zur Schau tragen, die dem Schüler nichts haben beweisen können.

»Mon Dieu«, sagte der Chef ein wenig später, als Lös ihm von diesem Besuch erzählte, er werde sich doch nicht um die Meinung eines Verwaltungsoffiziers kümmern, eines jungen Vatersöhnchens, das wahrscheinlich nicht einmal eine Frau von einem Manne unterscheiden könne. Und er ließ ein lautes Lachen erschallen, wie es bei solchen

Gelegenheiten üblich ist, und Lös stimmte ein; endlich konnte er zu seinem Stelldichein gehen.

Zeno schien seit dem Morgen am gleichen Platz, regungslos, verblieben zu sein. Ihr Kopf hob sich, als sie Lös' Schatten sah. Das Lächeln, mit dem sie ihn begrüßte, sollte freundlich sein, war aber unterwürfig und maskenhaft. Lös erklärte ihr seine Verspätung, und sie nickte teilnahmslos. Dann stand er vor ihr, verlegen, weil er nicht wußte, was er tun sollte. Der zerrissene Stoff ihres Kleides brachte ihn endlich zu einem Entschluß. Er winkte dem Mädchen und ging weiter. Als sie an seiner Seite war, nahm sie seine Hand. Aber er schüttelte sie ab, denn es gingen zuviel Menschen über den Platz.

Im einzigen Laden des Dorfes breitete der Händler, ein junger glatter Jude, Stoffe vor den beiden aus. Beim Betasten blieb Zenos rauhe Haut bisweilen an den vorstehenden Fäden des Stoffes hängen. Im stillen Laden war dies Geräusch, wie das kurz unterbrochene Nagen einer Maus, deutlich zu hören.

Endlich hatte Zeno gewählt: das gröbste Tuch, ungebleicht und von Hand gewebt. Aber dauerhaft, so erklärte sie ihrem Begleiter, später würde es noch für ihre kleine Schwester zu brauchen sein.

Als sie aus dem Laden traten, begegnete ihnen Peschke. Er grüßte nicht, zeigte nur seine spitzen, gelben Zähne und spie aus. Dann pfiff er, unbeteiligt, und prüfte doch aus den Augenwinkeln den Stoff, den das Mädchen unter dem Arme trug.

›Am Abend wird der ganze Posten wissen, daß ich eine Geliebte habe und ihr Stoff schenke. Der Capitaine wird mich fragen, woher ich das Geld habe. Wenn schon‹, dachte Lös.

Dann lief er noch einmal in die Verwaltung zurück, holte Kaffee, Mehl und Zucker, trug dem alten Kainz auf, zu sagen, er sei ins Dorf gegangen, um sich mit dem Juden zu verabreden, der die Schafe für die Herde lieferte.

Der Ksar, in dem Zeno wohnte, war ein hoher, auf allen Seiten geschlossener Häuserblock, der sich wie eine böse Märchenburg gegen den Himmel abhob. Er lag im Rücken des Postens, gut zehn Minuten entfernt. Sein Betreten war den Legionären streng verboten.

Zuerst führte der Weg durch Alfagras, das fast von der gleichen Farbe war wie der graue Staub, der seine Büschel umgab. Ein schwacher Wind kam von den Bergen und trug mit sich den Duft verwelkter Blüten. Neben dem Weg floß ein Bach, derselbe, der auch durch den Hof der Verwaltung lief, abgefangenes Wasser des Oued, das die Felder berieseln sollte und die kleinen dürren Gärten mit der sandigen Erde. Die Blätter der Feigenbäume klapperten leise, und die Lancetten der Olivenbäume waren aus mattem Stahl.

Dichter wuchsen die Bäume, und das Gras ward saftiger, als sie ans Ufer des Flüßchens kamen.

Lös verspürte eine unangenehme Leere in seinem Körper, die langsam zu einer Angst anwuchs, je weiter er mit Zeno ging. Er hielt ihre Hand gefaßt, blickte sie von Zeit zu Zeit an und versuchte ein Lächeln. Doch Zeno schien ihn vergessen zu haben, sie blickte ruhig auf die näherkommenden Mauern, und ihr rechter Arm hielt den geschenkten Stoff an ihre Hüfte gepreßt. Plötzlich riß sie sich los, lief und verbarg sich hinter einem rotgesprenkelten Oleanderbusch. Die Luft war zäh und schwül, denn der Wind traf nur die Spitzen der Bäume.

In einer Lichtung stand das Mädchen braun und nackt gegen das blaue Tuch des Horizonts, das durch die Bäume leuchtete. Die Lumpen, die es fortgeworfen hatte, waren ein schmutziges Häuflein im Gras. Vorsichtig beugte sich Lös zu den spitzen Schultern und küßte sie. Der Geruch des Körpers war säuerlich, und die Haut schmeckte salzig. Die kleinen Brüste hingen schlaff herab und wirkten hilflos, bisweilen spannten Muskeln die Haut. Er legte die Hände auf die Hüfte des Mädchens. Doch Zeno schüttelte diese Hände ab, blieb dann regungslos, und ihre Augen waren ohne Ausdruck.

Eine große Dumpfheit war in Lös, die weder einen Gedanken noch einen Trieb aufkommen ließ. Dann flirrten ein paar Bilder ab: eine weiße Tafel, auf der stand: Klinik für Haut- und Geschlechtskrankheiten, eine Flasche mit einer dunkelvioletten Flüssigkeit, eine farbige Tafel aus einem Anatomiebuch. Dann war wieder die dunkle Stumpfheit da, aus der nach und nach ein Gedanke auftauchte, der sich nicht wieder vertreiben ließ: ›Ein anderer an deiner Stelle‹, so sprach jemand spöttisch in ihm, ›würde zupacken, sich nicht lange besinnen. Aber du? Nirgends, in keinem Augenblick deines Lebens wirst du es lernen können, zuzupacken‹. Er schloß die Augen, trat einen Schritt zurück. Als er sie wieder öffnete, hatte Zeno den neuen Stoff wie eine breite Binde um ihren Körper gewickelt. Ein Zipfel bedeckte ihren Kopf. Sie lachte auf, laut und kreischend, packte Lös' Hand und zog ihn weiter.

Aufgeregt begann sie zu erzählen von den Legionären,

die sie verfolgten, vom dicken Capitaine, der ihr einmal am Abend nachgegangen sei. Aber er habe nicht gewagt, etwas zu sagen. Auch der Chef habe sie einmal in der Dunkelheit eingefangen, aber sie habe ihn gekratzt und gebissen, bis er sie freigelassen habe. Der Vater wolle nicht, daß sie mit den Soldaten gehe. Und dann sei der Capitaine Materne streng. Der sperre die Mädchen ein, die sich mit den Männern einließen. Aber er, der Korporal, der sei nicht wie die andern, das wisse sie. Dabei streichelte sie Lös' Hand und leckte sie wie ein kleiner Hund.

Sie kamen zum Ksar. Die hohen fensterlosen Lehmmauern blendeten ockergelb, beschienen von der Sonne, die schon tief stand. Im Staub spielten Kinder, die Gesichter waren mit Schorf bedeckt, viele Augen mit Eiter verklebt. Sie starrten auf die fremde Gestalt in Khaki und Wickelgamaschen und liefen dann schreiend davon. Ein dunkler Gang führte in das Innere des Dorfes, das ein einziger zusammenhängender Bau war, ein riesiger Termitenbau; dunkle Gestalten strichen an den beiden vorbei, nicht zu erkennen in der schmierigen Dämmerung. Lös dachte an das Verbot, an die Erzählungen, die umgingen, von Raubanfällen, er dachte an das Geld, das er bei sich trug. Aber er fühlte keine Angst. Er hatte sich mehr gefürchtet, als er die Schultern des Mädchens geküßt hatte.

Eine steile Holztreppe führte in ein Zimmer, in dem es erstickend roch. Zeno stieß einen Laden auf, und Strahlenbüschel durchstachen blauen Rauch. In einer Ecke saß ein kleines Mädchen auf einem Haufen Stroh, über ihr saßen auf Stangen etliche Hühner. Die plötzliche Helligkeit weckte sie auf, sie flatterten zu Boden und liefen gackernd umher.

Und Zeno stieß nun eine hohe Tür auf. Sie gab den Blick frei auf eine weite Terrasse. In durchsichtigen Kugeln schwebte der Rauch ins Freie, aber als unverrückbarer schräger Balken führten die Strahlen vom Fenster zum Fußboden.

Inmitten der Terrasse hockte auf einer Alfamatte ein uralter Mann. Auf dem Scheitelpunkt des sonst glattrasierten Schädels wuchs ein langer, grauer Haarschopf und lud Allahs Hand ein, den daranhängenden Körper mitzuziehen, hinauf in eine reichere Welt. Denn der Mann war mager und unterernährt. Als er Lös' Schritte hörte, blickte er auf und ließ seine Zehen fahren, mit denen er gedankenvoll gespielt hatte. Lös erinnerte sich an seine Karl-May-Lektüre und sagte: »La illah Allah, Mohammed rassuhl Allah.« Dabei verneigte er sich tief. Es schien zu stimmen, denn der alte Mann lächelte mit breiten Pferdezähnen, murmelte etwas wie »Mlech, mlech«, streckte eine schmale Hand aus, berührte nur leicht die des andern mit den Fingerspitzen, führte dann den Zeigefinger an die Lippen und wies mit einer sanften Gebärde nach oben. Zeno erschien und zeigte ihr neues Kleid. Dazu schnatterte sie laut und aufgeregt. Das Lächeln des Alten zog sich tief in die Wangen, er deutete mit der Hand auf die Matte. Auch Lös wollte höflich sein. Er zog die Schuhe aus, rollte die Wadenbinden ab und setzte alles ordentlich an den Rand des Daches. Dann setzte er sich neben den Alten.

Dieser zog aus seinem groben Wollmantel eine fingerhutgroße Pfeife aus rotem Ton und füllte sie mit einem feingepulverten graugrünen Kraut. Er rief etwas ins Zimmer. Zeno kam mit einem zerbeulten Blechbecken zurück, das mit Glut gefüllt war. Eine Teekanne stand darauf, aus weißem Metall, mit grob eingeritzten Ornamenten. Der Alte legte eine Kohle auf die Pfeife, zog einen Zug tief in die Lunge und gab sie weiter an den Gast. Der folgte dem Beispiel. Der Rauch schmeckte scharf und duftend, so wie Tabak manchmal schmeckt an einem qualmenden Feuer.

Lös hatte schon früher Kif geraucht, in Bel-Abbès bei seinem Freund, dem großen Mulatten. Doch der Kif des Alten dünkte ihn stärker und würziger. Der Duft weiter Ebenen war in ihm und das schwere Licht eines heißen Tages.

Nach zwei Zügen war die Pfeife leergebrannt. »Sachar«, sagte Lös und gab sie zurück. Er hatte sich dieses Dankeswort gemerkt, ob seines Klanges, der an Sacharin erinnerte.

Die Terrasse lag neben der weiten Ebene, in der, ferne, der weiße Posten schimmerte. Im Rücken der Sitzenden stieg das Dorf stufenförmig an. Und die Ebene dehnte sich bis an die Berge, die ein zitterndes süßliches Violett bedeckte. Langsam wurden die Bäume schwärzer, die den Oued einfaßten.

Der Alte hatte die Hände auf die Knie gelegt. Manchmal hob er die Tasse zum Munde, die dicke zersprungene Tasse, hob sie zum Munde mit anmutiger Geste, und sein Schlürfen trommelte sanft durch die Stille.

Der Tee war sehr süß und mit Minze gewürzt.

Da kam Zeno zurück mit einem flachen Korbteller, geflochten aus dünnen hellen Weidenzweigen. Sie streute Mehl darauf, träufelte Wasser dazu und begann den Teller zu schütteln. »Kuskus«, erklärte sie und der Alte nickte.

Das Mehl ballte sich zu groben Körnern, nicht größer als Stecknadelköpfe. Einen eisernen Topf setzte Zeno auf die Glut, zur Hälfte gefüllt mit Wasser. Und fünfmal schüttete sie das körnig geballte Mehl in ein unten spitz zulaufendes Tongefäß, das wie ein Sieb durchlöchert war. Dieser Tontrichter wurde in den Hals des Eisentopfes gesetzt, damit der Dampf die Mehlkörner garkoche.

In das leise Summen des Dampfes scholl plötzlich, ganz aus der Nähe, von einer unbekannten Höhe herab, ein langgezogener hoher Ruf. Der Ruf zersplitterte in viele Worte, die sich folgten und überstürzten, immer in der gleichen Tonlage. Dazwischen sank die Stimme unerwartet fast um eine ganze Oktave, um gleich wieder zu ihrer früheren Höhe aufzuschnellen.

Schweigend erhob sich der Alte, nahm den rauhen Mantel von den Schultern und legte ihn auf den Boden; er stand nun da in einem ärmellosen Hemd, das bis zur Mitte der Waden reichte. Dann neigte er sich, richtete sich auf, kniete hin, berührte den Boden mit der Stirn, ausgestreckt, die Arme und die Hände flach auf den Steinfliesen, und dazu raschelte leise seine Stimme. Es klang, wie wenn der Wind mit verkohltem Papier spielt.

Kaum aber war die springende Stimme des Unsichtbaren verstummt, da saß der Alte wieder auf seinem Platz, eingehüllt in seinen Wollmantel, und gab Zeno laute Befehle.

Der Kuskus wurde auf eine Holzschüssel geleert, die mit einer dicken Schicht stark riechenden Fettes bedeckt war. Dann goß Zeno eine farbige Brühe über das Ganze, in der Hühnerknochen und gekochte Pfefferfrüchte schwammen. Der Alte mischte nun alles mit pflügenden Händen, schlenkerte sie in der Luft, um sie abzukühlen. Ungewohnt und fremd, wie die Haut des Mädchens, schmeckte auch die Speise. Mit langen vorsichtigen Fingern knetete der Alte kleine Kugeln und schob sie dem Gast in den Mund. Lös aß, denn er hatte Hunger. Und je vertrauter ihm der Geschmack dieser Speise wurde, desto stärker wuchs in ihm die Sehnsucht nach dem Körper des Mädchens, das neben ihm saß und sich an ihn lehnte. Auch sie formte Kugeln mit den kleinen Fingern und steckte sie dem Freund in den Mund. Und die Farbe der verknitterten kleinen Hände erinnerte ihn an die Farbe der Haut, an ihren Geruch und an ihren salzigen Geschmack.

Hernach gab es gepreßte harte Datteln und wieder Tee.

Der Vater hatte die kleine Pfeife angezündet. Als Lös die Hand danach ausstreckte, sprach ihm der Alte langsam und deutlich vor: »Amr sbsi.« Zeno übersetzte: »Pfeife füllen.« Und geduldig wiederholte Lös: »Amr sbsi.« Das Mädchen hatte sich neben Lös gelegt, zusammengerollt wie ein weiches kleines Tier, und den Kopf auf die Schenkel des Gefährten gebettet.

Der Abend war sehr ruhig und erwartete still den Mond, den eine unsichtbare riesige Hand über die Berge hob.

Als Lös den Kopf des Mädchens fühlte und gedankenverloren die spröden Haare streichelte, mußte er einen Augenblick an Patschuli denken, der am Abend vorher den Kopf an ihn gelehnt hatte. Aber dann vergaß er es wieder, weil alles groß war und friedlich.

Dann begann Zeno langsam zu sprechen. Die Worte der ihr fremden Sprache mußte sie mühsam zusammensuchen. Aber Lös verstand schnell und ergänzte geduldig den fehlenden Sinn.

Vor zwei Jahren hatte der Vater einen kleinen Garten besessen, am Oued, und er hatte gut getragen, Kartoffeln und Tomaten und Pfefferfrüchte. Auch ein paar Feigenbäume gab es dort und ein großes Feld mit Gerste. Aber der Vater hatte das Land verkauft, er hatte Steuern bezahlen müssen an den Juden. Jetzt hatten sie kein Land mehr, außer einem kleinen Streifen, der weit vom Wasser entfernt war, vom Flüßchen sowohl als auch von der Seguia, die davon abzweigte. Nun gebe es ein Stück Garten zu kaufen, nahe am Fluß, sehr fruchtbar, Feigenbäume wüchsen darauf und Oliven, und der Grund sei nicht zu sandig, sondern ein wenig schwer, so daß er nicht verweht werden könne vom Wind. Auch sei der Mais darauf schon reif. Nun, der Besitzer verlange dafür zweihundert Franken, der Korporal sei reich, ob er dem Vater nicht das Geld geben wolle? Zeno unterbrach sich und richtete eine Frage an den Alten. Der nickte nur. Sie wolle dann seine Frau werden, setzte Zeno hinzu und zog die Hand, die ihre Haare streichelte, an ihren Mund.

Lös dachte nicht lange nach. Ob er das Geld schließlich vertrank oder dem Alten gab, war doch gleichgültig. Und dann: Niemand kontrollierte ihn, ob er in der Nacht im Posten schlief oder nicht. Die Nächte würden weniger einsam sein, es war schließlich nicht ganz dasselbe, ob Türk neben ihm lag oder ein Mädchen. »Vielleicht weiß der Schächter ein Zimmer im Dorf neben dem Posten. Dort kann sie wohnen, und ich kann bei ihr essen. Sie wird für mich kochen. Und gelegentlich werde ich dem Capitaine die ganze Geschichte erzählen, er wird wohl Verständnis haben. Ich kann ihm sagen, ich hätte von zu Hause Geld bekommen. Baguelin bestätigt es mir gern.«

Zeno hatte sich aufgesetzt und blickte Lös erwartungsvoll an. Da griff er in die Tasche, holte zwei Hundertfrankenscheine hervor und gab sie dem Alten. »Sachar«, sagte dieser, nickte und klopfte Lös auf die Schulter. Das Geschäft schien ihn nicht weiter aufzuregen, er stopfte mit den immer sich gleichbleibenden Bewegungen die kleine Pfeife, nahm aber diesmal statt eines tiefen Zuges nur einen oberflächlichen, der gerade genügte, um die Pfeife in Brand zu setzen, und gab sie an Lös weiter, mit einer kleinen Beugung des Oberkörpers; dazu legte er noch die Hand auf die Brust.

Zeno riß ihrem Vater die Scheine aus der Hand, besah sie, rieb jeden einzelnen zwischen den angefeuchteten Fingern, hielt sie zwischen den Mond und ihre Augen und gab sie schließlich dem Alten zurück.

Ob er hier schlafen wolle, fragte sie ihn dann, und versprach, Decken und Matten auf die Terrasse zu bringen. Lös nickte, er wolle nur schnell zum Posten zurück, sehen, was dort los sei. Er blieb noch eine Weile beim Alten sitzen, verschränkte die Arme hinter dem Kopf und blickte solange in die Sterne, bis er sie tanzen sah; er hatte tränende Augen und ein schmerzendes Genick.

4. Kapitel

Nacht und Schlaf

Der Mond legte kalte Kompressen auf die Wellblechdächer, und eine kurze Zeit nur hatte auch der Abendwind versucht, Kühle in die fiebernden Baracken zu blasen. Aber dann hatte er die Nutzlosigkeit seiner Bemühungen eingesehen und war wieder eingeschlafen; die große Reise vom Meer über die roten Berge hatte ihn ermüdet. Und jetzt stöhnten die Schläfer unter der schweren Luft.

Zuerst versuchten sie verzweifelt, Verstecken mit der Wachheit zu spielen, die Augen zuzukneifen und sich einzureden, daß sie gleich wieder tief schlafen würden. Dann überkam sie die Wut, sie trommelten mit den Fäusten auf die Matratzen, um sich müde zu machen. Als dies alles nichts nützte, nur den Schweiß stärker aus allen Poren trieb, entschlossen sie sich, die Baracken zu verlassen und draußen zu schlafen. Es dauerte stets lange, bis dieser Entschluß zustande kam, denn nicht nur die Trägheit mußte überwunden werden, sondern eine tief eingewurzelte Überzeugung und eine schwer zu brechende Tradition: Nur auf Märschen schlief man unter freiem Himmel, im Posten war es Sitte, unter einem Dach zu schlafen. Das Dach, das den Himmel ausschaltete, und die Wände, die der Luft wehrten, das war etwas, was ihnen im Posten gebührte, was sie sich nicht ohne weiteres rauben ließen.

In der Mitrailleusensektion begann die Auswanderung, und es war Korporal Koribout, ein Neuer, der noch keine Tradition zu brechen hatte, der zuerst seine Matratze ins Freie schleppte. Ihm folgte Schilasky, ein Deutscher, dessen Körper so flach und hölzern war, daß er wie eine wandelnde Scheibenfigur wirkte. Auch Todd folgte ihnen. Sie waren dem gleichen Geschütz zugeteilt worden und verstanden sich auch sonst gut.

Die drei bildeten eine Gruppe, scharf getrennt von der Masse der übrigen, die ihre Matratzen dicht aneinanderreihten, um keinen Zwischenraum zwischen sich aufkommen zu lassen. Sie fürchteten das Alleinsein mehr als irgend etwas.

Sie sprachen wenig, ein Witzbold genügte in der Gruppe, um die notwendigen Worte zu sprechen und den Gedanken der Masse Ausdruck zu verleihen: über das Essen, den Dienst, die Kleider, die Löhnung, die Verdauung und die Weiber. Aber von der Hitze war der Sprecher der Gruppe, der Berliner Kraschinsky so erschöpft, daß er es nur zu Ausrufen brachte, wie: »Kinder... Nee... diese Hitze...« Sie waren alle nur mit Hemden bekleidet und ihre Beine wuchsen daraus hervor, leichenhaft gelb.

Korporal Koribout lag zwischen seinen beiden Kameraden. Er trug Unterhosen, und seine Füße glänzten fett. Sie waren vom letzten Marsch noch wund, und er hatte sie mit einer Speckschwarte eingerieben. Seine Mutter sei eine Deutsche gewesen, hatte er erzählt, und er liebe diese Sprache. Darum verkehre er weniger mit den Russen.

»Ich habe heute ein Gedicht gemacht«, flüsterte er, »in

russischer Sprache, aber ich will versuchen, es euch zu übersetzen. Oder langweilt es euch?«

Die beiden anderen verneinten durch ein Brummen.

»Nun also«, sagte Koribout. Er setzte sich auf, zog unter seinem Kissen ein schwarzes Wachstuchheft hervor, blätterte lange, blieb manchmal an einer Seite hängen, fand endlich, was er suchte und begann:

»Wie viele lange Tage sind wir vorbeigewandert
an trockenen Gräsern,
und haben das Bild gesucht der Frau, die mit uns
in einem kleinen Boot gefahren ist.
Blau war damals das Meer und lachte mit den
weißen Zähnen seiner Schaumkronen.
Seit dieser Zeit sind wir allein gewesen.
Nie mehr sehen wir die Frau, die ferne,
nur manchmal, in einem wachen Traum,
schreitet sie auf den Spitzen der verdorrten Gräser
und grüßt uns mit müder Hand.«

Er unterbrach sich. »Das ist nicht ganz richtig übersetzt«, er murmelte ein russisches Wort, sprach es gedehnt aus, so, als wolle er den Geschmack des Wortes finden, zog die Luft ein, wie um einen verwehten Duft einzufangen, schüttelte dann traurig den Kopf. »Ich finde es nicht«, flüsterte er. »Müde ... es ist ein anderes Wort als müde! Traurig zugleich und hingegeben und doch gelangweilt. Es gibt kein solches Wort auf deutsch. Aber der Vers ist schön, nicht wahr?« Er wiederholte.

»Schreitet sie auf den Spitzen der verdorrten Gräser.«

Er schwieg. Die anderen blickten in die Sterne, und auch sie schwiegen. Sie wagten einander nicht anzusehen, und eine große Verlegenheit wuchs zwischen ihnen auf. Sie schämten sich für den Dichter und für das, was er ausgedrückt hatte, schämten sich, ohne zu wissen, warum, weil er Dinge ausgedrückt hatte, die vielleicht richtig waren, aber die doch verschwiegen werden müssen, weil sie ausgedrückt mit Worten doch zu einer Unehrlichkeit, zu einer Lüge werden. Nicht zu einer groben Aufschneiderei, die schließlich unterhaltsam ist und die Zeit vertreibt, sondern zu einer tieferen Lüge, die einem vorübergleitenden Gefühl plötzlich Ewigkeit schenkt und Dauer. Dies war es wohl, was Todd meinte, als er verärgert brummte:

»Du dichtest da etwas über eine Frau, meinst du eine bestimmte? Oder ist das nur so ein ... ein ... Traum?«

Koribout stieß die Luft leise durch die runden Nasenlöcher, die mitten im Gesicht zwei dunkle Kreise waren; denn seine Nase war nach oben gestülpt. Dann sprach er wie ein Lehrer, der einem unwissenden Kinde längst bekannte Tatsachen enthüllt, die es nur vergessen hat, sich zu merken:

»Natürlich habe ich diese Frau gekannt. Wie könnte ich sonst von der Erinnerung an sie so verfolgt werden, daß ich sie gestalten muß? Siehst du, ich habe bemerkt, daß wir hier viele sind, die von solchen Erinnerungen verfolgt werden. Tage, ja Wochen sind die Leute ruhig, und plötzlich werden sie traurig, wissen nicht mehr, was sie mit sich anfangen sollen, laufen gereizt herum, bis endlich an einem Abend sich alles entlädt. Wie ein Abszess, der aufplatzt und viel schmutzigen Eiter enthält ...«

Schilasky nickte gedankenvoll. Es schien, als hätte der andere ihm aus dem Herzen gesprochen.

»Es braucht ja nicht immer eine Frau zu sein«, sagte er leise, rollte sich auf den Bauch und stützte den Kopf in die zur Schale geschlossenen Hände.

Koribout wollte nicht hören, er war zu sehr mit sich selbst beschäftigt.

»Die Frau, von der ich schreibe, ja, ich habe sie gut gekannt – und auch geliebt, wie sehr!« Er redete stockend und ein wenig ungeschickt, um den Worten mehr Gewicht zu geben. »Ihr wißt ja, daß wir nach Konstantinopel zurückgedrängt wurden. Und wir waren alle arm. Ich hatte ein wenig Schmuck von meiner Frau, aber meine Frau selbst war verloren gegangen. Vielleicht hat sie nach Deutschland fliehen können. Nun gut, zu unseren Kreisen gehörte auch ein Ehepaar; er war ein großer brutaler Kerl und quälte seine Frau, die zart und schlank war. Sie hatten kein Geld, und ich habe sie unterstützt mit dem wenigen, das ich hatte. Ich weiß gut, daß der Mann von seiner Frau verlangte, sie solle mir entgegenkommen. Und sie tat es auch, zuerst. Aber dann merkte sie, daß sie mich lieb gewann, und da wurde sie zurückhaltender. Oh, oft haben wir ein Boot genommen und sind aufs Meer hinausgefahren. Der Mann saß im gedeckten Hinterschiff, er hatte auch noch den Vorhang vorgezogen, um uns ganz ungestört zu lassen. Dort betrank er sich. Und wenn er dann allein mit seiner Frau war, später am Abend, schlug er sie, um sich zu rächen und um seine Eifersucht loszuwerden. Und dabei lebte er doch von dem Gelde, das ich der Frau gab. Es ist nie etwas zwischen uns vorgefallen, dafür liebte ich sie viel zu sehr.«

Koribout sah immer lächerlicher aus; sein Gesicht war den Sternen zugewandt, er sperrte die Augen weit auf und blähte die Nüstern, manchmal riß es ihm die gefalteten Hände auseinander, und dann versuchte er die Stellung eines Adoranten einzunehmen, was schlecht zu seinem sauber geteilten Bart und seinen fleischigen Wangen passen wollte. Auch seine Sprache wollte er edel gestalten, darum dehnte er die Silben in gekünsteltem Singsang.

Todd gähnte.

»Aber ihr müßt begreifen«, fuhr Koribout fort, »daß ich diese Frau nicht vergessen kann. Die Gemeinschaft unserer Seelen war zu tief, wir haben zu lange das Wachsen unserer Leidenschaft beobachtet, das bindet mehr, glaubt mir, als ein fleischliches Erlebnis.«

Koribout schwieg. Nach einer Pause, in der er mit gekrümmten Fingern in der Luft gegraben hatte, förderte er mühsam folgende Feststellung zutage:

»Aber manchmal überfällt mich die Erinnerung an sie, und dann weiß ich mir nicht zu helfen. Diese Frau kommt zu mir zu Besuch, ihre Nähe ist so leibhaftig und quälend, daß ich weinen könnte. Und um den Schmerz zu bannen, versuche ich ihn zu beschwören. Ein Gedicht ist eine Beschwörung, nichts weiter. Andere müssen nur erzählen, sie brauchen ihr Erlebnis nicht schön zu formen. Ich aber muß dies tun, dann wirkt es besser.«

»Es ist ganz richtig, was Koribout da sagt«, bemerkte Schilasky, und wandte sich angriffslustig gegen Todd, auf dessen Gesicht ein höhnisches Grinsen eingetrocknet war. »Der Ackermann, der Korporal in der vierten Sektion ist, hat es ganz gleich. Ich kenne ihn gut, denn ich habe mich mit ihm zusammen in Mainz engagiert. Und er hat etwas ganz Ähnliches erlebt…«

Koribout war sogleich interessiert, Schilasky solle doch erzählen, meinte er. Sein süßlicher Ausdruck wurde durch einen angespannten, gierigen verdrängt. Er öffnete sein Wachstuchheft, feuchtete den Bleistift mit den Lippen an und wartete, wie ein geschulter Sekretär auf das aufzunehmende Diktat.

Es sei mit diesem Ackermann, wie Koribout sage. Er habe auch Besuche. Ob die anderen den Korporal kennten? Er sei, was man so einen Germanen nenne, blond und blauäugig, gut gebaut und begeistert für den Dienst. Er wolle hoch kommen, das habe er schon bei seinem Engagement geschworen. Nun, so ein Junge würde das ja noch fertig bringen. Er habe nur zwei Wochen Krieg mitgemacht, stamme aus reicher Familie mit Verwandten in der Schweiz, er habe deshalb die Unterernährung während des Krieges nicht gespürt.

»Während wir!« abgehackt und verbittert sprach er weiter und stieß Todd in die Seite. »Ich für meinen Teil bin erledigt. Lebe so als halbe Leiche. Typhus in Mazedonien, Lungenschuß bei Verdun, wundert mich nur, daß sie mich in Mainz genommen haben.«

Nun also, dieser Ackermann sei aus dem Krieg zurückgekommen und habe sich während der Umsturzzeit so richtig herumgetrieben. Habe dann ein Mädel aus einem öffentlichen Hause kennengelernt und habe sich in dieses verliebt. Er sei mit ihr spazierengegangen, habe ihr Geld gegeben, das er irgendwie immer aufgetrieben habe. Zuerst von daheim, und als da nichts mehr zu holen gewesen sei, habe er geschoben, Fieberthermometer und Salvarsan und sonst verschiedene Dinge. Der Vater habe dann von Freunden den Verkehr seines Sohnes erfahren. Ganz gehässig und zischend wurde Schilaskys Stimme:

»Die Väter! Meiner war genau so. Sprechen immer von ihrem guten Namen, der nicht beschmutzt werden darf. Als ob so ein paar Buchstaben etwas unglaublich Kostbares wären. Ich habe meinem Vater einmal gesagt: ›Dein Name, schau, er kommt mir vor wie ein altmodischer Zylinderhut, den man nur bei Begräbnissen aufsetzt. Man hütet ihn, damit er nur ja keinen Flecken kriegt, aber in der Schachtel wird er doch grün und läßt schließlich Haare und wird unansehnlich.‹ Was ist das, ein Name? Ich habe die Mode nicht mitgemacht, mich nicht umgetauft, sondern meinen Namen behalten, wie ich in die Legion bin.«

Nun, auch Ackermanns Vater hatte den Sohn mit Vorwürfen überschüttet, und da war der Junge schließlich in die Legion gegangen und hatte einen rührenden Abschied von dem Mädchen genommen. Er hatte es heiraten wollen. Warum nicht? Sie wäre vielleicht eine gute Frau geworden. Aber die Sache sei so: dieser Ackermann tue tadellos Dienst, drei Wochen, vier Wochen. Plötzlich aber, an einem Abend, beginne er zu stöhnen, die Nacht darauf schlafe er nicht, man höre ihn schluchzen wie ein kleines Kind. Und oft habe er, Schilasky, den Freund trösten müssen. Auch der folgende Tag bringe nicht die erwartete Erlösung. Erst gegen Abend packe dann Ackermann irgendeinen Kameraden, den er gerade erwischen könne, und fange an, ihm das Mädchen zu beschreiben. Wie es ausgesehen habe und nach was es gerochen habe, nach Maiglöckchen, und gelbe Unterwäsche habe es getragen, kurz, er versuche das Mädchen aus Worten zusammenzusetzen, bis es wieder leibhaftig vor ihm stehe. Dann sei der Schmerz vergangen. Ackermann tue wieder Dienst wie vorher. Ja. Das sei es wohl, was Koribout gemeint habe.

Koribout schrieb so eifrig, daß er nicht zu antworten vermochte, sondern nur nickte...

Korporal Ackermann aber wußte nicht, daß soeben von ihm gesprochen wurde. Mit vier anderen zusammen, dem alten Guy, dem Türken Fuad und dem Schweizer Bärtschi spielte er Einundzwanzig. Später kam noch Pullmann hinzu, die bullenhafte Ordonnanz des Leutnants Mauriot. Über Ackermann war diese Spielwut ganz plötzlich gekommen. Sonst hielt er sich gerne von seinen Untergebenen fern, er hielt »distance«, wie er es mit übertrieben französischer Aussprache nannte. Aber gestern hatte er eine seiner Krisen gehabt und fühlte sich anschlußbedürftig. Sie spielten gelangweilt, die alten Karten klebten von Schweiß, das Geben bereitete Mühe. Guy hielt die Bank. Er und Fuad besaßen das meiste Geld. Fuad war klein und gelb und erinnerte an einen schnüffelnden Hund. Er hatte eine bewährte Methode, Geld zu verdienen. Er trank keinen Wein, sammelte ihn vielmehr. Dann gab es Kameraden, die ihre Löhnung sehr schnell ausgegeben hatten. Denen kaufte er den Wein ab, er gab vier Franken, wenn ihm der tägliche halbe Liter während vierzehn Tagen abgeliefert wurde. Gewöhnlich hatte er sechs Tributpflichtige. Das gab täglich mehr als drei Liter. Er verkaufte die Zwei-Liter-Feldflasche den

Reicheren zu zwei Franken. Wobei für ihn ein guter Verdienst abfiel.

Sonderbar, aber er gewann auch gewöhnlich beim Spielen. Er war vorsichtig und kaufte nur ganz selten, wenn er siebzehn hatte. Aber Pullmann verlor, ebenso der alte Guy. Den kümmerte es nicht viel. Ihm war es nur um Zeitvertreib zu tun. Aber Pullmann wurde immer aufgeregter. Er hatte Schulden und hatte gehofft, einen guten Fang zu machen und seine Sorgen auf einen Schlag los zu werden.

Die Ruhe des Türken übte auf alle einen unangenehmen Reiz aus. Er hatte ein ewiges Lächeln, das die spitzen Zähne sehen ließ und die Schnüfflerfalten um seine Nase noch vertiefte.

In der staubigen Luft brannte die Kerze oben auf dem Kleidergestell mit trüber Flamme und warf riesengroße Köpfe auf die gegenüberliegende Wand.

»Noch eine«, sagte Fuad. Es war das erstemal, daß er kaufte. Er hatte As und König; nun bekam er eine Sieben. Er legte die Karten auf: »Einundzwanzig«, sagte er unbewegt. Der alte Guy warf ihm einen Franken hin.

»Ich könnte wetten«, sagte Pullmann, »daß er die Karten aus dem Ärmel zieht. Aber bei dem Licht kann man es nicht genau sehen.« Er sprach deutsch und wandte sich ausschließlich an Ackermann. Dieser zuckte die Schultern. Er wollte sich in kein Gespräch einlassen. Die anderen blickten auf Pullmanns Lippen, um womöglich den Sinn des Gesprochenen zu erraten. Es gelang ihnen nicht, denn Pullmann zog mit Erfolg eine unbeteiligte Grimasse.

Ein magerer Kerl wankte herein, kauerte sich in eine Ecke, weit von den Spielenden entfernt, zog eine Mundharmonika aus der Tasche und begann verträumt ein Lied zu spielen. Das Instrument war alt und quiekte sehr falsch. Bisweilen schüttelten den kleinen Mann bösartige Schauer. Dann teilte sich das Zittern auch dem Liede mit, das dadurch so traurig wurde, daß die Spieler mit Fluchen gegen die Störung demonstrierten. Aber der kleine Mann begann immer wieder von vorne die Melodie zu spielen, immer an der gleichen Stelle:

»... oder geht mein Leben ins Verderben,«

machte er einen Fehler, mit unendlicher Geduld verbesserte er diesen Fehler, suchte den richtigen Ton, fand ihn, begann wieder von vorne, um an der gleichen Stelle den gleichen Fehler zu machen.

Pullmann riß dem alten Guy die Karten aus der Hand. Er wollte die Bank übernehmen.

Bärtschi, der Schweizer, mit dem feuchten Tomatengesicht, sang die Melodie des Harmonikaspielers mit:

»Ich weiß nicht, bin ich reich oder arm,
oder geht mein Leben ins Verderben.«

kümmerte sich nicht um die Unterbrechung und fuhr tapfer fort:

»Und ich weiß nicht, komm' ich gesund nach Hause
oder muß ich in der Fremde sterben.«

Das »Sterben« dehnte er so lange, bis es auch Ackermann zu dumm wurde und er den Singenden anfuhr.

Aber dies brachte Bärtschi nicht aus der Ruhe. Er antwortete ebenso grob, und seine krächzende Aussprache verstärkte noch die Begleitung. So sehr er sonst dem Korporal Untertänigkeit bezeigte, jetzt beim Spiel behandelte er ihn als Gleichgestellten, ja verachtete ihn. Es ging nicht, so fand er in seinem disziplinierten Geist, daß ein Vorgesetzter mit seinen Untergebenen spielte.

Ackermanns Gesicht wurde weiß, und seine Lippen verschwanden zwischen den Zähnen. Er warf die Karten hin, stand auf, Bärtschi duckte sich, er wartete auf den Schlag, der kommen mußte. Aber Ackermann ging mit langen Schritten zu dem Bläser und setzte sich neben ihn. Endlich war er beruhigt und erkundigte sich nach dem Befinden des anderen.

»Immer Fieber«, sagte der kleine Schneider. Dann schwieg er wieder. Bald begann er zu murmeln, verfluchte den Posten, der nie von einem Arzt besucht werde. »Komm«, sagte Ackermann, nahm ihn beim Arm, führte ihn in die Baracke der dritten Sektion zurück, hieß ihn sich niederlegen, zog ihm die Schuhe aus und die Wadenbinden, wickelte ihn in Decken ein und strich ihm dann noch beruhigend über die Haare. Dann brachte er Wasser, befeuchtete sein eigenes Taschentuch und legte es auf die heiße Stirn des Liegenden. Mit glänzenden Augen starrte der kleine Schneider auf die gerippte Decke. Viel Sonderbares schien er dort zu erblicken, denn er murmelte andauernd, seine Hände unter der Decke waren unruhig, er zeichnete Linien nach. Dann warf er sich herum. Er schien etwas zu suchen.

Endlich hatte er es gefunden. Zaghaft setzte er die Mundharmonika wieder an die Lippen, spielte langsam und andächtig; deutlich sah Ackermann, wie das Gehör des Kranken nun den Linien der Töne folgte, als seien sie Wege, die in einem unbekannten Land bergauf und bergab führten. Ackermann ließ den Kranken ruhig weiterwandern.

Er kehrte zurück und fühlte sich durchaus glücklich. Der kalte Zorn war schnell geschmolzen. Er dachte, daß er hätte zur Sanität sollen, erinnerte sich an sein Mädchen, das auch einmal krank gewesen war, und das er gepflegt hatte. Sie hatte ihm damals auch gesagt, daß er gut pflegen könne. Und diese Tatsache, ein guter Pfleger zu sein, erfüllte ihn mit großem Stolz.

Ihm war es nun ganz unverständlich, daß er hatte spielen können. Denn dies Spielen, ganz als einen unschuldigen Zeitvertreib konnte man es doch nicht ansehen. Es war ein Kampf gegen die anderen, wenn er spielte, tat er es doch mit der festen Absicht zu gewinnen, und sein Gewinn schädigte die Mitspieler. Es war falsch, die anderen zu schädigen, empfand er plötzlich, sie alle waren unglücklich; das bißchen Geld, das sie besaßen, bedeutete Glück für sie, und er, er hatte es ihnen aus der Tasche nehmen wollen. So überschwengliche Güte fühlte er plötzlich in sich, daß er nicht wußte, was er mit diesem Überschwang machen sollte. Er wollte noch einmal nach dem kleinen Schneider sehen, oder Schilasky besuchen, der stets so schwer an seinem Gewissen zu schleppen hatte, aber da hörte er aus der Baracke die vier laut streiten, und er lief, um Frieden zu stiften.

Der dicke Pullmann sah nun ganz einem gereizten Bullen gleich. Mit blutunterlaufenen Augen kniete er am Boden, die Rechte noch aufgestützt, die Linke im Hosensack eingegraben. Er spuckte Fuad Schimpfworte ins Gesicht, richtete sich auf, um den Gelenkigeren zu packen, der ihm immer wieder mit einem höhnischen Sprung entwischte. Der alte Guy hatte sein Geld in Sicherheit gebracht, nun hockte er da, auf seinen verschränkten Beinen, klatschte in die Hände und eiferte die anderen an. Bärtschi stand in einer Ecke, weit von den Streitenden entfernt, die Augäpfel waren aufgequollen, stumpf und blicklos. Schlaff hing die Unterlippe herab. An der Tür drängten sich Zuschauer.

Nun richtete sich Pullmann auf. Ein Messer wanderte von der einen Hand in die andere und sprang auf, mit einem trockenen Schnappen. Aber auch in Fuads Hand sah Ackermann ein Messer. Der Türke trug noch immer den unbeteiligten Ausdruck. Kein Blut färbte die pergamentgelbe Haut. In kleinen federnden Sätzen umkreiste er den Großen, seine harten Augen folgten jeder Bewegung des anderen, er suchte die unbeschützte Stelle. Von weitem schon rief Ackermann: »Ruhe«, er war zornig, die Baracke war sein Eigentum, hier hatte er zu kommandieren, eine Messerstecherei war eine Beleidigung seiner Autorität. Aber die Baracke war lang, er hatte den ganzen Gang zu durchlaufen, und der Gang dehnte sich, es war wie in einem Traum, er kam nicht von der Stelle, obwohl er lief. Endlich hatte er die beiden erreicht. Er sprang zwischen sie, die Arme nach vorne gereckt, seine Ellbogen spürten die Brustknochen der Gegner. Aber Pullmann schien blind. Einen kleinen Schritt nur tat er zurück, dann ließ er das Messer mit voller Kraft nach unten stoßen. Es traf Ackermanns Beuge. In einem Augenblick war der Ackermann dunkelrot und das

Blut tropfte auf den Boden. Pullmann stieß ein Heulen aus. Dann verstanden die Zuschauer die leisen Worte, die folgten: »Nicht dich, Korporal, nicht dich.«

Die Aufregung war groß. Die Zuschauer drängten herbei, sie konnten nicht stillbleiben, tanzten von dem einem Fuß auf den andern, schnitten Grimassen, glücklich, oh wie sehr, daß sie dies interessante Schauspiel nicht verpaßt hatten. Ratschläge schwirrten durch die Luft; einer rief nach Spinnweben, der andere erbot sich, sein Wasser über die Wunde zu lassen. Drei, dann vier Kerzen beleuchteten das Schauspiel.

Ackermann zog den Rock aus, der Schnitt war nicht tief, eine einzige Vene war getroffen, die ihr Blut in einem kleinen Springbrunnen in die Luft spritzte. Und Ackermann fühlte, wie das Glücksgefühl, das ihn vorher nur bescheiden erfüllt hatte, nach und nach wuchs, bis es schier unerträglich wurde. Eine Leichtigkeit durchdrang seinen Körper, wie er sie nur in den Flugträumen seiner Kindheit erlebt hatte. Und auch diese Kindheitsträume waren deutlich wieder da, verwandelten die ganze Begebenheit und tauchten sie in ein sonderbar glühendes Märchenlicht, dessen Schönheit so überwältigend wurde, daß er lächelnd die Augen schloß.

Als er sie öffnete, hatte Pullmann schon sein Hemd zerrissen. Der Ärmel, fest gerollt, diente ihm zum Abbinden. Das Blut stockte. Ackermann stand auf. Seine Haltung war voll Feierlichkeit, und die anderen verstummten. Sie fanden ihn schön, sein Gesicht war bleich und scharf, sein blondes Haar lag am Kopfe an, wie eine Kappe aus Goldstoff. Er sprach, ohne sonderlich die Stimme zu erheben, verlangte

Schweigen von ihnen allen über den Vorfall. Kein Vorgesetzter durfte davon erfahren. Das forderte er von ihrer Kameradschaft. Er wiederholte die Worte in französischer Sprache. Dann ließ er die Lichter löschen und legte sich auf seine Matratze. Pullmann ließ sich nicht vertreiben. Die ganze Nacht blieb er neben dem Verwundeten.

Lös war ohne Schwierigkeit in den Posten gelangt. Die Wache am Tor hatte gerade den Rücken gekehrt. Vor der Tür seiner Kammer hockte der Bäcker Frank, ein Wiener, der eine ewige Leidensmiene wie eine Maske trug. Und seine Klagen sickerten zähe zum alten Kainz, der neben ihm saß.

»Auch kann ich nicht schlafen. Immer das Reißen im Rücken. Und die Zähn' tun mir so weh. Dann is' mir wieder kalt, auch wenn ich vor dem heißen Ofen steh'. Weißt, ich glaub', ich mach' es nicht mehr lang. Entweder der Major muß mich auf Reform schicken, oder ich geh' drauf. Ein schweres Leben is' es schon. Servus Korporal, wo kommst denn du her?«

Lös erkundigte sich nur, ob niemand nach ihm gefragt habe. Nein, der Leutnant Mauriot war nicht in der Verpflegung gewesen. Die Offiziere saßen noch alle in der Messe zusammen und feierten irgend etwas. Der Koch hatte zwei Büchsen grüne Erbsen geholt. Und Hühnerwald hatte drei Flaschen Wein liefern müssen. Auf Rechnung von Mauriot. Ja, ja. Das seien alle Neuigkeiten. Es war nicht ganz leicht, diese Meldungen zu verstehen, denn der alte Kainz hatte einen wackligen Zahn, dessen Festigkeit er während des Gespräches ständig mit zwei Fingern kontrollieren mußte.

Und Lös gab seine Absicht kund, die Nacht nicht im

Posten zu verbringen. Kainz behauptete, er gönne dem Korporal diese Abwechslung. Was soll auch der Mensch anfangen ohne ein wenig Liebe? Was ihn betreffe, so habe er genug von den Frauen, seine Alte sei ihm untreu geworden – aber das wisse ja der Korporal.

Lös kannte eine Stelle, hinten beim Park der Maultiere, wo die Mauer leicht zu übersteigen war. Und auch der Stacheldraht war dort schadhaft. Es kam nur darauf an, zu wissen, ob die Stallwache schlief oder ob sie bestechlich war.

Schlafende Tiere sind fremdartig, viel fremdartiger als schlafende Menschen.

Das Maultier steht still mit gesenktem Kopf; es scheint aus Holz zu sein, sein Kopf bewegt sich nicht, seine Ohren sind reglos. Aber es träumt ganz sicher. Denn bisweilen laufen über seine gespannte Haut leise zitternde Wellen und ganz sanft schwingt der Schweif mit. Plötzlich erwacht es, spreizt die Hinterbeine, läßt fließen, was es beschwert, seufzt tief auf und steht wieder reglos, mit steinernen Nüstern, die glänzen wie schwarzer, polierter Marmor.

Die Stallwache schlief. Der Weg über die Mauer war frei.

Aber Lös blieb einige Minuten auf der Mauer sitzen, um die Reihe der schlafenden Tiere zu betrachten. Eine Kette klirrte, ein aufstampfender Huf ließ den Boden dröhnen, ein Prusten kollerte wie ein kurzer gedämpfter Trommelwirbel. Lös sprang ab.

Zeno hatte sich Mühe gegeben. Sie hatte alles mögliche auf die Terrasse geschleppt und übereinandergeschichtet, um ein weiches Lager zusammenzubringen. Beim Untersuchen stellte Lös die folgenden Lagen fest: Zuerst mehrere alte Säcke, die, obwohl halb verfault, doch noch deutlich den Stempel der Militärverwaltung trugen. Dann kam eine Lage frisches Alfagras, darauf Lumpen, aber saubere Lumpen, am Oued gewaschen und an der Sonne getrocknet. Das Ganze wurde von vier Schaffellen bedeckt, die ihre weiße Wolle in der Nacht leuchten ließen. Die breite Lagerstatt war in einer Ecke der Terrasse aufgeschlagen, und die hohen abschließenden Mauern gewährten Schutz gegen den Morgenwind, den man erwarten durfte.

Still breitete sich die Terrasse aus; kein Geländer war da, das sie abschloß von der Ebene, in welche sie unmerklich überging. Nur die Berge waren eine weiche Grenze, die den Blick aufhielt und ihn überleitete zum Funkeln der Sterne.

Zeno lag auf dem Rücken, die Arme unter dem Kopf verschränkt. Ihre Brust hob und senkte sich, und ihre Haut wirkte zart wie das Fell eines Tieres. Und auch Lös träumte in den leeren Himmel hinein, füllte ihn mit den Göttern, die er langsam auferstehen ließ aus ihrem tausendjährigen Schlaf.

Vergessen ist das dumpfe Zimmer im Posten, die Zahlen auf den Registern, das Kriegsgericht und der kleine Leutnant Mauriot. Auch die Kameraden sind vergessen, die stets umgeben sind von dem Geruch schmieriger Vergangenheiten, der ihnen anhaftet, was sie auch tun, um ihn zu vertreiben. Und wie er denkt: Vergessen, so sind sie alle wieder da und höhnen ihn. Er hört ihre Worte, sieht das zahnlose Grinsen des alten Kainz. Und wie um Rettung zu finden, als könne er ihre Anwesenheit abstreifen, wie ein Kleid, beginnt er sich auszuziehen. Wirft weit weg die Uniformstücke, die Schuhe, die Unterkleider. Bis er, endlich nackt, ein Mondbad nehmen kann, das ihn befreit. Aber der Körper neben ihm ist kühl. Und ihn zu fühlen, vermag das Denken zu bannen, auf Augenblicke.

Hernach aber ist die Traurigkeit noch größer, und die Einsamkeit wächst und der Ekel. Wolkenfetzen sind graue Abwaschlappen, ein übler Geschmack von fremder Haut bleibt im Munde zurück. Die Angst wächst wieder, vor allem: vor der Zukunft, dem anbrechenden Tag, vor der Krankheit. Schweigend zieht Lös sich wieder an. Er stößt das Mädchen zurück, das ihm helfen will, das fragt, ob es ihm etwas bringen könne. Heißen Tee? Oder Kaffee? Er schüttelt nur den Kopf. Dann stolpert er eine dunkle Treppe hinunter.

Noch nie ist ihm der Weg zum Posten so lang erschienen. Er springt über die Mauer. Die Stallwache schläft noch immer. Aber die Maultiere sind alle wach. Sie wiehern leise, stoßen kleine Schreie aus, wie Frauen, die gekitzelt werden, scheinen zu lachen und sich komische Geschichten zuzuflüstern.

Wie Sterbende liegen die Schläfer im Posten verstreut, sie röcheln aus weitgeöffneten Mündern. Dazwischen tönt das laute Traumlallen einzelner. Ein dicker Gestank füllt die Schluchten zwischen den Baracken aus: Schweiß und faulendes Fleisch und die Ausdünstungen der offenen Latrinen.

In einer Ecke der Kammer steht die Flasche mit dem Kartoffelschnaps. Lös handelt automatisch. Die Blechtasse füllen, die Flüssigkeit wie eine Medizin hinunterleeren, den Mund verziehen, laut »Ah« sagen, als sei ein anderer da, der zuhöre und beruhigt werden müsse. Dann wie ein Klotz sich hinfallen lassen auf die Matratze, die Kraft reicht gerade noch aus, die Decken um sich wickeln, denn es beginnt kühl zu werden. Und endlich in den tiefen Schacht versinken, der schwarz ist und kühl und stumm.

Bis spitze Strahlen das unbeschützte Gesicht stechen, das Trillern einer Pfeife schmerzhaft die Ohren verwundet.

Und ein neuer Tag beginnt.

5. Kapitel

Der Ausmarsch

Die Tage zogen über den kleinen Posten hin, und nichts unterbrach ihre Gleichförmigkeit. Es pfiff am Morgen zum Reveil, schon eilten die dazu Bestimmten zur Küche, den Kaffee zu holen, brachten ihn zurück, während hinter ihnen, wie Fahnen, der Geruch des Getränkes wehte. Ein neuer Pfiff: ohne Sattel wurden die Maulesel zum Fluß geritten, zur Tränke. Der Sergeant vom Wochendienst lief herum: Krankenappell. Dabei war der Capitaine zugegen, denn der Arzt kam nur alle drei Wochen. Der Capitaine war gutmütig. Er verordnete wenig Medizin, weil er nur Aspirin und Jodtinktur kannte. Auch Chinin. Aber freigebig war er mit Ruhe. Zwei Tage dienstfrei, drei Tage dienstfrei. War es dann noch nicht besser, so wurde die Temperatur gemessen. Dann gab es Chinin und weiter Ruhe. Nützte alles nichts, so kam man nach Rich ins Lazarett. Die Camions, die von Zeit zu Zeit den Posten besuchten, nahmen die Kranken mit. War jemand nicht transportfähig, so wurde der Major Bergeret telephonisch angerufen. Er kam dann am Nachmittag, hoch zu Roß, ein sanfter, schwarzbärtiger Mann, untersuchte, tröstete, ließ Tee kochen, jagte den Krankenwärter aus seiner Faulheit auf, trank mit den Offizieren eine Flasche Wein und ritt am Abend wieder fort.

Um neun Uhr war Rapport. Die Kompagnie trat an, bildete ein Karree. Der Capitaine spazierte das Viereck ab, tätschelte eine Wange, kniff dort einen Arm. Führte das Stöckchen zum Mützenschild: abtreten.

Die Mitrailleusensektion ging schießen. Leutnant Lartigue ließ irgendwo in der Ebene Scheiben aufstellen. Das Maschinengewehr wurde auseinandergenommen, zusammengesetzt, zuerst mit offenen Augen, dann mit verbundenen, der Leutnant ließ die Theorie wiederholen: »La mitrailleuse Hotchkiss est une arme automatique fonctionnant par l'échappement des gaz.« Der Leutnant nickte dazu, die Leute plapperten wie gutdressierte Papageien. Aber sie kannten den »piston moteur« und den »ressort de détente«, denn sie hatten ja schon zwei Jahre Dienst.

Dann schoß man eine Bande ab gegen die Scheiben in der Tiefe, der Leutnant kontrollierte die Einschläge mit dem Feldstecher: die Staubwolken der einschlagenden Kugeln waren übrigens auch mit freiem Auge leicht zu erkennen. Auf einem Hügel weiter links ließ der Adjutant auf die gleichen Scheiben schießen. Das Geknatter der verschiedenen Waffen klang recht kläglich unter dem hohen heißen Himmel.

Langsam füllte sich der Posten wieder um die Mittagszeit. Ein erneutes Pfeifen: langsam trabten die Männer zur Küche, um dort Kartoffeln zu schälen. War dies erledigt, so schlurften sie in die Baracken zurück, um Schatten zu suchen. Es pfiff zum Essen. Wenig Abwechslung gab es; Schafragout oder Büchsenfleisch, dazu Reis oder Bohnen oder Linsen. Aber das Wochenmenu, das nach

Fez geschickt wurde, wies wunderbare Speisen auf: das ewige Ragout nannte sich Irish stew, Mouton sauté; Rôti de mouton, Côtelettes d'agneau. Und Oberst Jaquelin war zufrieden, wenn er dies las. Die Legion hatte gut zu essen.

Bis gegen halb vier schlief dann der Posten. Da war der Abend schon da; man reinigte ein wenig die Gewehre. Die Wache zog auf, es pfiff zum Tränken und Füttern, die Menschen aßen zu Nacht, die Russen sangen, die Türken strichen herum und suchten nach Opfern, um sie beim Spiel auszuplündern, es gab Geschrei, der Capitaine machte eine Runde, Leutnant Lartigue ging seine Freundin besuchen, Sergeant Farny suchte nach seiner Ordonnanz (sie wechselte oft, war aber stets jung und hatte eine weiche glatte Haut).

Diese Ordonnanz des Sergeanten Farny bildete eigentlich, mehr noch als des Leutnants Freundin, Lös' Reichtum oder Korporal Ackermanns Verwundung, den Hauptteil, oder genauer ausgedrückt, das Feuilleton der gesprochenen Zeitung des Postens. Denn Farny, eine zähe, eher kleine Gestalt, war durch sein Schicksal, das fast mit dem der Kompagnie zusammenfiel, eine bedeutende Persönlichkeit. War er nicht einer der wenigen Überlebenden aus der großen Katastrophe, welche die Kompagnie vor nun bald drei Jahren heimgesucht hatte? Und obwohl dieser Sergeant Farny von der geistigen Aristokratie (Sitnikoff gehörte dazu, Lös und der Leutnant Lartigue) für herzlich unbedeutend und uninteressant gehalten wurde, gelang es ihm doch durch sein schlaues Verhalten, großen Einfluß auf einfache Gemüter auszuüben. Gerade weil seine Schlauheit keiner bewußten Überlegung entsprang, sondern rein instinktiv war, verhalf sie ihm zu jener Macht, die er gern mißbrauchte.

Sergeant Farny hatte den Befehl über die vierte Sektion, und alle seine Untergebenen fürchteten ihn, vorab Sergeant Wieland, ein ewig keuchender, fetter Münchener, der von allen ausgelacht wurde. Nur Korporal Ackermann ließ sich von Farny nicht einschüchtern. Die beiden haßten sich, und Farny hetzte unter seinen Leuten gegen den Korporal.

Die Art des Terrors, die Farny ausübte, war versteckt und hinterlistig. Es waren vor allem seine Augen, die Furcht einflößten. Die Iris war grau und schmal, mit vielen winzigen gelben Tupfen. Darum lag die Hornhaut, durchzogen von vielen roten Äderchen. Aber was diese Augen eigentlich so Entsetzen erregend machte, konnte niemand recht sagen. Sie waren wohl leer, ganz und gar ausdruckslos, und auch wenn man fühlte, daß der Sergeant innerlich vor Wut geschüttelt wurde, die Augen blieben sich gleich. Das Gesicht war bei dieser Gelegenheit verzerrt, der Mund belferte, die Wangen zuckten. Aber während die Wut sich bis zu heiseren Schreien steigerte, blieben die Augen weit offen, die Lieder schienen festgewachsen und senkten sich auch nicht ein einziges Mal über die Augäpfel, deren Beschaffenheit am ehesten an trübe Gelatine erinnerte.

Es war etwa drei Tage nach der Verwundung Ackermanns, als ein derartiger Wutanfall Farnys dem Posten wieder Gesprächsstoff lieferte. Pausanker, ein weicher Junge aus der Mitrailleusensektion, so jung, daß er sich noch nicht zu rasieren brauchte (der schwache blonde Flaum auf seinen Wangen war nur zu sehen, wenn er die Sonne im Rükken hatte), hatte Farnys Wohlgefallen erregt. Er wollte ihn als Ordonnanz. Bisher hatte Patschuli diese Stelle bekleidet, und er war willig gewesen, aber nicht treu. Und Sergeant Farny war sehr eifersüchtig. Während des Mittagessens in der Messe der Unteroffiziere begann der Kampf. Diese Messe, ein kleines unabhängiges Gebäude, lag an der Umfassungsmauer der Verpflegung im Schatten des Turmes. Sie war in zwei Räume geteilt, einen kleineren: die Küche (denn die Sergeanten aßen nur auf dem Marsch mit der Mannschaft) und einen größeren, der als Speisesaal diente. Dieser war lang, ein einziger schmaler Tisch stand darin. An den Wänden klebten Zeichnungen aus der »Vie parisienne«, mehr oder weniger nackte Frauen darstellend. In diesem Saale roch es wie in einer Schnapsbrennerei.

Am obern Ende des Tisches hockte der alte Adjutant Cattaneo. Er hatte einen verbogenen Zwicker auf der Nase und studierte eine Nummer des »Fantasio«. Neben ihm saß der blasse Hassa, der Eigentümer des Blattes, und machte devot auf die pikantesten Stellen aufmerksam, las die Untertitel laut vor, entschuldigte sich bisweilen, dies zu tun, aber laut vorgetragen übten sie mehr Wirkung aus. Der Adjutant war glücklich, daß seine Unfähigkeit, Gedrucktes zu lesen, so höflich verschleiert wurde. Neben Hassa saß Sitnikoff und las in einem russischen Buch. Die jüngeren Sergeanten, Wieland, Hühnerwald und andere hielten sich mehr an Farny, der am unteren Ende der Tafel thronte.

Als das Essen vorbei war, brachte der Koch den schwarzen Kaffee. Sitnikoff trank schnell seine Tasse leer, wollte aufstehen und sich verabschieden. Da hielt ihn die verstaubte Stimme Farnys, die trotz ihrer Heiserkeit sehr durchdringend war, auf.

Farny sagte: »Ich will Pausanker zur Ordonnanz. Er ist in Ihrer Sektion, Sergeant Sitnikoff.« (Alle Sergeanten siezen Sitnikoff.) »Wollen Sie es dem Capitaine mitteilen, oder soll ich es tun?« Farny sprach deutsch, er war Elsässer. Es war eigentlich eine Höflichkeit, die Farny dem Sergeanten Sitnikoff damit erwies, der das Französische nur mangelhaft beherrschte. Im gleichen Augenblick ließ der Adjutant ein rasselndes Lachen hören, das jedes andere Geräusch erstickte. Er hatte einen Witz verstanden.

Sitnikoff antwortete, aber Farny verstand die Antwort nicht. Er beugte sich vor und hielt die Hand hinters Ohr. Sitnikoff wiederholte seine Worte, er sprach französisch: davon könne nicht die Rede sein. Er werde sich diesem Projekt widersetzen. Farny lachte. Die Haut seines Gesichtes, die wie rauhes rotes Leder aussah, verfärbte sich und nahm eine hellviolette Tönung an. Die Augen blieben weit aufgerissen. Warum der Sergeant sich weigere? Er sprach nun auch französisch. Ob Farny ihm nicht die Auseinandersetzung der Gründe ersparen wolle. – Nein, Farny wollte nicht. – Schweigen. – Sitnikoff hielt die Lehne seines Stuhles umklammert. Dann ließ er seinen Blick langsam über die Anwesenden gehen, so, als wolle er feststellen, wer etwa noch zu ihm halten würde. Aber überall senkten sich die Köpfe vor seinem Blick. Nur der Adjutant fixierte ihn mit einem breiten Lächeln.

Farnys Fäuste lagen auf dem Tisch, die Daumen als Verschluß darauf. Er wartete. Noch einmal fragte Sitnikoff, ob es nicht besser sei, wenn er die Gründe, die seine Weigerung bestimmten, für sich behalten könne. Hierauf erlosch das Feixen des Adjutanten; der dicke Mann schien anzuschwellen, wie ein wütender Truthahn. Sitnikoff solle seine Überheblichkeiten nicht gar zu deutlich zeigen. Er sei nicht mehr als seine Kameraden, polterte er, und solle Rede und Antwort stehen. Farny sei ein alter Sergeant, der auch das Recht habe, einen Wunsch zu äußern. Vor Erregung bekam er den Schluckauf.

Farny beachtete die Unterstützung nicht. Unentwegt hielt er seine leeren Augen auf Sitnikoff gerichtet. Dieser zog mit einem Ruck den Stuhl wieder zu sich heran und setzte sich. Das wirkte verblüffend. Hassa rückte ab, auf der anderen Seite tat Wieland das Gleiche. Nun erklärte sich Sitnikoff, in wohlgesetzter Rede; er gab sich sichtlich Mühe, keine Fehler zu machen, er wollte jede Spur von Lächerlichkeit vermeiden. Es sei doch allgemein bekannt, was Sergeant Farny mit seinen Ordonnanzen treibe. Solange es sich um Leute wie Patschuli handle, an denen doch nichts zu verderben sei, habe er keine Einwände zu machen, aber wenn junge unschuldige Burschen, wie dieser Pausanker in Frage kämen, fühle er sich verantwortlich. Dieser Pausanker gehöre zu seiner Sektion, er fühle sich verpflichtet, ihn zu schützen. Jetzt sei er noch gesund, könne später in seine Heimat zurück und vielleicht wieder den Weg zu Leben und Glück finden (bei diesen Worten lachte Cattaneo wieder sein trommelndes Lachen, Hassa sekundierte diskret, Farny blieb steinern). Darum sei er gegen den Wechsel und werde auch seinen Einfluß beim Capitaine in dieser Richtung geltend machen, weil Farny angefault sei. Die letzten Worte dehnte er. Sie zogen gleichsam einen Strich durch das Schweigen.

Es erhob sich lautes Geschrei und Füßegetrappel. Sie

sprangen alle auf, beugten sich über den Tisch, redeten auf Sitnikoff ein, schlugen vor ihm mit den Fäusten auf die Tischplatte, drohten ihm mit Prügel.

Nur Cattaneo und Farny blieben ruhig sitzen. Der Adjutant hatte wieder den Fantasio zu sich herangezogen und vertiefte sich in eine Zeichnung.

Es schien, als sei Farnys Ruhe nur gemacht. Seine ganze Haltung wirkte verkrampft, die Kaumuskeln auf seinen Backen traten scharf hervor, die Haut seiner Stirne war gewellt, als bereite ihm das Aufreißen der Augen große Schwierigkeiten. Dann löste sich der Krampf, er sprang auf. Da schwiegen die anderen und setzten sich. Manche duckten sich unwillkürlich. Sein verfärbtes Gesicht war wüst. Er schluckte. Dann brach er los. Er stand dicht vor Sitnikoff, den er kaum überragte, obwohl Sitnikoff saß. Farny schrie nicht, denn seine Stimmbänder waren krank. Die Zuhörer verstanden nicht alles, was er sagte, die Schimpfworte überstürzten sich. Aber während seiner ganzen Rede blieben die Augen weit offen, und diese offenen Augen schienen auf Sitnikoff mehr zu wirken als der ein wenig hilflose Wutausbruch, denn plötzlich legte er die Stirn auf seine Hände und senkte den Kopf. Farny schien über seinen Sieg erfreut und ging an seinen Platz zurück. Der Koch mußte auf seinen Befehl Pausanker holen. Es herrschte wieder Stille im Raum bis zur Ankunft des Jungen.

Dieser blieb an der Tür stehen und wagte nicht die Schwelle zu überschreiten. Sonnenstrahlen fielen senkrecht auf ihn, so daß er für die im Schatten Sitzenden sehr hell aussah. Die langen Wimpern, die seine sauberen Augen einsäumten, warfen lichte Schatten auf seine Wangen.

Allzu bieder tönte des Adjutanten Aufforderung, näher zu treten. Und als der Junge über die Schwelle stolperte, verschlug ihm die Schnapsluft nicht nur den Atem, nein, sie schien auch zersetzend auf ihn zu wirken. Die Miene des Gesichtes wurde blöde, der Mund erschlaffte, und die Augen bekamen ein schmieriges Glänzen. Zuerst war ihr Blick an Sitnikoff hängen geblieben, begreiflicherweise, denn dieser war sein Vorgesetzter. Aber dann floh der Blick, lief schnell über die Köpfe der anderen und wurde endgültig von Farny abgefangen. Farny hatte wieder seine Lieblingsstellung eingenommen, Fäuste auf dem Tisch. Er lächelte unangenehm unter seinem dünnen Schnurrbart. »Willst du Ordonnanz werden bei mir«? fragte er auf deutsch. »Weißt du, ich zahle gut. Kannst dreißig Franken im Monat haben, mehr als der Putzer vom Capitaine, und ich gebe noch gute Trinkgelder, wenn du folgsam bist.«

»Tu's nicht, Pausanker. Du weißt, was ich dir gesagt habe«, sagte Sitnikoff leise. Aber ein Sturm von Zurechtweisungen brauste gegen ihn.

»Halten Sie Ihr Maul«, fauchte Farny.

Pausanker konnte seinen Blick nicht aushaken. Er saß fest. Farny hatte ihn auch während der Zurechtweisung Sitnikoffs nicht losgelassen. Der Junge keuchte. Es schien ihm übel zu werden. Ein Ausdruck des Ekels trat in sein Gesicht. »Ja«, sagte er leise, »ich will gerne.«

»Na, also«, sagte Farny, faltete die Hände und drehte die Daumen umeinander. Eine ganze Weile blieb es still. Alles starrte auf Farnys Hände, die wirbelnden Daumen zogen die Aufmerksamkeit an. Da brach Sitnikoff den Bann. »Gute Verdauung«, sagte er laut.

Dann ging er, Leutnant Lartigue sein Leid klagen. Er erhielt das Versprechen, daß der Capitaine die Sache erfahren solle.

Aber noch vor dem Abend kam telephonischer Bericht von Bou-Denib, die Kompagnie habe mit drei Sektionen und den Maschinengewehren über Atchana nach Ain-Kser zu marschieren, um dort Camions in Empfang zu nehmen und diese dann nach Midelt zu begleiten. Eine Sektion solle nur bis Atchana mitmarschieren und dort zum Kalkbrennen bleiben.

Lös war den ganzen Nachmittag im Ksar gewesen. Als er um sieben Uhr zurückkehrte, stand in der Mitte des Hofes Capitaine Chabert und fluchte aufgeregt auf den alten Kainz ein, der mit immer gleichbleibender Geduld die Worte: »Oui, mon Capitaine« aus seinem zahnlosen Mund spuckte. Lös war nicht unvorbereitet. Pierrard war auf Wache und hatte ihm die Neuigkeit mitgeteilt.

»Wo waren Sie, Lös?« schrie Chabert aufgeregt. »Ich warte schon drei Stunden auf Sie. Ich habe Sie überall suchen lassen. Sie haben im Posten zu bleiben und sich nicht ohne Erlaubnis zu entfernen, um irgendwo in einer Ecke kleine Mädchen zu verführen. Sie müssen die Verteilung leiten. Können Sie das überhaupt? Oder sind Sie besoffen? Antworten Sie?«

»Ich habe nur einen Spaziergang gemacht, mon Capitaine«, entschuldigte sich Lös, der sich schuldbewußt und klein vorkam. »Ich war ja gar nicht saufen.«

»Gut, gut, das wird man ja an Ihrer Aufführung merken. Haben Sie genug Brot für zwei Tage? Sind auch Biskuits da? Und die Konserven? Was haben Sie da? Bohnen? Kompott? Sie wissen, ich halte sehr darauf, daß meine Leute auf dem Marsch gutes Essen haben. Und Fleisch? Frisches Fleisch für zwei Tage? Chef!« brüllte er plötzlich. »Wo ist der Chef wieder? Der Chef hat die Bestellzettel. Ich habe sie schon unterschrieben, mich trifft keine Schuld, wenn es Verspätung geben sollte. Auf was warten Sie, Lös? In fünf Stunden ist Abmarsch, Sie haben gerade noch Zeit.«

»Aber ich muß doch zuerst die Scheine haben«, entschuldigte sich Lös weinerlich. Ein plötzlicher Haß auf Zeno ergriff ihn; sie war schuld, daß er zu spät gekommen war.

Narcisse kam mit langen Schritten (geziert wirkten sie besonders durch die allzu bewußte Inanspruchnahme der Hüften) auf den Capitaine zu. Er hielt eine Rolle Schriftstücke in der Hand; diese führte er grüßend gegen die Mütze und markierte das Strammstehen durch ein bequemes Sammeln der Haxen. »Wir haben noch Zeit, mon Capitaine, es wird alles in Ordnung kommen.«

Diese beruhigenden Worte schienen Capitaine Chaberts aufgeregten Schnurrbart zu glätten. Auch die dicken Hände, die so hilflos in der Luft herumgeflogen waren, vergruben sich beruhigt in den Hosentaschen.

»Mach's gut, mein Kleiner, ich habe Vertrauen zu dir. Und auch zu diesem da.« Er wies mit der Schulter nach Lös. Dann aber wurde er von einer neuen Beunruhigung besessen. »Wo ist der Leutnant Lartigue? Ich brauche den Leutnant Lartigue. Er soll die Sektionen inspizieren, die Maulesel kontrollieren. Und dann vergeßt mir nicht die Gerste für 120 Tiere und für zwei Tage. Wir können dann in Bou-Denib wieder fassen, wenn wir dort Halt machen.«

Er rollte fort.

»Frank muß die Nacht durcharbeiten«, sagte Narcisse sachlich. »Dann sagst du dem Kainz, er soll fünf Schafe schlachten. Jetzt gleich. Hast du zwei Lämmer? Ja? Die läßt du backen. Eins für den Capitaine, eines für Lartigue. Das wird den Alten wieder gnädig stimmen, und der Lartigue ist ja dein besonderer Freund. Hoho. Aber, nun kommt das Aber... Wir sind doch Freunde. Ich helfe dir, und du hilfst mir, nicht wahr? Also: ich brauche fünfzig Kilo Mehl und dreißig Liter Wein, die fehlen mir, ohne Bon, natürlich. Fehlen einfach, fort, verschwunden ...« Er wedelte mit seinen Händen wie ein bettelnder Hund und vollführte dazu auf den Zehenspitzen kleine Sätze. Doch machte dieser kindliche Humor auf Lös den Eindruck des Gezwungenen. Er gehörte zum System des Chefs und sollte ausdrücken: »Ich bitte dich um eine Gefälligkeit, aber dafür bringe ich dich zum Lachen. Eigentlich sind wir jetzt quitt, und wenn ich dir später helfe, bist du schwer in meiner Schuld.«

Da kam auch schon Baskakoff, der Küchenkorporal, um die Ecke, und der Chef winkte eifrig. Baskakoff lief und stand sogleich stramm, der weiche Mann mit den dicken Augenlidern und der zu fleischigen Unterlippe. Narcisse aber blickte unendlich vornehm auf seinen Untergebenen, seine Befehle waren nur ein schwacher Hauch durch die Nase: »Nehmen Sie das Mehl gleich mit, das der Korporal Ihnen hier übergeben wird, und dann kommen Sie noch einmal, aber wenn möglich mit einem Wägelchen und einigen Mann, um den Rest zu empfangen.« Und um Baskakoff zu ärgern, legte er freundschaftlich den Arm um Lös' Schultern: »Komm, mein lieber Alter, wir wollen schnell eine kleine Stärkung zu uns nehmen. Ich habe da etwas Vorzügliches in meiner Tasche.« Er ging ein paar wiegende Schritte, machte kehrt, blinzelte durch die Lidspalten auf den schier festgewachsenen Baskakoff und ließ aus Sternenhöhe die Worte träufeln: »Ich besinne mich gerade, mein Freund Lös hat augenblicklich Wichtigeres zu tun. Holen Sie Ihre Mannschaft zusammen und den Wagen, es wird dann alles zusammen ausgegeben.«

Und als Baskakoff noch immer stand: »Sie sollten schon längst fort sein, wenn Sie nicht schneller machen, will ich dafür sorgen, daß Sie morgen das Laufen lernen.« Da lief auch Baskakoff schon, und sein muskelloses Fleisch schwabbelte in der zu engen Uniform.

Der Chef hatte richtigen echten Whisky, Black and White, sagte er und schnalzte mit den Lippen, obwohl er die englischen Worte französisch aussprach. Er füllte den kleinen Metallbecher, der die Feldflasche schloß, bot Lös an, kippte selbst und machte ein zufriedenes Gesicht. »Wenn du's nicht wärst«, meinte er, »würde ich nichts von dem edlen Zeug verschenken. Aber du bist mein Freund, nicht wahr? Na also.« Dann schraubte er das Fläschchen wieder zu.

Baskakoff hatte mit viel Mühe die nötigen Leute zum Fassen aufgetrieben. Die andern stießen am Wagen und ruckten, daß dem armen Korporal die Deichsel in den Rükken fuhr. Todd war dabei. Während sie zum Weinschuppen gingen, um die kleinen Fäßchen zu füllen, schlich Pierrard heran und verlangte flüsternd die Füllung seiner Feldflasche.

Lös nahm Todd beiseite. Er wisse doch, sagte er, daß er eine kleine Freundin im Ksar habe. Nun, diese warte auf ihn.

Ob er, Todd, nicht so gut sein wolle, über die Mauer zu springen und dem Mädchen zu sagen, daß er diese Nacht nicht kommen könne?

Todd wiegte den Kopf wie ein jüdischer Trödler, dem jemand einen zerrissenen Regenmantel zu einem übertriebenen Preis angeboten hat. Er stieß einige saugende »Z«-Laute aus und meinte tadelnd: »Immer kommen die Leute zu mir, wenn es irgend ein stinkendes Geschäft zu machen gibt. Und wenn ich geschnappt werde, was dann? Ich bin noch ein Neuer, und der Alte kennt mich noch nicht. Na, schließlich ist es gleichgültig, morgen geht es auf den Marsch, da werd' ich schon keine Prison erwischen.«

Lös drückte ihm einen zusammengefalteten Zehnfrankenschein in die Hand, den Todd mißtrauisch betrachtete. Etwas wie Traurigkeit schien in seinem Gesicht aufsteigen zu wollen. Doch dann zuckte er die Achseln und verschwand über die Mauer. »Nicht dort«, wollte Lös rufen, da war der andere schon verschwunden.

In der Bäckerei schwitzte Frank vor dem Backofen.

»Hast kan' Wein, Korporal?« war seine Begrüßung, als Lös eintrat. Lös mußte lächeln. Es schien ihm, als habe er seine bevorzugte Stellung im Posten einzig den Schlüsseln zum Weinkeller zu verdanken. Vor einer Woche hatte sich der Russe Artimov mit dem Ungarn Sekelö geprügelt, weil beide gern in der Verpflegung Ordonnanz geworden wären. Schließlich hatte Sekelö gesiegt. Aber man sah ihn selten. Er kam eigentlich nur, wenn er sehr großen Durst hatte, wusch dann schnell Lös' Wäsche, die Zeno übrig gelassen hatte, um sich hernach dem stillen Trunk ergeben zu können.

Eben als Lös den Wein holen wollte, wankte eine armselige Gestalt zur Türe herein: der kleine Schneider. Er schlotterte. Frank schabte seine Hände ab, die mit Teig überzogen waren.

»Du armes Hascherl«, sagte er, »hast Fieber. Ja, ja, wenn man net g'sund ist, hat man nix zu lachen. Geh, komm her zum Ofen; der Korporal bringt dir ein Wein, den machen ma heiß mit Zucker, und dann kannst schwitzen. Wirst morgen marschieren müssen?«

»Der Schützendorf hat mich fortgeschickt und gesagt, daß ich die ganze Sektion demoralisiere. Aber ich kann doch nichts dafür, daß ich krank bin, und keiner glaubt mir's. Krank kann ich mich auch nicht melden, der Major kommt erst in vierzehn Tagen, und der Sanitäter hat nicht einmal ein Fieberthermometer.«

»Wann wird das Brot fertig sein?«

»Bald, bald, Korporal, aber vergiß mein Wein net.«

Lös nahm den kleinen Schneider mit auf sein Zimmer, brachte ihm heißen gezuckerten Wein und deckte ihn mit zwei alten Mänteln und den Decken zu. Er ging in die Bäkkerei zurück, die Lämmer waren fertig gebacken. Er zerteilte sie, verpackte sie in frischgewaschene Säcke. Dann stieg er die Treppe zum Turm empor.

Der Capitaine trug eine alte, verbogene Stahlbrille, die er auf seinen kurzgeschorenen Schädel schob, als Lös eintrat. In einer Ecke packte Samotadji einen kleinen rechteckigen Koffer. Währenddessen vernähte der Capitaine einen Riß an einem alten blauen Hemd.

»Wir sind nicht reich, mein Kleiner«, so empfing er Lös, »und können es uns nicht leisten, kleinen Mädchen neue

Kleider zu schenken. Und unsere Ordonnanz ist stets so beschäftigt, daß sie keine Zeit zum Flicken hat. Nun, wir können sie auch nicht allzu hoch bezahlen. Wir müssen eben unsere alten Kleider austragen, weil wir daheim eine Familie haben, die auch leben will. Wir können unserer Ordonnanz nur fünf Franken im Monat geben. Aber er wird belohnt werden, der Samotadji. Wir werden ihn zum Korporal vorschlagen, wenn wir nach Frankreich zurückkehren. Und was bringst du denn da?«

Er betrachtete das helle Lamm eingehend, zupfte eine Faser Fleisch ab und kaute schmatzend daran.

»Du willst mich wohl bestechen, he? Damit ich dich hier lasse? Oder ist es als Versöhnungsopfer gedacht? Hast wohl Angst, das Mädel allein zu lassen, und daß dir ein anderer sie fortnimmt? Warst heute nachmittag bei ihr? Wie war's? Hat sie eine weiche Haut und riecht sie gut?« Der Capitaine lächelte ein weiches Lächeln, das ihm Speichelbläschen in die Mundwinkel trieb. Dann strafften sich die Lippen wieder, als er fortfuhr: »Aber wenn du hier bleibst, mach mir nicht zuviel Dummheiten, während wir fort sind. Du weißt, der Leutnant Mauriot mag dich nicht leiden. Er wird den Posten während meiner Abwesenheit unter sich haben, und er hat mir schon gesagt, daß er dir scharf auf die Finger sehen wird. Paß nur auf, daß er nichts merkt.«

Der Capitaine ließ die Stahlbrille wieder über die Augen fallen, senkte den Kopf und nähte weiter.

Lös schlug die Absätze zusammen und ging. Am Fuße der Treppe nahm er das zweite Paket auf und klopfte dann bei Leutnant Lartigue an.

»Was bringen Sie da?« Der Leutnant lag in seinem bequemen Klubsessel und schlug die Zeitschrift zu, in der er gelesen hatte. Sie trug rote Buchstaben auf einem weißen Grund. »Ein ganzes Lamm? Wie liebenswürdig finde ich das. Denn ich täusche mich doch nicht, wenn ich annehme, Ihre Aufmerksamkeit sei ein Zeichen freundlicher Wertschätzung meiner Person? Setzen Sie sich. Hier... Anisette – und da Zigaretten. Nehmen Sie bitte. Und bleiben Sie hier? Da ist die Nummer, von der ich Ihnen sprach. Einige Nachrufe, wie Sie sehen. Auch Herr Gide hat sich bemüßigt gefühlt, seinen Senf dazuzugeben. Oh, wie sehr geht mir dieser schreibende Mann auf die Nerven. Einen Grund kann ich nur schwer ausfindig machen. Er ist mir zu klug. Klug in einer bösen Bedeutung. Schätzen Sie ihn?«

Lös rauchte schweigend. Er erwartete die fällige Anspielung auf sein Liebesverhältnis. Aber Leutnant Lartigue war zu sehr mit literarischen Angelegenheiten beschäftigt.

»Daß doch Proust tot ist!« Er schüttelte sein klobiges Haupt, strich sich durch die Haare, daß sie unordentlich aufstanden. »Es hat mich traurig gemacht, daß ich die ganze vorige Nacht nicht habe schlafen können. Wer wird uns nun helfen, in die Unordnung und das Dunkel in uns ein wenig Licht zu bringen? Und denken Sie, ich habe versäumt, ihn kennen zu lernen. Ein junger Freund wollte mich einmal zu ihm mitnehmen. Ich hätte ihm vielleicht ein paar schöne Anekdoten erzählen können über meinen Obersten in Tours; auch eine Art Baron du Charlus, nur viel gröber. Wirklich sehr lustige Geschichten. Aber vielleicht wäre der Besuch eine Enttäuschung gewesen, und so ist es besser, ja, ja, viel besser, ich habe ihn unterlassen.« Die große Hand griff zum Tisch hinüber und nahm ein anderes

Heft. »Kennen Sie einen deutschen Dichter namens Rilke?« Er buchstabierte die ihm fremden Vornamen: Rainer Maria, schüttelte wieder den Kopf. »Der Mann beginnt französische Gedichte zu schreiben. Wußten Sie das?« Er murmelte eine Zeile vor sich hin. »Man merkt doch deutlich, daß er ein Deutscher ist. Aber woran? Daß ihm die Zeichnung fehlt, verstehen Sie. Ein Gedicht soll kein Farbengeschmier sein. Wie eine Radierung soll es wirken, auch wenn es das Unaussprechliche sagen will. Formlos ist dies. Sie werden es selber sehen, denn es widersteht meiner Zunge. Gewiß, viel Geduld zeigt sich, schwere und mühselige, es wird betont, wieviel Arbeit es gekostet hat. Nehmen Sie dagegen einen Vers von Mallarmé: ›La solitude bleue et stérile a frémi ...‹ und sagen Sie mir dagegen einen Vers von Ihrem Rilke, wenn Sie einen wissen, soviel Deutsch verstehe ich schon noch.«

Lös dachte nach. Die Einrichtung des Raumes störte ihn. Die schwere Petroleumlampe, die auf dem kleinen Tisch stand, die bunten Vorhänge, das niedere Feldbett, das mit einem grellen Teppich bedeckt war und wie ein ärmlicher Divan wirkte. Im Lehnstuhl aber lag eine schwere Gestalt, die kraftlos schien und ein wenig morsch, nun da sie sprach. Der Daumen der Rechten stützte das Kinn, während die übrigen Finger den Mund verbargen.

»Götter schreiten vielleicht, immer im gleichen
Gewähren,
Wo unser Himmel beginnt ...«

sagte Lös zögernd; es war, als müsse er die Worte irgendwie aus fernen Ländern holen. Ja, wahrhaftig, die Worte waren eingeschlossen in einem Zimmer, das drüben in einer Stadt lag. Und in diesem Zimmer lag auf einem rechteckigen Tisch das Buch, das die Verse enthielt, die Verse, die nach Vergangenheit klangen. Lös schüttelte sich. Er stand auf: »Ein andermal, mon lieutenant, ich habe noch zu tun. Vielleicht sucht mich der Capitaine und schmeißt mich endgültig aus der Verwaltung, wenn er mich nicht findet.«

»Ja, ja«, sagte Lartigue und reckte die Fäuste gegen die Decke. »Sehr gut so. Geben Sie nur acht, Lös. Man beneidet Sie hier nicht so sehr wegen Ihres Druckpostens, der Ihnen Geld einbringt. Deswegen auch, natürlich. Aber haben Sie bemerkt, daß man Sie auch haßt? Warum? Das ist eine Frage, die ich selbst nicht klar beantworten kann. Worte genügen da nicht. Man kann wohl mit den Leuten saufen, Zoten erzählen und gerade so gemein scheinen wie sie. Sie fühlen doch, daß da etwas nicht stimmt. Daß wir voller Vorbehalte sind, innerlich, ein Reservat besitzen, auf das wir uns zurückziehen können und das sie, die andern, nicht besitzen. Man soll ganz mitmachen, meinen sie – aber mitmachen und dabei noch beobachten, das finden sie gemein.« Jetzt erst ließ er die Fäuste auf die Schenkel fallen, streckte die Finger und umfaßte die Knie. »Warten Sie«, rief er und winkte Lös mit der Hand. Dann flüsterte er hinter dem Handrücken, so wie man auf dem Theater ein »a parte« mimt, »Sie treiben, wie ich höre, praktische Völkerpsychologie. Ich versuche es ja auch. Noch eine Gemeinsamkeit, die uns verbindet. Aber geben Sie acht, manchmal kann es schmerzlich werden.«

Er streckte Lös die Hand hin; sie war unbehaart und klein. Eine Knabenhand fast, wenn man den Rücken betrachtete; und doch wirkte sie greisenhaft durch die verrunzelten Finger.

Lös stieß die Tür auf gegen die stumme Nacht, die über dem Posten lag. Von einem leichten Wind war sie bewegt; den Morgen kündete er, der hinter den schwarzen Bergen vorsichtig näher schlich.

Seit einer halben Stunde wartete Korporal Baskakoff im Hofe der Verwaltung auf die Verteilung. Vor der Bäckerei stand Frank neben einem Haufen dampfender Brote, deren Geruch sich mit dem Rauch der verglimmenden Holzglut mischte. Auf einem Stein flackerte die lange gelbe Flamme einer Kerze.

Baskakoff sah verärgert aus. Augen und Lippen wölbten sich übertrieben vor. Die andern dagegen, die ihn begleiteten, waren angeregt und erfreut: der Geruch des frischen Brotes schien diese belebende Wirkung auszuüben; er war wohl altgewohnt und hing mit Frühstück und dem Beginn eines neuen Tages zusammen. Zum Schluß gab Lös jedem eine Blechtasse Wein. Sie wurde mit demütigem Grinsen entgegengenommen und mit untertänigen Späßen bezahlt. Das Flüstern aber, das aufraschelte, wenn Lös beiseite trat, war voll Haß und Neid. Einmal hörte er ganz deutlich den Türken Fuad zum Schweizer Bärtschi flüstern: »Er nicht ausrückt, er kann geben Wein.« Wozu Bärtschi nickte.

Als aber Lös auf Fuad zukam, machte dieser Verbeugungen, streckte seine Blechtasse vor, um sie noch einmal füllen zu lassen, und leerte dann den Wein in seine Feldflasche.

Nun war der Hof leer. Da schlich aus einer Ecke Todd

hervor, mit leisen Schritten, und klopfte Lös unerwartet auf die Schulter. Er habe die Bestellung ausgerichtet, teilte er mit, Zeno sei ein wenig traurig gewesen, doch habe sie erklärt, daheim bleiben zu wollen, bis Lös komme.

»So, und jetzt wirst du mich einladen. Ich habe Hunger und keine Lust, mich noch hinzulegen und zu schlafen.«

Sie waren in das kleine Haus getreten. Lös zündete eine Azetylenlampe an. Hinter der Flamme war ein Scheinwerfer aus spiegelndem Blech angebracht. Karbidgeruch erfüllte den Raum. Vom Bett aus fragte eine schläfrige Stimme: »Wie spät ist es? Sind die andern schon ausgerückt?« Der kleine Schneider war erwacht und schaute mit glänzenden Augen ins Licht, warf dann die gefalteten Hände vors Gesicht und stöhnte: »Mein Kopf tut mir weh.«

»Willst du noch einen Schluck Wein?« fragte Lös, trat ans Bett und strich dem Liegenden über die feuchte Stirn. »Die andern sind noch da. In einer Stunde rücken sie aus. Wirst du mitkönnen, oder soll ich dem Alten sagen, daß du krank bist?«

»Nein, nein.« Der kleine Schneider war sehr erschrokken. »Ich bin doch ein Neuer, da kennt mich der Capitaine nicht und wird auch nichts wissen wollen von mir. Der Adjutant hat sicher auch über mich geklagt ...« Lös zuckte die Achseln. Todd nickte traurig. Dann stand der kleine Schneider auf, zog seine Schuhe an, legte stöhnend die Wadenbinden um die dünnen Beine, grüßte leise und drückte sich zur Tür hinaus.

Todd hatte sich in eine Ecke auf den Fußboden gesetzt und starrte vor sich hin.

»Was willst du bloß von dem Mädchen«, fing er plötzlich an, und seine Stimme war ärgerlich, während die Finger vor lauter Verlegenheit an dem Stoff der Hosen zupften. »Ich weiß schon, es ist aufdringlich, wenn ich dich so frage, kenne dich ja kaum, aber mir schien es so, daß wir einander doch ziemlich nahe gekommen sind, oder nicht?«

Lös nickte schweigend. Warum nicht Rechenschaft ablegen? Das war manchmal ganz angenehm und befreite.

Die Muskeln Todds arbeiteten unter der gelben Haut des Gesichtes und brachten die spärlichen schwarzen Härchen am Kinn zum Zittern.

»Du mußt mich verstehen. Ich will keine Geständnisse. Aber ich versteh dich nicht recht.« Fast klangen die Worte wie Eifersucht, eigentlich gehörst du mir, was unterstehst du dich, mit einer Frau zu gehen? Aber dieser Grund war Todd verhüllt, er sprach weiter, und seine Stimme wurde zorniger. »Ich habe mir eine ganz falsche Vorstellung von dir gemacht. Ich dachte, du seist ein anständiger Kerl. Hast doch den andern gegenüber renommiert, du gingest nie zu den Weibern. Und jetzt? Dabei drückst du mir zehn Franken in die Hand, als sei ich ein Dienstbote, der ein Trinkgeld braucht. Kannst nicht warten, bis man etwas von dir verlangt?«

Es war still. Nur vor der Kammertür rauschte leise das Wasser des Kanals. Lös ging hinaus, kam mit einer Büchse Fleisch zurück, öffnete sie, schnitt Zwiebeln, machte einen Salat an, reichte Todd den vollen Teller, füllte eine Tasse mit Wein und setzte sich schließlich auf das leere Bett.

»Du findest also, daß ich gemein geworden bin«, stellte Lös fest. »Und dazu noch taktlos. Was soll ich da lange erklären? Aber doch, es ist eigentlich ganz richtig, einmal darüber zu sprechen. Früher, weißt du, als ich noch im Schlafsaal und dann später in der Baracke geschlafen habe, da ist es ganz gut gegangen. Ich bin stumpfsinnig geworden und wunschlos. Dieser Zustand war gar nicht unangenehm, weil man ihn eigentlich nie so recht fühlte. Tagsüber habe ich mich sogar noch aufschwingen können und mit andern Leuten ganz vernünftige Gespräche geführt. Vernünftig! Du weißt schon, was ich meine. Nicht den allgemeinen Stumpfsinn. Ich war dabei innerlich ganz ruhig. Und eigentlich ganz zufrieden, ruhig zu sein nach den Aufregungen drüben, vor meinem Engagement. Dann war das Wachestehen eigentlich auch ganz sympathisch. Man konnte so vor sich hinträumen. Ja. Aber wie ich hier in die Administration kam, da war ich plötzlich allein und – hatte Zeit. Verstehst Du? Auch in den Nächten. Das war zuerst sehr komisch, fast angenehm. Aber dann wuchs so eine Art Spannung, die ich einfach nicht los wurde und die nach und nach eine regelrechte Verzweiflung geworden ist. Weißt du, in den Nächten kommen dann alle Dummheiten, die man in der Vergangenheit gemacht hat und quälen einen. Und noch etwas: daß überhaupt so eine Spannung in der Einsamkeit sich bilden kann, habe ich mir so erklärt.« Lös schwieg und dachte nach. Er wollte durchaus keinen Monolog halten, er wollte glasklar sein, wenn der andere nicht verstand, so hatte die ganze Rede gar keinen Sinn, der andere mußte verstehen.

»Ja, etwa so: wenn du in den Nächten nie allein bist, und auch am Tage nicht, so kann gar keine Spannung entstehen. Sobald du ein Gespräch führst oder einen Witz machst, so ist das doch wie eine Berührung, die du mit dem anderen tauschest.« Lös hatte die Ellbogen aufs Knie gestützt und bewegte die gehöhlte Hand wagrecht hin und her, als sei sie mit etwas Kostbarem gefüllt, das er nicht verschütten dürfe. »Eine Berührung, ja, fast eine Zärtlichkeit. Weißt du, wir sind ja so hungrig nach Zärtlichkeit, daß ein freundliches Wort, gesagt oder empfangen, genügt, um die Spannung zu lösen. Verstehst du?«

Todd war längst fertig mit essen. Er hielt die geknickten Beine mit den Armen umspannt und hatte das Kinn auf die spitzen Knie gelegt. So sah er steif auf Lös' braun glänzende Sandalenspitze. Jetzt hob er den Kopf, schloß gleichzeitig die Lider und nickte. Sein entspanntes Gesicht schien ein Lächeln anzukündigen, das noch nicht reif war.

»Ja, draußen in den Baracken, kinderleicht ist das Leben dort. Man kommt nicht zum Nachdenken, die Vergangenheit wird ganz unwirklich, einzig bestehen bleibt nur der Tag und was der Tag bringt: Wo man eine Zigarette schinden kann, wenn man kein Geld mehr hat, was die kleine Freundin des Leutnants gesagt oder getan hat, ob der Sergeant Farny einen neuen Burschen hat, und was er mit diesem neuen Burschen tut. Wieviel Fleischklöße es zu Mittag gibt für die Gruppe, und ob es gelingen wird, den überzähligen in seine Gamelle zu praktizieren, ohne daß es die andern merken. Und dann diese Einsamkeit hier. Die ersten Tage ging es noch, da schlief Sitnikoff hier, während wir den Bestand aufnahmen, und mit ihm konnte man schließlich noch reden. Er ist gar nicht so dumm und hat schon gewußt, warum er wieder in die Sektion zurück wollte. Ja, die Einsamkeit hier. Da kommen die Bilder, die man nicht vertreiben kann.

Ganz unschuldige zuerst: Wälder, in denen man geschlafen hat. Der Geruch nach feuchten Blättern und Pilzen, die Sonne scheint durch die Zweige, und eine Ameise kitzelt die Hand. Ein Käfer torkelt ungeschickt über Gräser. Dann ist plötzlich das Leben von drüben da, eine Melodie, die man nicht aus den Ohren bringt, auch wenn man an anderes denken will. Du kennst das ja auch. Warum hast du gestern gesummt: ›das ist die Liebe‹? Soll ich dich noch mehr mit Erinnerungen langweilen? Jeder kennt doch das, und wenig braucht es, um das Kino der Vergangenheit zum Surren zu bringen. Einmal hat mich Narcisse mit ins Kloster genommen. Du weißt, wie es dort aussieht, oder nicht? Wenn die Leute am Zahltag vor den Türen anstehen und warten, bis sie drankommen. Als müßten sie Brot fassen. Liebe fassen. Das, was sie Liebe nennen.« Es schien Lös Mühe zu bereiten, ganze Sätze zu formen. Todd lächelte, aber er blickte nicht auf. Manchmal versuchte er das Lächeln durch Einziehen der Lippen zu unterdrücken, aber bald brach es wieder hervor.

»Ich war an einem Abend dort, wo es fast leer war. Aber die Frauen, die dort leben! Die Schminke, die von den Gesichtern rinnt, der Stumpfsinn und der Geruch, von dem einem übel wird. Der schlechte Tee, für den man noch teuer bezahlen muß. Und die ›patronne‹, die keifend einkassiert. Jede von den fünf Dirnen wollte mich für sich haben. Nur weil der Chef ihnen gesagt hatte, ich sei in der Verpflegung. Und der Vorgänger von Sitnikoff war doch dort ein eifriger Besucher. Jede hoffte, ich würde mich in sie verlieben und ihr ein Zimmer im Dorf zahlen, sie aus dem Haus herausnehmen. Aber ich habe wirklich nur Ekel gespürt. Narcisse hat sich über mich lustig gemacht. Ja, wir sind beide in die Legion gekommen, um Schluß zu machen. Ganz recht. Aber doch nicht, um im Schmutz zu ersaufen. Ich spreche nicht von Moral. Was haben wir noch mit der Moral zu tun? Wir können einfach nicht. Uns fehlt vielleicht der letzte Mut. Mut, das ist auch so ein Wort. Manche Sachen können wir einfach nicht tun. Warum? Das weiß ich selber nicht. Nun schau. Das Mädchen dort ist wenigstens sauber. Und sie hat mich gern auf ihre Art, obwohl es nicht immer leicht ist mit mir. Sie ist vielleicht auch nur dankbar und will zurückzahlen, weil ich ihr ein Kleid geschenkt habe und ihrem Vater zweihundert Franken, damit er sich einen Garten leisten kann. Aber sie ist doch noch ein Mensch und nicht irgend ein schmutziges Tier. Das ist vielleicht falsch, die Dirnen sind wahrscheinlich auch keine Tiere. Aber wenigstens bin ich sicher, daß ich bei ihr nicht krank werde, und davor habe ich eine heillose Angst. Und anhänglich ist sie auch. Und wenn ich einmal fortgehe, so wird ihr Vater einen Garten haben, und dann findet sie vielleicht einen, den Chef oder einen Leutnant, der sie weiter versorgen wird. Um mich hat sich auch niemand gekümmert, als es mir schlecht ging.«

Todd in der Ecke schwieg. Das Lächeln hatte er eingestellt. Er nickte vor sich hin, und es wirkte automatenhaft. Dabei hatte er die Augen geschlossen und zupfte an den wenigen Haaren seines Kinns.

»Ja, ja«, sagte er. »Ich versteh' schon. Na, dann... Servus.«

Lös sah ihn durch das Tor der Verwaltung gehen, als die Signalpfeife im Posten zu trillern begann. Der Himmel war schon grau, und die Luft schmeckte nach sauren Bonbons. Lös hörte das Trappen der Maultiere, die ungeduldig beim Satteln den Boden mit den Hufen schlugen. Er ging zum Tor und setzte sich dort auf einen Stein. Die Sektionen marschierten an, draußen vor dem Posten und stellten sich auf in fünf Reihen. Vor jeder Gruppe die Fußgänger, einer hinter dem andern, nachher die Maultiere mit den hochbepackten Sätteln. Die »Titulaires« hielten die Tiere am Halfter. Vor den Kolonnen trabte Capitaine Chabert aufgeregt auf und ab. Das heisere Brüllen Cattaneos war hörbar. Der kleine Schneider hatte sein Mißfallen erregt, er hatte den Hafersack seines Maultieres vergessen. Leutnant Lartigue ritt vorüber; er hielt sein Pferd an und meinte freudig: »Meine Ordonnanz bin ich an den Adjutanten losgeworden. Herr Peschke wird in Atchana Kalk brennen. Und ich habe mir Ihren Freund, den Todd, ausgebeten.« Er grüßte, mit der Hand winkend, und ritt im Schritt an die Spitze der Mitrailleusensektion. Dort schüttelte er Sergeant Sitnikoff die Hand, ritt die Sektion ab und nickte den lächelnden Gesichtern seiner Leute zu. Capitaine Chabert hob den Arm. Das Gemurmel verstummte. Er ließ den Arm nach vorne fallen und gab seinem Pferde die Sporen. Leutnant Lartigue folgte, vornübergebeugt, die Hände in den Hosentaschen, schlaff hingen die Zügel über dem Hals des Tieres. Und mit gebeugten Köpfen schlossen sich die Fußgänger seiner Sektion an, dann kamen die Maulesel mit pendelnden Ohren und Schweifen in Bewegung. Die erste Sektion stand erwartungsvoll, Korporal Pierrard hob ungeduldig den linken

Fuß und setzte ihn mit Betonung auf die Erde, als das letzte Tier der vorangehenden Sektion an ihm vorbei war.

Lös stand auf und blickte der abziehenden Kompagnie mit zufriedenem Lächeln nach.

Der hochgeladene Bastsattel des letzten Küchentieres wurde kleiner, die Ebene verschluckte vorsichtig die Kolonne.

Mit einem hörbaren Aufatmen steckte Lös seine Hände in den Gürtel und ging um den Posten herum, den schmalen Weg, der am Ufer des Kanals zum Ksar führte. Er traf auf Zeno, die lachend seine Hand nahm und mit ihm davonlief.

6. Kapitel

Der kleine Schneider

Adjutant Cattaneo trat aus seinem Zelt und führte zwei Finger zum Mund. Der Pfiff gellte durch den kühlen Morgen, stieß an die roten Berge, prallte ab an der Mauer des alten Postens, dort oben auf dem nahen Hügel. Kaum daß der Pfiff verhallt war, begann der Adjutant zu fluchen. In den kleinen braunen Zelten, die um sein eigenes großes im Viereck aufgestellt waren, hörte er rascheln und gähnen. Verschlafene Stimmen riefen: »Auf!«, höhnisch und gereizt. Doch die Zelte leerten sich nicht schnell genug. Der Adjutant riß einige Pflöcke aus dem Boden, und die Zelttücher fielen zusammen. Er lachte, als er das unterdrückte Murren hörte. Dann teilte er einige Fußtritte aus in die krabbelnde Masse und ging zur Küche um Kaffee zu trinken. Sein rotes Képi stach leuchtend ab vom gelben Khakianzug.

Er hielt dem alten Guy die Metalltasse hin, ließ sie halb füllen und stellte sie auf einen Stein, zog eine Feldflasche aus der Tasche und goß Rhum in den Kaffee. »Mezzo e mezzo«, murmelte er. Im bläulich weißen Morgenlicht lag das Zeltlager vor ihm. Er blickte darauf und fühlte sich als Alleinherrscher über die fünfzig Mann. Und er war stolz auf die Macht, die er besaß.

Die Maulesel zerrten an den Ketten. Ein langes Drahttau

verband sie. Bisweilen schrieen sie auf, denn sie waren ungeduldig: die Futterstunde war nahe.

Vor dem Posten auf dem Hügel putzten graue Gestalten, in langen Kapuzenmänteln, ihre Pferde.

Der Adjutant klopfte auf seine Schenkel und ruderte mit den Armen in der Luft.

»Wird's bald!« krächzte er heiser und sah höhnisch den Ankommenden entgegen. Sie drückten sich scheu an ihm vorbei.

Sergeant Schützendorf schlenderte als einer der letzten heran, Hosen, Rock und Stiefel geöffnet. Der Adjutant schrie ihn an: »Können Sie sich nicht ordentlich anziehen?« Schützendorf grinste nur und zog mit einem Ruck die Hosen höher.

Nach ihm kam Korporal Dunoyer, zwanzig Jahre Dienstzeit, davon drei Jahre gut, der Rest in Arbeitsbataillonen in Tunis abgedient. Über die Halshaut zogen sich, blau tätowiert die Worte: »Immer durstig« und wogten auf und ab, bei jeder Bewegung des Adamsapfels. Auf der Stirne stand zu lesen: »Ein Märtyrer der Freundschaft«. Von den Schläfen ringelten sich zwei Schlangen herab, bogen sich im rechten Winkel auf den Wangen und öffneten ihre Mäuler auf den Nasenflügeln. Als er vor dem Adjutanten die Hand grüßend an den Mützenschirm legte, zeigte sich auf der Innenfläche das Wort: »Merde«. Gönnerhaft nickte ihm der Adjutant zu.

Dann zogen die andern vorbei, graue Gesichter, gepudert mit Staub, leer die Augen, schmal die Wangen. Pfiffen zwischen den Zähnen oder spuckten in weitem Bogen braunen Saft, husteten auch, die Köpfe zur Erde gesenkt.

Als letzter schlurfte Stefan vorbei, der Liebling des Adjutanten, ein plumper Nordfranzose aus Lille, mit blondgestoppeltem Affengesicht, und gröhlte fröhlich:

»C'est à Paris, dans une boîte
dans une boîte de nuit
Place Piga-a-a-alle.«

Der Adjutant schrie ihn an: »Immer der letzte, Stefan!«

»Immer, mon adjudant, aber beim Schnapsfassen der erste.«

Da lachte der Adjutant und streckte ihm die Rhumflasche hin. Stefan trank in gierigen Zügen, bis die grünen Augen unter den Lidern aufquollen.

»Füttern«, gellte eine Stimme. Inmitten des Vierecks stand der klapprige Sergeant Veyre in voller Ausrüstung. Sogar den Revolver hatte er umgeschnallt. »Füttern«, schrie er noch einmal.

Ein dumpfes Getrappel war hörbar, von Hufen und genagelten Schuhen. Die Tassen flogen in die Zelte. Trésor, der Fuchs des Adjutanten, wieherte der aufgehenden Sonnenscheibe entgegen, die müde hinter den Bergen hervorkroch. Plötzlich Stille. Neben der Küche, auf dem Kalkofen, stand immer noch breitbeinig der Adjutant, blickte ins Tal hinab, aus dem das Rauschen des Oued klang. Ein Geruch von verfaultem Holz, ranzigem Speck und Schweiß drang ihm in die Nase. »Ostia!« fluchte er laut. Als er die Hand vor die Augen legte, war ein Bild aus seiner Jugend da: Eine Straße bei Parma, weiß in der Sonne der Poebene, Bäume in der Ferne. Maisfelder, die um eine kleine Schenke grünten. Sein Fuhrwerk stand davor, beladen mit Flußsand. Er trug ein Stück Speck in der Tasche, dessen fetter Geruch ihn hungrig machte. »Ostia!« hatte er auch damals geflucht, weil ihm ein Leitseil gerissen war.

»Antreten!« bellte er. Zum Spaß schoß er noch den Revolver ab. Und auch der Widerhall des Knalls erinnerte ihn an seine Fuhrmannszeit.

»H-o-o-o«, heulte es von allen Seiten; die Sektion trat an in zwei Reihen.

»Ausrichten!«

Da standen sie alle wie die Puppen, den leeren Blick auf den Nebenmann gerichtet.

»Ruhen.«

Füßescharren, gedämpftes Murmeln. Dann begann das Aufrufen, eintönig. Doch als der kleine Schneider aufgerufen wurde, unterbrach der Adjutant:

»Steh gerade, Schneider; wie ein nasser Wollappen sieht er aus.«

»Melde mich krank«, stieß Schneider hervor.

»Ich kenne keine Kranken.« Der Adjutant wurde rot und sein verdorrter Schnurrbart sträubte sich. Schneider tauchte unter und verschwand hinter dem Rücken seines Vordermannes.

Der Appell ging weiter.

»Wird das Paar nicht endlich ruhig stehen?« schrie wieder der Adjutant. Lachen sprang auf, ein gezwungenes Lachen, wie es schlechten Vorgesetztenwitzen gebührt. Patschuli zeigte sein verwelktes Gesicht und Peschke seine Apachenlocke. Der Adjutant ließ eine Zote fahren und begann die Front abzuschreiten.

»Zwei, vier, sechs, zehn. Sergeant Veyre, Caporal Dunoyer: Holz. – Zwei, sechs, zehn, zwölf und der Rest – Sergeant Schützendorf, Caporal Claus: Steine holen.«

Die beiden Geraden zerbrachen in viele Teile; da rief der Adjutant: »Halt. Fünf bleiben im Lager, um den Kalkofen herzurichten.«

Das Getrappel begann wieder. Der Hund des Adjutanten bellte laut einigen Arabern nach, die mit kleinen schwerbepackten Eseln auf der nahen Straße vorbeizogen. Die Sonne beleuchtete das schwere Grün der Oleanderbüsche an den Ufern des Oued.

Der kleine Schneider mühte sich ab, seinem gereizten Maultier den Sattel aufzulegen. Er hatte es Jakob getauft und es war sehr kitzlig. Peschke sattelte das Pferd des Adjutanten und warf schnelle Blicke nach Patschuli, der mit Fuad schäkerte. Er wollte dazwischen fahren, doch erinnerte er sich, daß er dem Türken noch fünf Franken schuldete.

Sergeant Schützendorf balancierte auf seiner Lisa, einem schläfrigen Tier, das mit gesenkten Ohren geduldig wartete.

»Aufsitzen!« krächzte er. Dann kehrte er die Lisa und ritt auf einen Bergsattel zu, den ein Nebel zart verschleierte. Hinter ihm ordnete sich der Zug. Als letzter fuhr Stefan mit der Araba, einem leichten zweirädrigen Karren, mit drei nebeneinander trabenden Mauleseln bespannt.

Der kleine Schneider saß zusammengeschrumpft im Sattel. Er hatte am Morgen Chinin geschluckt, das er sich zusammengespart hatte, und nun dröhnten vor seinen Ohren rasch sich folgende Paukenschläge. »Reiten, reiten«, sprach er vor sich hin. Der graue Weg war ein schmaler Läufer, die blaßgrünen Alfabüschel und ihre Schatten warfen bunte Muster.

»Der Adjutant hätte mich liegen lassen sollen.« Die Gedanken rollten gebremst durch seinen Kopf. »Er weiß ja gar nicht, wie es ist, krank zu sein. Wenn's ihm schlecht geht, säuft er Schnaps. Wer das auch könnte! Aber wir haben ja nie Geld. Wenn ich nur die Prämie noch hätte, aber die ist längst beim Teufel. Ich könnte ja beim Juden dort oben ein paar Sattelriemen gegen Schnaps eintauschen, aber der Adjutant brächte mich vor Kriegsgericht. Vielleicht wär's besser. Aber der Capitaine würde mich sicher nur in die Disziplinkompagnie schicken. Und das wäre nicht gut.« Er sah ganz deutlich den Steinbruch in Colomb-Béchar, wo Senegalneger mit geladenem Gewehr und Gummiknütteln magere Legionäre zur Arbeit antrieben. Dann griff er in den Umschlag seines Bonnet de police, fand darin eine aufgesparte Kippe vom vorigen Abend und begann zu rauchen. Aber nach einigen tiefen Zügen wurde ihm schwindlig. Er drückte den kleinen Stummel aus und versorgte ihn am gewohnten Platz.

Wieder flimmerten Farben, und ein leichter Schwindel ließ die Luft vor seinen Augen zittern. Dumpfe Glocken dröhnten vor seinen Ohren, ganz nahe, unterbrochen von gellendem Schellengeklingel. Und wieder fielen Worte tropfenweise durch seinen Kopf: »Komisch, wie das Chinin wirkt. Und letzte Nacht habe ich vom großen Krieg geträumt. Vielleicht war die Kälte dran schuld. Ich hab von Rußland geträumt und von einem dicken polnischen Mädchen... ›Vergiß Maruschka nicht, das Polenkind!‹« Er summte die Melodie vor sich hin. »Aber die Araberdirnen. – Schmutzig sind sie und stinken. Pfui.« Ekel schüttelte ihn. »Der Krieg ist wohl an allem schuld. Was haben wir eigentlich vom Leben gehabt? Fünf Jahre bin ich Soldat gewesen, in Deutschland. Dann sollte es Frieden geben. Ich hab wohl auch das Recht gehabt, ein wenig Glück zu finden. Und sie haben uns den Frieden versprochen und ein neues Leben. Ja. Dafür sollten wir noch einmal kämpfen. Ich hab's geglaubt. Es waren nur die Großen und Reichen an unserm Unglück schuld. Und dann der Sturm auf den Bahnhof. Warum gerade auf den Bahnhof? Im Bahnhof hat es doch nur alte Waggons und keine Großen, Reichen. Im Grunde habe ich nichts getan, als wieder andern zu folgen, die wieder kommandiert haben, wie die Offiziere früher. Und das war wieder falsch und sie haben mich einsperren wollen. Da bin ich dann durch die Lappen. Lieber die Fremdenlegion, hab ich gedacht. Wenn ich damals gewußt hätte, was ich heute weiß! Jetzt soll ich noch drei Jahre aushalten. Drei Jahre!« Ein Schauer ging durch seinen Körper, eine unsichtbare Hand zog seinen Kopf an den Haaren nach hinten. Ganz klar, plötzlich, dachte er: »Sterben. Ganz leicht. Den Lauf des Gewehres in den Mund stecken und mit der großen Zehe abdrücken. Das geht gut.« Er lächelte freudig und still.

In weitem Bogen schwang sich der Sergeant Schützendorf auf die Erde. Die Wickelgamaschen waren auf die Schuhe gerutscht. Er blickte mit schläfrigen Augen um sich, dann rief er: »Absitzen.«

Durch die Schlucht lief ein Bach, der weiter unten im Erdreich träge versickerte. Rechts und links stiegen graue

Felsen auf, büschelweise bewachsen mit verhutzelten Nadelhölzern. Ein Rudel Gazellen verschwand, lautlos hastend, fern in der Ebene.

Mühsam stieg der kleine Schneider ab. Als er sich bückte, drehten sich die Grasbüschel in grünen Wirbeln.

An der Araba teilte Stefan Minierstangen und Pickel aus. Schützendorf hatte sich nahe an den Bach in den glitzernden Sand gelegt und blinzelte in den Himmel. Der kleine Schneider berührte ihn an der Schulter: »Ich bin krank, Sergeant, und kann nicht arbeiten.« Schützendorf räkelte sich und gähnte, blickte dann teilnahmslos auf die wankende Gestalt und brüllte: »Achtung steht!« in deutscher Sprache. Der kleine Schneider stand stramm. Er fühlte das Schlottern in seinen gestreckten Knieen schmerzhaft und deutlich. Im rechten Schenkel klopfte ein Hammer. »Na, Ruhen«, sagte Schützendorf gemütlich. Er zog ein Paket Cigaretten aus der Tasche, Schneider blickte mit hungrigen Augen darauf.

»Gib mir dann die Kippe, Schützendorf, ich habe nichts mehr zu rauchen«, bettelte er demütig.

»Da nimm ein paar.« Der Sergeant hielt ihm das Päckchen hin. »Weißt du, ich bin ja eigentlich kein schlechter Kerl. Hab früher auch meinen Wein für Cigaretten verkauft. Tabak ist wichtiger als Brot und Wein.« Er versuchte ein tiefsinniges Gesicht zu machen. »Also krank bist du. Dann kannst du dort oben Wache stehen, wenn du noch hinauf kommst.«

Dem kleinen Schneider tat es wohl, daß man deutsch zu ihm sprach. Und Schützendorf kannte er schon lange. Er war mit ihm in Bel-Abbès in der gleichen Sektion gewesen.

Nun hing er sein Gewehr um, wog die vollen Patronentaschen in den Händen und stapfte bergauf.

Oben setzte er sich auf einen großen Stein, den die Sonne erhitzt hatte. Er legte das Gewehr auf die Knie und blickte um sich, das Tal vor ihm war weit und grau, zierliche Hügel standen darauf. In schwarzem Schatten lagen die Berge zu seiner Rechten. Der Wind schliff die Spitzen der Gräser mit Sand. Fliegen zogen klingende Kurven durch die Luft und über den fernen Schneebergen sonnten sich weiße Wolken.

Der kleine Schneider schlief ein. Vom Dom der Heimatstadt am Rhein läuteten Glocken den Krieg ein, läuteten stärker und verfolgten die vielen Männer, die zur Kaserne zogen. Er marschierte mit. Dann brannte die Uniform auf seinem Körper, ihm war so elend zu Mute. Irgendwo weinte die Mutter. Nun verfolgte ihn ein Feldwebel mit Fußtritten. Alles ging entsetzlich langsam vor sich, als halte eine unbekannte Macht alle Bewegungen auf.

Der kleine Schneider fuhr auf und stürzte vornüber. »Wer hat mich geschlagen?« dachte er und sah sich um. Da stand der Adjutant mit geschwungener Reitpeitsche, die er langsam sinken ließ, als er des andern Gesicht sah. Er schien auch gar nicht böse zu sein, eher belustigt.

»Mein Gaul hätte den Schlag kaum gespürt und du fällst gleich um. Das sind mir Soldaten!« Er schnupfte feucht. »Auf Wache geschlafen. Darauf steht Kriegsgericht.« Er brüllte sich in Wut. »Ja, vor Kriegsgericht sollte ich dich schicken. Dort würde man vielleicht ein Mittel finden, aus dir einen Soldaten zu machen.«

Der kleine Schneider lächelte traurig. Er dachte an das eiserne Kreuz, das er in der Sommeschlacht verdient hatte. Er wollte etwas erwidern, aber der Mund war ihm ausgetrocknet, und die Zunge hing darin wie ein hölzerner Klöppel.

»Du gehst jetzt zu Fuß heim«, des Adjutanten Stimme wurde sachlich, »und baust dein Grab auf. Weißt du was das heißt? Du nimmst dein Zelttuch und machst ein einzelnes ganz niederes Zelt, so daß du gerade darunter liegen kannst. Keine Decken verstanden? Legst dich darunter und kriechst nicht heraus, bis ich dir die Erlaubnis gebe. Abtreten.«

Der kleine Schneider stand vor dem dicken Mann und betrachtete ihn, wie man ein böses Tier beschaut.

»Aber ich bin doch krank«, sagte er weinerlich.

»Krank, krank!« grölte Cattaneo. »Ich kann dir nicht helfen. Soll ich vielleicht den Arzt spielen? Und der Major kommt doch nie zu uns.«

Als er Tränen sah in des anderen Augen, schien er sich zu freuen, daß er imstande war, soviel Furcht einzuflößen. Plötzlich schlug er um und ganz freundlich sagte er: »Also Fieber hast du, dann geh ins Lager zurück und leg dich hin. Ich bring dir Chinin.«

Lächelnd zottelte der kleine Schneider den Berg hinab. In ihm war nur eine Sehnsucht: sich niederzulegen und zu schlafen, lange, lange... Tage hindurch, und womöglich nicht mehr aufzuwachen.

Jacob rupfte Grasbüschel aus, die er verzehrte, samt der daran hängenden Erde. Als ihm der kleine Schneider die offene Hand hinhielt, kam er mißtrauisch näher, ließ sich aber dann packen. Doch schüttelte er unzufrieden den Kopf, als Schneider aufstieg.

In der Ebene begann Jacob zu traben, dann schlug er

einen langgezogenen Galopp an. Der kleine Schneider hatte die Zügel über den Hals fallen lassen und hielt sich am Sattelknauf. Jacob kannte den Weg. Der Reiter hatte den Helm abgenommen und freute sich über den Luftzug, der hart und kühl war, wie eine pflegende Hand. Der kleine Schneider dachte an Lös: »Ein anständiger Kerl«, murmelte er laut, und nickte mit dem Kopf.

Ein wenig später lag er unter dem Zelt und sah der Sonne zu, die winzige Löcher durch das braune Tuch bohrte. Draußen hörte er die Gamellen klappern; es war Essenszeit.

»Willst du etwas, Schneider?« fragte Korporal Claus vorne am Zelteingang, und rollte das letzte R im Gaumen.

»Nur meinen Wein, sonst nichts.«

Korporal Claus versteckte, glücklich lächelnd, die Gamelle, die er für den Kranken hatte füllen lassen, unter einer Decke, um sie später in Ruhe zu verzehren. Er litt an chronischem Hunger.

Dann brachte der Adjutant ein paar Chinintabletten, die der Schneider mit dem Wein hinunterspülte.

»Laß dir's besser gehen«, sagte der Adjutant freundlich.

Den ganzen Nachmittag lag der kleine Schneider regungslos im Halbschlummer. Ihm war wohlig warm. Und auch die Erinnerungen, die zerrissen vorbeiflogen, waren mild und beruhigend. Er schwamm im Rhein, das Wasser war lau. Erst zwölfjährig war er und trug blaugestreifte Schwimmhosen. Große grüne Bäume standen an den Ufern und Motorboote fuhren tutend vorbei. Er legte sich auf den Rücken und die Sonnenstrahlen machten die Wimpern seiner halbgeschlossenen Augen farbig. Dann war er daheim, und die Mutter strich über seine Stirne. Nein, nicht die Mutter, der Korporal Lös war es, und der Adjutant stand daneben und lachte. Da erwachte der kleine Schneider. Das Hemd klebte am Rücken und die Arme waren so schwach, daß sie nicht die Decken abschütteln konnten, die allzuheiß gaben. So leer war der Kopf, daß die Augen sich von selber schlossen.

Da war er plötzlich in einem Granattrichter. Und Schnee fiel herab, durchnäßte ihn. Deutlich hörte er dumpfes Trommelfeuer. Dann fuhr ein Zug durchs Land, und ein rotbärtiger Mann predigte von der Befreiung des Proletariats. Dann mußte er auf einer Straße fliehen, die durch eine dicke Nacht führte. Immer war hinter ihm eine unsichtbare Hand, die ihn greifen wollte.

Wieder erwachte er. Es war kein richtiges Wachsein. Eher ein Hindämmern, in dem er seinen Traum weiter verfolgte.

Nun diente er bei jenen, auf die er geschossen hatte. Er hatte sich verkauft – für fünfhundert Franken und 75 Centimes täglich Lohn. Auf fünf Jahre. Wie viele Fünfen es in dieser Rechnung gab. Er lächelte. Doch die ihn gekauft hatten, brauchten ihn nicht zu schonen. Täglich wurden Neue angeworben. Nun mußte er Straßen bauen und Kalk brennen. Und war doch als Soldat eingetreten.

Plötzlich war er ganz wach. Eine Melodie summte in seinem Kopf, die er in den Revolutionstagen oft gehört und mitgesungen hatte. Aber nicht die deutschen Worte suchte er, die zu diesem Liede paßten. Er wollte von allen verstanden werden, besonders vom Adjutanten. Und er fand auch die französischen Worte. Mit lauter Stimme sang der kleine

Schneider das Lied, das auszudrücken schien, was in ihm war:

»C'est la lutte finale
Tous en rang et demain ...«

Da stand schon der Adjutant am Zelteingang und brüllte:

»Was, du singst bolschewistische Lieder? Ich will dir helfen. Ein Bolschewik ist nicht krank. Du ziehst heut abend auf Wache.«

Aber hinten beim Kalkofen griff eine verrostete Stimme die Melodie auf:

»C'est l'Internationa-a-ale ...«

Stefans Stimme verstieg sich auf dem »In-« zu hohem Kreischen. Das störte den Adjutanten wenig. Er lächelte bloß: nur den deutschen Spartakisten war nicht zu trauen. Die konnten aus Patriotismus eine Revolte anzetteln.

Um sechs Uhr wurde zu Nacht gegessen. Der alte Guy schleppte nacheinander zwei große Kessel in die Mitte des Zeltvierecks, gerade vor des Adjutanten Zelt. Um die Kessel standen die Gamellen in konzentrischen Kreisen, und diese wieder wurden umschlossen von einem dreifachen Ring starrer gelber Gestalten. Alles überwachte die Austeilung. Korporal Dunoyer klatschte mit Schwung zuerst das Fleischragout und dann den Käsereis in die Eßschalen.

Zwei Stunden war die Sonne nur eine blinde Messingscheibe, die langsam hinter den Bergen verschwand. Der Oued schimmerte kupfern. Dann waren auf dem grünen Himmel zwei Sterne. Ein kalter Wind ließ den Hund des Adjutanten zittern und winseln. Oben hinter den Mauern des Postens (auch sie schimmerten metallen-grünlich) wimmerte es eintönig zu klappernder Zupftrommel:

»Ay, ay, ay, la moulay djiroua . . .«

Aus dem Kalkofen drang scharfduftender Rauch und einzelne blasse Flämmchen. Unten im langen Gang, der zur Feuerstelle führte, stand Stefan und stieß frisches Holz in die Glut. Im Gang saß die Sektion beisammen und ließ die Feldflasche kreisen. Der Adjutant hatte eine doppelte Ration Wein austeilen lassen. Das feuchte Holz summte mannigfache Töne, die zusammenklangen zu einem sonderbaren Akkord.

»Drei Lilien, drei Lilien,
die pflanzt ich auf ein Grab, fallera
da kam ein stolzer Reiter
und brach sie a-a-ab.«

Die Deutschen sangen, zaghaft und leise. Korporal Claus' Fistelstimme stach ab, wie der Ton einer Kinderflöte.

Dann sang der Russe Petroff mit hohem, sehr gleichmäßigem Tenor, ein wenig durch die Nase, und seine Landsleute fielen ein. Es klang traurig und ein bißchen verzweifelt.

Ganz am Ende des Ganges, die Brust noch warm beschienen, doch den Rücken im kalten Abendwind, saß in voller Ausrüstung, einsam, der kleine Schneider. Die grüne Capotte fiel herab bis zur Mitte der Waden. Der Tropenhelm verdeckte schier die Hälfte des Gesichts und ließ nur den Mund sehen, der weinerlich geschürzt war.

»Appell!« Veyres Stimme zerriß die Dunkelheit.

Der Gesang am Feuer verstummte. Schneider erhob sich, hing das Gewehr über die rechte Schulter und begann mit unsicheren Schritten das Zeltviereck abzuschreiten. Er mußte den Helm halten. Der Wind wehte stark.

In seinem Zelt saß der Adjutant. Auf dem niederen Klapptisch brannte eine Stallaterne. Neben ihr, halbvoll, stand eine Flasche Rhum. Als Schneider am Eingang vorbeiging, sah er die bunte Etikette leuchten: »Negritos« stand darauf und ein Negergesicht grinste daneben.

»Mir ist kalt«, flüsterte der kleine Schneider. Cattaneo rührte sich nicht. Lauter wiederholte Schneider die Worte.

»Schnaps willst du? Na, komm.« Der Adjutant goß eine Tasse voll und schob sie Schneider hin ...

Cattaneo saß hemdärmelig auf dem Feldbett, dessen Latten sich unter dem Gewicht seines Körpers bogen. Die offenen Breeches wehten um die Waden.

»Merci mon adjudant«, sagte der kleine Schneider und stand ganz stramm.

»So ist's besser«, lobte der Adjutant, wie man einen gelehrigen Hund belobt, und winkte gönnerhaft mit der Hand. »Schnaps ist die beste Medizin.«

Und weiter schritt der kleine Schneider, während ein großes Glücksgefühl seinen Körper ergriff und frohe Bilder in seinem Kopfe tanzten.

Der Mond war aufgegangen. Eine Wolke glänzte wie ein rundlicher wächserner Gott auf dem Altar des Berges.

»Ich werde sicher noch Korporal«, dachte der kleine Schneider, »ich werde einfach verlangen, nach Fez in die

Unteroffiziersschule zu gehen.« Alles schien leicht durchführbar. »Oder ich finde dort einen Major, der mich auf Reform schickt.«

Ein ganz neues Leben stieg vor ihm auf bei dem Gedanken an die Reform: Rückkehr zu Menschen, die seine Sprache sprachen, zu blonden Mädchen, die sauber waren und gesund. Es würde vielleicht schwer sein, Arbeit zu finden, aber doch nicht unmöglich. Man konnte auch wandern. Und in Deutschland hatte es wohl inzwischen eine Amnestie gegeben.

Drüben schimmerte die Straße weiß zwischen schwarzschraffierten Feldern, auf denen einzelne Grasbüschel wehende Straußenfedern waren. Stumm lagen die Zelte da, bisweilen nur drang aus ihnen ersticktes Schnarchen, das sich jäh unterbrach, als erschräke der Schläfer vor seinem eigenen Lärm. Die Maulesel klirrten unruhig mit ihren Ketten. Nun löschte der Adjutant die Laterne aus. Seinen großen schwarzen Schatten hatte die Nacht verschluckt. Der Wind mischte den Petroleumgeruch mit dem würzigen Rauch des Kalkofens. Die Einsamkeit war sehr groß.

Der kleine Schneider setzte sich an eine Ecke des Zeltvierecks. Dort fiel der Abhang steil zum kaltrauschenden Oued ab. Die Luft war nun still. Aus dem Posten näselte es noch, müde: »Ay, ay, ay la moulay djiroua …«

Da plötzlich schüttelte den kleinen Schneider die große Verzweiflung. Sie brach in seinen Kopf ein, peitschte Schauer durch den müden schmerzenden Körper, zerrte so heftig an allen Muskeln, daß die Beine schlotterten. Zitternd öffnete die rechte Hand die Patronentasche und legte eine Patrone auf die Erde. Dann nahmen die beiden Hände das Gewehr auf und entriegelten den Verschluß. Das Klappern klang wie ein lauter Knall in der Stille. Und zitternd schob die Rechte die Patrone ein. Das Gewehr fiel zu Boden. Die beiden Hände rissen die Wickelgamasche vom rechten Bein, lösten zitternd die Schuhriemen, um den Fuß zu befreien. Bei einer heftigen Bewegung des rechten Armes entlud sich das Gewehr, dessen Mündung in den Falten der Capotte lag. Der Knall erstickte im dicken Stoff. Der kleine Schneider fühlte einen heftigen Schlag am linken Schenkel. Und dieser Schlag gab ihm das Gefühl seines Körpers zurück: nicht mehr losgelöst von seinem Willen waren die Glieder. Dann rollte er den Abhang hinab. Der Mond drehte sich rasend schnell. Die Hände des kleinen Schneider waren feucht und ein warmer Strom floß an seinem Schenkel herab. Er fühlte noch eine kalte Hundeschnauze, die an seine Wange stieß. Dann wurde die Nacht purpurn.

Um Mitternacht machte der Adjutant die Runde und fand den Toten. Er drehte den Körper mit der Fußspitze um, zuckte die Achseln und ließ ihn liegen. Am Morgen suchte er einen alten Sack, preßte selbst den Körper hinein und ließ ihn verscharren. Gegen Sonnenaufgang hatte es leicht geregnet. Die lehmige Erde war feucht. Er beaufsichtigte das Zuschaufeln des Grabes. Eine Erdscholle blieb an seinem Stiefelabsatz kleben.

»Merde«, sagte er und schleuderte unwillig den Fuß nach vorne.

Fieber

Les amants des prostituées
Sont heureux, dispos et repus.
Quant à moi, mes bras sont rompus
Pour avoir étreint des nuées.

Baudelaire, ›*Plaintes d'un Icare*‹

7. Kapitel

Der Marsch

Todd hatte die letzte Wache, die von Mitternacht bis zwei Uhr. Der Wind war frisch, kam in Stößen, beruhigte sich wieder, zerfetzte die Wolkendecke vor dem Mond. Todd zog die Uhr aus der Hosentasche. Es war eine schöne flache Uhr, die Goldschale ohne Verzierungen; als Kette trug sie einen geknüpften Schuhriemen. Korporal Pierrard hatte sie ihm geliehen. Es war ein Uhr. Um halb zwei mußten die Köche geweckt werden, um zwei war Tagwache.

Um zwölf war es noch warm gewesen. Erst später war der Wind aufgestanden. Todd zog die Kapotte an.

Durch die dünnen Zelttücher hörte er den Atem der vielen Schläfer. Manchmal klang es wie das Zischen vieler kleiner Dampfkessel. Dann verstummte das Zischen, die vielen Atemzüge hatten wohl das Zeitmaß gefunden, in das sie sich fügen konnten, weitausholend und doch irgendwo gehemmt, als müßten sie sich im Schlafe noch einer Disziplin fügen.

Nur die Maultiere blieben verschont vom umgebenden Zwang. Sie schienen gar nicht in das Lager zu passen mit seiner streng quadratischen Form. Sie standen oder lagen, bissen einander zum Spiel, schnauften dann laut. Es klang wie ein leises unterdrücktes Lachen; bisweilen stieß das eine kurze, pfeifende Laute aus und warf die Hinterbeine in die Luft. Und auch den beruhigenden Knüppelschlag der Stallwache nahm es weiter nicht übel. Das gehört zum Spiel.

Halb zwei. Noch eine halbe Stunde, dann gab es heißen Kaffee und einen Achtelliter Schnaps. Todd ging in das Zelt, wo die Köche schliefen und riß an ein paar nackten Füßen, die hervorragten.

Bald brannten die Feuer aus dürrem Gras und trockenem Thymian. Der Wind breitete den Rauch wie ein scharfduftendes Tuch über das Lager. Es wogte unruhig, bis eine Stille eintrat, dann blieb es liegen. In den Zelten wurde es lebendig. Gestalten schlichen heraus, die den Schatten Verstorbener glichen. Der Himmel wurde langsam weiß, als sei die Milchstraße über ihre Ufer getreten. Die Ordonnanzen rissen die Pflöcke der Offizierszelte aus. Korporal Pierrard kam heran und verlangte seine Uhr zurück. Todd ging zu den Feuern, um zu frühstücken. Sergeant Hassa pfiff zum Reveil.

Das Zelt über Capitaine Chabert verschwand plötzlich, er lag in seiner Fülle auf dem niedern Feldbett, lachte, hustete, fand den Witz ausgezeichnet, den Samotadji sich da erlaubt hatte, fluchte dann plötzlich, weil er seine Pfeife nicht fand. Er brauchte fünf Streichhölzer, um den Tabak in Brand zu setzen (der Sturm wehte heftig). Nun brüllte er Lartigues Namen in den Wirrwarr. Niemand hatte den Leutnant gesehen. Doch da erschien er im Schein eines Feuers, er hatte einen Spaziergang gemacht, seine braunen Ledergamaschen glänzten. Samotadji rief nach dem Koch; endlich brachte dieser den kleinen Aluminiumkrug mit dem Kaffee. Der Capitaine kostete und verbrannte sich die Lippen. Einen Teil des Kaffees goß er auf den Boden und leerte Schnaps aus der Feldflasche nach.

Er klatschte in die Hände und rief: »Vorwärts, vorwärts« in das Chaos, das um ihn kreiste. Nur ein Feuer brannte noch. Hoch schlug die Flamme auf, knatterte im Sturm, das Lager war taghell, große Schatten tanzten auf der Ebene, ballten sich zu Klumpen, lösten sich wieder. Dennoch war kein Wort und kein Ruf zu hören. Nur des Capitaines Händeklatschen drang durch das Scharren des Aufbruchs. Todd warf den Sattel auf seine Lisa.

Das Feuer war abgebrannt. Nun klärte sich das Chaos. Eine unterdrückte Fröhlichkeit, die sich nur in Gesten äußerte, zitterte durch die Kolonne. Der Schnaps war die Ursache, der starke Kaffee und die Zigarette auf nüchternen Magen.

Der Capitaine saß schon auf seinem Pferd. Er hob den Arm, und diese Bewegung sah aus wie eine sakrale Geste. Dann ließ er ihn nach vorne fallen, gab dem Pferd die Sporen und war bald nur ein Schattenriß gegen den silbernen Himmel.

Todd ritt als vierter. Unter den Hufen seines Tieres war die Straße ein grauer Teppich, dunkel zuerst, dann wurde er nach und nach heller. Eigentlich war es gar keine richtige Straße, eher ein primitiver Weg, das Gras oberflächlich abgekratzt, manchmal von tiefen Rinnen durchfurcht; in der Regenzeit hatten die schweren Camions sie gegraben. Die Ohren des Maultieres wippten. Der dichte Schwanz des vorhergehenden hing schlapp und reglos herab. Angenehm war die Spannung, die von der Schlaflosigkeit der letzten

Nacht erzeugt wurde; diese Spannung, die fremd war und erwartungsvoll. Und doch war kein Grund vorhanden, irgend etwas zu erwarten. Der Tag würde dem gestrigen gleichen: marschieren, reiten, marschieren. Um acht Uhr würde die Sonne beginnen zu stechen, und dann gab es Durst. Um Mittag herum kam man zum großen Halt. Dort mußte man bis zum Abend unter den braunen Zelttüchern liegen, durch die sich die Sonne fraß; immer war sie ein brennender Hohlspiegel, kaum verdeckt, der die Augen blendete, durch die Lider stach, Wasser aus dem Körper sog, bis er ausgetrocknet war, wie das zähe Alfagras, das schon als Heu wuchs.

Der Himmel wurde rot, und der Wind legte sich. Es war noch frisch. Vielleicht hatte es sogar Tau? Todd dachte nach. Gab es hier überhaupt Tau? Er hätte es nicht sagen können. Immer blieben die Bilder stumpf, die man aufnahm, die Wirklichkeit fehlte ihnen. Viel wirklicher waren die Landschaften der Träume, in denen Wasser floß und Weiden grünten. Auch die Kameraden blieben Puppen mit automatischen Bewegungen. Nur Wut empfand man gegen diese Puppen, wenn sie beim Satteln störten.

Der Capitaine pfiff, hob den Arm, ließ ihn lange erhoben. Der Zug stand. »Absitzen, wechseln«, kam der Befehl und wurde weitergegeben. Todd stieg ab, von vorne kam sein »Doubleur« gerannt, ein kleiner Russe mit einem Wieselgesicht, namens Veraguin, der kein Wort französisch sprach. Todd hielt den rechten Steigbügel, während der andere links aufstieg. Der Sattel war schwer beladen mit der Ausrüstung der beiden. Man war nie sicher, ob der Sattel hielt, der Gurt konnte noch so fest angezogen sein, manchmal rutschte das Ganze doch auf den Bauch des Tieres, dann mußte man umsatteln. Das gab Verspätung, man war gezwungen, der Kolonne nachzulaufen, wurde angeschrieen, und das vergrößerte das Gereiztsein und die Müdigkeit. Es war besser, man gab acht. Todd lief nach vorn, stellte sich an seinen Platz, es war der dritte im Einerzug, und sah nach Capitaine Chabert. Der hielt noch immer den Arm erhoben, wie ein indischer Fakir, das Pferd unter ihm stand ergeben still. Nun senkte sich der Arm, ein Ruck ging durch dic lange farblose Schlange, sie kroch weiter.

Die Stunde vergeht. Mit vorgeneigtem Kopf marschiert jeder, die Knie gebeugt, die Sohlen kaum vom Boden hebend, fast schleifend wie beim One-Step, nur daß man kleinere Schritte nimmt. Todd muß wirklich an den Tanz denken, wie er auf dem grauen Straßenband weitergeht, eingehüllt in eine Staubwolke, die viele Schuhe, viele Hufe aufgewirbelt haben. Die Gespanntheit will noch nicht weichen. Es sind viele Bilder da. Erinnerungen von früher, aber nicht klar und deutlich, sondern verschwommen, so, als habe Staub und Müdigkeit sie getrübt. Nur eine Erinnerung setzt sich fest, und er muß ihr nachgehen, sie ausmalen, bis sie endlich fertig vor ihm steht: eine Bar sieht er und viele geschminkte Gesichter, er hat Geld genug, aber ist trotzdem unruhig und sieht immer wieder nach der Tür, ob dort nicht ein Polizist auftauchen wird, um ihn zu verhaften. Eigentlich ist es am Morgen viel zu glatt gegangen auf der Bank, mit dem Scheck. Niemand hat die Unterschrift geprüft, die Unterschrift des Bruders, ohne weiteres sind ihm die fünfhundert Dollar ausbezahlt worden. Seine Angst ist wirklich grundlos.

Da tritt ein Mädchen auf, Pagenfrisur, eine zierliche schwarzhaarige Person, in seidenen Culottes, weißen Strümpfen, Spitzenjabot und Pumps. Sie rezitiert mit ganz flacher Stimme, ohne eine Bewegung zu machen:

»Verträumte Polizisten watscheln bei Laternen,
Zerbrochene Bettler meckern, wenn sie Fremde ahnen.
In manchen Straßen stottern starke Straßenbahnen
Und sanfte Autos rollen zu den Sternen.«

Todd merkt plötzlich, daß er die Verse laut vor sich hin spricht. Sein Vordermann dreht sich um. Todd schweigt und schämt sich zuerst, dann sieht er, daß es Schilasky ist. Das umgewandte Gesicht sieht aus, wie aus Buchenholz geschnitzt. Die Nase ist auch im Profil scharf.

»Was sagst du?« fragt Schilasky.

»Nichts, nichts. Es ist mir nur ein Gedicht eingefallen.« Dann will er weiterschweigen. Aber Schilasky ist interessiert. Er tritt aus der Reihe, nachdem er sich vorsichtig umgesehen hat. Es ist kein Vorgesetzter in der Nähe. Sergeant Sitnikoff an der Spitze schläft, und Chaberts Pferd ist weit voraus, ganz undeutlich sichtbar, Samotadji hält es. Der Capitaine hat wohl austreten müssen.

Schilasky fragt, was es denn für ein Gedicht gewesen sei, Koribouts Vorlesung scheint gewirkt zu haben. Schilasky interessiert sich für Gedichte. Da beginnt Todd zu erzählen. Von der kleinen Diseuse im Kabarett, nachher habe er sie eingeladen, gerade am Tag, wo er den falschen Scheck eingelöst habe. Sie sei ganz einsam in der Bar gesessen, niemand habe sich getraut, sie anzureden, denn ihr Ausdruck sei sehr abweisend gewesen. Übrigens, sie habe gut rezitiert. Auch ein anderes. Todd wisse nicht, warum er die Gedichte behalten habe. Er habe die Kleine dann in der Nacht noch gebeten, sie zu wiederholen. Es sei sehr komisch gewesen. Sie sei nackt auf dem Bett gelegen und habe die Verse gegen die Decke des Zimmers gesprochen. Schilasky lacht. Todd schiebt den Unterkiefer vor und schweigt.

Schilasky hat einen horchenden Ausdruck. Sein hölzernes Gesicht bekommt Leben. Während er sich mit gebeugten Knien vorwärts schiebt, legt er den Kopf schier anmutig auf die Schulter, um den Worten des Kameraden zu lauschen.

»Ja«, sagt er, wie der andere schweigt, »in Berlin bin ich auch oft ins Kabarett gegangen mit meinem kleinen Freund. Ein lieber Junge war's, sage ich dir. Und konnte so schön Gitarre spielen und Lieder dazu singen!« ›Es fiel ein Reif in einer Frühlingsnacht‹, singt er plötzlich mit hölzerner Stimme, die abgehackt klingt, wie ein Xylophonsolo. »Du kennst doch das Lied?«

Todd nickt. Es tut so gut zu sprechen, der Weg rollt viel schneller ab, vorn hebt schon wieder der Capitaine den Arm. Absitzen, wechseln. Sie laufen beide zurück, so schnell sie können, und die Gewehre hüpfen auf ihren Rücken.

Nun reiten sie nebeneinander, obwohl das eigentlich verboten ist. Noch ist der Weg breit, die Berge aber kommen schnell näher. Bis dahin können sie miteinander sprechen, sich selbst erzählen; ob der andere zuhört ist eine Frage für sich.

»Ich habe ihr einen Gin-Fizz angeboten«, erzählt Todd.

»Zuerst war sie ein wenig zugeknöpft, aber ich sagte zu ihr: Wie können Sie so zugeknöpft sein, mein gnädiges Fräulein, Sie haben ja gar keine Knöpfe an Ihrem Kleid. Weißt du, sie hatte so ein enganliegendes Kleid, nachher zog sie es einfach über den Kopf. Sie sah wie ein Schulmädchen aus in ihren Schlupfhosen. Und dann war sie so bescheiden. Die Mädels animieren einen sonst zum Trinken. Sie gar nicht. War mit ihrem Gin-Fizz ganz zufrieden. Saß still neben mir und erzählte von einer Bootsfahrt auf dem Vierwaldstättersee. Sie hatte ein Engagement in der Schweiz gehabt; das sei angenehm gewesen während des Krieges. Dort hätte sie sich wieder einmal satt essen können.«

Schilasky unterbricht ihn, und nun hört Todd, daß der andere gar nicht aufgepaßt hat, denn er fährt fort, dort, wo er stehen geblieben ist:

»Weißt du, ich hatte ihn auf dem Bahnhof kennengelernt. Am Abend war ich immer auf dem Bahnhof. Natürlich in Zivil. Als Wachtmeister von der Sipo kann man doch nicht in Uniform gehen. Plötzlich gefällt einem ein Gesicht oder die Bewegung eines Körpers, man geht nach, eine Zeitlang, bis man den Menschen ein wenig studiert hat. Man kriegt Übung. So kleine Anzeichen verraten viel. Irgendein weiches Gehen, ein Schwingen in den Hüften, ein sonderbares Lächeln, untertänige Augen. Ich habe einen guten Blick.

Meinem Jungen bin ich ein paar Tage nachgestiegen, bis ich es gewagt habe, ihn anzusprechen. Von den vielen, die ich kannte, war es der einzige, der mir ein wenig Angst gemacht hat, im Anfang. Er war noch Gymnasiast. Und dann sind die Eltern dahintergekommen. Es hat Skandal gegeben. Der Junge hat einen Selbstmordversuch begangen, so sehr hat er an mir gehangen.«

Todd betrachtete Schilasky von der Seite. Immer mehr zerbrach die hölzerne Maske. Das Ohrläppchen, das unter dem Tropenhelm sichtbar war (zierlich geformt war es, wie bei einer Frau), hatte sich gerötet, und auch auf den Backenknochen saßen zwei rote Tupfen.

Da waren die Berge. Der Weg wurde eng. Er war in die Felsen gesprengt, die hellgelb glühten. Todd hielt die Lisa zurück. Eine Zeitlang ritten sie schweigend. Links fiel der Hang steil zu einem kleinen Bach ab.

Todd sah den Rücken des vor ihm Reitenden. Ein schmaler Rücken. Die Schulterknochen verschoben sich in gleichbleibendem Rhythmus unter dem eng anliegenden Khakirock. Der Korkhelm lag über dem Kopf wie eine leichte Glocke. Wieviel mußte unter dieser gelben Glocke geschehen! Ein Heißlaufen der Gedanken, gegen das selbst die Müdigkeit nichts nützt. Immer die gleichen Gedanken, die gleichen Wünsche, die peinigen; es lohnt sich kaum, von ihnen zu sprechen. Sie sind so schwer in Worte zu fassen, und dann ... niemand versteht sie. Todd ärgerte sich, daß er die Geschichte der kleinen Diseuse erzählt hatte. Unwürdige Geschwätzigkeit war es, nichts weiter, mit dem undeutlichen Wunsch, den anderen zum Reden zu bringen. Es war auch noch etwas anderes. Koribout hatte es eine Beschwörung genannt oder so ähnlich, dies Gedichtesprechen. Es beruhigte ein wenig und ließ die Spannung abflauen.

Der Weg war steil. Todd sah auf die Vorderfüße seines

Tieres. Ganz vorsichtig betastete der rechte Vorderhuf einen Stein, ob er nicht rutsche, dann, mit einem Ruck, zog sich der Körper an dieser Stütze nach. Es war viel Sicherheit in diesen Bewegungen. Und ich habe keine Sicherheit, dachte Todd. Aber es bedrückte ihn wenig. Er war zufrieden, daß keine Entschlüsse mehr von ihm verlangt wurden, daß der Tag in einer vorgeschriebenen Art gelebt werden konnte, mit Sattelaufschnallen, Reiten, Wasserholen, Marschieren, Zeltaufbauen und Schlafen. Wenn die Erinnerungen quälend wurden, gab es am Abend den Wein, der kein Genußmittel war, sondern eine saure Notwendigkeit: der Müdigkeit nimmt er das Peinigende, gibt der leeren Gegenwart einen Inhalt und dem Körper, der nicht mehr weiß, was Lust ist, eine seltsame Art Wohlbehagen.

Die Sonne war schon hoch, als die Kolonne zum viertenmal hielt. Sie war auf der Höhe angelangt. Diesmal hob Capitaine Chabert beide Arme zum Himmel und machte eine Zeitlang Freiübungen. Das bedeutete einen längeren Halt. Als er endlich vom Pferde sprang, saßen schon alle am Wegrand, die Zügel der Maultiere leicht um das Handgelenk geschlungen. Korporal Pierrard ging den Sitzenden entlang und verteilte Speckscheiben. Schweigsames Schmatzen. Die Maultiere rissen Gras aus und kauten blasiert. Dann standen sie wieder still mit gesenkten Köpfen und halbgeschlossenen Augen.

Ganz hinten in der vierten Sektion saß Pausanker neben dem Sergeanten Farny. Der Junge hatte sich verändert. Die Wangen waren grau im Schatten des Tropenhelms, aber rot schimmerten die Lippen, und in den Mundwinkeln standen winzige Bläschen. Farny hielt den steifen Blick auf eine

Wolke geheftet, die wie ein einsamer Fesselballon regungslos über der Ebene stand. Manchmal packte er das Handgelenk seiner Ordonnanz, preßte es, ließ es wieder los. Dieses eigentlich grundlose Zucken (oder war es doch ein krampfhaftes Sich-bewußt-Machen, daß man Macht hatte?) wirkte auf Pausanker erschreckend. Das Kinn klappte herab, und dadurch bekam das Gesicht etwas Blödsinniges.

Korporal Ackermann spazierte vorbei. Seite an Seite mit Korporal Seignac, dem Neger. Die Uniformen der beiden waren weiß vom vielen Waschen, die Wadenbinden saßen ohne Falten, auch die gelben Krawatten waren dreifach zusammengefaltet, wie es das Reglement vorschreibt, und so eng um den Hals gelegt, daß sie wie gebügelt wirkten.

Seignac hatte es nicht leicht als Schwarzer, obwohl er gar nicht negerhaft aussah. Seine Lippen waren schmal und die Backenknochen so weit zurückgelagert, daß die edel geformte Nase deutlich sichtbar blieb. Er sprach ein fehlerloses Französisch und einige Worte deutsch; wohl aus diesem Grunde und vielleicht auch, weil Seignac einmal zwei Monate auf der »Bremen« als dritter Steward gedient hatte, protegierte ihn Ackermann.

Das einzige, was man Korporal Seignac vorwerfen konnte, war seine übertriebene Korrektheit. Er spielte den Gentleman, spielte ihn allzu gut, so gut, daß er damit den anderen auf die Nerven fiel und sie in einen begreiflichen Protest hineintrieb, der sich in Hohn, Rippenstößen und sonstigen Naturburschenallüren kundtat. Aber Seignacs Phlegma war nicht zu erschüttern: er gab seine Befehle, führte sie selber aus, wenn er auf Weigerungen stieß, sprach selten und lernte in seiner freien Zeit englische Wörter aus einem alten roten Diktionär. Die Aussprache, die er den Wörtern gab, war bisweilen phantastisch, und Korporal Smith, der Schneider, der ebenfalls keine Rassenvorurteile kannte, korrigierte ihn geduldig.

Als Ackermann mit seinem Gefährten am Sergeanten Farny vorbeiging, sah er zuerst nicht zur Seite. Doch Farnys kompakter Blick war ein Hindernis, das den Deutschen aufhielt – und nun mußte er nach der Störung schauen. Ekel zog Falten in sein Gesicht – denn Pausankers Haltung gab Grund genug zu ehrlichem Widerwillen.

»Schau«, sagte Ackermann und stieß Seignac mit dem Ellbogen an. Der Schwarze nickte. Und aus Freundschaft für Ackermann legte auch er sein Gesicht in angewiderte Falten. Um nicht wieder an den beiden Sitzenden vorbei zu müssen, stiegen beide in das Tälchen links von der Straße hinab und erreichten das Sträßlein weiter unten.

Schilasky steckte das letzte Stück Speck in den Mund, zog ein Taschentuch aus der Hose (es war wirklich ganz sauber, Todd stellte es erstaunt fest) und wischte sich den Mund und die Hände. Es sah aus, als putze sich ein alter, abgemagerter Kater. Dann ließ er sich auf die Böschung zurücksinken, benützte die verknüpften Finger als Kopfkissen und sah sich an einem Stück Himmel fest.

Nun wandte Schilasky plötzlich den Kopf und saugte sich an den Augen Todds fest. Der Blick wirkte wie ein Schlag, er durchzitterte des andern Körper und sammelte sich schließlich als schmerzhafte Leere in der Magengrube.

Ein Pfiff...

Der Marsch ging weiter durch Alfagras und wilden Thymian, der Weg war grau, nicht einmal die Sonne vermochte ihn weiß zu färben. Manchmal führte er durch ein Bachbett, in dem ein fauliges Wasser die Wurzeln der Oleander bespülte. Die Maultiere schlürften einen Zug, wurden zurückgewiesen, schüttelten mißbilligend die Köpfe ...

Das südliche Marokko war wirklich öde. Im Norden sollte es besser sein, da gab es Wälder und Berge, sogar Wasserfälle und richtige Flüsse, wie daheim. Die Urlauber, die nach zwei Jahren Süden nach Casablanca in die Ferien gingen, erzählten davon, und vom Meer und den weißen Frauen, die dort durch die Straßen gingen. Es klang ganz wie ein Märchen.

Es war Samotadji, des Capitaines blondbärtige Ordonnanz, welcher die Rede auf die Ferien brachte. Er ritt dem Zug entlang, schlug manchmal einen leichten Galopp an und hatte den langen Bart über die Schulter gelegt. Dazu tat er gar gnädig, spielte stellvertretende Autorität (der Capitaine war nirgends zu sehen), sprach geheimnisvoll in Andeutungen, von einem bevorstehenden Kampf. Ein Dschisch, das sei eine Räuberbande, erklärte er den Neuen, sei signalisiert, der Capitaine wisse Bescheid.

»Wie sie sich aufspielen, wie sie sich aufspielen«, sagte Leutnant Lartigue zu Sitnikoff, der neben ihm ritt. »Mon bon ami, welche Wichtigtuerei, und der Alte freut sich noch, wenn wir angegriffen werden. Die Krawatte des Kommandeurs ist fällig, Offizier der Ehrenlegion ist er ja schon, in guter Gesellschaft muß ich sagen, mit Herrn Paul Bourget und Herrn René Bazin. Ich bitte Sie, welche Ehre bedeutet es, wenn irgend ein Minister mir einen silbernen Orden an die Brust heftet. Ich danke, ich mache nicht mit. Überhaupt«, er schob das Képi auf den Hinterkopf,

»wächst mir die ganze Geschichte zum Hals heraus. Fieber hab' ich erwischt und hätte doch so bequem daheim in Paris leben können. Geld hab' ich genug, was tu ich in dieser ›Galera ambulante‹, wie irgendein Italiener sagt? Psychologische Studien dachte ich zu machen und habe mich deshalb in die Legion gemeldet, Schicksale riechen ...!« Der Leutnant zog die Luft tief ein. »Aber fremde Schicksale sind langweilig, wenn man selbst keines aufzuweisen hat. Ich bin am Wege vergessen worden, bin stehengeblieben ... Und muß nun den Zuschauer spielen. Das ist langweilig.«

Sitnikoff schwieg. Das Geplapper des Leutnants wirkte einschläfernd, wie ein monotones arabisches Lied.

Und wieder war es Samotadji, der Leben in die schläfrige Kolonne brachte. Von einem Ende des Zuges zum anderen ritt er, hielt bei einem Bekannten an, erzählte die Neuigkeit des bevorstehenden Kampfes; Lauscher kamen näher. Er, Samotadji, habe keine Angst, er habe bei den Honved gedient und alle Karpatenschlachten mitgemacht. Und dann auch noch die Revolution mit Bela Kun. Das sei ärger gewesen als der ganze Krieg. Schilasky, der Schweigsame, lächelte nur höhnisch. Er hatte keine Lust, mitzurenommieren. Aber der dicke Russe Samaroff, der ein besonders kräftiges Maultier brauchte, weil er über neunzig Kilo schwer war, nahm den Mund gar voll, erzählte in gebrochenem Französisch von Rennenkampf und Koltschak, fluchte auf die Bolschewiken und grinste dann wieder, wie zur Entschuldigung, als Samotadji, der Kommunist, vorbeiritt. Aber Samotadji hatte gar keine Lust, politische Diskussionen zu beginnen. Das war gut und recht für drüben. Hier gab es andere Interessen: Wichtiger war es, zu erfahren, ob man auf der Beförderungsliste stand, die der Capitaine nach Fez geschickt hatte. Was interessierte es jetzt noch den langen Wiener Malek, der behauptete, zur Holzhammerbande gehört zu haben und ein paar Gräfinnen aus den Fenstern ihrer Palais auf die Straße geworfen zu haben, was kümmerte es ihn, ob diese Bande arretiert worden war? Jetzt galt es, mit Schilasky zu rivalisieren, dessen Sauberkeit auszustechen und beim kleinen Korporal Allery von der zweiten Sektion für zwei Liter Wein in der Woche Französisch-Stunden zu nehmen. Denn auch Malek hatte den Ehrgeiz, die einfachen Schnüre eines »ersten Soldaten« (so wurden die Gefreiten genannt) gegen die doppelten eines Korporals einzutauschen.

An jedem Marschtag wiederholte sich das gleiche Phänomen. Todd stellte es heute fest und versuchte es Schilasky klarzumachen, der aber wenig Interesse zeigte. Am Morgen beim Aufbruch lief jeder am anderen vorbei, das Durcheinander war wirklich ein Wirbel einzelner unzusammenhängender Teilchen. All diese menschlichen Teilchen arbeiteten jedes für sich, ohne Zusammenhang mit den anderen. Jeder sah im anderen nur die Störung, also den Feind. Die Gereiztheit war überspannt. In den ersten Stunden des Marsches hielt sich diese Stimmung. Jeder ritt für sich, marschierte für sich. Erst, wenn die Müdigkeit sich einstellte, die Sonne stärker brannte und der Durst mit staubigen Fingern über die Lippen fuhr, erinnerten sie sich nach und nach, daß sie nicht allein waren. Ein Anlehnungsbedürfnis entstand. Man tauschte einzelne Worte, vorsichtig und mißtrauisch, wie Markensammler seltene Doubletten austauschen. Bei der fünften, bei der sechsten »Pause«, wenn der Mittag nahte, der schwere, und mit ihm die große Rast, wurden die Worte zahlreicher. Korporal Pierrard steckte dann wohl eine Zigarette unter seinen Gallierschnurrbart, und Samaroff, der stets auf dem Hund war, bat den Korporal um das Mégot. Pierrard nickte dann gnädig und schlug einen Handel vor: »Drei Zigaretten für einen Quart Wein, zahlbar mittags oder abends.« In Samaroff kämpfte das Bedürfnis nach Nikotin gegen das Bedürfnis nach Alkohol. Das Nikotin siegte. Es war noch weit bis zum Abend, und vielleicht vergaß Korporal Pierrard zu reklamieren. Aber die andern verfolgten den Handel mit Spannung. Ein Handel ist ja nie ganz einwandfrei, aber spannend ist er stets.

Da erschien der Capitaine und hüpfte im Sattel zum harten Trab seiner feisten Stute. Er rief nach Samotadji, beide ritten davon. Nun wurden alle Gesichter in der Kolonne lebendig. Der Capitaine suchte einen Platz zum Kampieren. Zuletzt war nur noch Samotadjis zurückgewandtes, triumphierendes Gesicht zu sehen, als sei er der Anlaß der bevorstehenden Rast – und sein Bart wehte, einem goldbestickten Wimpel gleich.

In der Ferne tauchte ein weißes Viereck auf. Zuerst war es nur eine verkürzte schimmernde Platte. Dann hoben sich die Mauern ab, Schatten zeichnete kubische Muster. Ein Posten – wie die anderen, die unzählbaren, welche das Land überzogen, gleich einem Netz, dessen Fäden unsichtbar sind –, die Knotenpunkte aber leuchten desto heller. Hinter dem Posten türmten sich gelbe Lehmwürfel übereinander. Ein unwahrscheinlich grünes Band zog sich durch die Ebene, es war ein Grün, wie man es sonst nur auf schlecht kolorierten Postkarten sieht: Dattelpalmen, die einen Oued einsäumten. Und giftig stach dieses Grün ab gegen den zyanenen Himmel.

In zehn Minuten stand das Lager. Nur die Maultiere wurden abgesattelt und angepflockt. Es sei nicht nötig, Zelte aufzubauen, die Bäume gäben Schatten genug, hatte Chabert verkündet. Im nahen Dorf hatte er acht Schafe gekauft, auch Kartoffeln. Lartigue fand einige Tauben und Hühner. Diese Verschwendung entlockte dem Capitaine ein mißgünstiges Grunzen; doch bald ging es über in ein »bon, bon«, als der Leutnant erklärte, daß dieser Einkauf doch für sie beide, für Chabert und für Lartigue, bestimmt sei...

»Wissen Sie«, sagte Chabert, als sie wieder im Lager waren, und sprach so laut, daß alle ihn verstehen konnten, »wenn man Junggeselle ist wie Sie, kann man sich eine solche Verschwendung leisten. Aber ich, der ich fast meinen ganzen Sold meiner Frau schicken muß...« Er breitete die dicken Arme aus wie ein Gekreuzigter und ließ sie dann gegen die ausgewaschene Uniform fallen.

Der wichtigste Augenblick des Tages war da: das Brot wurde verteilt und der Wein. Beides hatte der Posten geliefert, in dem eine Kompagnie Tirailleurs und eine Schwadron Spahis lagen. Das Brot war daher frisch und der Wein weniger sauer als die letzten Tage, da ihn die kleinen Fässer liefern mußten, die an den Tragsätteln den ganzen Tag in der Sonne hingen...

Unter den Dattelpalmen war es dumpf, aber erträglich, erträglicher als unter den Zelten; das Wasser des ziemlich breiten Oued war lau und weich. Schilasky, Malek und zwei Russen gingen gleich nach dem Essen waschen, während die anderen faul unter den Bäumen lagen.

Den ganzen Nachmittag war Todd allein. Zuerst lag er auf dem Rücken und starrte zwischen den Blättern in den Himmel. Er dachte an nichts und ließ die Stunden fließen. Bisweilen rollte er mit feuchten Fingern eine Zigarette (es war warm wie in einem Dampfbad unter den Bäumen), das dünne Papierblättchen zerriß oft, und der trockene Rauch brannte auf der Zunge und im Halse. Gegen vier Uhr stand er auf und ging ins Dorf.

Aus einem weißgekalkten Lehmwürfel drang ein starker Geruch, Mischung aus Minze und Kaffee. Zwei zusammengenähte Säcke bedeckten den Eingang. Der kleine Raum war kühl, der gestampfte Boden mit Wasser besprengt. Beim offenen Kohlenfeuer stand ein uralter, zahnloser Mann, stellte kupferne Kännlein ins Feuer, in denen er den Kaffee mit einem Löffel schlug, sobald er aufkochte. An der Hinterwand des Raumes lief eine niedere Holzbank, so breit, daß vier Araber mit verschränkten Beinen darauf sitzen konnten. Ein paar blecherne Gartentische waren über den Raum verteilt mit wackligen eisernen Stühlen davor. Todd bestellte Tee, der Uralte brachte ihn.

Die vier Schatten an der Wand trugen graue Mäntel, deren Kapuzen trotz der Hitze die Köpfe einhüllten. Einer dieser Männer kam an Todds Tisch, grüßte, indem er den Finger an die Lippen führte. Dann erkundigte er sich in gebrochenem Französisch, welche Kompagnie heute angekommen sei. Todd gab Antwort. Ob auch Gewehr [illegible]bei seien, die schnell schössen? – Ja. – So. Was hätten wohl die Camions geladen, die sie abholen müßten? – Wahrscheinlich Wein und Reis und Mehl und Zucker... Todd zählte an den Fingern. – Eine Kiste Seife vielleicht... Der andere zeigte breite Zähne und legte die Hände flach auf den Tisch. Schöne, hellbraune Hände mit gewölbten Nägeln an der Spitze, die sauber waren. – Ob auch das Auto des Zahlungsoffiziers bei den Camions sei, wollte der Mann noch wissen. Todd glaubte es nicht. Doch der andere schien besser informiert zu sein, denn er lächelte nur, sehr vorsichtig, zu den drei Schatten an der Wand. Diese aber übersahen den Blick, sie spielten jetzt mit schmutzigen Karten, und ihre Unterhaltung klang wie das Fauchen gereizter Katzen.

Der Mann, der Todd gegenübersaß, warf mit einem Ruck die Kapuze herunter. Todd fuhr zurück. Das Gesicht war ihm so bekannt, einzig die Hautfarbe stimmte nicht: knochig und sehr mager mit spärlichen schwarzen Härchen, die am Kinn zitterten und die Haut unter der Nase schwarz schraffierten. Er versuchte sich zu erinnern. Es gelang ihm nicht. Er hatte schon lange nicht mehr in einen Spiegel geblickt.

Erst draußen auf der Straße, als er nachdenklich an seinem Bärtchen zupfte, mußte er lächeln. »Mir hat der Kerl ähnlich gesehen«, dachte er. Aber diese sonderbare Ähnlichkeit beschäftigte ihn nicht anders als ein schlechter Witz.

Es mochte sechs Uhr sein, als er ins Lager zurückkam. Das Abendessen kochte schon in den hohen schwarzen Blechkesseln, und Pierrard hatte den Wein an die Sektionen verteilt. Korporal Koribout habe nach ihm gefragt, teilte man Todd in der Gruppe mit. Doch war es nichts

Wichtiges. Er solle nach dem Abendessen mit Schilasky die Maschinengewehre putzen.

»La Mitrailleuse Hotchkiss est une arme automatique, fonctionnant par l'échappement des gaz...« Dieser so oft wiederholte Satz setzte sich in Todds Kopf fest und ließ sich nicht daraus vertreiben. So peinigend wurde schließlich seine ewige Wiederholung, daß Todd mit dem abweisenden Schilasky ein Gespräch begann. Es war noch hell, die kleinen Stahlteile des Maschinengewehres glänzten rötlich auf dem braunen Zelttuch.

»Glaubst du auch, daß es morgen etwas geben wird?«

Schilasky schien mühsam aus einer Tiefe emporzutauchen, sah blöde um sich, ließ sich die Frage wiederholen, besann sich einen Augenblick, und fragte dann: »Morgen? Was soll denn morgen sein?«

»Ob du auch glaubst, daß es einen Überfall geben wird?« Todd wurde ungeduldig.

»Ach«, sagte Schilasky müde, »das hat man schon so oft erzählt.«

Dann schwieg er wieder und arbeitete mit den Putzfäden.

»Ich freue mich auf die Unordnung. Und wie viele ausreißen werden.« Todd sprach krampfhaft lustig, die Schweigsamkeit des andern wirkte aufreizend.

Schilasky zuckte mit den spitzen Schultern und sah seinen Kameraden von der Seite an. »Was ist denn los, Schilasky, was hast du?« Todd zwang einen mitfühlenden Klang in seine Stimme, obwohl er den andern lieber verprügelt hätte. Die Gereiztheit wollte losbrechen.

»Laß mich in Ruh...« Das klang ungeduldig. »Ich weiß nicht, warum ich dir heut morgen das alles erzählt habe.

Jetzt wirst du natürlich über mich Witze reißen mit den andern. Und das Ganze ist doch wirklich nicht lustig. Ich weiß schon, sie lachen darüber und wissen doch nicht, daß ich mich die ganze Zeit mit meinem schlechten Gewissen herumschlagen muß. Und immer nur schweigen und hinunterschlucken, das geht auf die Dauer auch nicht. Einmal muß ich reden. Zu dir hab ich Vertrauen gehabt. Aber das war sicher ein Fehler.« Derselbe kurze Blick strich über Todd. Es war ein lauernder Ausdruck darin.

»Du bist ein Idiot, Schilasky.« Todd sprach übertrieben treuherzig. »Ich bin doch keine Klatschbase. Natürlich, wenn man sich immer abschließt gegen alle, wie du, so wird man mißtrauisch. Das ist begreiflich. Aber ich bin doch dein Freund.«

Wieder der kurze Blick Schilaskys. Dann:

»So, bist du das?« Das Schweigen fiel über die beiden und vermischte sich mit der Dunkelheit.

Denn die Nacht hatte sich plötzlich, wie eine riesige hohle Halbkugel, über die Ebene gestülpt. Geruhsam fächelten die Palmen mit ihren gespreizten Blättern. Das Lager schien leer, und die Feuer waren heruntergebrannt. In der Mitte eines baumfreien Platzes, dicht bei den Maultieren der Mitrailleusensektion, standen zwei große Zelte, in denen noch Licht schimmerte: die Offiziere waren noch wach. Als Todd an dem einen Zelt vorbei schlenderte, sah er Lartigue lesend auf dem schmalen Feldbett liegen. Der Leutnant blickte auf und winkte mit der Hand. Todd trat näher. »Wie geht's, Todd.« Der Leutnant sprach deutsch. Er erhob sich vom Bett und klemmte den Zeigefinger ins Buch.

»Fertig mit die Maschinengewehr?« fragte er und deutete nach der Richtung, wo die Mitrailleusen standen.

»Den Maschinengewehren, mon lieutenant«, korrigierte Todd und feixte.

»Danke, danke«, sagte Lartigue und lachte stumm. »Habe viel Deutsch vergessen, seit letztem Aufenthalt in Rheinland.« Er nickte und seufzte. Dann fuhr er französisch fort. Die Maschinengewehre müßten sauber sein. Vielleicht sei morgen schon etwas los. Dann bot er eine Zigarette an, Todd verbeugte sich eckig. Im aufflammenden Streichholz sah er, daß in des Leutnants Gesicht tiefe Falten waren, um den Mund, auf der Stirn. Lartigue sprach wieder deutsch: »Der Alte«, er deutete mit dem linken Daumen über die Schulter nach dem andern Zelt, »weiß nicht, was er riskiert mit seine indifférence. Und ich kann doch nicht querulieren die ganze Zeit mit ihm. Und erst die Sergeants.«

Todd war stolz darüber, daß der Leutnant mit ihm sprach. Innerlich ärgerte er sich über diesen Stolz. Aber das half nicht viel. Das gehobene Gefühl blieb. Er gab Bescheid in gewollt lässigem Ton.

»Nun, unsere Sektion riskiert ja nichts. Wir haben mit ihr genug manövriert und wissen, was wir zu tun haben. Aber die andern ... Ja, ich glaube auch, daß es ein wenig Verwirrung geben wird.«

Aus dem Zelt nebenan drangen unverständliche wütende Worte. Dann hörten die beiden das Knarren eines Feldbetts. Capitaine Chabert schien sich über die Unterhaltung zu ärgern.

»Na, gute Nacht, Todd«, sagte der Leutnant. »Versuchen Sie zu schlafen. Es ist zwar verdammt heiß.« Er legte sich nieder.

Als Todd aus dem Zelt trat, stieß er einige Schritte weiter mit einer dunklen Gestalt zusammen. Es war der Sergeant Hassa, der Deutschböhme mit den falschen Augen, der Todd grob anfuhr: Er solle machen, daß er weiterkomme und nicht um die Offizierszelte lungern.

Todd betrachtete den Sergeanten von der Seite, während er neben ihm weiterschritt. Es habe noch nicht zum Appell gepfiffen, erwiderte er. Doch Hassa regte sich auf. Er sprach mit unangenehm hoher Stimme, die ein wenig heiser war. »Sie hoben zu gehen an Ihren Plotz«, sprach er deutsch, mit stark böhmischem Akzent, »sich hinlegen missen Sie und nicht herumtreiben.«

»Ich habe dem Leutnant etwas melden müssen.« Todd blieb stehen und steckte die Hände in die Hosentaschen. Dann ging er mit aufreizend langsamen Schritten weiter. Er ließ das Becken pendeln und schlenkerte die dürren Beine.

»Wollen Sie schneller gehen«, bellte der Sergeant, und in weiter Ferne gab ein Schakal Antwort. Aber Todd schwieg. ›Wenn er mich doch nur anrühren würde!‹, dachte er. ›Eine kleine Prügelei wäre ganz angenehm.‹ Seine Fäuste lagen schwer in den Taschen und spannten den Stoff wie kantige Steine.

Hassa spritzte Speichel. »Sie wollen frozzeln mich.« Es war eine Feststellung, keine Frage. »Worten Sie, es wird Ihnen kommen teier zu stehen.« Unter den Bäumen raschelte es, Gestalten krochen hervor. Aus dem Zelt des Capitaines kam ein weißer Lichtkegel auf die beiden zu, der von einem sanften Summen begleitet wurde. Das

Surren wurde lauter: es war Chabert mit seiner Dynamo-Taschenlampe. Hassa sprach plötzlich französisch, so laut, daß Chabert ihn hören mußte. Er werde Rapport machen, Todd vor Kriegsgericht bringen. Die Stimme überschlug sich. Er packte Todd am Arm und wollte ihn fortschieben.

Was es denn gebe, fragte Chabert. Seine Stimme war sehr ärgerlich. Ob er die Leute nicht in Ruhe lassen könne, fuhr er Hassa an. Der Lichtkegel bestrahlte die beiden Gesichter, wanderte dann in die Ebene hinaus und kam nicht weit. Die Grasbüschel verschluckten ihn. Und dann erlosch er, des Capitaines Hand war müde geworden.

Hassa stand im »Garde à vous«, salutierte und wollte seine Meldung beginnen. »Uhh«, tönte es unter den Bäumen hervor. »Ruhe dort«, rief Chabert. Seine Lampe begann wieder zu summen, und dieses Summen wirkte beruhigend. »Ich will nichts hören«, sagte er noch, als Hassa sprechen wollte. »Ihr sollt beide schlafen gehen. Streitigkeiten kann ich nicht brauchen.«

Er kehrte sich um und ging davon.

»Hassa hat das Kommando der Wache, man soll ihn in Ruhe lassen«, brummte er noch, laut genug, um verstanden zu werden.

Aber damit war die Angelegenheit noch nicht erledigt. Um die beiden hatte sich ein Kreis gebildet. Ein leises böses »Uhh« stieg auf aus ihm. Der Sergeant war hilflos. Er fühlte deutlich den Haß, der ihn umgab, aber durch keine Bewegung zeigte er seine Aufregung. Ein schwaches Licht kam von den Sternen und überzog die Gesichter mit einer Puderschicht.

Am sonderbarsten sah Korporal Seignac aus, der in der ersten Reihe stand. Sein Gesicht war verkrampft, die Zähne leuchteten weiß.

»Geht auseinander, ihr sollt auseinandergehen, hat der Capitaine gesagt.« Es klang weinerlich und hilflos.

»Uhh« tönte es wieder, der Kreis schloß sich enger, alle hatten sich untergefaßt.

Todd stand noch immer mitten im Kreise, die Hände in den Hosentaschen vergraben, und rührte sich nicht.

»Und Sie haben sich zu verziehen«, kreischte Hassa und gab Todd einen Stoß vor die Brust.

Der Stoß kam unerwartet, und so taumelte Todd zurück.

»Uhh«, klang es wieder.

Todds Hände kamen langsam aus den Taschen heraus, knöpften bedächtig den Rock auf, zogen ihn aus. Dann sagte er sehr ruhig:

»Du wirst jetzt auch den Rock ausziehen, damit ich dich verhauen kann.«

»Ich bin Vorgesetzter, Sie haben nicht zu sagen du zu mir.«

Sergeant Hassa wollte den Rückzug antreten. Aber der Kreis war fest geschlossen. Er kam nicht durch. Todd krempelte langsam seine Hemdärmel auf. Dann holte er aus und gab dem Sergeanten eine Ohrfeige. Hassa heulte auf: »Das gibt Kriegsgericht.« Noch einmal versuchte er den Kreis zu durchbrechen. Wieder war es vergeblich. Da floh er an den offenen Mündern vorbei, die ihm ihr Lachen ins Gesicht bliesen. Er knöpfte mit zitternden Fingern seinen Waffenrock auf. Die Haken am Hals wehrten sich, so mußte er sie aufreißen. Dann endlich hielt er den Rock in den Händen und warf ihn Todd über den Kopf. Todd blieb stehen und suchte sich zu befreien. Aber schon war der andere über ihm, packte ihn von hinten, preßte den Hals zwischen Ellbogen und Körper und steigerte langsam den Druck. Todd hörte, wie sein eigener Atem schwer ging, sein Kopf füllte sich mit Blut, das jedes Denken verdrängte. Er versuchte, sich mit ein paar Rucken zu befreien. Aber der Druck steigerte sich. Am meisten peinigte Todd der Geruch des Sergeanten. Es war ein gemeiner Geruch von altem, sauren Schweiß. Wie ungelüftete Betten. Eine große Übelkeit überkam ihn. Dumpf hörte er die anfeuernden Rufe des Chors. Dazwischen das heisere Flüstern des Sergeanten: »Ich werd' lehren dich, ich werd' lehren dich.«

Plötzlich hörte er eine Stimme; sie war in seinem Kopf, das wußte er, und doch klang sie wie ein beruhigendes Flüstern vor seinen Ohren. Eine gemütliche Stimme, ein wenig rauh vom vielen Rauchen und Schnapstrinken. Sie gab einen Rat: »Wenn dich einer so packen tut, daß du nimmer los kannst, dann hau ihm eins zwischen die Haxen. Dort nämlich sind die Leut' am empfindlichsten.« Und blitzschnell war auch das Bild da, das zu den Worten gehörte. Irgendwo, am Wiedener Gürtel, auf einem unbebauten Platz. Ein Plattenbruder, ein Vagant, liegt auf der Erde, die Schirmmütze über den Kopf gezogen, weil die Sonne blendet. Und dieser Apache gibt dem Vierzehnjährigen Ratschläge. Sie sind wertvoll, denn der Mann hat viel Erfahrung. »Nämlich«, sagt der Mann noch, »wenn du kein Messer hast.« Da packt Todd auch schon zu, die Kraft zu schlagen hat er nicht mehr. Er greift zu und drückt mit aller

Kraft. Ein leises Wimmern, dann ein sehr hoher Schrei. Der Druck läßt plötzlich nach.

Auch Todd ließ los und sprang zurück. Er sah, daß Hassa sich den Unterleib mit beiden Händen hielt. Dann sprang er vor und rannte dem Sergeanten den Kopf in die Magengrube. Mit einem leisen »Hu« sackte der zusammen. Todd kniete auf ihm und schlug mit den Fäusten auf das emporgewandte Gesicht. Als Todd aufstand, schmerzten seine Fingerknöchel. Der andere hatte einen harten Schädel.

Und wie er um sich blickte, sah er zuerst Korporal Seignac. Er war nicht zu übersehen. Knapp vor dem festgeschlossenen Kreis stand er, die Oberarme in gleicher Höhe mit den Schultern, während die Unterarme im rechten Winkel nach oben wiesen. Seine Fäuste waren geballt und der Körper bis zu den Hüften reglos. Nur die Beine warfen sich in einem sonderbaren Tanz nach vorn, immer aber blieb Seignac an der gleichen Stelle. Sein Gesicht war ausdruckslos, die Augen verdreht. Da packte ihn Ackermann am Arm. Seignac schien zu erwachen. Der Körper entspannte sich, die Beine blieben still. Ackermann durchbrach den Kreis, knapp neben Sergeant Farny, der ausdruckslos vor sich hin starrte. Der Kampf hatte ihn nicht erregt. Und durch die Öffnung des Kreises schlüpfte auch Hassa, den verknüllten Waffenrock wie ein Bündel unter dem Arm.

Todd stand allein inmitten des Kreises und ließ die langen Arme herabhängen. Er fühlte Müdigkeit und zugleich eine große Freude. Verwundert sah er Schilasky an, der plötzlich neben ihm stand und seine Hand gepackt hielt. »Komm, wir wollen schlafen gehen, es ist schon spät«, sagte er. Der Kreis löste sich auf. Eine Pfeife gellte, Appell.

Die Sättel waren unter den Bäumen verstreut und sahen aus wie große aufgeklappte Folianten.

Ein wenig von den übrigen entfernt, hatte Schilasky das Lager bereitet. Ein Sattel als Kopfschutz, der zweite Anzug als Kissen, die Kapotte als Matratze, die Satteldecke zum Zudecken. »Wir brauchen nur einen«, sagte Schilasky, »den anderen Sattel habe ich deinem Doubleur verehrt.«

Sie legten sich nieder.

»Ich danke dir«, sagte Todd, »man könnte fast meinen, du willst mich verführen.«

»Mach keine schlechten Witze.« Schilasky stieß einen Seufzer aus. »Du bist gar nicht mein Fall«, fügte er bei und versuchte ein Lachen, das aber kläglich ausfiel.

Die Stille war schwül. Todds Atem ging noch rasch. Er begann leise zu renommieren.

»Der Kerl, der verdammte, der wird an mich denken. Ob er wohl morgen reiten kann? Wird ein wenig schwierig sein. Was diese Sergeanten sich einbilden. Gut nur, daß der Alte ihnen nie Recht gibt. Soll er sich doch beschweren. Ich steck' mich hinter den Lartigue. Der hilft mir schon. War heut' abend ganz lieb zu mir. Wenn ich denk', daß ich mich sonst nie geprügelt habe. Aber weißt, es tut doch gut. Wie ein Liter Wein. Oder nein. Wie wenn man bei einer Frau geschlafen hat. Und doch möcht' man noch etwas.«

Seine Stimme wurde leiser; er schloß die Augen.

Aber er schlief nicht. Die Atemzüge Schilaskys waren

heftig. Todd war nicht verwundert, plötzlich magere, harte Finger zu spüren, die seine Hand umschlossen. »Ja, ja«, sagte er schläfrig und vielleicht ein wenig unmotiviert.

Dann tönte Schilaskys Stimme voll und dumpf vor seinen Ohren. »Du solltest dich doch rasieren, Bürschlein.« Das Wort »Bürschlein« ärgerte ihn. Er wollte die Hand fortwerfen, die an seinem Körper entlangstrich. Dann war ein großes Glücksgefühl da, Todd zog die Luft tief ein. Und dann versank er.

8. Kapitel

Verwirrung

Leutnant Mauriot, der den Posten in Abwesenheit des Capitaines zu befehligen hatte, sah aus wie einer jener künstlichen Eiszapfen, die an Weihnachtsbäumen hängen. Sein unten weit ausgeschweifter Tropenhelm, dessen Rand gerade so breit war wie die schmalen Schultern, rundete den spitzzulaufenden Körper nach oben ab; die goldenen Knöpfe des Waffenrocks wirkten wie Kerzenreflexe. Die Hosen verengten sich, bis sie, knapp oberhalb der Knöchel, die schmalen Gelenke umspannten. Die winzigen Füße steckten in getalkten Tennisschuhen. Einzig der gerade Rohrstock, der an einer Schlaufe am Handgelenk hing, war hellgelb. Übrigens war Leutnant Mauriot der Sohn eines Brigadegenerals. Achtzehnjährig, zu Beginn des Krieges, hatte er im Büro eines Gefangenenlagers gearbeitet und viel mit deutschen Offizieren verkehrt. Von diesen mochte sein Kommandoton stammen, den er offenbar für vornehm hielt.

Nur wenig Leute waren im Posten zurückgeblieben: der Chef, Smith, der Schneiderkorporal, Sergeant Baguelin, der die Post und das Telephon besorgte, Korporal Baskakoff in der Küche mit einem Koch, dem Wiener Veitl, und in der Verwaltung Lös mit dem alten Kainz und Frank, dem Bäcker. Dann waren noch zwei Ordonnanzen vorhanden, der dicke Pullmann, der den Leutnant Mauriot betreute, ein blonder schweigsamer Frankfurter, mit Händen, deren Finger wie rohe Knochen aussahen; zwischen den Pusteln seiner Wangen wuchsen weißliche Härchen, und Mehmed, ein Türke, schweigsam und schielend, der für den Chef wusch.

Lös kam erst um die Mittagszeit aus dem Ksar zurück. Die Stille des Postens, nach dem lärmenden Aufbruch am Morgen, schien ungewohnt und feindlich. Stumm standen die Baracken. Am Tore wachte einsam Mehmed, die Ordonnanz des Chefs, zog mechanisch an einer Spitze seines Chinesenschnurrbarts und sah nicht auf.

Im Hofe der Verpflegung ging Leutnant Mauriot auf und ab und klopfte mit dem Rohrstock imaginären Staub aus seinen Hosen.

»Wo sind Sie gewesen?« Er fragte mit leiser Stimme und blickte nicht auf, während er die ruhelose Wanderung fortsetzte.

Er sei beim Juden gewesen, erwiderte Lös, aber die Antwort kam unsicher; ein Beben des Unterkiefers mochte wohl die Lüge verraten haben, denn der Leutnant blickte kurz auf, und der Ausdruck seiner gelben Augen wirkte ungemütlich. Lös schwieg.

Bei welchem Juden? wollte der Leutnant wissen. Der die Schafe liefere? Lös nickte. – Nun, das werde ja leicht nachzukontrollieren sein, meinte der Leutnant, und die glatte Haut oberhalb des Mundes warf senkrechte Falten. Der Korporal werde sich von nun an vor jedem Ausgang bei ihm, dem Leutnant, melden. Und in seiner Abwesenheit beim Chef. Verstanden? Die Stimme war lauter geworden, blieb aber dünn. Die Wort wurden aneinandergereiht und schienen als langer Faden aus der Nase zu quellen.

Lös nickte.

Dann seien noch die Rechnungen vom letzten Monat zu revidieren, fuhr Mauriot fort, immer mit der gleichen hohen Stimme, ohne Modulationen. Bou-Denib habe reklamiert. Sei nicht auch Geld abzuliefern? Lös schüttelte den Kopf. Die Spaniolen damals, die mit der Gerste gekommen seien, hätten also nichts gekauft? Wieder schüttelte Lös schweigend den Kopf. So? (Sehr gedehntes O.) Merkwürdig. Die Hände des Leutnants waren auf dem Rücken zusammengelegt, der Stock stak aufrecht darin und trommelte leise gegen den Tropenhelm. »Nun ja!« Ein Aufblicken, das Lös mühsam aushielt. – Übrigens verlange Bou-Denib Kartoffeln. Man solle dem Adjutanten vom »Bureau arabe« Bescheid sagen, der werde dann im Ksar das Nötige veranlassen. Der Korporal könnte dann bei der Waage stehen und das Gewicht angeben. Aber auf deutsch. Die Araber brauchten nicht alles zu verstehen.

Der Leutnant schwenkte den Stock nach vorn, berührte kaum den Rand des Helms und ging.

Den ganzen Nachmittag schwitzte Lös über den Rechnungen. Er trank viel Kaffee mit Schnaps vermischt, um nicht einzuschlafen. Aber die Rechnung wollte nicht stimmen.

Denn die Buchhaltung einer Administration ist eine verwickelte Angelegenheit: sie besteht aus vielen Bogen, die, breiter als hoch, mit einem dünnen Liniennetz überzogen sind. Am äußersten Rande links werden die Kunden angeführt: Die Kompagnie, die Unteroffiziersmesse, die Offiziersmesse, der Adjutant des »Bureau arabe«, die Gums, die durchziehenden Truppen. In den nachfolgenden Kolonnen werden die Mengen der gelieferten Waren eingetragen: Wein, Mehl, Brot, Kaffee, Tee, Fleisch, Schnaps, Seife, Trockengemüse, Teigwaren, Reis, Gries: in Kilos, in Litern. Dann wird waagrecht addiert: Kilo zu Liter und die Stücke dazugerechnet. Das ergibt bestimmte Summen, die am Rande rechts zusammengezählt werden. Bei den einzelnen Kolonnen verfährt man gleich, und die so gefundenen Summen werden wieder waagrecht zusammengezählt. In der untersten Ecke rechts erhält man also eine Summe, die aus den Summen der waagrechten und senkrechten Kolonnen besteht. Und diese Summe muß stimmen. Wenn die aber endlich stimmt, so ist das noch gar kein Beweis, daß in der Verpflegung alles in Ordnung ist.

Denn seit einem Jahre ist die Verwaltung der Verpflegung durch drei Hände gegangen. Zuerst durch die des französischen Sergeanten, dessen Name schon vergessen ist, und der nur im Gedächtnis der Alten im Kloster als »mutatschu guelbi« weiterlebt, dann durch die Sitnikoffs, um schließlich an Lös' Fingern kleben zu bleiben. Bei der Übergabe der Magazinbestände in Anwesenheit Leutnants Mauriots hat sich jedesmal folgendes abgespielt: der Abgehende zieht den Neuen in eine Ecke und teilt mit, daß im ganzen etwa zweihundert Liter Wein, fünfzig Kilo Zucker und sonst noch einige Kleinigkeiten fehlen. Der Neue solle die Geschichte übernehmen, er werde das Fehlende schon irgendwo einholen, und übrigens, die

Geschäfte seien ganz gut gegangen, hier... Ein Hundertfrankenschein wechselt den Besitzer.

Dies war eine der Ursachen des großen Schnapsverbrauches in der Administration. Die fehlenden Quantitäten hatten sich nicht etwa vermindert, im Gegenteil, die Fehlbeträge wuchsen. Der Chef hatte verschiedenes gebraucht, was man ihm nicht gut abschlagen konnte. Man hatte Freunde, die gern Wein tranken, kleine Dienste waren zu bezahlen, und das Fäßchen mit Kartoffelschnaps enthielt nur hundertsiebzig Liter. Die Angst aber ließ sich nur mit viel Alkohol einschläfern.

Lös saß allein in seiner Kammer. Der Abend war schon nahe, ein heißer, dumpfer, einsamer Abend. In der Ecke stand das Bett, ein grober Rahmen mit dickem Draht bespannt, die flache Matratze lag darauf, zerrissen, und aus den Rissen starrte das Alfagras. Nicht viele würden zu ihm halten, wenn die Katastrophe käme, dachte Lös. Der Chef vielleicht, und auch der war unberechenbar, der Capitaine, aber der konnte nicht viel tun. Leutnant Mauriot? Besser, man vergaß sein Vorhandensein.

Lös sah Zeno deutlich vor sich und verband mit ihrer Gestalt viel Tröstliches. Es war gut zu wissen, daß man außerhalb dieses Postens, der doch eigentlich ein Gefängnis war mit seiner dreifachen Reihe Stacheldraht und dem Wächter am Tor, einen Menschen besaß, dem man vertrauen konnte, der vor allem das Land kannte, dessen Beziehungen eine Flucht erleichtern würden. Lös wunderte sich, wie unnatürlich gewunden sich seine Gedanken schlängelten. »Kein rechtes Vertrauen«, murmelte er, fluchte in drei Sprachen, was immer geschah, wenn er sich beim lauten Denken ertappte. Und sprach dann doch gedämpft weiter: »Kein Vertrauen. Weder zu mir noch zu ihr. Ich und fliehen! Zwei Ausrufungszeichen«, schrie er. Etwas stieß an seine Wade. Türk wedelte mit seinem Ferkelschwänzchen, denn er meinte wohl, er sei gerufen worden. Er zeigte seine Zähne und schien aufmunternd zu lächeln. Lös packte die Rechnungen zusammen und klopfte am Zimmer des Leutnants. Niemand antwortete... Nur unterdrücktes Schnaufen drang durch die geschlossene Tür. Als er sie öffnete, sah er eine plumpe Gestalt, die mit großer Beweglichkeit von der hinteren Wand des Zimmers in zwei Sätzen zum Fenster sprang. An dieser hinteren Wand stand die Stahlkassette, in der das Geld der Verpflegung bis zu seiner Ablieferung aufbewahrt wurde.

Pullmann stand sehr verlegen am Fenster und putzte mit übertriebener Geschäftigkeit seinen Ledergürtel.

– Wo der Leutnant sei, fragte Lös. – Auf der Jagd.

Nach dieser kurzen Antwort mußte Pullmann husten (es wirkte wie ein Anfall, denn sein Gesicht wurde blaurot). Lös legte die Rechnungen auf Mauriots Tisch und ging zur Tür. Er hatte nicht Zeit, sie zu schließen. Pullmann schmetterte sie von innen ins Schloß. Türk ärgerte sich über diese Unhöflichkeit, bellte laut, fand dann Freude an seiner Stimme und setzte das Bellen fort, weniger gereizt scheinbar, nur zum eigenen Vergnügen.

Am Tor stand Korporal Baskakoff Wache. Er wollte Lös nicht durchlassen: Befehl vom Leutnant. – Aber der Leutnant sei ja auf der Jagd! Höhnisches Achselzucken Baskakoffs. Seine Unterlippe hing fast bis aufs Kinn, und speckig glänzte die Haut seiner Wangen.

Es war Feindschaft zwischen den beiden, seit Baskakoff einmal beim Chef vorstellig geworden war: er erhalte in der Verpflegung nicht die vorgeschriebenen Quantitäten. Zufällig war diese Behauptung unwahr. Lös hatte es durch Zeugen beweisen können. Doch Baskakoff brauchte viel. Er war ob seiner Dicke so oft ein altes Weib genannt worden, daß er sich allabendlich verpflichtet fühlte, das Kloster zu besuchen, um seine Männlichkeit in einwandfreier Weise zu erhärten. Er zahlte dort mit Lebensmitteln und war ein gern gesehener Gast. Daß der Chef ihm in der letzten Zeit auf die Finger sah, machte ihn gereizt, und er gab Lös die Schuld für diese so unangenehme Überwachung. Was aber der Situation am Tor etwas Peinliches gab, war die Sicherheit Baskakoffs und Lös' Schwanken. Er mußte sich besinnen, welchen Grund er für sein Ausgehen angeben sollte. Und Baskakoff genoß sichtlich das Schwanken des anderen. Er, als Wache, stand auf dem festen Boden des Befehls, der andere hatte nur eine durch Gefälligkeiten, durch Bestechungen erworbene Autorität; Lös kehrte um.

Im Büro saß der Chef bequem auf einem Rohrstuhl, hatte die dicken Beine auf einen zweiten Stuhl gelegt und las in einem Buch mit farbigem Umschlag: »Vierge et Martyre«. Er legte das Buch auf den Tisch neben eine halb geleerte Flasche Cointreau und blickte Lös aus glasigen Augen an.

»Ich kann nichts machen«, sagte er, als Lös sein Anliegen vorgebracht hatte. »Ich nicht. Ich will keinen Streit mit dieser weißen Laus. Nein, sicher nicht.« Und unter vielen »nom de Dieu« und Beteuerungen, wie unangenehm diese Sache sei, und er begreife doch gut, daß Lös Eile habe, haha, wandte er sich von neuem seinem Buch zu.

Lös fühlte wieder die Angst. Alle wandten sich von ihm ab. Sicher, etwas lag in der Luft. Vielleicht hatte Bou-Denib schon Befehl gegeben, ihn überwachen zu lassen und eine Klage ans Kriegsgericht war schon eingereicht worden. Und doch schien es Lös wieder, als genüge diese begründete Furcht nicht, um das dunkle Angstgefühl zu erklären, das stündlich in ihm wuchs. Er stand da und knetete seine Finger. – Aber er müsse doch zum Juden, wegen der Schafe, brachte er stotternd hervor, der Leutnant sei auf der Jagd, darum komme er zum Chef. Eigentlich wußte er selbst nicht, warum er darauf beharrte, aus dem Posten gehen zu dürfen.

Wie umgewandelt war Narcisse plötzlich. So, der Leutnant sei nicht im Posten, warum Lös das nicht gleich gesagt habe. Dann, ja natürlich, dann... Er stand auf und wollte gleich selbst mitkommen. Lös solle sich das merken: Nie etwas Schriftliches aus der Hand geben, wenn es nicht unbedingt notwendig sei. Lieber zweihundert Meter laufen und eine Sache mündlich abmachen, als ein kurzes Billett schreiben; diese Papierfetzen können dann einmal, plötzlich, aus heiterem Himmel wie ein Blitz herniederfahren, als zerschmetternde Beweisesmacht. Nicht wahr, er könne Lös ja gut einen Erlaubnisschein an Baskakoff mitgeben, aber... So sei die Sache viel einfacher: Er, der Chef werde mitkommen und mit Lös durch die Pforte des Postens schreiten, vorbei an dem angewurzelten Baskakoff.

Der Chef ging voran durch die helle Nacht und sprach weiter über die Schulter. Lös bewunderte ihn. Es lag soviel Überzeugung des eigenen Wertes in seinen Worten und Gebärden, in der Art zu gehen besonders, die bei jedem andern komisch gewirkt hätte: die Füße, die in dünnen Ledersandalen steckten, berührten den Boden mit der Spitze zuerst, ließen den Fuß sanft abrollen bis zur Ferse, die einen kurzen Augenblick nur am Boden haftete und sich dann löste, mühelos und leicht, während das Knie den Fuß schon wieder nach vorne zog. Und selbst das Pendeln der Hüften wirkte beschwingt. Auch das wichtige Vorbringen von Gemeinplätzen sollte kameradschaftlich herablassend klingen, (›nicht wahr, wir beide verstehen uns doch!‹), aber auf Lös wirkte es auflockernd und niederdrückend zugleich. Doch als das Gerede des Chefs nicht enden wollte, bekam Lös Kopfweh: einen stechenden Schmerz über dem linken Auge. Und der Schmerz verstärkte sich noch, als der Chef den versteinerten Baskakoff grob anfuhr. Dieses Anschreien, das im leeren Posten wiederhallte, wirkte gemein. – Lös zog den Chef weiter. Dann blieb Lös allein ...

Der Jude, welcher die Schafe zusammenkaufte (meist von den Einwohnern der umliegenden Ksars), um sie dann an den Posten zu liefern, war ein buckliges Männchen, mit schwarzen Haarlocken und graugesprenkeltem Bart. Er führte Lös auf das flache Dach des Hauses und schlug dann ein Geschäft vor. Sein Französisch war zu verstehen. Er erklärte: Der Korporal sei ein kluger Mann, das habe er (der Jude) sogleich gesehen; auch mit den früheren Sergeanten von der Administration habe er immer gute Geschäfte gemacht. Nur mit dem letzten nicht. Der sei ehrlich gewesen. Er spuckte über den Dachrand. Das Geschäft sei so einfach. Er liefere die Schafe, bon. Die Schafe würden gewogen. Nun, wenn ein Schaf, man nehme an, elf Kilo wiege, so schreibe der Korporal dreizehn auf. Hehe. Das mache bei zweihundert Schafen 400 Kilo mehr. Verstanden? Der Korporal unterschreibe den Zettel, den er, der Jehudi, in Bou-Denib einkassieren gehe. Ein Überschuß von 400 Kilo ergebe 400 Franken und diese Summe werde geteilt zwischen dem Korporal der Administration und ihm, dem Jehudi. Ob der Korporal einverstanden sei?

Ja, Lös war einverstanden. Der Jude hatte Dattelschnaps aufgestellt, ein scharfes Zeug, das er aus unerfindlichen Gründen Anisette nannte. Die Hälfte des Geldes also und eine Flasche Anisette. Der Jude nickte eifrig und wollte Lös' Hand küssen. Er tat sehr untertänig und ging, um die Flasche aufzufüllen, die Lös mitnehmen sollte. Als er wiederkam, brachte er noch Datteln mit, große Datteln aus dem Tafilalet, lang wie der kleine Finger, hellgelb und durchsichtig, süß wie Honig. Ein kleines Leinensäckchen wurde mit diesen Früchten gefüllt und Lös zum Abschied überreicht. Also, morgen werde er bestimmt kommen, die Herde sei beisammen, er brauche sie nur zu holen. Lös wurde noch gebeten, den einjährigen Knaben des Juden zu besehen. Das Kind lag in einem dunklen Zimmer, in dem außer der Wiege noch eine europäische Spiegelkommode aus den achtziger Jahren stand. Lös tat, als verstehe er sich auf Krankheiten, griff nach dem Puls, zog die vereiterten Augenlider in die Höhe. Die unförmig dicke Mutter, die daneben hockte und aussah, als käme sie geradewegs aus Galizien, wagte kaum zu atmen in Erwartung des Urteils. Es sei keine schwere Krankheit, sagte Lös, man solle das Kind baden (es war wirklich schmutzig und stank), und er werde später noch einmal kommen und etwas bringen, um die Augen zu waschen. Lös war von seinem Edelmut befriedigt. Das Kopfweh hatte nachgelassen. Es verschwand ganz, als er in der Dunkelheit in den Posten zurückkehrte, und ein Gefühl des Befreitseins blieb zurück.

Und dieses Gefühl wollte er nicht sogleich einbüßen. Er verlangte von der Wache am Tor (Veitl war es diesmal), ihn später noch einmal hinauszulassen. Ein Liter Wein oder eine halbe Flasche Schnaps stehe zur Verfügung.

Der Leutnant war noch immer nicht zurückgekommen. Vor dem Tor der Verwaltung saß der alte Kainz mit angezogenen Knien und saugte an einer Pfeife.

»Wos is, Korporal, gehst die Nacht wieder fort, oder willst hier schlafen?« Er kaute an den Worten und zugleich am Mundstück seiner Pfeife.

Lös wich aus. Er wußte es noch nicht. Zeno wartete wohl auf ihn, er aber hatte keine Lust, sie zu sehen. Vielleicht brachte er ihr nur Unglück. Das Stechen über dem linken Auge setzte wieder ein.

Aber der alte Kainz ließ ihm zum Grübeln keine Zeit.

»Komm, Korporal, geh her, setz di zu mir, wannst Zeit hast. Weißt mir kan Rat, um auf Reform zu gehen? Du bist doch so g'scheit, das weiß i.«

Lös setzte sich. Der Mond war noch nicht aufgegangen.

»Also, was glaubst, Korporal, was soll ich machen?« Unwillkürlich sprach der alte Kainz leise.

Lös wandte sich ihm zu. Er hob die Oberlippe des anderen so, wie man es bei Pferden tut, um ihr Alter an den Zähnen festzustellen, sah den leeren Oberkiefer und gab ernsthaft den Rat: »Für die Reform reicht's nicht aus, aber du kannst ja verlangen, nach Fez zu gehen, um dir ein Gebiß machen zu lassen.«

»Also, kloar«, sagte der alte Kainz und rückte nach vorn, um Lös besser ins Gesicht sehen zu können. »Ich hab's ja immer g'sagt, dumm is der Korporal net. A bisserl ung'schickt vielleicht.« Er schwieg kurz. »Wenn man so denkt, wie froh ma g'wesen is, wie sie einen g'nommen ham. Ma hat's ja kaum derwarten können, bis es g'heißen hat: I bin tauglich. Ich sag dir, g'hungert hab i! Und bei den Franzosen dann: gleich a guats Essen. Wurst und Brot. Immer noch hat ma Angst g'habt, wie sie einem schon g'nommen ham, es gibt no a Contrevisite, und ma wird wieder zruckg'schickt, weil sie g'funden ham, ma is zu alt und taugt nix mehr. Und dann bedauert ma die anderen, wo net mitkommen san. Aber i bin net amol vier Monat in Belabbès g'wesen, da hab i ›Merde‹ g'sagt, weil's das erste Wort is, das ma lernt. Weißt, a Abwechslung muß doch sein.

Klagen kann i net; in der Legion hab i ja alles g'habt, was i braucht hab, Zigaretten und Wein. Für die Weiber bin i schon z'alt. Und wenn i krank g'wesen bin, haben's mi ausruhen lassen im Spital, solang i hab woll'n. Na, all's was recht is. Da redens drüben und schreibens in allen Zeitungen: ›Die Fremdenlegion ist eine Schande, sie hungern und dürsten und werden geschlagen‹ (das plötzliche Hochdeutsch des alten Kainz wirkte pathetisch), aber es stimmt doch nicht. Hat dich einmal einer ang'rührt? Mi net. Trinkgelder ham's mir geben. Und wenn i nimmer hab laufen können: Geh, mon vieux, setz dich auf den Wagen. Wirklich anständig. Anständiger als beim K. und K. Infanterieregiment. Aber i mag doch net mehr. Schau, i möcht so gern wieder amol a garnierts Rindfleisch essen un die

Kronenzeitung lesen. Die ewigen Schaf! Du, wie sagt ma ›Gebiß‹ auf französisch? – ›Un dentier‹ « wiederholte er.

Während der letzten Sätze hatte jemand leise hinter dem Weinschuppen gestöhnt. Lös stand auf. Als er um die Ecke bog, sah er Frank, den Bäcker, auf dem Boden liegen, die Beine spannten sich, und die Absätze der schweren Schuhe gruben sich in den Boden ein. Lös kniete nieder und griff nach dem Handgelenk des Zuckenden.

Und auch der alte Kainz kam herangeschlurft, zog die Luft durch die Nase und schneuzte mit dem Daumen das Nasenloch. »Was is, Korporal, will er sterben?« Er schluckte laut auf und blieb dann stehen, mit pendelndem Oberkörper. »Aber na, er wird doch net sterben. Geh', hör auf, Frank, es glaubt dir's doch kaner. Geh, sei gscheit.«

»Aber Fieber hat er doch«, sagte Lös und ließ das Handgelenk los; der Arm fiel herab, als seien die Sehnen abgeschnitten.

»Was ist los, Frank?« fragte Lös. Er fühlte eine freudige Erwartung: Ein Kranker! Das war eine Abwechslung! Der Leutnant würde sich mit dem Fall befassen und nicht mehr Zeit haben, sich allzusehr um die Verpflegung zu kümmern. Das gab freie Zeit. Lös schob den Arm unter Franks Schultern, stützte den Kranken, führte ihn bis zur Hausmauer und schickte Kainz zum Leutnant, um den Fall zu melden. Dann holte Lös Schnaps, das Universalheilmittel, auch eine Stallaterne – die stellte er neben den Kranken. Im Licht der Petroleumflamme sah Frank wirklich sehr bleich aus.

Als er gefragt wurde, wo er Schmerzen habe, legte Frank die flache Hand auf den Hosengürtel. Da täte es weh, erklärte er, es seien Krämpfe, dann werde ihm schwindlig und er falle um. Aber auch im ganzen Bauche tue es weh, und dann habe er Durchfall, und erbrechen müsse er. Heut morgen habe er Nasenbluten gehabt. Seine Hände zitterten – dies Zittern schien ihn mit Befriedigung zu erfüllen.

Kainz kam zurück und meldete ärgerlich, der Leutnant wolle nicht gestört werden. Er sei müde von der Jagd und wahrscheinlich wütend, weil er nur einen Hasen geschossen habe. Pullmann stehe vor der Tür Wache.

Die beiden waren ein Stück in den Hof gegangen. Als sie Frank suchten, lag er am Ufer des kleinen Kanals und erbrach sich. Dann hoben sie ihn auf und trugen ihn in Lös' Hütte.

Sergeant Baguelin, der lange Komiker mit den Sommersprossen, war sofort bereit, mitzukommen, obwohl er eigentlich, wie er erklärte, Wichtigeres zu tun habe. Er hatte eine ganze Sendung neuer Chansons aus Frankreich erhalten und mußte sie zuerst Lös vorsummen. Da war zuerst das schöne:

»Dans sa petite mansarde
Tout là-haut, tout là-haut
Dans les cieux.«

und das ergreifende:

»Fleur de lilas ...«

Aber schließlich kam er doch mit, denn er besaß das einzige Fieberthermometer des Postens, das er stets, neben der

Füllfeder, in der oberen Tasche seines Khakirockes in einer glänzenden Metallhülse trug.

Baguelin steckte das Thermometer in die Achselhöhle. »Neununddreißig sieben«, sagte er nach zehn Minuten und zog die Mundwinkel gegen das magere Kinn. »Und erbrochen hat er auch. Das ist gefährlich. Sehr gefährlich.« Der alte Kainz wiederholte das letzte Wort und nickte dazu, wie mit geschwächten Halsmuskeln.

»Es könnte eigentlich Typhus sein.« Lös sagte es etwas verträumt und lächelte dazu mit milder Befriedigung. Sein Gesicht leuchtete, und die gleiche leuchtende Befriedigung verklärte auch die Gesichter der anderen.

Lös zählte die Vorteile eines derartigen Falles nachdrücklich auf: Quarantäne des Postens! Kein Verwaltungsoffizier aus Bou-Denib würde es wagen, die Warenbestände zu kontrollieren. Steigender Schnapsverbauch! Die fehlenden Liter im Nu eingebracht! Doppelte Ration Wein! Schon füllten sich die geleerten Fässer mit Wasser, niemand würde den Unterschied merken, und die Seguia, der kleine Kanal, floß ja mitten durch die Verpflegung. Zu alledem noch: Der Leutnant würde die Verpflegung meiden, hatte er nicht schreckliche Angst vor Krankheit? Typhus! Welch ein Glücksfall!

Begeistert übernahm der Sergeant die Fortsetzung der Hymne. Typhus! Erfrischende Hoffnung. Es könnte doch auch ihn packen, nicht allzu stark, aber genug, um eine Rekonvaleszenz in Frankreich nötig zu machen. Mit einem kleinen netten Typhus, das Wort tönte in seinem Munde wie ein bacchantisches Evoe, würde er sicher zwei Monate früher entlassen!

Da ließ auch der alte Kainz sein gesprungenes Lachen scheppern und platzte zitternd los: »Korporal, dann brauch i ja kan kan ... den ... dentier.«

»Ah, so an Typhus«, sagte Frank mit tiefer Stimme. Seine Hände lagen gefaltet auf der Decke. »Aber sterben brauch ich doch net?«

»Ja, woher!« meinte Lös. Er nahm die Schnapsflasche, sog daran, gab sie weiter, Baguelin nahm seinen Teil, der alte Kainz lutschte am Flaschenhals wie ein Säugling, alle fanden den Typhus komisch, selbst Frank grinste.

»Ich werde jetzt den Major in Rich anläuten«, beschloß Lös. Die anderen waren viel zu begeistert, um abzuraten.

Das Telephon lag links vom Tor, gerade dem Wachtlokal gegenüber. Baguelin drehte die schmierige Kurbel und wartete, drehte noch einmal ... Endlich fragte eine verschlafene Stimme, was denn los sei. Baguelin gab den Hörer weiter. Lös ergriff ihn und redete in den schmierigen Trichter.

Major Bergeret solle ans Telephon kommen, verlangte er ... Der Sergeant sah auf seine Uhr und bemerkte, es sei ja kaum zehn Uhr, da würde der Major schon noch auf sein. Aber der Telephonist in Rich wollte wissen, wer denn telephoniere. Nur ein Korporal? Man sei wohl in Gourrama verrückt geworden. In der Nacht sei der Major nicht zu sprechen. Lös wurde energisch. Es handle sich um einen schweren Fall, vielleicht sei es Typhus, der Major müsse unbedingt benachrichtigt werden. Brummend ergab sich der andere, und nach kaum fünf Minuten tönte des Arztes sanfte Stimme, kaum gedämpft durch die Entfernung. Hallo? Lös stotterte, meldete sich zuerst nicht korrekt, so daß der Major zweimal, mit immer gleichbleibender Geduld, nach dem Namen des Anrufenden fragen mußte. Er wunderte sich, daß nur ein Korporal am Telephon sei, versprach dann aber, gleich am nächsten Morgen um vier Uhr loszureiten. Er werde etwa um acht Uhr in Gourrama sein. Und dem Korporal ginge es gut? wollte Bergeret noch wissen, habe der Korporal nicht einen kleinen Herzfehler? Lös dankte, ja, er fühle sich ganz wohl, seit er nicht mehr marschieren müsse. Der Major wünschte gute Nacht und hängte an.

Lös war sehr zufrieden. Es war günstig, daß der Major sich seiner noch erinnerte. Denn eigentlich hatte es Lös dem Major Bergeret zu verdanken, daß er in die Verpflegung gekommen war. Bei der ersten Untersuchung hatte er sich krank gemeldet, weil er das Tempo der Kompagnie auf den Märschen nicht aushalten konnte. Und der Major hatte dem Capitaine geraten, diesen Mann in einem Büro zu beschäftigen.

»Und wenn uns der Frank etwas vorsimuliert hat, dann bin ich der Blamierte«, stellte Lös fest. Aber die beiden anderen sprachen ihm Mut zu. Frank habe doch nicht das Thermometer durch Reiben in die Höhe treiben können, sie hätten ihn ja nicht aus den Augen gelassen. Aber diese Tröstungen klangen nicht sehr überzeugt. Nun, da etwas Entscheidendes getan worden war, schienen die drei Katzenjammer zu haben ...

Frank hatte alle Decken von sich geworfen und lag fast nackt auf der Matratze. Der Körper war von einer gelben Haut überzogen, unter der die Knochen der Rippen und des Beckens spitz hervorstachen. Der Kranke war unruhig:

Die Nägel mußten juckende Stellen kratzen, dann blieben rote Striemen zurück, die lange nicht vergehen wollten.

Lös ging an die Seguia und tauchte ein rauhes Leintuch ins laue Wasser, auf dessen Oberfläche die Sternbilder wogten. Dann hoben Baguelin und Kainz den Kranken auf. Frank wurde in das feuchte Leintuch gewickelt und lag hernach ruhig.

Der alte Kainz erlaubte sich eine geflüsterte Bemerkung: »Eigentlich hättest du das net machen sollen, Korporal; wenn er jetzt schwitzt, is er vielleicht morgen g'sund, und dann bist du der Blamierte.«

Es herrschte ein langes Schweigen nach dieser Bemerkung.

Was der Stille soviel Bedrückendes gab, war Franks lautloses Atmen. Unter den vielen Decken war das Heben und Senken des Brustkorbes zu sehen. Die Nacht drang durch die geöffnete Tür und bedrängte das Licht der Stallaterne, deren Flackern war wie das Kämpfen eines Erstickenden um Luft.

Da schlug Baguelin vor, gemeinsam zum Spaniolen zu gehen. Man könne dort etwas trinken und hernach noch dem Kloster einen Besuch abstatten. Dieser Vorschlag wirkte belebend. Lös wollte noch Smith einladen; sicher war der Schneiderkorporal bereit, mitzukommen.

In der Schneiderwerkstatt war noch Licht. Mit gekreuzten Beinen saß Korporal Smith auf dem großen Tisch und nähte einen Kragen an einen Sergeantenrock. Die Petroleumlampe neben ihm trieb schwarze Blätter aus ihrem Glaszylinder. Smith sprang vom Tisch und hüpfte auf und ab wie ein prallgefüllter Rugbyball. Als Veitl, der Koch, der noch immer am Tor wachte, die drei nicht durchlassen wollte, wurde er einfach mitgeschleppt. Er hatte verraten, daß der Chef noch immer nicht heimgekehrt war, und durch Pullmann, den der Lärm herbeilockte, erfuhr man, daß der Leutnant tief schlafe. Er habe Chinin genommen, aus Angst, krank zu werden, denn er hatte am Nachmittag aus einem Bache Wasser getrunken. Und Pullmann schloß sich an, statt Baguelin, der verschwunden war.

Die Kneipe des Spaniolen bestand aus einem weißgekalkten Raum, in dem zerkratzte Eisentische standen. Einzig die vielen Flaschen auf einem Bord hinter dem Schanktisch brachten mit ihren Etiketten einige Buntheit in den kahlen Raum.

Als die fünf eintraten (Kainz, Lös, Pullmann, Veitl und Smith) betrachtete der Spaniol sie durch ein Weinglas, das er mit einem schmierigen Lumpen putzte. Seine schlecht rasierten Wangen wirkten wie abgekratzte Speckschwarten. Er näherte sich mit gesenktem Kopf und wies mit dem Finger in eine Ecke. Dort thronte der Chef und füllte den einzigen Stuhl, der mit Armlehnen versehen war; auf seinen Schenkeln saß die kleine Mulattin, die hier als Schankmädchen diente. Sie galt als seine offizielle Freundin.

Zuerst schien Narcisse böse; die fünf störten seine Ruhe, und er wollte sie mit lauten Flüchen wieder in den Posten zurückjagen. Als aber die von Lös bestellte Flasche Anisette (Marke Brizard) vom grinsenden Wirt auf den Tisch gestellt wurde, glättete Wohlwollen seinen zornigen Mund. Der Chef trank sein Glas leer und leckte den letzten Rest von Ärger aus den Mundwinkeln. Er öffnete den Uniformrock, auch den obersten Knopf seiner Hose, um dem beginnenden Spitzbauch die zu seinem Wohlbefinden notwendige Freiheit zu verschaffen. Dann zog er die kleine Mulattin näher zu sich heran und gab ihr aus dem frisch gefüllten Glas zu trinken.

Nach kaum einer halben Stunde war die Flasche leer; denn süß war das Getränk, brannte nicht im Munde und ließ sich trinken wie Sirup. Der Chef ließ eine zweite Flasche bringen (›auf meine Rechnung‹, sagte er) und dämmte jeden Widerspruch ab mit der flachen Hand.

Smith entwickelte ein klebriges Erzählertalent. Er sprach in dunklen Worten von einem Smoking, bezeichnete sich als englischen Untertanen und forderte die französische Regierung heraus: ob diese sich einbilde, ihn hier in der Legion halten zu können? Dann bat er Lös (Lös könne doch so gut schreiben!), eine Charakteristik (mit Betonung auf der drittletzten Silbe) zu schreiben über den »taylor« Smith, ein ausgezeichnetes Thema, ein interessantes dazu! Aber es müsse eine psychologische Studie sein (Smith stolperte ein paarmal über das Wort psychologisch und sprach es endlich englisch aus). Da unterbrach ihn aber der alte Kainz. Er hatte sich von der anderen Seite an Lös herangemacht und murmelte Verdammungsflüche, die seiner Frau in Wien galten, weil diese mit einem jungen Bäckerlehrling durchgegangen war, während er, der Mann, draußen im Felde kämpfte. Kämpfen – das sei so eine Redensart, er sei auch dort immer als Fleischer beschäftigt gewesen. Er begann zu singen: »Verlassen, verlassen bin i«, wußte nicht weiter, schluckte und ließ den grauen Kopf auf die gefalteten Hände fallen. Da aber forderte Pullmann die Genossen auf, das schöne Lied zu singen von der Hamburger Dirne: »In Hamburg, da bin ich gewesen ...«

Als der Chef ihm deshalb über den Tisch eine Ohrfeige gab, unterbrach er sich, ballte die Fäuste. Er wollte aufspringen, da sah er auf dem immer noch gegen ihn gereckten Arm die zwei goldenen Winkel: unbegreiflicher Respekt schüttelte ihn. Er kroch in sich zusammen und summte nur ganz leise die Fortsetzung des Liedes.

Lös gelang es, die Aufmerksamkeit des Chefs zu wecken. Er erzählte den Fall Frank. Der Chef wackelte mit dem Kopf, packte die Mulattin, schob sie weit von sich, gab ihr noch einen Klaps, um diese Vertreibung erträglicher zu gestalten, und rief ihr nach: »Ich komm dann zu dir, jetzt muß ich reden.« Dann sah er Lös böse an.

Eine verfluchte Dummheit, dem Major anzuläuten! Jetzt würde er, der Leutnant, erst recht wütend sein, der Major auch, denn Frank sei doch als Simulant bekannt! »Warum hast du mich nicht um Rat gefragt?« war der Refrain seiner Rede.

Lös entschuldigte sich. Der Chef sei nicht dagewesen.

»In solch wichtigen Fällen sucht man mich wenigstens. Mich, den Mann der großen Erfahrung. Glaubst du, ich habe umsonst zwölf Jahre Dienst? Gegen mich seid ihr doch alle nur Wickelkinder, du besonders! Und jetzt hast du Angst!« So eindringlich sprach der Chef, daß Lös wirklich vermeinte, die Anzeichen einer nahenden Kolik zu verspüren. Dann blähte sich Narcisse gewaltig, und sein Schweigen war noch bedrückender als seine Rede. Als aber Veitl, mit einem dummen Grinsen, renommierte, er sollte eigentlich Wache stehen, aber er sei schlau, das Drücken habe er in der Legion gelernt, zog sich das Gesicht des Chefs so zusammen, daß der Bart waagrecht stand. Schweigend zündete Narcisse eine Zigarette an, ohne die Schachtel herumzubieten, stand dann schweigend auf, packte Veitl am Arm und schleppte ihn zur Tür hinaus.

Lös wollte folgen. Als er sich aber ein wenig mühsam erhoben hatte, durchdrang ihn im Augenblick, da er die Kante des Stuhles an seinen Kniekehlen spürte, eine schmerzende Wachheit: so, als sei plötzlich in ihm ein Wesen erwacht, das lange Jahre geschlafen hatte. Die Umgebung, die seinem Blicke Grenzen setzte, war klar und hell, viel klarer und heller, als es mit der schlechten Beleuchtung vereinbar war. Zugleich sah Lös wie durch einen umgekehrten Feldstecher die Dinge verkleinert und in die Ferne gerückt. Puppenhaft wirkten die drei am Tisch, und der Spaniol, der Weingläser polierte, die Mulattin mit dem bunten Kopftuch, die ihre dünnen Fußgelenke umspannt hielt. Die Karbidlampe an der Wand gurgelte grelles Licht und spuckte es über die Tische. ›Die Gegenwart‹, dachte Lös, ›das ist die Gegenwart.‹ Die schöne schmerzhafte Gegenwart, in der man ewig leben möchte. Nicht »man«, ich möchte darin leben. »Ich«, flüsterte er vor sich hin. Als müsse er sie suchen, ging er vorwärts mit tastenden Füßen. Alles war überdeutlich, er meinte jeden Teil seines Körpers zu fühlen: den brennenden Magen, die mit schwerer Müdigkeit gefüllten Muskeln der Schenkel. Das Blut, das die Haut der Hände spannte bis zu den Fingerspitzen, das im Kopfe hämmerte! Zuviel Blut! dachte Lös, darum glaub ich, daß diese Hände von einer Schmutzschicht überzogen sind;

wird sie sich noch abwaschen lassen? Eine riesige feuchte Hand legte sich auf sein Gesicht und drängte ihn zurück. Er hatte die Türe ins Freie geöffnet... »Der Nachtwind!« murmelte er erleichert.

Still und leer lag der große Platz vor ihm. Und die Berge schimmerten, durchsichtig und schwarz, viel durchsichtiger als der Himmel aus verrußtem Glase, während die Sterne dumpfes Licht ausstrahlten... Die Baracken des Postens hockten wie unbekannte riesige Tiere hinter der Mauer...

Lös sah eine Gruppe, die vor dem Eingang zum Posten stand. Und dann kam Sergeant Baguelin zu ihm. Er flüsterte:

»Sie haben gar nicht bemerkt, daß ich Sie verlassen habe. – Ich bin schnell in mein Büro gegangen, um Geld zu holen, und als ich wiederkam, waren Sie mit Ihren Begleitern schon verschwunden. Aber ein anderer stand am Tor!« Baguelin sprach geheimnisvoll drohend. Der Leutnant! Er hatte eine Runde gemacht und den ganzen Posten leer gefunden; da gab er mir den Auftrag, sie alle zu holen. Aber unterwegs habe ich den Chef mit Veitl getroffen. Jetzt stehen die beiden beim Leutnant, und soviel ich habe hören können, schiebt der Chef alle Schuld auf Sie. Beeilen Sie sich, sonst müssen Sie vielleicht diese Nacht noch in der Zelle schlafen.

Die helle Wachheit erlosch, eine andere dumpfe Gegenwart stieg auf, keine unbedingte, keine ewig währende. In dieser neuen erlosch das Gefühl für den eigenen Körper, nur Rechnungen, Zellen, Kriegsgericht gab es in ihr, und statt der zwerghaften Umgebung nur noch eine quälende innere Angst. Rasch kehrte Lös noch einmal um, warf dem Spaniol eine Banknote auf den Schanktisch: »Für die beiden Flaschen«, sagte er kurz. Dann näherte er sich der Gruppe am Tor.

Der Leutnant schickte ihm den weißen Strahl seiner Taschenlampe ins Gesicht und begann sogleich, da dieser Einschüchterungsversuch wirkungslos blieb: »Ich warne Sie, Korporal, ich warne Sie zum letztenmal. Ich habe Ihnen verboten, den Posten ohne meine ausdrückliche Erlaubnis zu verlassen. Wie der Chef mir erzählt, hat er Ihnen einen kurzen Ausgang bewilligt, weil Sie Geschäfte zu erledigen hatten. Einen Ausgang nur. Sie sind zum zweitenmal ausgegangen und haben die Wache zum Mitkommen verführt. Mit Veitl will ich nicht rechten. Er ist krank und nicht fähig, Widerstand zu leisten. Aber Sie. – Übrigens will ich Ihre Rechnungen doch näher untersuchen, denn wie ist es möglich, daß Sie mit Ihrem kleinen Sold Anisette zahlen können, der fünfundzwanzig Franken die Flasche kostet? Selbst mir wäre das zu teuer. – Bitte keine Ausreden, der Sergeant Major hat mich informiert. Für diesmal will ich Ihre Verfehlung noch auslöschen, besonders, weil augenblicklich kein Vertreter für Sie beschafft werden kann. Aber bei der kleinsten Unregelmäßigkeit benachrichtige ich die Intendanz in Bou-Denib und werde dann selbst die Klage gegen Sie aufsetzen. Dann kann Ihnen auch Ihr Capitaine Chabert nicht mehr helfen. Ihnen, Chef, danke ich noch, daß Sie Ihre Pflicht so gewissenhaft erfüllt haben.« Die dünne, näselnde Stimme brach ab wie ein plötzlich abgestopptes Grammophon. Dann warfen die Hände des Leutnants den Vorhang der Finsternis beiseite – und er schloß sich wieder hinter ihm. Die Zurückgebliebenen hörten eine Türe ins Schloß fallen.

»Amen«, sagte der Chef und begann sogleich, mit gelenkigen Worten sich bei Lös zu entschuldigen. »Du verstehst, ich mußte die Schuld auf dich wälzen: wenn ich einmal kompromittiert bin, kann ich dir nicht mehr helfen. Es muß immer so aussehen, als ob wir überhaupt keine Beziehungen zueinander hätten, dann hält man mich für unparteiisch. Und wenn diese kleine Wanze mich beim Capitaine lobt, so macht sich das gut, der Alte glaubt mir dann auch das, was ich über dich erzähle. Und wenn der Kleine dann die Intendanz in Bou-Denib auf dich hetzt, so hat der Alte auch dort noch Freunde und wird dich heraushauen. Aber vor allem (versteh mich richtig!) muß ich, der Chef, vollkommen makellos dastehen... Verstehst du? Und du glaubst doch nicht etwa, daß ich mich vor dieser kleinen Mißgeburt fürchte? Und jetzt, weißt du, was wir jetzt tun? Wir gehen ins Kloster. Jawohl. Du hast wohl die zwei Flaschen beim Spaniol bezahlt? Das ist recht, ich habe auch nichts anderes von dir erwartet. Nein, kein Wort, sprich jetzt nichts. Du bist ja ganz bleich geworden. Aber eine Tasse im Kreise jener schönen Damen, das wird wieder einen Mann aus dir machen, glaub es mir, Narcisse hat Erfahrung.«

Sie gingen Arm in Arm über den weiten Platz. Sergeant Baguelin, in einiger Entfernung, folgte kopfschüttelnd. Er winkte dem alten Kainz: »Ça pas bon«, sagte er und zeigte auf die Voranschreitenden. »Pas bon«, wiederholte der alte Kainz und zog einen sorgenvollen Mund. »Dommage für Caporal.« Sie nickten sich zu und bogen dann in ein schmales Gäßchen ein, in welchem die Nacht zäh und beklemmend stand, wie die Luft in einem verlassenen Kohlenbergwerk.

9. Kapitel

Das Kloster

Fernab von den wenigen Häusern, die im Schutze des Postens hocken, steht ein sonderbarer Bau, den eine drei Meter hohe Mauer beschützt. Viele haben vergeblich versucht, die Mauer zu übersteigen, Senegalneger und algerische Tirailleurs, Spahis und Gums; selbst wenn ein Mann auf die Schultern seines Kameraden klettert und sich am First anklammern will, um sich hochzuziehen, gleiten seine Hände von der schief nach außen abfallenden Fläche ab, und seine Finger schneiden sich an den Flaschenscherben, die zackig-glitzernde Ornamente bilden.

Tagsüber herrscht hinter diesen Mauern tiefes Schweigen. Am Abend jedoch und bisweilen an den Löhnungstagen, die Nacht hindurch, rötet ein schwacher Schein die Luft über dem dachlosen Viereck, ein Summen dringt aus dem Bau, das bei aufmerksamem Lauschen in wüste Schreie und schrillen Gesang zerfällt. Aber die Töne verlieren ihre Kraft, bevor sie noch die dicken Mauern durchdrungen haben, nach oben jedoch sind sie ein riesiges Megaphon, das den verworrenen Lärm in einen stummen Himmel sendet.

An einer Ecke ist die Mauer in Form eines romanischen Bogens durchbrochen, in der Nische, die durch die Türe gebildet wird, kann man die Dicke der Mauern messen; ein Mann kann sich dort bequem verstecken. Die Türe, die den

Eingang ins Innere versperrt, ist aus viereckigen, spanndikken Bohlen gefügt; diese werden noch von drei Bändern aus geschmiedetem Eisen zusammengehalten. Die Tür ist ganz glatt, kein Schlüsselloch ist an ihr zu sehen. Innen aber sind drei Riegel angebracht, oben, in der Mitte und unten; richtige Gefängnisriegel, die sich noch durch Vorlegeschlösser sichern lassen.

Im Hof liegen, links vom Eingang, sieben niedere Zellen in einer Reihe; auch deren Türen tragen Riegel und Ringe zum Anbringen von Schlössern.

Der Zellenreihe gegenüber, und von ihr geschieden durch einen breiten gepflasterten Hof, öffnen sich zwei große Räume, deren niedriges Dach von der Umfassungsmauer noch um einen Meter überragt wird. Diese Räume sind kahl, in dem einen stehen zwei tönerne Schalen, die, gefüllt mit glühenden Holzkohlen, als Kochherde dienen. Der Fußboden des anderen Raumes ist mit zerschlissenen Alfamatten belegt. In einer Ecke erhebt sich, zusammenhängend mit der Mauer und aus dem gleichen Stoff wie diese, ein länglicher Block, das Bett darstellend. Eine dünne Matratze liegt darauf.

Vor der schweren Türe wurde der Chef ungeduldig. Seine Fäuste vermochten den Bohlen keinen Laut zu entlocken. So entschloß er sich endlich zu einem gedämpften Rufen: »He, Fatma Aroua mna.« Und ebenso gedämpft wiederholte der Chor: »Aroua mna!« »Viens ici!« rief der Chef. »Come on«, krächzte Smith. Da auch dies Rufen erfolglos blieb, wurde der alte Kainz vorgeschickt, der einzige, der genagelte Schuhe trug. Er lehnte sich mit dem Rücken gegen die Tür und schlug mit einem Absatz gegen das Holz. Obwohl der Ton, den er hervorbrachte, kaum lauter war als das Klopfen der Fäuste, schien sich doch innen etwas zu regen. Der Chef antwortete einer ängstlichen Frauenstimme in arabischer Sprache. Lange dauerten die Verhandlungen. Der Chef erklärte den anderen, die Alte wolle nicht öffnen, sie habe Angst vor dem Capitaine Materne, der verboten habe, Legionäre nach Mitternacht einzulassen. Der Chef schien aber endlich doch ein unwiderstehliches Argument gefunden zu haben, denn innen schlugen die Riegel kreischend zurück; ein dickes altes Weib wollte sich dem Andrang entgegenstemmen (sie schien nicht auf eine zahlreiche Gesellschaft gefaßt zu sein), wurde aber beiseite gedrückt, und watschelte, mit den Armen schlagend, gackernd davon. Sie glich einem alten weißen Huhn, das schon Federn gelassen hat, so daß die rauhe, entzündete Haut an den kahlen Stellen zu sehen ist; denn die Alte trug ein zerschlissenes Gewand, das sich zwischen ihrem qualligen Körper und den schlenkernden Armen wie Flügel spannte. Das Haar, von schmutzig grauer Farbe, war auf dem Scheitel des Kopfes aufgesteckt und ähnelte dem Kamm einer alten kranken Henne...

Kainz hatte die Türe als letzter mit einem Fußtritt geschlossen. Zu einem dunklen Klumpen geballt, standen die andern verlegen da. Die Alte hatte in einem der beiden Räume rechts Zuflucht gesucht, und durch die offene Tür drang ein Lichtschein. Die Zellenreihe aber lag da, stumm, finster. – Nicht lange ließ der Chef die Verlegenheit dauern. Vorerst prüfte er die Riegel des Eingangstors, schob sie vor, nickte dem alten Kainz anerkennend zu: »Sicherung gegen außen!« erklärte er. Dann packte er wieder den Arm des stummen Lös, schritt wiegend vorwärts, während er über die Schultern anfeuernde Flüche rief und mit der Hand zum Folgen einlud. Pullmann gehorchte gern der Aufforderung. Er stapfte vorwärts, wie zu einem Angriff, den Kopf gesenkt, die Hände schienen ein Gewehr mit aufgepflanztem Bajonett zu halten. Smith neben ihm ballte die Fäuste vor der Brust, als gelte es, zu einem Boxkampf anzutreten. Seine Augen schossen unruhig hin und her, und seine Zunge klemmte sich zwischen die Zahnreihen.

Kainz marschierte als letzter und prüfte mißtrauisch den heftigen Tiergeruch, der den Hof füllte.

Der Chef prallte gegen die Öffnung des Raumes, wie gegen ein Hindernis; und doch versperrte nicht einmal ein Vorhang den Eingang. Dies Zurückprallen suchte er sofort mit der Breite seiner Schultern zu entschuldigen, für welche die Türe zu eng sei. Er nahm seine Mütze ab, stieß scherzhaft mit der Stirne gegen den niederen Balken, als wolle er sagen: ›Für Riesen sind sie hier nicht eingerichtet.‹

Der Raum wurde von der Glut der beiden Kohlenbecken erhellt. Auf dem Lehmblock in der Ecke lag die Alte flach auf dem Rücken. Das eine Bein, entblößt bis über das Knie, baumelte herab, seine Gelenke waren geschwollen und die Krampfadern an den Waden wirkten wie phantastische Tätowierungen. Aber der Eintritt des Chefs ließ die Liegende auffahren, sie schnatterte durchdringend und stürzte sich wütend auf die Eindringlinge. Pullmannn stellte sich vor den Chef und packte die Alte an den Handgelenken. Noch lauter wollte sie kreischen, aber der Chef beruhigte sie, indem er ihr mit einer Banknote das Gesicht fächelte. Da klatschte sie in die Hände, stieß ein schrilles Kreischen der Freude aus und wollte vor dem Chef die Knie beugen. Narcisse verhinderte dies und stellte Lös als »Caporal Administration« vor. Liebliche Bilder schienen diese Worte im Kopfe der Alten auszulösen; denn sie lallte zurück, mit nach oben gedrehten Augen, holte aus ihrem Kleide eine bunte Ansichtskarte, die einen Hafen darstellte, mit dem Aufdruck: »Souvenir de Marseille«. Adressiert war sie an Madame Fatma B. M. C. Gourrama. »Gros baisers pour mutatchou guelbi«, stand neben der Adresse. Pullmann, der auch die Karte beäugte, wollte wissen, was B. M. C. bedeute. »Bordel militaire de Campagne«, sagte der Chef, im Tonfall eines Botanikprofessors, der eine Pflanze vor seinen Schülern bestimmt. Und als müsse er noch die besonderen Kennzeichen der Pflanze erläutern, fuhr er fort: »Steht unter der Aufsicht der Intendanz in Bou-Denib, die bei schlechtem Geschäftsgang für die Verpflegung der Frauen aufzukommen hat. Alle zwei Monate muß diese alte Dame ihre Rechnungen vorlegen. Begibt sich die Kompagnie auf Kolonne, so werden die Frauen mitgeführt. Die Verwaltung hat in diesem Falle für jede Frau ein Maultier zu stellen und außerdem zwei Lasttiere zum Transport des Zeltes und der Bagage. Der Major ist verpflichtet, alle vier Wochen eine Visite zu machen und die Kranken unnachsichtlich zu konsignieren. Das ist natürlich nutzlos ... Aber Lös, mein Alter, was ist mit dir los?«

Lös hatte seit der Szene am Tor kein Wort gesprochen. Auch jetzt blickte er mit steifen Gesichtszügen auf die Postkarte, die der Chef hielt, vorsichtig, zwischen den Fingerspitzen, als fürchte er, sich zu beschmutzen. »Komm Alter, komm!« sagte der Chef in väterlichem Tonfall, führte seinen Freund in eine Ecke, hieß ihn sich setzen und sprach eifrig auf ihn ein: Er solle sich doch aufraffen, die Frauen kämen gleich, die dumme Geschichte von vorhin sei doch vergessen, und die Angst vor dem Kriegsgericht sei doch einfach lächerlich. Sieh, sieh da kommen die Frauen schon!

Und wirklich, gefolgt von einem Trupp bunter Kleider, nahte die Alte und klapperte mit einem Bund rostiger Schlüssel wie mit Kastagnetten. Bei dem Wort »Frauen«, das der Chef mit einiger Betonung ausgesprochen hatte, zerbrach Lös' Starrheit. Ein trockenes Aufschlucken zuckte durch seinen Körper, seine Augen füllten sich mit Wasser, er warf die Hand auf die Schulter des Chefs, die Stirne darauf und schluchzte ein hohes Wimmern, das kindlich klang. Der Chef zeigte sich auch dieser Situation gewachsen. Als wisse er, daß mitleidiges Bedauern die Sache nur verschlimmern könne, stellte er in belehrendem Tonfall die Tatsache einer großen Überreizung fest, bot eine englische Zigarette an und einen Schluck aus seiner Whiskyflasche. Lös mußte lachen, dies Lachen ließ er in ein Husten übergehen, sogleich begriff der Chef die Absicht, er klopfte mit seiner weichen Hand des anderen noch zuckende Schulterblätter. Auf diese Weise fiel es den übrigen nicht auf, daß Lös' Augen voll Tränen standen: »Er hat sich verschluckt«, bestätigte der Chef noch mit lauter Stimme. Alle, mit einer Ausnahme nur, waren viel zu sehr mit den erschienenen Frauen beschäftigt, um auf Lös zu achten. Allein der alte Kainz, der einsam auf der Kante des Lehmbettes saß, schüttelte bedauernd den grauen Kopf, während er unverständliche, doch sicher tröstende Worte murmelte und seine Hand zu einer segnenden Gebärde erhob.

Nach Erledigung dieser Angelegenheit dämpfte der Chef den flackernden Lärm durch ein Zischen. Er winkte die Alte herbei, bestellte Tee, erhob sich schwerfällig, schritt tänzelnd die Front der Frauen ab. Eine kleine Negerin, mit kurzen wolligen Haaren und dem schlanken Körper eines Knaben, schien ihm besonders zu gefallen. Er winkte ihr, mit lässig pendelnder Hand, sie gehorchte sogleich, und beide verschwanden im Nebenraum, wo der Schein des anderen Kohlenbeckens die beiden als riesige Schatten an die Wand warf. Dann blieb die Wand lange Zeit leer.

Pullmann mußte seine Auserwählte zuerst einfangen. Lange lief sie rund um das Zimmer, an den Wänden entlang, neckte ihn, indem sie einen Augenblick anhielt, um ihm dann mit einer brüsken Wendung zu entkommen. Pullmann war außer Atem und seine Stirne feucht. Endlich hielt er seine Beute. Sie hatte eine gedrungene Gestalt, dicke Backen wölbten sich in ihrem Gesicht, und ihre leeren Augen glitzerten wie Tau. Eigentlich sah sie aus wie eine saubere, lebenslustige Köchin.

Korporal Smith spielte den Gentleman und glich einem Knaben, der das Gebaren der Erwachsenen nachahmt. Er ging auf und ab, fuhr gern mit dem Zeigefinger an die Nase, wenn er eine tiefsinnige Bemerkung machte. Über dem Doppelkinn, das beim Nicken vorquoll wie ein roter Ballon, der von Kinderhänden zusammengepreßt wird, legte sich der Mund in ernste Falten. Er wandte sich mit Verbeugungen und einem gelispelten Französisch an das magere

Geschöpf, das geduldig neben ihm herlief und aus leerem Gesicht stumpfsinnig glotzte. Das Mädchen hatte auf der Nasenwurzel sechs eintätowierte Punkte, die in Form eines unregelmäßigen St. Georgs-Kreuzes angeordnet waren. Und diese Punkte fixierte Smith mit aller ihm verbliebenen Aufmerksamkeit, denn er fürchtete sich insgeheim vor der Öde, die in den Augen seiner Begleiterin lag.

Sergeant Baguelin war sogleich bei der Ankunft der Frauen zur Tür gestürzt. Wahllos hatte er eine aus dem Haufen am Arm ergriffen, der Alten zugerufen, sie möge ihm den Tee erst in einer halben Stunde bringen, und war dann mit seinem Raub verschwunden.

Obwohl noch drei Frauen müßig herumhockten, wagte sich keine an den alten Kainz. Mit verknöcherter Mißachtung sog er an seiner Pfeife und spuckte regelmäßig aus; damit verschaffte er sich die gewünschte Ruhe. Er starrte dem Rauche nach, nickte zu seinem Murmeln und nahm die Pfeife nur dann aus dem Munde, wenn er seinem Korporal drüben an der Wand ein mildes, aufmunterndes Lächeln zusandte.

Die Alte brachte den Tee und setzte vor jeden ein dickwandiges Glas, dessen Inhalt nach Whisky und Minze roch. (Der Chef war freigebig gewesen.) Dann ließ sie sich vor Kainz nieder, kümmerte sich nicht um die Mißbilligung, die auf sie niedertröpfelte, sondern erzählte in gebrochenem Französisch von ihrem Liebsten, dem Sergeanten, der sie zwei Jahre lang, während seines ganzen Aufenthaltes in Gourrama Abend für Abend besucht habe. Nun aber sei er entlassen worden und arbeite in Marseille. Und wenn er genug verdient habe, so wolle er sie kommen lassen und mit ihr ein kleines Haus halten mit jungen Araberinnen, und sie würden reich werden und angesehen leben. Ihre Sprache ähnelte stark derjenigen, die der alte Kainz sprach, darum verstanden die beiden sich ganz gut. Zwar beschränkte sich Kainz auf kurze Einwürfe wie »Bon! Très bon! Oui, oui!«, aber das genügte, um der Alten weiter zu helfen. Nun fragte sie, ob der »Schibany« (der Alte) ihr nicht einen Brief »machen« wolle...

»Ja, alte Schachtel«, sagte Kainz wienerisch, »das geht scho, aber Caporal Administration là bas besser écrire.«

»Ah, Caporal Administration, mlech, mlech.« Die Alte nickte begeistert, was den welken Hahnenkamm zum Wippen brachte. »Aber weißt«, fuhr Kainz fort, »non tout de suite, après.« Er winkte in die Ferne. Wieder nickte die Alte, sie hatte sich mit den Augen am Munde des Sprechenden festgesehen, und die gespannte Aufmerksamkeit gab ihrem Gesicht einen tierhaft weisen Ausdruck. Als Kainz schwieg, legte sie den schmierigen Kopf an dessen Knie. »Bist a guter Kerl.« Kainz' Lider flatterten heftig. Er tätschelte ihre Schulter, und Fatma gluckste leise unter dieser Berührung wie ein zahmes Huhn.

Nach dem Verschwinden des Chefs blieb Lös allein. Das Stechen im Kopfe hatte sich wieder eingestellt, es beherrschte jetzt die ganze Stirn, und auch im Hinterkopf war es zu fühlen. Noch etwas störte ihn, doch es gelang ihm nicht sogleich, die Ursache dieser Störung festzustellen. Bisweilen schüttelte er seinen Kopf, als müsse er eine lästige Fliege verscheuchen, fuhr wohl auch mit der Hand über seine Wange. Aber die Störung blieb. Die Kohlenglut warf durch das dicke Glas rötliche Striche auf die Oberfläche des

Tees, und die Flüssigkeit selbst schien zu glühen wie helles Gold.

Als er den Blick hob, um endlich die Belästigung festzustellen, traf er auf zwei Augen, die ihn aus einer Ecke heraus anstarrten. Zwingend waren diese Augen, doch ohne eigenes Leben, und eine aufreizende Forderung lag in ihnen. ›Eins von den Mädchen, das noch keinen eingefangen hat‹, dachte Lös und wollte sich wieder abwenden. Da aber stiegen die Augen langsam in die Höhe, kamen näher und hielten dicht vor ihm an, senkten sich langsam, tiefer und tiefer, bis sie über dem Boden stillstanden. Plötzlich wurden sie von einer dünnen Haut überdeckt. Weißes Licht erfüllte den Raum (die alte Fatma hatte eine Karbidlampe angesteckt), und grellbeleuchtet saß neben Lös eine Frau. Sehr dünn war ihr Mund, und in seiner Magerkeit wirkte ihr Gesicht hölzern. Hölzern waren auch die Falten ihres violetten Gewandes. Doch die Schultern, deren Rundung sich deutlich unter dem Stoff abzeichneten, ließen weiche Glieder vermuten. Nun stand sie wieder auf, um für Lös das leere Glas zu füllen. Ihr Schreiten war schwer, wie das eines beladenen Tragtieres.

Sie kehrte zurück, stellte das Glas ab, indem sie sich behutsam niederbeugte, als fürchte sie, vornüberzufallen, richtete sich wieder auf, den Blick nach oben gewandt. Dann ließ sie sich unerwartet zu Boden gleiten und blickte Lös an, ausdruckslos.

Aufreizend wirkte dieses schier leblose Gesicht. Nun öffnete ein unerwartetes Lächeln den Mund der Frau. Ein schmutziges Grinsen erschien, das gelbe, angefressene Zähne zeigte; auch die Augen machten die Veränderung mit, ein feuchtes Glimmen erhellte die Pupillen. Die Frau streckte die Hand aus, eine grobe, schmierige Hand mit rissigen Nägeln, die bis zu den Fingerbeeren abgeknabbert waren.

»Warum immer so zimperlich tun?« fragte er sich. »Ist es nicht besser, die Einladung einfach anzunehmen?« Aber dennoch fühlte er, wie unwahr seine Überlegenheit war, der freie Entschluß lag nicht mehr bei ihm, ein Zwang gebot ihm, der Frau zu folgen, ein Zwang, den er zu leugnen versuchte und der ihn dennoch trieb, das Lächeln der Frau zu erwidern.

Die Frau trank in kleinen Schlucken ihr Glas leer und blickte ihn spöttisch an. Ihre Erfahrung sagte ihr wohl, daß es gut sei, den Mann warten zu lassen. Lös sah den Raum, die Kameraden, er verstand die Satzfetzen, die seine Ohren trafen. »Come on«, sagte Smith, und die Geste, mit der er die Worte begleitete, war so deutlich, daß die Kleine, die wie eine Köchin aussah, ihm folgsam wie ein Hündchen nachtrippelte. Die Nacht des Hofes verschluckte auch diese beiden.

Kainz bemühte sich verzweifelt, Lös' Blicke zu fangen, stand auf, verdrehte den Kopf und fuchtelte mit den Händen. Aber Fatma hielt ihn zurück, ihr geblähter Körper ließ ihn nicht durch, und ihre Arme umklammerten die Beine des Fortstrebenden. Lös sah den Alten endlich und winkte ab. »Wo ist der Chef?« rief er hinüber, und Kainz deutete auf die Tür, die in den Nebenraum führte. Aber kaum war Lös ein paar Schritte in dieser Richtung gegangen, wurden seine Hüften von schwammigen Händen gepackt. Fatma stand hinter ihm, erregt und beleidigt. Der Chef dürfe nicht gestört werden, stotterte sie. Kainz befreite seinen Korporal aus der Umklammerung, puffte Fatma an ihren Platz zurück (sie ließ es sich kichernd gefallen) und sprach dann Lös zu, bedächtig, wie ein weiser Arzt, dem alle menschlichen Schwächen wohlbekannt sind:

»Weißt Korporal, die Traurigkeit und die Angst, das kommt alles nur vom Blut. Weil nämlich das Blut dann zu dick is. Geh, tu di erleichtern. Glaub mir, morgen bist du dann a ganz anderer Mensch. Und die dort, die is ganz recht. Net grad scheen, aber a weichs Hascherl. Die reinste Medizin, sag i dir. Viel besser als das magere G'stell, das du dir dort draußen ang'schafft hast.« Er schwieg bedächtig und nahm die Pfeife aus dem Mund, um den folgenden Worten Platz zu schaffen. Sogar zu hochdeutsch verstieg er sich und unterstrich außerdem noch die Worte mit dem feuchten Mundstück. »Glaub mir doch, Korporal, das dicke Blut ist an allem schuld. Ich weiß es aus Erfahrung, vierzig Jahr Erfahrung hab' ich ...« Um jeden Widerspruch unmöglich zu machen, drehte er sich um und schritt, mehrfach nickend, auf seinen Platz zurück.

Lös winkte der Frau und ging voran.

Über die Mauer, die das Dach der sieben Zellen überragte, blickte ein riesiges weißbeleuchtetes Gesicht: der Mond. Die Nacht war kühl und hart, voll verächtlicher Ruhe. Nur Tiere klagten von ferne über die Unerbittlichkeit des Dunkels. Der Raum über dem Schacht der Mauern war leer.

Vor der Eingangspforte wimmerte es leise, viel leiser als die fernen Tiere. Lös öffnete und Türk sprang begeistert an ihm hoch, sprang zurück, stellte sich auf die gestreckten

Hinterbeine und bearbeitete die Luft mit den Vorderpfoten, wie ein Pianist sein Instrument. Dann fand er, es sei genug der Höflichkeiten, beschnüffelte mißtrauisch die Frau, die hinter Lös stand. Sie kreischte auf. Türk nieste verachtungsvoll, dehnte sich, die Schnauze auf die gestreckten Vorderpfoten gelegt, während sein Hinterteil sich in steilem Bogen wölbte. Er gähnte noch und folgte dann seinem Herrn, der auf eine Zelle zuschritt. Es war die falsche, das Mädchen zog ihn weiter bis zur letzten, sie war vom Eingang am weitesten entfernt.

Eine kahle Zelle, zweifellos. Auf dem erhöhten Kopfende der Bettstatt aus getrocknetem Lehm brannte ein Kerzenstumpf. Das Mädchen holte aus einer Ecke eine frische Kerze, weichte das Stearin an der Flamme auf und klebte das tropfende Ende neben die verlöschende. Das Licht der flachen Flamme umspielte den weißen Stab, den der Mond durch die Luke der Hinterwand trieb.

O das harte Bett! Nur eine dünne Matte war darüber gebreitet.

Wie ein großes Sausen war die Stille im Raum. Immer noch stand die Frau regungslos. Sie schien zu warten und zu träumen und stach den Blick in die Dunkelheit, die wie zerzupfte schwarze Wolle den oberen Teil des Raumes füllte.

Türk schnaufte laut; die Frau erschrak, mit einer heftigen Bewegung des verhüllten Arms verlöschte sie fast die Kerze. Da glühte der Mondstab heller auf und brannte sein weißes Siegel auf die Mauer.

Schützend legte das Mädchen die hohle Hand um die Flamme; als sie wieder das Gesicht hob, hatte sie ihr Lächeln vorgebunden.

»Viens«, sagte sie. Es war das erste Wort, das sie mit heiserer Stimme formte.

»Viens, petit chéri«, sagte sie nochmals und winkte mit deutlicher Gebärde.

Lös kam langsam näher und blieb vor der Frau stehen, die sich auf die Kante des harten Bettes gesetzt hatte. Das Licht lag auf ihren Füßen, die breit und nackt auf dem Boden klebten. Die Zehen bewegten sich wie braune Käfer.

Sie verlangte Geld, der Korporal solle ihr Geld geben, sie sei arm, Fatma gebe nichts, sie habe Hunger, oh, so viel Hunger. Denn sie nehme nicht viel ein. Sie sei alt und oft krank. Schon dreimal habe sie der Major konsigniert. Ihr Reden ging in ein Heulen über, ein hilflos weiches Heulen, in dem einige arabische Flüche wie harte Klötze schwammen.

Lös leerte seine Taschen: Münzen waren es nur, dann kam eine Fünffrankennote, ein Douro. Den nahm die Frau eilig und stopfte ihn ins Haar. Das Kleingeld jedoch ließ sie in den hohlen, aufeinandergelegten Händen klimpern, hielt das Spielzeug ans Ohr, heulte wieder los, höher jetzt und freudiger. Sie verschluckte sich und erstickte schier. Dann schlich sie mit lächerlich geheimnisvollen Bewegungen zur Wand, kratzte ein kleines Loch frei und versteckte das Geld darin. Die herabgefallene Erde befeuchtete sie mit Speichel, knetete sie und verschmierte gewissenhaft das Loch. Als sie sich umwandte, war ihr Lächeln greisenhaft, und in ihren Augen lag eine satte Fröhlichkeit.

Nun wollte sie das Kleid abwerfen, besann sich aber. Mühsam erklärte sie, sie sei noch konsigniert, Korporal sei gut zu ihr gewesen, Korporal nicht krank werden! Sie nicht böse Frau, gute Frau, Korporal müde, sich hinlegen. Sie übertrieb ihr spärliches Französisch ins Kindliche. Ungeschickt umfaßte Lös das Handgelenk der Frau – dann glitt seine Hand ab, bis er nur noch den Zeigefinger hielt. Auch diesen ließ er los, und es war ihm, als lasse er eine Kornähre durch die Finger gleiten: denn hart und kühl war der Finger mit seinen kleinen Rissen.

Sie solle sich nun niederlegen, forderte Lös. Gehorsam tat sie es, drückte sich gegen die Wand, um Platz zu lassen für ihn.

Als er sich ausstreckte, stieß er gegen die Kerze, die mit einem Zischen verlöschte. Lös schloß die Augen.

Ihm träumte wirr, und die Zeit verging ...

Plötzlich sagte er laut: »Nun bin ich wach«, und stieß sich von der Wand ab. »Nicht gut Angst haben«, sagte eine rauhe Stimme neben ihm. An seiner Schulter lag eine warme Kugel. Er griff nach ihr, sie war ein Kopf. Langsam ließ er das Haar los, das er gepackt hielt. Es fühlte sich grob und trocken an, wie die Mähne eines Pferdes. Er schloß wieder die Augen, schlief aber nicht ein.

Heftige Schläge polterten an der Tür. Der Chef rief unterdrückt: »Komm schnell, Materne will eine Runde machen, er ist mit den Gums schon unterwegs. Der Jehudi, der die Schafe verkauft, ist vorausgelaufen, weil er gewußt hat, daß du hier bist, und er hat uns gewarnt.«

Als Lös hinaustrat, waren die anderen mit ängstlichen Gesichtern um den Chef versammelt. Nur der alte Kainz bewahrte seine Ruhe, er empfing Lös mit einem lauten: »Gelt, jetzt is dir besser?« Aber Narcisse wollte kein Wort hören. Schweigen befahl er. Von ihm angeführt, lief der

Trupp zum Eingangstor, Fatma stand wartend dort, hinter dem letzten warf sie die Tür zu. Gedämpft klang das Kreischen der Riegel hinter den Enteilenden, wie ein boshaftes, unterdrücktes Gelächter.

Durch dunkle Gassen liefen sie zum Posten, umgingen ihn, langsam und vorsichtig, bis sie zu jener Stelle beim Maultierpark gelangten, wo der Stacheldraht eine Öffnung hatte. Dann erteilte der Chef mit lässiger Stimme seine letzten Weisungen. Er werde vorne zum Tor gehen und dort, ohne sich zu verbergen, eintreten. Entweder schlafe die Wache oder sie sei wach. »Ohne Zweifel«, sagte Lös und lachte keuchend. Der Chef sah ihn böse an. Er liebte es nicht, in Anwesenheit anderer verhöhnt zu werden. Und mit grobem Geschütz schoß er auf Lös: der Korporal täte besser, seinen Geist zu sparen, er habe ihn nötig. Es sei nicht alles in der Administration so, wie es sein solle, er, der Chef, könne davon ein Lied singen. Und wenn man wegen jeder Kleinigkeit wie ein Kind heule, so habe man weiß Gott keinen Grund, sich über andere lustig zu machen. Doch er beruhigte sich gleich wieder. – »Nichts für ungut«, schloß er mit seinem milden Lächeln.

Er ist doch gemein, dachte Lös, aber er konnte dem versöhnenden Lächeln nicht widerstehen. Er entschuldigte sich und streckte dem Chef die Hand hin. Der ergriff sie, sah Lös prüfend an, seine Augen wurden scharf, dann senkte er die Lider darüber und lächelte mild, während er die dargebotene Hand kräftig schüttelte. Also es bleibe dabei, er, der Chef, der jeden Abend Permission bis Mitternacht habe, werde durchs Tor gehen. Es sei ja jetzt schon halb zwei Uhr. Nun, wenn es irgendeinen Anstand gebe, so habe er sich verspätet. Die anderen sollten hier über die Mauer und ruhig den Posten durchqueren. Sammlung in zehn Minuten in der Verpflegung, wo Korporal Lös noch einen Trunk spenden werde. Und über die Achsel sagte er dann leise zu Lös, daß die anderen seine Worte nicht verstehen konnten: »Ich habe für alle bezahlt, wir teilen dann die Kosten, mein Alter.«

»He, Chef, ich komme mit Ihnen«, rief Baguelin hinter ihm drein.

»Verzeihen Sie bitte, verzeihen Sie. Ich habe gar nicht an Sie gedacht. Natürlich, Sie sind ja auch ein Freier, Ihnen hat niemand etwas zu sagen.« Und eifrig auf den Begleiter einredend, verschwand der Chef endgültig.

10. Kapitel

Handel

Lös erwachte neben dem kleinen Kanal; in seinem Kopf war es klar, nur seine Augen schmerzten ihn, und die Angst, die zeitweise, am vorigen Abend, in seinem Körper gezittert hatte, war jetzt im Unterleib geballt. Sein Mund war ausgetrocknet, darum tauchte er die Lippen in das laue Wasser der Seguia und trank in langen Zügen; es störte ihn nicht, daß das Wasser nach faulendem Gras schmeckte. Die Mauern und der helle Kies des Hofes zeigten eine hellrosa Färbung, denn die Sonne verbarg sich noch hinter dem Dache des Weinschuppens. Als Lös aufblickte, sah er neben sich den alten Kainz liegen, der mit offenem Mund schnarchte. Er versuchte ihn zu wecken, aber das verlangte viel Mühe und Zeit. Das Schnarchen verstummte zwar sogleich, aber die Lider schienen in der Nacht zusammengewachsen zu sein, man sah das Spiel ihrer feinen Muskeln. Als sie endlich aufgingen, taten sie es nur widerwillig, klappten auf und zu, selbst das gedämpfte Licht mußte die Augen schmerzen. Endlich war der alte Kainz hellwach und begann sofort die Geschehnisse der verflossenen Nacht zu erörtern; die milde Weisheit und die abgeklärte Erfahrung seines Alters standen ihm hilfreich zur Seite:

»Also schön war's, Korporal, und mit der Alten hab i mi gut unterhalten. Schad, die hätt zu mir paßt; so grad das richtige Alter, und i hätt nimmer Angst haben brauchen, daß sie mir mit am anderen durchgangen wär.« Dann erkundigte er sich nach Lös' Abenteuer. Als er erfuhr, daß sein Korporal nur geschlafen habe, dort in der kahlen Zelle neben der Frau, war Kainz nicht sonderlich erstaunt. Ja, meinte er, es seien eben nicht alle gleich. Und natürlich! – die Ansteckung! Darum wäre es besser so. Der Major in Rich sei saugrob mit denen, die etwas derartiges aufgelesen hätten, lache sie aus und schicke sie, kaum geheilt, in die Kompagnie zurück. Er (Kainz) wisse einen Fall ... Aber er brach gleich ab und wollte wissen, wieviel der Chef sich habe bezahlen lassen für die Hälfte der Ausgaben. (Denn Kainz hatte gelauscht.) Lös wußte es nicht mehr genau. Er zog darum seine Brieftasche heraus, eine rote Brieftasche mit geflochtenen Lederornamenten, wie man sie bei den Händlern hier zu kaufen bekam, und stellte bedrückt fest, daß ihm nur eine einzige Zwanzigernote übriggeblieben war. Dreißig mußte der Chef bekommen haben. Das erregte den alten Kainz. Er habe schon gedacht, daß Lös sich von dem fetten Scheinheiligen habe übers Ohr hauen lassen. Aber Lös tröstete den Aufgeregten. Der Jude käme heut mit der Schafherde, da seien zweihundert Franken sicher. Ob Kainz sich aufs Wiegen verstehe? Kainz lachte, zog mit dem Zeigefinger sein rechtes Unterlid tief in die Wange und wollte wissen, ob Lös ihn nie angeschaut habe und ihn vielleicht für einen heurigen Hasen halte. Er sei noch schlauer als der Jude, und er wolle die Waage so deutlich sprechen lassen, mit der Fußspitze, daß der Jehudi auch mit einer Brille zu kurz komme ...

Lös hatte sich ausgezogen und nahm in der Seguia ein

Bad. Der alte Kainz sah ihm zu, schüttelte den Kopf: er fand, es sei ein hoffnungloses Unternehmen, den Schmutz und den Schweiß vom Körper zu waschen; nach einer halben Stunde sei man ja wieder genau so dreckig wie vorher.

Er wolle noch ein wenig schlafen, teilte er gähnend mit (während Lös sich anzog und vorschlug, zur Küche zu gehen, um Kaffee zu trinken), legte sich dicht an die Mauer des Weinschuppens, um von der Sonne möglichst lange verschont zu bleiben, und schnarchte nach ein paar Minuten wieder.

Als Lös vors Tor des Postens trat, stand dort Pullmann und sah arg verkatert aus. Auf Lös' freundlichen Gruß erwiderte Pullmann nur mit einem zerstreuten Fluch, der dem Schnaps der Verpflegung galt; Salpetersäure sei er und verbrenne den Magen. Aber dies wurde ohne die richtige Überzeugung festgestellt, Pullmanns Gedanken schienen mit anderem beschäftigt, denn er stellte die folgende, in diesem Zusammenhang schwer verständliche Frage: wie lange Lös wohl glaube, daß ein Maultier ohne Futter laufen könne. Lös wußte es nicht. »Und da sagen die Leute immer, daß du so viel weißt. Ein verdammter Idiot bist du!« blies ihn Pullmann an. »Aber wenn ich erfahre, daß du jemandem erzählt hast, was ich dich jetzt gefragt habe, so schlag ich dich ungespitzt in den Boden hinein.«

Lös ging achselzuckend weiter. Wenn Pullmann von der Stahlkassette und einer Flucht träumen wollte, was ging's ihn an? »Schläft der Leutnant noch?« fragte er statt einer Antwort. Pullmann gab ein bejahendes Knurren von sich.

Korporal Smith hatte die Schneiderwerkstatt ausgeräumt: vor der Türe lag die Nähmaschine in einem Haufen von Uniformstücken. Dies Ausräumen war stets die Krönung eines Rausches. Auch diese Nacht, wie schon oft, hatte Lös versucht, Smith zu beruhigen. Aber es war umsonst gewesen; der Schneider hatte ein Messer gezogen und stumm gedroht, denn sprechen konnte er nicht mehr. Da hatte auch der Chef gefunden, es sei besser, den Betrunkenen gewähren zu lassen.

Wenn Smith ausräumt, tut er dies mit angespannter Gewissenhaftigkeit: jedes Stück faßt er behutsam mit den Fingerspitzen, hält es weit von sich und trägt es aus der Werkstatt, legt es sorgfältig auf den Boden und trampelt darauf herum. Dann faßt er es wieder sorgfältig mit den Fingerspitzen, betrachtet es aufmerksam, schüttelt es aus und wirft es gegen die Mauer. Mit allen Uniformstücken, die ihm zum Ausbessern übergeben worden sind, macht er es so, bis an der Mauer ein großer Haufen liegt. Als letztes Stück kommt die Nähmaschine dran, aber die ist schwer. Smith überlegt zuerst, ob er Hilfe verlangen soll und sieht die Zuschauer der Reihe nach an, ob sie würdig sind, ihm beizustehen. Denn das Ausräumen ist eine heilige Handlung, der Ernst von Smiths Gesicht bürgt dafür und die sakrale Einförmigkeit der Bewegungen. Er packt die Nähmaschine, hebt sie, bis die Platte sein Kinn berührt und trägt sie mit kurzen Schritten (weil das Pedal bei breiterem Ausschreiten seine Schienbeine verletzen würde) aus der Türe. Der Aufbau ragt vor seinem Gesichte auf, und er gleicht einer jener Königsstatuen, die das Modell einer von ihnen erbauten Kirche bis in alle Ewigkeit tragen müssen. Die Nähmaschine wird abgestellt und mit einem Fußtritt umgeworfen. Die anderen sehen stumpfsinnig zu, der Chef hat sich schon lange davongemacht. Nach der Säuberung schreitet Smith auf Lös zu, er will einen tiefsinnigen Spruch von sich geben; verzweifelt arbeiten die Muskeln, um die Lippen voneinander zu lösen – aber der Mund ist versiegelt. Da schlägt sich der Schneider mit geballter Faust auf den Brustkasten; er hat tief eingeatmet, um die Resonanz zu vergrößern, und hält den Atem an. Und während er, steinern schreitend, wie der erwachte Komtur, in seine Werkstatt geht, fährt er fort, seine Brust mit der Faust zu bearbeiten. In der Mitte des Raumes bleibt er stehen – ein letzter starker Schlag auf seine Brust – und läßt sich zu Boden fallen. Das soll wohl bedeuten: nur ein Mensch kann mich fällen – ich selbst.

Als Lös an diesem Morgen in die Hütte trat, lag Smith noch auf dem gleichen Fleck. Sein Gesicht war friedlich, und sein Atem ging fast lautlos. Lös schüttelte den Schlafenden, und mit einem Ruck richtete sich Smith auf, als habe er nur auf diese Berührung gewartet, streifte wiederholt unsichtbare Spinnweben von seiner Stirn, gab es dann auf, ließ seine Blicke durch die leere Werkstatt schweifen und sagte, fragend und feststellend zugleich: »Ausgeräumt?«

Sein Gesicht wurde ängstlich, wie das eines Kindes, das Prügel fürchtet. Tränen traten in seine großen Augen, er versuchte diese Schwäche durch Übertreibung zu verbergen, indem er laut losplärrte, den Unterarm vorm Gesicht. Dann schneuzte er die Nase mit zwei Fingern, fragte, ob der Leutnant schon auf sei, und war beruhigt, als Lös den Kopf schüttelte. Er ließ seine feisten Wangen freudig hüpfen, wackelte mit Ohren und Nase, ließ sich zurückfallen, rollte zur Türe hinaus, stand auf und begann die Uniformstücke auseinanderzuklauben, zu glätten und in der Werkstatt sauber auf den großen Tisch zu schichten, der dem Ausräumen nur deshalb widerstanden hatte, weil seine Füße in die Erde eingelassen waren. Lös half. Die Nähmaschine war unversehrt. Beide schwitzten, als sie fertig waren.

Vor der Küchentür schenkte Veitl Kaffee aus. Bitter beklagte sich soeben der Chef, daß Mehmed, seine Ordonnanz, so faul sei; er habe sich geweigert, ihm, seinem Chef, den Kaffee ans Bett zu bringen, unter dem Vorwand, er müsse die nächste Nacht auf die Wache ziehen. Und dabei zahlte er dieser Ordonnanz zwanzig Franken im Monat. Überhaupt war der Chef gereizt, seine Gesichtshaut war grau. Den beiden Ankömmlingen schickte er einen bösen Blick entgegen und erwiderte nicht das Grinsen des Einverständnisses, das sie sich erlaubten.

Baskakoff strich schnuppernd umher, und, zum Chef gewandt, stellte er wiederholt und angriffslustig fest: »Es stinkt nach Schnaps!« Als er an Smith vorbeikam und auch hier seine Feststellung anbrachte, wurde ihm entgegnet, er könne dies ja gar nicht feststellen, da sein Inneres dermaßen verfault sei, daß jede Fliege im Umkreis von drei Meter von diesem Gestank getötet würde. Und als Baskakoff diese Beleidigung mit einem Fußtritt gegen Smith' Schienbein erwidern wollte, fing Lös das vorschnellende Bein ab, riß es an sich, so daß Baskakoff den Halt verlor und auf Smith fiel, der ihn mit beiden Ellbogen zurückstieß. Der heiße Kaffee spritzte Baskakoff ins Gesicht, hart setzte sich der Küchenkorporal auf den Boden und blickte mit verzerrtem Gesicht auf Lös: »Warten Sie nur, Korporal, ich schreibe das zu dem andern. Einmal rechnen wir ab.« Er stand auf und humpelte davon. In einer versteckten Ecke kicherte Mehmed.

»Wie geht es Frank?« Mit dieser Frage trat der Chef vor Lös. Er wisse es nicht, antwortete dieser, er habe seinen Kranken noch nicht besucht. Der Chef tat baß erstaunt: Dies sei wohl ein Irrtum des Korporals? Ob er richtig verstanden habe: Noch nicht besucht? Und am Abend vorher sei der Major angeläutet worden? Was das eigentlich heißen solle? Beliebe der Korporal sich über seine Vorgesetzten lustig zu machen? ›Welche Mühe er sich gibt, um seine Familiarität von gestern auszulöschen!‹, dachte Lös und lächelte unwillkürlich. Dies Lächeln verwundete den Chef, er zog alle Register seines Hohnes, und seine Füße schienen die Pedale einer Orgel zu treten. Zum Glück hemmte der alte Kainz durch sein Erscheinen den Fortlauf der Rede. Aber auch er wußte nichts Erfreuliches zu berichten. Pumperlg'sund sei der Frank, er klage über Hunger und wolle aufstehen. Nur durch Androhung, er bekomme fürchterliche Prügel und werde dann ins Cachot gesperrt, hätte ihn Kainz überzeugen können, liegen zu bleiben und dem Major etwas vorzuwimmern. »Unser schöner Typhus«, klagte der alte Kainz, »so g'freut ham mer uns. Ja, Korporal, es schaut bös aus, und du bist der Blamierte. I hab dir's ja gestern schon g'sagt.« Der Chef ließ sich die Meldung übersetzen, und seine Haltung wurde darauf ganz dienstlich: »Ich kann Ihnen nicht helfen, Korporal, Sie müssen sehen, wie Sie sich aus der Affäre ziehen. Außerdem muß ich Sie bitten, meine direkten Untergebenen, ich habe dabei besonders den Korporal Baskakoff im Auge, rücksichtsvoller zu behandeln.«

Der alte Kainz nickte verständnisvoll zu den Worten des Chefs, deren Sinn er verstand, und als dieser geendet hatte, sagte er laut und deutlich, mit einem innigen Lächeln, so als gebe er dem Chef seine ungeteilte Zustimmung: »Du drekkiger Fallott, du Hosenscheißer.« Da Veitl an der Küchentür laut auflachte, sah sich der Chef mißtrauisch um, blickte Kainz scharf in die Augen, der jetzt nur: »Oui, bon, Chef«, sagte, mit einem so naiv bewundernden Ausdruck, daß der Chef sich kurz umdrehte und davonschritt. Sein Wippen gelang nicht wie sonst, es war ein wenig unsicher geworden. Aber Baskakoff hatte die Worte, die ihn in Schutz nahmen, mit einem tiefen Atemzug eingesogen. Er wuchs sichtlich und ließ als Zeichen des Triumphes seine abstehenden Ohren rot leuchten.

Auf Smith übten die Worte des Chefs eine unerwartete Wirkung aus: er rückte von Lös ab, zweimal grub er seine Absätze in den Boden und zog sich nach, wie ein vollgesogener Blutegel an seinem Saugnapf. Aber des alten Kainz deutlich gezeigte Verachtung ließ ihn innehalten: seine Wangen wurden zu zwei reifen Pfefferfrüchten, er pfiff die Anfangstakte von Tipperary und benutzte die eingegrabenen Absätze, um sein Gesäß wieder zurückzuschieben. Aber die anderen hatten keine Rücksicht zu nehmen. Veitl verschwand in der Küche, Mehmed in einer Baracke, und Baskakoff zeigte Befriedigung. Kainz hatte seinen Kaffee getrunken. Er half Lös beim Aufstehen, faßte ihn unter und zog ihn mit sich fort. Aber die scharfe Stimme Leutnant Mauriots traf die beiden von hinten und ließ sie mit einem Ruck herumfahren. Lös machte seinen Arm frei.

Der Leutnant war stehengeblieben. Sein Ruf gellte noch

einmal über den Hof. Und mit derselben gellenden Stimme, die auch beim Schreien ihr Näseln nicht verlor, fuhr er fort: »Auf was warten Sie, Korporal, wenn ich Sie rufe?« Und von Baskakoffs lautem Kichern verfolgt, setzte sich Lös in Trab, blieb drei Schritte vor der weißen Gestalt stehen und grüßte.

»Seit wann ist es gestattet, daß ein Gradierter mit seinen Untergebenen Arm in Arm geht?« Offenbar verlangte der Leutnant keine genaue Zeitangabe auf diese Frage, denn er fuhr sogleich fort. »Das hat aufzuhören. Und was hat es zu bedeuten, daß der Bäcker in Ihrer Kammer, in Ihrem Bett liegt? Hat er nicht sein eigenes Quartier? Ich muß mich immer mehr über die Freiheiten wundern, die Sie sich in letzter Zeit erlauben. Also antworten Sie. Halt«, sagte er, als Lös sprechen wollte, »ich weiß, daß mich gestern abend jemand stören wollte, um mir mitzuteilen, es sei ein Mann erkrankt. Ich bitte Sie, wenn ich schlafe, kann meinetwegen der ganze Posten verrecken, ich will schlafen, verstehen Sie – und merken Sie es sich für ein anderes Mal. Also bitte ...«

Lös erzählte, daß er Frank nach den Symptomen, die er gezeigt habe, für typhusverdächtig gehalten und deshalb eigenmächtig an den Herrn Major* in Rich telephoniert habe. Dieser sei einverstanden gewesen, heute noch zu kommen, um nach dem Kranken zu sehen. Dem Kranken aber gehe es viel besser, und er, der Korporal, fürchte nun,

* Ärzte und Intendanzoffiziere nennt man in der französischen Armee »Monsieur« und läßt darauf die Bezeichnung Major oder Intendant folgen, mit vorgesetztem Artikel; es ist dabei gleich, welchen militärischen Rang sie bekleiden: ob Unterleutnant oder Oberst, sie werden Monsieur le Major oder Monsieur l'Intendant genannt.

daß der Herr Major die Belästigung übelnehmen werde. Lös stand während seiner ganzen Rede in vorschriftsmäßiger, steifer Haltung, den kleinen Finger an der Hosennaht, die gestreckten, flachen Hände nach vorn gekehrt. Die Zeit, die verstrich, nährte seine Angst. Bisweilen schüttelte ihn ein leichter Frostschauer, und der stechende Schmerz von gestern nistete sich wieder in seinem Kopfe ein. Er fühlte sich feige und dem kommenden Unglück ausgeliefert. Was mochte wohl drohen? Kriegsgericht oder Disziplinarkompagnie? Es wurde stündlich schwerer, die Unsicherheit zu ertragen. Im Augenblick war er überzeugt, daß der Leutnant ihn verschicken werde, in den nächsten Tagen, vor der Rückkehr des Capitaines. Um so erstaunter war er, als er die Blicke auf das Gesicht des Leutnants hob. Es war freundlich anerkennend und trug ein kleines Lächeln um den Mund. Die Hände auf dem Rücken hielten wie gewohnt den Rohrstock aufrecht und ließen ihn gegen den Rand des Korkhelms einen fröhlichen Rhythmus trommeln. »Gut so«, lobte der Leutnant, beschrieb mit langsamen, kleinen Schritten einen Kreis um Lös, nickte wiederholt anerkennend und verlieh dieser Anerkennung auch Worte. – Man sei ja ein ganz strammer Soldat, wenn man nur wolle, aber der Wille fehle meistens, nicht wahr? Nun ... Ruhen!

Lös ließ den rechten Fuß nach vorne gleiten. Also Lös habe Angst, weil er den Major umsonst gerufen habe? Wenn dies wirklich der einzige Grund seiner Furcht sei, so möge er sich beruhigen. Er, Leutnant Mauriot, werde die Sache schon zur Befriedigung aller regeln. Im Gegenteil, dieser Besuch des Majors sei eine ausgezeichnete Sache. Glaube Lös vielleicht, es sei immer lustig, so ganz allein, ohne Kameraden, in einem Posten zu leben, und niemand zu haben, mit dem man ein Glas Wein trinken und ein vernünftiges Wort reden könne? Wenn Lös ein wenig klug gewesen wäre, so hätte sich ihr gegenseitiges Verhältnis viel angenehmer gestalten können. Lös müsse nicht meinen, daß nur Lartigue fähig sei, ein Gespräch zu führen. Mauriots Stimme war gar nicht mehr näselnd und eintönig. Ein knabenhafter Eifer ließ sie natürlich klingen, er hob und senkte sie in der deutlichen Bestrebung, zu überzeugen, und sei es auch nur einen Untergebenen. Dennoch zitterte in ihr Eifersucht und Trotz. Lös fühlte dunkel, der Leutnant werde ihn nach dieser Rede noch mehr hassen, weil er sich vor einem Untergebenen hatte gehen lassen. Nun fuhr der Leutnant fort, Bergeret käme ja heute; er, Mauriot, wolle versuchen, die Eigenmächtigkeit des Korporals dem Arzte gegenüber zu entschuldigen. Eben wollte Lös erwidern, daß dies nicht nötig sei, aber er hielt noch rechtzeitig inne, durfte abtreten, grüßte mit flach nach vorne gekehrter Hand, machte rechtsumkehrt und ging davon; den Blick des Leutnants fühlte er wie ein unangenehmes Kitzeln zwischen den Schulterblättern.

Müde setzte sich Lös in den schmalen Schatten, den seine Hütte auf den Boden des Hofes warf, zog die Beine an, stützte das Kinn auf die Knie und starrte die blendende Mauer an. Er konnte nicht denken: die Luft war zu heiß, das Licht zu grell, die Müdigkeit der Nacht warf flimmernde Tücher über seine Augen. Sein Mund war trocken und seine Zunge ein verdorrtes Blatt. Trotzdem schien ihm das Aufstehen eine viel zu große Anstrengung; und wenn er an den Geruch eines alkoholhaltigen Getränkes dachte, wurde ihm übel. Seine Füße glitten nach vorn, er sank gegen die Mauer zurück und schloß die Lider. So saß er lange, bis etwas Warmes und Feuchtes seine Wange liebkoste: es war Türk, der mit vorsichtiger Zunge die Backe seines Herrn leckte, mit schlenkernder Vorderpfote Ergebenheit beteuerte. Das war tröstlich, und Lös versuchte, dem Hund zu erklären, was so schwer zu verstehen war.

Türk stieß ein leises Jaulen aus, weil Lös ihn ins Ohr gekniffen hatte, schüttelte den Kopf, bellte heiser, und begeistert trommelte er mit den Pfoten auf der Schulter seines Herrn. Aber plötzlich packte ihn Raserei: ein Araber war im Hof der Verpflegung erschienen, ein Araber mit nackten Waden und einem zerschlissenen Mantel, der sich ängstlich mit einem Bambusstecken Türk fernhielt. Zweimal mußte Lös pfeifen, der Zorn riß den Körper des Hundes in gewaltigen Schwüngen vorwärts, doch der Gehorsam siegte, ein blinder Gehorsam ...

Zuerst verstand Lös die Worte des Jungen gar nicht, so laut war noch Türks Gekläff. Aber dann gelang es ihm, des Hundes Unterkiefer zu packen, und da beruhigte sich Türk, wedelte treuherzig und gab durch ein nachdrückliches Räuspern zu verstehen, daß er sich ruhig verhalten wolle.

»Caporal Administration!« Der Junge legte die Hand auf die Brust und ließ seine Zähne leuchten. Umständlich wiederholte er Zenos Botschaft: sie wolle heut abend Kuskus kochen und habe dazu zwei Hühner geschlachtet. Der Korporal müsse kommen. Lange sei der Korporal nicht mehr bei seiner Frau gewesen. Auch die Frau von Leutnant Lartigue komme. – Die Frau des Leutnants besucht die Frau des

Korporals, eine richtiggehende Teevisite, dachte Lös lächelnd und er versprach zu kommen. Der Junge verstaute ein Kilo Zucker in seiner Kapuze, drohte Türk mit dem Stock (der Hund blinzelte in die Sonne, er hatte verstanden, um solche Leute kümmerte man sich am besten nicht) und ging pfeifend zum Tor hinaus.

Frank rief aus der Hütte und wollte wissen, ob der Korporal ihm nicht etwas zu essen geben wolle. Er habe Hunger und wolle aufstehen. Ob er denn ganz verrückt sei, fuhr ihn Lös an, der Major könne jeden Augenblick kommen, Frank solle nur ja im Bett bleiben und ordentlich wimmern und über Schmerzen klagen. Aber Frank war bockig, er wollte aufstehen, denn er hatte Angst, seinen Druckposten zu verlieren. Er schluchzte laut, und die Tränen hatten Mühe, durch das Gewimmel der Bartstoppeln ihren Weg auf das schmutzige Kissen zu finden. Lös mußte trösten, versprechen, die Stelle nicht mit einem andern zu besetzen. Er prüfte den Puls des Kranken, die Schläge waren müde und klopften einen verworrenen Takt: wie ein Erschöpfter, der das Ziel in nächster Nähe sieht und versucht, ein kurzes Stück zu laufen; aber die Kraft reicht nicht mehr aus, er zieht lange, schleppende Schritte, läuft wieder ein Stück, doch das Ziel ist verschwunden, und nun behält er den einmal begonnenen Rhythmus aus Erschöpfung bei. Franks Haut war kühl, Fieber hatte er wohl keines mehr. Die Hornhaut der Augen war gelb. Lös schlug die Decke zurück und betastete den nackten Bauch, rechts, über dem Vorsprung des Beckenknochens. Frank wimmerte leise unter der Berührung.

»Du mußt dann fest schreien, wenn der Major auf diese

Stelle drückt. Mit der Leber ist sicher etwas nicht in Ordnung, also ganz blamiert hab ich mich doch nicht.« Lös ordnete die Bettdecke, lief hinaus und kam mit einem feuchten Tuch zurück; damit wischte er über Franks Gesicht. Kaum war er fertig, da hörte er zwei Stimmen, die näher kamen, eine hohe, die schnelle Worte formte, und eine tiefe, die wie mit Gongschlägen die erste begleitete. Die Tür flog auf, Lös riß seine Policemütze vom Kopf und stand stramm.

»Nun, nun, Korporal, stehen Sie bequem; Sie sehen ja ganz bleich aus, haben Sie Angst vor mir? Ich will Ihnen nichts tun. Ja, das Herz, dieses gefräßige Herz; bei der kleinsten Aufregung saugt es alles Blut aus dem Kopf. Ha, ha, hooo.« Zwei kurze, harte Schläge, der dritte sanft ausklingend, so tönte Major Bergerets Lachen.

Manchmal sind Bärte Masken, die ein nichtssagendes Gesicht mit Bedeutung behängen: die langen Bärte, die bis zur Mitte der Brust wallen und dazu bestimmt sind, ein fliehendes Hühnerkinn zu verbergen; Samotadjis spitz zulaufender und des Chefs lockig wuchernder Bart gehörten in diese Kategorie. Doch anders sind die dünngewachsenen, strähnigen Bärte, die nichts verbergen; die Rundung des Kinns schimmert zwischen ihnen durch, sie sind eine kleine humoristische Verzierung, und ihr Besitzer hat sie auch so gewollt. So war Major Bergerets Bart, den er hatte wachsen lassen, um eine Wette um zwei Flaschen Champagner zu gewinnen, die er vor fünf Monaten mit dem Capitaine an einem fröhlichen Abend eingegangen war. Chabert hatte an Bergerets Mut gezweifelt: »Nie wirst du die Geduld haben, in einer Woche wirst du wieder glatt rasiert herumlaufen.« Die Wette war schon lange gewonnen, seufzend hatte Chabert die Flaschen bezahlt. Aber Bergeret freute sich an den gewellten Fransen, die sein Kinn umsäumten: sie waren so brauchbar, wenn die Hände unbeschäftigt waren, er konnte sie um die Finger wickeln, ihr Ende dann als Pinsel benützen, um sich im Nasenloch zu kitzeln, er konnte daran saugen, kurz, sie waren ein bewährtes Mittel gegen grundlose Verlegenheit geworden, die ihn manchmal überfiel.

Heute ließ Bergeret seinen Bart in Ruhe. Der Ritt hatte ihn gestärkt.

»Allzu schlimm scheint es ja nicht zu sein«, er hielt schon das Handgelenk des Kranken zwischen zwei Fingern, »Leutnant Mauriot hat mir schon erzählt von Ihrem diagnostischen Fehlurteil, Korporal. Nun, das brauchen Sie nicht tragisch zu nehmen. Was, ein Typhus, das wäre so etwas nach Ihrem Herzen gewesen! Ich habe das gestern an Ihrer Stimme erlauscht, die so freudig geklungen hat. Also Typhus ist es nicht. Nun, laßt uns sehen, was es sonst sein könnte.«

Die Untersuchung ging schweigend weiter. Aber Frank benahm sich sehr dumm. Sobald der Arzt irgendeine Stelle des Unterleibs berührte, wimmerte er leise und nachdrücklich. Als Bergeret jedoch herzhaft auf die Stelle drückte, rechts gerade oberhalb des Beckenknochens, stieß Frank einen langgezogenen, hohen Schrei aus, der wie das erstickte Plärren eines Babys klang. Türk benützte diese Gelegenheit zu einem Angriff auf die Reitstiefel des Arztes, ein leicht abzuwehrender Angriff, denn Türk beruhigte sich sogleich, als Bergerets Hand seinen Kopf streichelte. Nur Leutnant Mauriot war wieder einmal unzufrieden: woher der Hund komme, und ob Lös die Erlaubnis habe, einen

Hund zu halten, wollte er wissen. Aber Bergeret verscheuchte die Gereiztheit mit einer höflichen Frage: Mauriot habe doch auch einen Hund gehabt, einen kleinen Fox, wenn er sich recht erinnere. Was denn aus diesem geworden sei? Er habe sich überfressen vor ein paar Tagen, aber heute gehe es ihm wieder besser, und er wolle ihn gegen Abend mitnehmen auf die Jagd, erwiderte der Leutnant.

»Ja«, sagte Bergeret nach einer stummen Pause und quirlte sein Stethoskop zwischen den Handflächen, nahm dann einen alten Hornzwicker aus der oberen Tasche seines Uniformrockes und setzte ihn mit einer breiten Bewegung auf seinen Nasensattel. »Leberkrank ist dieser junge Mann entschieden. Ganz entschieden. Fragt sich nur, welche Erkrankung hier in Frage kommt.« Er blickte jedem eingehend ins Gesicht, als seien diese Gesichter medizinische Werke, aufgeschlagen auf Stehpulten liegend. »Ich weiß, was wir machen«, er schraubte umständlich die obere Scheibe des schwarzen Gerätes in seiner Hand ab und ließ es in eine Seitentasche gleiten. »Ich werde den jungen Mann da einfach mit nach Rich nehmen, und dort werde ich ihn ganz genau untersuchen, in seinem Urin nachforschen nach Zucker, Eiweiß oder nach sonst nicht dorthin gehörenden Stoffen. Sehr gut. Und dann werden wir ihn für die Reform vorschlagen. Für die Reform.« Er setzte mit der Faust einen ausdrucksvollen Punkt an den Schluß seiner Rede.

Bei dem Wort »Reform« fing Franks Gesicht an, sich zu verziehen. Es war zuerst nicht klar, ob er weinen wollte. Aber dann zog sich der Mund in die Breite, die Augen öffneten sich weit und wurden leuchtend: er stotterte: »Oh, Reform, oui, oui« mit einer vor Glück zitternden Stimme wie ein Kind, dem man die Gewährung eines unerfüllbar gedachten Wunsches verspricht.

»So sind die Leute nun«, sagte der Major und wischte mit den kurzen Fingern Falten aus seiner Stirn. »Nie sind sie zufrieden. Und doch haben sie es sicher besser bei uns als in ihrer Heimat. Was erwartet sie dort? Hunger und Elend. Hier sind sie gekleidet, gefüttert, der Lohn langt, spärlich zwar, für Zigaretten und Wein. Und nun wollen sie dies glückliche Leben eintauschen gegen eine zweifelhafte Zukunft, in einem Lande, dem sie längst entfremdet sind. Sie glauben nicht«, dabei wandte er sich an keinen bestimmten Zuhörer, sondern sprach in die Luft hinaus, »ein wie kompliziertes und schwer definierbares Gefühl das sogenannte Heimweh ist. Gewiß, auch ich sehne mich manchmal nach dem schwarzen Himmel von Lyon, dessen Farbe sich entschieden nicht mit der azurnen Bläue dieses Himmels vergleichen läßt. Sehen Sie, auch in den seelischen Zuständen des Heimwehs herrscht entschieden das große ökonomische Gesetz von Angebot und Nachfrage vor. Um dem Angebot der ›Reform‹ gerecht zu werden, läßt sich der Körper bestimmen, Schmerzen zu erdulden, ich möchte sagen: zu produzieren; ich bin mir klar, daß ich mich sibyllinisch ausdrücke, aber das tut nichts.«

Und nach einer echt ärztlichen Gebärde den Kranken an der Schulter packend und ihn gelinde schüttelnd, empfahl sich Herr Major Bergeret.

Leutnant Mauriot ließ dem Arzte den Vortritt, wandte sich noch einmal um und rief unnötig laut: in einer Stunde kämen die Kartoffeln, er erwarte den Korporal zum Wiegen, und der Korporal solle nicht vergessen, was gestern abgemacht worden sei; die Zahlen deutsch anzugeben, und außerdem bei jedem Gewicht mindestens fünf Kilo abzuziehen. Für die Erde, fügte er erklärend bei, da Major Bergeret erstaunt zurücksah.

»Und ich kann mir in die Hände spucken, während du das Geld einsackst«, brummte Lös. Er ging noch schnell ins Dorf, vorbei an Smith, der die Wache hatte und dessen Gesicht wieder in unerschütterlicher Befriedigung glänzte. »Wenn du dann schreibst meine Charakteristik, darft du nicht hineinsetzen den Abend von gestern. Ich will es schikken einem Freund«, rief er Lös nach.

Der Jehudi war einverstanden, nach langen Klagen, erst am nächsten Tag zu kommen. Aber daß der Leutnant dann wahrscheinlich abwesend sein würde, gab den Ausschlag. Lös entschuldigte sich, ohne Hochmut, eher tief betrübt ob seiner Vergeßlichkeit, daß er nichts für das Kind mitgebracht habe. Oh, diesem ginge es besser, versicherte der Jehudi. Der Schächter habe geraten, die kranken Augen mit feuchtem Lehm zu bestreichen und nasse Tücher darüberzubreiten. Das habe gewirkt. Im Kinderzimmer aber roch es noch immer nach zersetztem Urin. Bleich und still lag der Knabe in seinem Korb, auf einer Strohschicht, bedeckt mit einem rauhen Leinentuch. Fliegen krochen auf seiner Stirn, aber seine Ärmchen waren zu schwach, die lästigen Tiere zu vertreiben. Nur die Stirnhaut runzelte sich wie bei unterdrücktem Weinen.

Im Tor zum Posten stand Korporal Smith, hielt das Gewehr waagrecht vor der Brust und drängte schwatzende und kreischende Gestalten zurück, die gegen ihn anrannten. Kleine Esel trugen Tragsäcke rechts und links und schrien mit, laut und klagend, wie gereizte alte Männer.

Nur mühsam konnte sich Lös durch die zäh-flutende Masse winden, ein Esel schlug aus und traf ihn schmerzhaft oberhalb des Knies.

Als er durch den Hof ging, kam gerade Mauriot aus der Tür seines Zimmers, sein kleiner Fox lief ihm zwischen die Beine, so daß er stolpernd vorwärtsstürzte. Lös fing ihn auf, der Leutnant dankte fluchend, aber in Lös blieb ein stolzes Gefühl zurück. So sehr er versuchte, sich auszulachen – es gelang ihm nicht. Etwas in ihm erlaubte sich eine erschütternde Fröhlichkeit: er hatte doch dem Menschen, den er haßte und fürchtete, einen Dienst erwiesen, er hatte ihn in den Armen gehalten ...

Mürrisch und leise gab Mauriot seine Anordnungen: Smith solle die Leute hereinlassen. Halt! Lös kam zurückgelaufen. Zuerst nachsehen, ob alles in der Verpflegung bereit zum Empfang sei: die Waage, der alte Kainz zur Assistenz. Lös lief. Schweißbedeckt kam er zurück. Zitternd vor Eifer meldete er, daß alles in Ordnung sei. – Nun, so solle er am Tor das Nötige veranlassen.

Auf Lös' Anruf (er mußte schreien, um verstanden zu werden) trat Smith beiseite und wurde von der gackernden, meckernden, quietschenden Menge gegen die Mauer gedrückt. Er war knallrot im Gesicht, und seine Lippen bewegten sich bebend.

Vor dem Fleischschuppen stand die Waage. Im Schuppen selbst saß der Leutnant barhaupt im Kühlen, sein braunes Haar wellte sich auf dem langen, schmalen Schädel. Der kleine Hund kauerte auf dem Boden und rieb seine

Schnauze an den Tennisschuhen; der abbröckelnde Talk brachte ihn zum Niesen.

»Anfangen!«

Der Leutnant gähnte. Anfangen! Das war leicht gesagt. Die Waage wurde von allen Seiten belagert, das Schnattern der vielen Stimmen brach sich an den Mauern, der alte Kainz teilte schwache Fußtritte aus, um wenigstens um die Waage einen leeren Raum zu schaffen. Es gelang nicht. Erst als Smith noch wütend, weil seine Uniform zerknittert worden war, die Menge von hinten angriff und mit der Spitze des Bajonetts in einige Hinterteile stach, verstummte, nach einigen besonders hohen Schreien, der Lärm; Gruppen bildeten sich. Die Leute, die ihre Säcke auf dem Rücken herbeigeschleppt hatten, legten einen Wall vorn um die Waage, der den Eseln den Zutritt versperrte. Dreimal wurden die Leute betrogen: der alte Kainz wollte sich für das Wiegen der Schafe die nötige Übung verschaffen, daher hielt er die eine Fußspitze diskret unter die Platte, auf der die Säcke standen, und stieß sie nach oben. Dann las Lös ab »Dreiundzwanzig« rief er auf deutsch. Mauriot notierte achtzehn. Der Waagebalken gab achtundzwanzig Kilo an.

Nach einer Stunde lag ein viereckiger Kartoffelhaufen mitten im Hof. Die Erde, die abgefallen war, bedeckte den Boden wie eine Schicht kleiner brauner Schuppen. Aber mit der Feuchtigkeit, welche sie an die Luft abgab, verlor sie ihre Farbe, wurde hellgelb, weißlich, bis sie der Mittagswind als Staub über den Kies des Hofes verstreute und sie in die Augen der Menschen und Tiere trieb.

Während die Menschen deswegen in verschiedenen Sprachen fluchten, sich ungeduldig und weinerlich die

Augen rieben, ließen die kleinen Esel, mager, grau, mit roten Wunden am Rist, nur die Lider klappen, und blinzelten dann mit den langen schön gebogenen Brauen in die wieder klar gewordene Luft.

Der Leutnant befahl »Antreten«: keiner der vier konnte arabisch. Jedoch Smith's Bajonett, des alten Kainz heiserem Schimpfen und dem Gekläff der beiden Hunde (Türk war aufgewacht und gab sich Mühe, den Rekord des lauten Bellens zu schlagen) gelang es schließlich, eine vielfach gebrochene Linie herzustellen. Endlose Diskussionen um den ersten Platz... Zwei Juden, die der Leutnant während des Kaufes hatte ausweisen lassen, da sie sich zu gut auf Gewicht und Zahlen verstanden, hetzten keifend vom Tore aus; sie hockten auf ihren noch gefüllten Säcken, und ihre schwarzen Kegelmützen saßen auf dem Hinterkopf. Smith unternahm es, sie endgültig aus dem Posten zu vertreiben. Ihre Bemerkungen waren während der Auszahlung nicht erwünscht.

Silber klimperte in dem kleinen Säckchen, das Mauriot in der Hand hielt. Die Augen der vielen waren auf dieses Säckchen gerichtet, bekamen metallenen Glanz und traten vor in den angespannten Gesichtern mit den o-förmig geöffneten Mündern. Der erste wurde ausbezahlt und schnatterte; sobald der zweite sein Geld erhalten hatte, fiel er ein, ein dritter kam dazu, und als der Leutnant am Ende der Reihe stand, schrien sie alle, fuchtelten – Hände, mager und sehnig wie Krallen, packten Arme, klemmten sich in die geschlossene Faust des Nachbars, die Geld barg, eine Prügelei begann zwischen dreien, die sich zum Transport zusammengetan hatten. Der Leutnant trat zurück; arg bedrängt wurde er von sechs hohen Gestalten, eine Klaue streckte sich nach dem Säckchen aus, das noch zur Hälfte gefüllt war. Smith vermochte die Menschenmauer nicht zu durchbrechen, der alte Kainz sabberte vor Aufregung. Aber der Leutnant zog ruhig (Lös stand dicht hinter ihm und sah unbeteiligt den Vorgängen zu, die Hände in die Taschen vergraben) seinen kleinen Revolver aus der Tasche und feuerte zweimal in die Luft. Eine plötzliche Stille entstand. Türk rutschte furchtsam auf seinem Bauche rückwärts, während der Fox, in die Wade eines Arabers verbissen, nur leise knurrte.

Dann war nur noch das leise Getrappel nackter Füße zu hören und das Klatschen der Stöcke auf den Flanken der Esel. Eine Staubwolke rollte zum Tor hinaus, hinter der hustend, aber dennoch gravitätisch, mit dem Gewehr in den Fäusten, das im blitzenden Bajonett endigte, Korporal Smith marschierte. Sein dickes Babygesicht glänzte schweißig und stolz.

Mauriot wandte sich an Lös, die glatte Oberlippe war in Falten gezogen und zeigte die regelmäßigen Zähne, gut gepflegt und nur vom Rauchen schwach gelb getönt: »Das hätte Ihnen wohl gepaßt, Korporal«, sagte er mit seiner leisen, näselnden Stimme, »wenn mir etwas zugestoßen wäre. Sie haben nicht die Hand gerührt, wissen Sie, ich habe auch am Hinterkopf Augen. Hehe.« Ein schmächtiges Lachen, das ganz zu der kleinen Gestalt paßte. »Ein Unglücksfall wäre es gewesen und niemand hätte Sie mehr belästigt. Nicht wahr?«

Lös zuckte die Achseln. Der ganze frühere Eifer hatte sich nicht gelohnt. Aber so einfach, wie der Herr Leutnant es sich vorstellte, war es nicht gewesen. Wenn wirklich die Gefahr groß gewesen wäre, hätte er eingegriffen, das wußte er.

»Ich rette viel eher einen Menschen, den ich hasse, als einen, dem ich zugetan bin«, sagte er leise und wunderte sich, daß er so ohne jegliche Furcht sprechen konnte.

Aber der Leutnant war nicht für psychologische Feinheiten zu haben. »Haarspaltereien bringen Sie am besten bei Lartigue an«, sagte er schroff. »Ich habe gesehen, daß Sie mit den Händen in den Taschen dagestanden sind, als ich in Gefahr war. Das genügt mir. Was Sie getan hätten, interessiert mich nicht.«

Er wandte sich ab. Lös mußte ihm recht geben. Er hatte dem Leutnant den Tod gewünscht, das war sicher, er konnte es nicht leugnen. Er hatte nicht eingegriffen, das war auch eine Tatsache. Mit Tatsachen hieß es sich auseinandersetzen und nicht mit Spekulationen.

Der Leutnant schien eine Antwort zu erwarten. Wenigstens stand er barhäuptig in der Sonnenhitze, untersuchte gesenkten Blickes den Kies, in dem sein Stock wühlte, seufzte auf, sah Lös kurz an. Er wollte wohl einlenken, aber dann schien ihn dieser Vorsatz zu ärgern. Er klopfte mit dem Stock gegen seine Hosen, nickte einen kurzen Gruß und pfiff seinem Fox. Dieser Pfiff zwang auch Major Bergeret, der eben über den Hof ging, zum Stillstehen. Die beiden erreichten sich, Mauriot lief in sein Zimmer und kam mit dem Tropenhelm auf dem Kopfe wieder zurück. Dann gingen sie in der Richtung des »Bureau arabe« davon, Capitaine Materne hatte sie wohl zum Mittagessen eingeladen.

Obwohl der alte Kainz ein paar gebratene Hühner gekocht hatte und diese kunstgerecht auf einer braunen irdenen Platte servierte, ließ Lös das einladende Essen stehen und ging gedankenlos zwischen den glühenden Baracken spazieren. Niemand zeigte sich, selbst die Wache am Tor hatte sich in der Hitze aufgelöst. Ein wenig später kam der Leutnant allein zurück, er wollte auf die Jagd gehen, holte seine Flinte; Mehmed begleitete ihn, trug eine gelbe Ledertasche und die Feldflasche. Der Fox sprang mit und bellte. Auch Türk wollte sich der Expedition anschließen, er fegte mit dem Bauch über den Boden, daß der Staub in einem schmalen Strich hinter ihm aufwirbelte, aber der Leutnant empfing ihn mit einem Fußtritt, der Türk wie eine Walze fortrollen ließ. Lös sprang vor, um seinem Hund zu helfen und den Quäler zu strafen: zwei Sprünge nahm er, da sah er die goldenen Schnüre auf den Ärmeln des Leutnants aufleuchten. Kriegsgericht, dachte er, sah einen hohen Saal mit strengen Männern an einem Tisch, dann eine Ebene, auf der gebückte Gestalten in zerrissenen Kleidern Steine klopften. Hitze und Durst, ein Aufseher schlug mit einem Gummiknüttel einen Rücken wund, in der Ferne standen Schwarze in Uniform, grinsten und legten Gewehre an. Lös' Füße wurden lahm, er stockte und streichelte Türk, der bekümmert antrabte, bedrückt vom höhnischen Anglotzen Mauriots. Dann zogen sich Herr und Hund in die Verpflegung zurück, in den schmalen Schatten des Weinschuppens. Schnell begoß Türk noch die Kartoffeln, mit heraushängender Zunge schnaufte er dabei, dann legte er sich neben seinen Herrn und beide schliefen ein.

Und beide träumten. Türk knurrte, schnappte nach Waden, rächte sich für den empfangenen Fußtritt, schnaufte erlöst und ließ ein tiefes befriedigtes Grunzen hören. Aber die Unruhe seines Herrn weckte ihn, er besah diesen aufmerksam, hörte ihn laut stöhnen, sah ihn um sich schlagen, zusammenfahren und dann ununterbrochen zittern, als müsse er frieren oder an einem schrecklichen Orte ausharren, gepeinigt von Angst. Da bellte Türk laut vor dem Ohr des Schlafenden, wie um seine Hilfe anzubieten in großer Not, stieß mit seiner Schnauze gegen die Wange, und als all dies nichts nützte, trommelte er mit den Vorderpfoten auf der unruhig wogenden Brust. Lös erwachte, blickte verstört um sich, aber es war nur Hitze um ihn und neben dem Dachvorsprung, dessen Balken braun und rissig waren, die blaue Glasplatte des Himmels. Dankend fuhr er dem Hund über den spitzen Kopf und versuchte die Angst loszuwerden, die als Rest des Traumes immer noch vorhanden war.

Er sprang auf und lief davon, um dem Alpdruck zu entgehen, vorbei an der Wache am Tor, die ihm etwas nachrief, das er nicht verstand. Er hatte den Mann gar nicht erkannt. »Fieber hab ich«, tröstete er sich laut, »das ist der Grund für die schweren Träume.« Er versuchte, sie zusammenzusetzen, aber sie waren schon verweht. Sie handelten von Nägeln und von Bohlen, die auf einem Flusse trieben; an diesen schwimmenden Bohlen waren die Füße eines Mannes angenagelt, der am Ufer saß ...

Er hatte den Eingang des Ksars erreicht. Im Schatten des Tores saß Zeno, und es sah aus, als habe sie tagelang an dieser Stelle gewartet. »Labès, Caporal!« rief sie, zaghaft erschien ihr rauhes Händchen. – Sie habe gestern und heute den ganzen Tag hier gesessen, erklärte sie, und es war kein

Vorwurf in ihrer Stimme, nur ein Bedauern über die vielen verlorenen Stunden. Es schien Lös, als sehe er sie zum erstenmal deutlich: sie war ein Mensch und nicht nur eine Gestalt seiner Vorstellung. Und dieses plötzliche, ein wenig erschreckende Sichtbarwerden steigerte die Unruhe, die der Traum hinterlassen hatte. Er zwang sich zu Lustigkeit, um ihr zu antworten: »Schuja, schuja«, was die korrekte Erwiderung ihres Grußes war. (Wie geht's? – So ziemlich.) Er folgte ihr durch die dunklen Gänge, die mit Hitze gefüllt waren, mit summenden Fliegenschwärmen und einer dikken, schier flüssigen Luft, die in die Lungen sickerte als klebriger Schaum; nachher war die Weite der Terrasse wie Höhenluft. Ein mageres Mädchen in kurzem, hemdartigen Gewand stand in der Mitte der Plattform, die Hände im Nacken verschränkt, und starrte in den Himmel.

Zeno erklärte, dies sei Leutnant Lartigues Frau. Sie langweile sich so, seit die Kompagnie fortgezogen sei. – Ein längliches Gesicht wandte sich Lös zu, eine Hand streckte sich ihm eifrig entgegen, ein hohes Lachen ließ die Lippen von den Zähnen zurückschnellen, die wie winzige Dominosteine aussahen. Das Mädchen setzte sich auf den Boden, schlug ein Bein übers andere und zeigte, ohne falsche Scham, ihre wohlgeformten Schenkel.

So ein guter Mann sei der Leutnant, ihr Freund, aber er sei fort und habe sie ganz allein gelassen. Sie sprach ein fast fehlerloses Französisch, und Zeno sah die Freundin bewundernd an. Auch Lös tat die offene Kameradschaftlichkeit wohl, mit der er empfangen wurde. Zeno lehnte sich an ihn, er hielt ihre weiche Schulter in seiner Hand – Türk aber schloß sogleich Freundschaft mit der Fremden, die keinen

Abscheu vor ihm empfand, wie ihn sonst die Einwohner vor Hunden zeigten.

Lös begann zu erzählen: Von den Unannehmlichkeiten der letzten Tage, vom Leutnant, der ihn quäle, vom Chef, der ihn ausnütze. Zeno brachte Tee, sie erzählte, ihr Vater arbeite im Garten, den der Korporal gekauft habe. Lös wußte nicht, wie er die Fremde anreden sollte. Ein paarmal nannte er sie: »Mademoiselle«, was beide Mädchen zum Lachen brachte. Sie habe ihren Namen vergessen, erklärte Lartigues Freundin. Der Leutnant nenne sie Alice, und sie habe diesen Namen gern, der Korporal solle sie nur auch so nennen. Nach dieser Vorstellung schüttelten sie sich lachend die Hände, Zeno stimmte ein.

Aber, sagte Alice, sie wolle einen guten Rat geben. Lös solle acht geben, Zeno dürfe kein Kind bekommen, das sei gefährlich. Sie machte ein ernstes Gesicht. Man könne ja nicht wissen, wie lange der Korporal in Gourrama bleibe, wenn er dann fortgehe und das Mädchen da (sie streichelte Zenos Schulter und berührte dabei, wie unabsichtlich auch Lös' Hand) ein Kind erwarte, so sei das bös. Oh, auch bei ihr sei es einmal beinahe soweit gewesen, aber sie sei zu einer alten Frau hier in der Nähe gegangen.

Er wolle schon für Zeno sorgen, versicherte Lös, so gut er könne; aber vielleicht brächten schon die nächsten Tage neue Verhältnisse (er sagte es lachend, das Kriegsgericht hatte auf einmal jeden Schrecken verloren, es war eine Abwechslung, aber keine einschneidende, sicher nicht!), doch dann wolle er Zeno unter des alten Chaberts Schutz stellen. – Nein, nein! Davon wollte Alice nichts wissen. Wenn da jemand helfen müsse, so käme einzig Leutnant Lartigue in

Frage. Das sei ein anständiger Mensch, während der Capitaine ein alter Satyr sei, man kenne ihn wohl. Zeno stimmte bei. Traurigkeit zerknitterte ihre Gesichtshaut. Sie umklammerte mit dem Arm Lös' Schenkel, als könne sie den Mann schützen und festhalten. Für Lös war diese Bewegung tröstlich, und die Sorge um das kleine Mädchen löste wohltuend die Angst ab, die er vor seinem eigenen Schicksal empfand.

Aber eine sonderbare Zweideutigkeit schien sich über die Geschehnisse zu breiten: so, als erlebe er sie nicht zum erstenmal, sondern als seien sie nur eine Wiederholung von früher Erlebtem. Wo hatte er nur diese magere Mädchengestalt schon gesehen, die so eifrig und lachend über Dinge sprach, die sonst verschwiegen wurden? Auch Zeno sah altbekannt aus, und die Dirne gestern hatte auch ihr Ebenbild in einer nicht allzu fernen Vergangenheit. Alicens gelles Lachen weckte ihn. Sie trug ein Paar rote Pantoffeln und Türk hatte einen von diesen geraubt. Den schleppte er triumphierend, immer wieder zurückschielend, an den Dachrand, warf ihn in die Höhe, fing ihn mit dem Maul auf, verbiß sich knurrend in das Leder, wich, wenn man ihm zu nahe kam, mit jugendlicher Behendigkeit aus und ließ sich endlos um die Terrasse jagen. Alle drei nahmen an der Jagd teil. Türk war behend, und das Lachen trübte die Geschicklichkeit der Jäger. Zeno mußte sich setzen, ihre Augen standen voll Tränen, ihr Lachen drang mit keuchenden »Hi«-Lauten zwischen ihren Lippen hervor. Da kam Türk gravitätisch, mit zitterndem Schwanz herbei und legte den Pantoffel in Zenos Schoß. Dann ließ er sich ermüdet hinfallen, seine Zunge hing ihm aus dem triefenden Maul, aber hoch trug er den Kopf, denn er war stolz, zur Erheiterung der Gesellschaft beigetragen zu haben.

Die Sonne stand schon tief, als Lös aufbrach. Er könne nicht versprechen, diese Nacht zu kommen, aber er wolle es versuchen, setzte er hinzu, als er Zenos Traurigkeit sah. Die Mädchen begleiteten ihn bis an den Oued, dann kehrten sie zurück. Oft wandten sie sich um, winkten ... Dann verschwanden sie im dunklen Tore des Ksars.

Einsam war der Abend. Lös versuchte zweimal, den Posten zu verlassen – es gelang ihm nicht. Etwas Unsichtbares hielt ihn zurück. Das zweite Mal hatte er schon die Mauer erstiegen, hinten beim Mauleselpark. Rittlings saß er oben und hob schon das Bein, um sich abzustoßen. Dann ließ er es wieder sinken und kletterte mühsam in den Posten zurück. Es kam zu keinem dritten Versuch. Lös hatte sich hingelegt und war eingeschlafen, tief und fest, ehe er sich's versah.

Zwei Tage blieb Lös im Posten, ohne den Versuch zu machen, Zeno zu sehen; daran war die schlechte Laune des Leutnants schuld. Mauriot besuchte ein paarmal die Verpflegung und hatte viel über die herrschende Unordnung zu schimpfen. Als er jedoch an einem Abend den oberen Zapfen eines Weinfasses offen fand, war sein Zorn übermäßig. Seine Lungen waren gesund und der Atem wollte ihm auch nach fünf Minuten Fluchen nicht ausgehen. Er diktierte Lös acht Tage Zimmerarrest und versprach ihm Gefängnis, wenn es ihm einfallen sollte, den Posten zu verlassen. Glücklicherweise war er am nächsten Tag auf die Jagd gegangen, als der Jude endlich mit der Schafherde erschien. Wortreiche Entschuldigungen brachte er vor: sein kleiner

Knabe sei gestorben. Er erzählte diese Neuigkeit ohne Rührung, lachte auch gleich darauf und stieß Lös mit dem Ellbogen in die Seite, denn er wollte ihn an das heutige Geschäft erinnern. Lös nickte, sein Interesse war gering, er konnte auch dem heimlichen Grinsen des alten Kainz keinen Geschmack abgewinnen. Die Freude darüber, nun mühelos wieder zu Geld zu kommen, wollte sich nicht einstellen. Warum mußte er die Verwaltung betrügen? Und noch den schwarzbärtigen Juden mit dem geometrischen Kegelschnitt auf dem Schädel? War er nicht sehr zu verachten, er, der Korporal der Verpflegung, da er zugleich zwei Parteien hinterging? Die Strafe, die Strafe ereilt dich in der Zukunft, dachte er.

Doch keine Gewissensbisse störten den alten Kainz. Er verdiente nichts bei diesem Manöver. Es war der Genuß am Handel und am Betrug, der ihn die ganze Zeit die schmalen Lippen verziehen ließ, während er die Spitze seines grobgenagelten Schuhes unter der Plattform der Waage spielen ließ. Der Jude war kurzsichtig und beugte sich tief über die metallene Skala, verlangte langsame Arbeit und rieb seine Nase auch an den Zahlen, die Lös auf ein weißes Blatt schrieb. Sehr verwundert war der Viehhändler über das geringe Gewicht seiner Schafe. Den Tieren wurden mit Riemen die Beine zusammengeschnallt, mit einem Schwung warf sie dann Kainz auf die Waage, Lös schob das Gewicht hin und her, bis der Balken waagrecht stand: zehn, höchstens elf Kilo wogen sie. Zum Schluß kamen noch fünf zwerghafte Kühe dran, von einer derart unglaublichen Magerkeit, daß sie aus Pharaos Traum zu stammen schienen.

Bei zwei Wassergläsern voll Schnaps wurde in Lös' Büro

der Kauf besiegelt. Lös schrieb die Liste ins reine und schenkte jedem Schaf drei Kilo Lebendgewicht mehr (den Kühen fünf). – Dies machte bei den 180 Tieren eine beträchtliche Summe aus: 250 frs. erhielt Lös ausbezahlt; günstig war vor allem, daß der Leutnant die Liste nicht zu unterschreiben brauchte, der Stempel der Verwaltung, verbunden mit Lös' Namenszug genügte. Dann verbeugte sich der Jehudi, die flache Hand auf der Magengrube und wehte zur Türe hinaus. Die Flasche mit Dattelschnaps, die er mitgebracht hatte, ließ er auf dem Tische stehen, und Lös leerte sie mit dem alten Kainz.

Beide waren sehr selbstsicher, als sie die Hütte verließen und in den sanften Abend traten. Ihre Beine zwar waren steif, doch stützten sie den Rumpf so gut, daß er nicht schwankte. Und eine Wirkung hatte dieses Getränk noch auf Lös: Es vertrieb die Angst, obwohl er wußte, daß sie unterirdisch weiterfloß, gleich einer vergiftenden Flüssigkeit, die alle Gewebe durchtränkte. Vorläufig war die Angst erstarrt. Dieses Erstarren konnte man mit jenem Prozeß vergleichen, der aus einer gesättigten Lösung zuerst die Kristalle ausscheidet, bis die ganze Flüssigkeit schließlich zu einem Block gefriert, der nicht einheitlich ist, sondern in seinem Innern feine Nadeln zeigt. Durch jenes Erstarrtsein erhielt der Körper eine gefrorene Festigkeit, die gläsern, spröde und zerbrechlich war...

Lös stand auf dem Hügel hinter seiner Hütte, innerhalb der Umfassungsmauer, und starrte auf die Ebene, auf der, nähergerückt durch die mit Staub gesättigte Luft, kantig der Ksar sich erhob. Zwei Frauengestalten, in weißen Gewändern, warfen lange Schatten auf die Erde. Sie winkten, als sie

Lös erkannten, liefen näher, winkten wieder. Zeno war es und Alice. Ganz in der Ferne aber, fast schon am Bergabhang, sah Lös zwei dunkle Punkte: ein helles Blitzen, nach langer Zeit ein dumpfer Knall. Leutnant Mauriot hatte wohl einen Hasen geschossen, denn die eine Gestalt lief, während die andere, Bergeret ohne Zweifel, reglos stehenblieb. Lös rief den Mädchen zu, sie sollten warten, er komme gleich. Er lief den Hügel hinab, betastete seine Wangen und sein Kinn: Bartstoppeln stachen ihn.

In der Hütte mußte er die Stallaterne anzünden, um sein Gesicht im Spiegel sehen zu können. Es war ihm, als erblicke er sich seit langem zum erstenmal. Ein aufgedunsenes rotes Gesicht mit matten, farblosen Augen – Fischaugen! Rot angelaufen die Nase, und ein Netz bläulicher Äderchen überzog die Wangen. Ein wenig erträglicher wurde das Bild, als die schäumende Seife einen Teil der Haut bedeckte. Lös schabte sie ab, ohne es zu wagen, in den Spiegel zu blicken. Und dann lief er los, keuchend wie ein alter Mann, durch die enge Schlucht der Baracken, hörte nicht die Stimme am Tor, die »Halt!« rief, lief den beiden Frauen entgegen, die schon die Hände ausstreckten, um ihn zu fassen, um ihn mit sich fortzuziehen. Da packte ihn jemand an der Schulter, Lös wollte die Hand abschütteln, sie ließ nicht los. Baskakoff stand hinter ihm, den Gewehrriemen über der Brust. »Schluß jetzt«, sagte er keuchend, »mitkommen.« Lös fror plötzlich, er zitterte, fast hätte er begonnen zu weinen. Ihm war zu Mute wie damals in der Kindheit, wenn der Vater in seiner Schulmappe ein Nick-Carter-Heft entdeckt hatte. Er sah sich nicht nach den kreischenden Frauen um, sondern folgte Baskakoff: willenlos, mit gesenktem Kopf...

In der Verpflegung angekommen, warf er sich auf den Boden und wartete. Aber gleich sprang er wieder auf, um ziellos durch den Posten zu laufen. Er traf niemanden: Narcisse, der Chef, war ausgegangen, Smith, der Schneider, ebenfalls; nur Pullmann schlich an den Mauern entlang, zweimal begegnete ihm Lös. Beim drittenmal sah Lös die Ordonnanz im Zimmer des Leutnants verschwinden.

Immer noch war der Leutnant nicht zurückgekommen. Da, plötzlich knatterte ein Auto durch die Stille – ein leichtes Camion. Und nun erschienen die Zurückgebliebenen plötzlich: Voraus der Chef, dann Smith und Veitl, sie scharten sich um das sommersprossige Männlein, das dem Auto entstieg – ein blasses, spitzgedrehtes Schnurrbärtchen wuchs ihm aus den Nasenlöchern. In der Mitte des Hofes stellte sich der Kleine auf und erzählte mit schriller Stimme: Die Kompagnie sei von einem Dschisch überfallen worden, ein Gum habe die Meldung nach Rich gebracht, mit dem Befehl, einer der Krankenwärter des Lazaretts müsse sofort nach Gourrama fahren. Zum Glück sei gerade ein Camion von Midelt durchgekommen, das habe ihn mitgenommen. Ja, der Kampf sei blutig gewesen, habe der Gum berichtet. Kein Toter zwar, aber fünf bis sechs Verwundete. Der Zahlmeister sei erschossen worden, sein Auto erbrochen, aber die Camions seien unversehrt, sie seien zum Teil in einem Zwischenposten abgeladen worden, um die Verwundeten aufzunehmen und sie auf dem kürzesten Wege nach Rich zu bringen.

Die Aufregung unter den Zuhörern war groß, eine freudige Aufregung, sie setzte sich zusammen aus vielen Bestandteilen: Genugtuung, nicht dabei gewesen zu sein, Befriedigung über die Abwechslung, Schadenfreude (Zahlungsoffiziere waren sehr unbeliebt). Der Chef versuchte einen kleinen Tanzschritt und pfiff dazu einen Marsch. Lös trat zu Baskakoff: »Du«, sagte er, und es war das erstemal, daß er diesen Mann duzte, seit jener Auseinandersetzung in der Verpflegung. »Wollen wir nicht Frieden schließen? Gib mich nicht an, und du kannst haben, was du willst.« Seine Stimme zitterte dabei, aber er empfand keine Scham vor der Erniedrigung, denn er war von ihrer Nutzlosigkeit überzeugt. Baskakoff sah den Sprechenden lauernd an, schwieg eine ganze Weile und leckte an seinen trockenen Lippen. »Alles, was ich will!« Er bediente sich auch des Deutschen, es war bei ihm eine verquollene Sprache, so als habe die Zunge nicht genügend Raum im Munde. »Wollen Sie niederknien vor mir, Korporal, und bitten um Verzeihung mich?« Er lächelte nicht einmal, als er diesen Vorschlag machte, sondern ließ den Unterkiefer hängen und blickte Lös von unten ins Gesicht.

›Knie nieder vor mir und ich will dir... und ich will dir... Nein, so heißt es nicht. Wie heißt es doch in der Versuchung, als der Teufel den Herrn versuchte?‹ dachte Lös, so stark, daß er die letzten Worte murmelte.

»Wie bitte?« Baskakoff war ganz Frage. Lös schüttelte den Kopf: »Nein, das geht natürlich nicht«, sagte er trokken. »Dann mach nur deinen Rapport.« Er ging mit festen Schritten in seine Hütte zurück, legte sich aufs Bett und wartete. Nach kurzer Zeit schlich der Chef herein. Lös hatte ihn nicht kommen hören. Er sah Narcisse erst, als die schwere Gestalt die Dämmerung verdunkelte, die durch die Türe drang. Der Chef betrat das Zimmer nicht, eindringlich flüsterte er: »Baskakoff hat Rapport gemacht, ich muß ihn weiterleiten, an den Leutnant. Der ist noch nicht zurück von der Jagd. Einen guten Rat: Reg dich nicht auf, laß dich einsperren. Diskutier nicht mit dem Leutnant. Sobald der Alte zurück ist, werd' ich versuchen, dich herauszubeißen. Aber vor allem: Motus, Schweigen! Sprich nicht von mir! Verstanden? Ja? Dann ist alles in Ordnung. Ich werd' sehen, daß ich mitkommen kann, wenn man dich holt.« Der Schatten verschwand aus der Tür, Lös blieb regungslos liegen.

Die Dämmerung wurde schwärzer; sie war schwül, wie der Morgen. Große Schweißtropfen liefen über Lös' Stirn. Er stand auf, packte eine Decke und legte sich draußen auf den Boden, dicht neben den Weinschuppen an einen Platz, von dem aus er den Eingang der Verpflegung im Auge behalten konnte. Die Hände unter dem Kopf verschränkt, blickte er in den gläsernen Himmel. Türk kam schnaufend und ließ sich niederplumpsen. Die Stille war so feierlich, daß Lös die Augen schloß. Als er sie wieder aufschlug, lag die Nacht über der Erde.

Plötzlich richtete er sich auf. Das Kläffen des kleinen Fox kam näher, näher... Schritte knirschten auf dem Kies. »Jetzt kommen sie mich holen«, dachte Lös. Trotz der Hitze waren seine Füße kalt, und seine Fingernägel schmerzten wie bei hartem Frost. Er hörte des Leutnants Stimme, er rief seinen Namen; da stand er auf und ging mit schweren Schritten seinem hellen Häscher entgegen.

11. Kapitel

Die Verzweiflung

Der Nachthimmel hat alles Licht aufgesogen. So dunkel ist es zwischen den Schuppen, daß Lös nur Mauriot an der weißen Uniform erkennt. Doch zwei andere begleiten den Leutnant. Die eine Gestalt gleicht einem Bauernweib, mit ihren weitausladenden Hüften, mit ihrem schwingenden Gang: der Chef. Aber die andere? Lös strengt seine Augen an, die Gestalt ist breiter als Mehmed, schmäler als Smith; noch will Lös sie nicht erkennen... Und doch, zweifellos: Baskakoff. Lös fühlt, daß er rot wird, er schämt sich und preist die Dunkelheit, die seine Scham verbirgt. Er seufzt schwer auf und ruft: »Türk!« leise und zaghaft, als sei auch dieser Hilferuf schon Verbotenes. Der Hund ist neben ihm und stößt ihn mit der Schnauze.

»Lassen Sie Ihren Hund in Ruhe. Sie werden wohl wissen, wohin Sie jetzt geführt werden. Geben Sie mir den Schlüssel zu Ihrem Koffer... und dann führen Sie den Korporal«, das Wort klingt höhnisch, der Leutnant rahmt es in unsichtbare Anführungszeichen ein, wiederholt es, »den Korporal in seine Zelle, Chef.«

Der Chef nickt, er winkt Baskakoff, die beiden nehmen Lös in die Mitte. Dieser kehrt sich noch einmal um, ruft sehr laut:

»Schlüssel besitze ich keine. Es ist alles offen. Und wenn

etwas nicht klar sein sollte, in den Büchern oder sonst, so lassen Sie mich rufen, mein Leutnant.« Lös ist selbst verwundert, daß seine Stimme so fest klingt, und er freut sich, daß er doch Überlegenheit zeigen kann. »Pschsch«, machte der Chef, »kein Grund zum Übermut.« Aber Leutnant Mauriot hat wohl die Worte nicht gehört, denn er ist schon in der kleinen Hütte verschwunden; das Licht darin flakkert unruhig zuerst, dann dringt's als ein stilles Leuchten aus dem Fenster...

Zwischen seinen beiden Wächtern geht Lös und schweigt. Er denkt an nichts, denn den ganzen Tag hat die Sonne auf das Wellblech geschienen. Nun ist endlich die Angst verschwunden, und eine stille Befriedigung hat ihr den Platz geräumt, eine Freude auch, daß man nun bald allein sein wird; keine Verantwortung mehr hat man zu tragen, man braucht sich nur noch schieben zu lassen. Lös erinnert sich an den Frieden – damals, in Bel-Abbès, nachdem er sich engagiert hatte. Da war diese tiefe Ruhe in ihm, wie ein Aufatmen war sie, nach all den Verwirrungen vorher. Und auch jetzt atmet Lös die laue Luft gierig ein, leicht ist sie, nicht schwer mehr und schwül, wie vor kurzer Zeit noch. Vor kurzer Zeit? Ein breiter Spalt trennt ihn von dem Augenblick, da Baskakoff ihn festgenommen hat.

Vor der niederen Zellentür bleiben die drei stehen. Der Chef schiebt den verrosteten Riegel zurück – er quietscht. Baskakoff schnauft, er lacht wohl im stillen, Lös kann es nicht feststellen, denn der Küchenkorporal hält den Kopf gesenkt. Aus der Zelle dringt ein muffiger Geruch, der Chef läßt seine Taschenlampe aufflammen und beleuchtet das Innere: ein rechteckiger Raum, drei Meter auf zwei, schätzt

Lös, in der einen Ecke ein Betonsockel; Lös stellt sich vor diesen Block, der ihm gerade bis an die Hüften reicht, und fragt: »Darauf soll ich schlafen?« Der Chef bejaht höflich, aber er bekomme natürlich eine Matratze und mehrere Kissen, er sei Untersuchungsgefangener, und als solcher habe er das Recht, sein Bettzeug zu benutzen. Nur die Taschen müsse er leeren. Während dieser Zeit werde Baskakoff so freundlich sein, in die Administration zu laufen, um das Nötige für den Korporal zu besorgen. Also Matratze, zwei Decken, zwei Kissen, Leintücher und... ein Handtuch.

Baskakoff ist mißtrauisch, er zögert einen Augenblick, denn er merkt, daß der Chef mit dem Verhafteten allein sein will. Aber dann zuckte er die Achseln: was geht es schließlich ihn an? Und er schlurft davon, ohne sich ein einziges Mal umzublicken.

»Schnell«, sagt der Chef. Lös zögert; natürlich, das Geld darf nicht bei ihm gefunden werden. Dumm, daß er nicht daran gedacht hat, es irgendwo zu verstecken. Nun steckt es der Chef ein, und wird es wohl behalten. »Schnell«, drängt der Chef noch einmal, »das Geld! – Ich heb dir's auf! – Du wirst es brauchen können, wenn sie dich vors Kriegsgericht schicken. Weißt du, wieviel von einem guten Verteidiger abhängt? Der kann dich herausreißen, ohne weiteres, wenn er zu reden versteht.« Lös zieht die Brieftasche, der Chef reißt sie ihm aus der Hand, untersucht die Fächer, murmelt: »Zweihundert, und fünfzig und zwanzig. Ja, das wird gerade langen. Ich heb' dir das Geld auf. Du hast doch Vertrauen zu mir?« Lös bringt ein zögerndes »Ja« hervor, aber der Chef lacht nur. »Weißt du«, fährt er eifrig fort, »zwanzig geben wir ab, das macht sich gut, siehst du, ich tu sie wieder in das eine Fach. Den Rest behalte ich und steck ihn dir wieder zu, wenn du nach Fez transportiert wirst. Ehrenwort!« sagt er und bemüht sich, eine biedere Miene zu zeigen.

»Ja, glaubst du wirklich, daß sie mich vors Kriegsgericht stellen?« fragt Lös schüchtern. Da lacht der Chef ein leises kollerndes Lachen, das in seiner festen Brust hüpft. »Ja, glaubst du, daß du eingesperrt wirst, in diese Zelle eingesperrt wirst, weil du heute abend versucht hast, den Posten zu verlassen? Mein Lieber, du bist allzu naiv. Seit Tagen paßt man dir auf; ›man‹ – das heißt Mauriot; er hat nämlich erfahren, daß du viel Geld ausgibst. Der Kleinen im Ksar hast du zweihundert Franken gegeben, im Kloster hast du Geld verputzt, du hast dir Bücher kommen lassen, Baguelin hat dir eine Uhr verkauft. Der Leutnant, weißt du, hat die Summen zusammengestellt, auch mit mir über die Sache gesprochen. Ich habe versucht, dich zu verteidigen, und behauptet, das Geld sei dir von deinem Vater geschickt worden ... Aber das kannst du nicht beweisen und der Leutnant glaubt dir's doch nicht. Die Mandate wären durch Baguelins Hände gegangen – und der weiß von nichts. Er hat dich zwar in Schutz genommen und erzählt, du habest einmal einen rekommandierten Brief erhalten. Ja, so steht die Sache; nicht gerade günstig. Aber du hast immerhin Waffen ... Die Kartoffeln! Verstehst du? Damit hältst du den Leutnant. Still jetzt. Also! Vertrauen! Ich lasse niemanden fallen, der mir einmal geholfen hat.« Baskakoff taucht an der Ecke auf, mit einer hohen Last auf dem Rükken.» Ich halte dich auf dem laufenden. Und wenn es schief gehen sollte, so rate ich dir: mach Schluß! Verstehst du? Travaux Publics oder Cayenne hältst du nicht aus.«

Keuchend legt Baskakoff die Matratze auf den Betonblock und schnuppert, als könne er die Worte riechen, die er durch seine Abwesenheit verpaßt hat. Aber der Chef bleibt undurchdringlich, er hat seine Taschenlampe gelöscht – und bösartig kauern die Baracken nebeneinander.

Narcisse zieht seinen Ledergurt um zwei Löcher enger; diese Geste gibt ihm den nötigen Halt und er fährt fort – abstandhaltend, dienstlich:

»Ich muß Sie jetzt einschließen, Korporal! Gehen Sie in die Zelle. Vielleicht läßt Sie der Leutnant diese Nacht noch rufen. Seien Sie bereit, ihm Auskunft zu geben. Er will vollständig orientiert sein, um dem Capitaine bei seiner Rückkehr einen genauen Rapport abstatten zu können. Sie können gehen, Baskakoff, ich brauche Sie nicht mehr.« Baskakoff wird von der Nacht verschluckt. »Da«, sagt der Chef und drückt Lös eine Schachtel in die Hand, »aber laß dich nicht erwischen.« Es sind Zigaretten, englische Zigaretten, ohne Zweifel, sie sind rund und hart, ein wenig feucht, nicht zu verwechseln mit den algerischen »Job«, die in der Cooperative verkauft werden. Lös hat nicht Zeit zu danken. Die Tür fällt zu, der Riegel knirscht und weiche Tritte entfernen sich.

Da kommt es Lös in den Sinn, daß er Durst hat. Er will zur Tür gehen und sie öffnen; in seiner Kammer hat er noch schwarzen Kaffee, oder nein, der Brunnen im Hof ist näher. Er prallt mit dem Kopf gegen das dicke Holz und tastet nach der Klinke. Die Bretter sind rauh, ein Splitter bleibt unter dem Nagel seines Zeigefingers stecken. Aber keine Klinke ist zu finden, kein tröstlicher Vorsprung, nicht einmal ein Loch, ein Schlüsselloch!

»Eingesperrt«, denkt Lös; die Dunkelheit ist zu greifen und der Durst wird unerträglich. Lös will auf und ab gehen, aber er stößt das Knie schmerzhaft gegen den Zementblock und fällt vornüber. Er überlegt, ob er liegen bleiben soll, dann setzt er sich auf, erhebt sich noch einmal, um die schiefe Matratze zurechtzuschieben, setzt sich, zieht die Beine an und lehnt den Kopf gegen die kühle Mauer.

Kein Laut dringt von draußen in die Zelle. Die Mauern sind dick, durch eine Ritze der Tür schimmert ein wenig helle Dunkelheit: der Ausdruck gefällt ihm. Jetzt knirschen draußen Schritte. Werden sie halten? Holt man ihn zum Leutnant? ... Die Schritte gehen vorüber.

Das Starren in die Finsternis mit weit offenen Augen begünstigt das Austreten der Tränen. Lös klappt mit den Lidern. Nun muß er gähnen, das Gähnen zerreißt ihm schier die Mundwinkel, er dehnt die Arme, die Gelenke knacken, – ein Geräusch, das die Stille erschreckt, das Gähnen wird zum Krampf, und die Tränen rinnen über seine Backen. In der Dunkelheit ist es, als senke sich die Decke langsam herab wie eine schwere Grabplatte, die ihn erdrücken will. Aber all die Bewegungen, die er ausführt, wie unter einem Zwang, werden von einem Fremden ohne Erregung festgestellt, einem Fremden, der all dies wahrnimmt, ohne daß er davon bedrückt ist, weil sie für ihn nur die Begleiterscheinungen eines Experimentes sind, dessen Ausgang noch ungewiß ist.

Schritte kommen aus der Ferne, sie hallen wider zwischen den leeren Baracken und füllen die Zelle mit ihrem

Dröhnen. Unten an der Tür ein leises Scharren. »Türk«, ruft Lös. Aber nun stehen auch die Schritte still, der helle Streif, der die Türe teilt, verschwindet, und eine flüsternde Stimme spricht: »Korporal, schläfst schon Korporal?«

»Nein!« Es scheint Lös, als sei seine Antwort ein lauter Schrei. Aber gedämpft fragt der alte Kainz weiter: »Ich hab dich nur fragen wollen, ob du noch Zigaretten hast.« Türk heult laut, ein Klaps beruhigt ihn.

Ärgerlich antwortet Lös, er brauche nichts.

»So, so«, sagt der alte Kainz draußen. »Das macht nix. Ich hab noch eins, das ich net brauch. Wart, i schieb dir's unter der Tür durch.« Lös bückt sich, er hält das Paket, da greifen Finger nach den seinen, umspannen sie mit festem Druck. Der alte Kainz will sein Mitgefühl zeigen. »Korporal, wenn ich dir helfen kann, dann sag's nur. I b'schwör alles, was du willst! Daß es dich hat nehmen müssen!« Pause. Kainz räuspert sich. »Was ich hab fragen wollen. Wo hast du das Geld, das dir der Jud heut nachmittag gegeben hat? Ist das in Sicherheit? Sonst sag mir, wo du's versteckt hast, ich hol's dann und heb dir's auf. Gern heb i dir's auf.«

Wie schade, daß ich das Gesicht des Alten nicht sehen kann, denkt Lös. Meint er's ehrlich? »Nein«, sagt er laut, »das Geld ist in Sicherheit.«

»Is mir eh lieber so« – nach der Stimme zu urteilen, ist der alte Kainz wirklich zufrieden. Er kauert noch immer am Boden und läßt die Hand nicht los, die er gepackt hält. – Es sei verboten, kreischt eine Stimme auf (Baskakoff hat sich nähergeschlichen), mit einem Untersuchungsgefangenen zu reden, er werde es dem Leutnant melden. Lös' Hand ist frei. Aber die Ritze in der Tür ist noch immer dunkel. Der alte Kainz beeilt sich nicht. »Halt die Pappen«, sagt er mit Nachdruck; pfeifend geht er davon.

Wieder Stille.

»Nun will ich schlafen«, sagt Lös laut, legt sich nieder, zieht die Decke bis unters Kinn und schließt die Augen. Drückend ist die Hitze, und er wirft die Decke wieder von sich. Doch nach einiger Zeit friert er dermaßen, daß er mit den Zähnen klappert. Er muß die Decke vom Boden aufheben – und sie ist voll Staub. Er wickelt sich ein, friert immer noch, sucht die zweite. Ein Zementblock liegt auf seinen Füßen, er vermag ihn nicht fortzuwälzen. Fieber, denkt er; hart, schnell klopft es in seinem Kopf, und ein Dornenreif liegt auf seiner Stirne …

Pullmann weckt ihn. Die Tür der Zelle steht weit offen, aber draußen ist noch Dunkelheit. Lös solle zum Leutnant kommen.

Mauriot sitzt vor dem Tisch, auf dem Hefte und die breiten losen Blätter der Buchhaltung verstreut herumliegen … »Ein paar Fragen …«, sagt der Leutnant, ohne aufzublikken. – Wo die eingekauften Schafe vermerkt seien? Der Zettel liegt in einer Schublade. Lös muß sie aufreißen und stößt mit der Ecke in Mauriots Seite. »Hier!« – »Gut. Dann fehlen verschiedene Posten für Nahrungsmittellieferung an durchziehende Truppen. Wo sind diese eingetragen?« Lös ist so verschlafen, daß er keine Mühe hat, den Dummen zu spielen. Welche durchziehenden Truppen? Er erinnert sich nicht. Der Leutnant sieht überwach aus; aber Lös gähnt. Über dem tannenen Tisch, der wohl aus Frankreich stammt, hängt ein Karabiner. Das Magazin ist voll, und Lös muß trotz seiner Müdigkeit gegen den Wunsch ankämpfen, die Waffe von der Wand zu reißen und den Leutnant niederzuschießen. Die Aufregung läßt ihn zittern, er klappert mit den Zähnen, der Leutnant sieht ihn verwundert an: »Haben Sie Fieber?« »Ich weiß nicht«, antwortet Lös. Es klingt mürrisch. Die Frage hat den Wunsch zersplittert. »Sie können gehen!«

Pullmann ist schweigsam. Ein paarmal räuspert er sich, blickt Lös prüfend von der Seite an und will offenbar einen Vorschlag machen. Aber dann verriegelt er die Tür der Zelle, ohne den Mund aufgetan zu haben.

Während Lös unruhig weiter schläft, faßt Pullmann einen Entschluß. Einfach ist der Entschluß für Leute, die alle vierzehn Tage zehn Franken erhalten, mit denen sie ihren Bedarf an Wein, Liebe und Zigaretten decken müssen. Nicht zu vergessen, daß diese Leute manchmal auch hungrig sind und der amerikanische Speck in der Militärcooperative zwei Franken das Viertelpfund kostet.

Pullmann hatte noch eine Stunde Wache; vorsichtig schlich er über den Hof. Im Büro der Verpflegung brannte noch immer das stille Licht. Pullmann stellte sein Gewehr vor der Türe ab und betrat ruhig Leutnant Mauriots Zimmer. Leise gehen? Wozu? Alles schlief. Pullmann tappte zur Wand, nahm die Kassette unter den Arm, ging hinaus, durchquerte die Höfe auf den Fußspitzen und kam endlich zitternd im Park der Maultiere an. Seine Hände bebten dermaßen, daß er Mühe hatte, den Sattel zu heben. Doch seine Muskeln waren kräftig, sie warfen den Sattel mit Schwung über den Rücken des Tieres, das erst bei dieser Berührung erwachte. Die Stahlkassette war nicht groß, sie ließ sich gut in eine der Satteltaschen schieben. Und so, mit wenig

Lebensmitteln, mit einem alten Zelttuch, ritt der dicke Pullmann davon – in der Ferne sah er die Lampe des Leutnants leuchten, hielt noch vor Lös' verschlossener Zelle an: »Soll ich ihn mitnehmen?« murmelte er. »Er kann französisch ... Ach, der macht noch lange Geschichten. Waschlappen!« Er spuckte aus. »Eine Stunde werde ich wohl Vorsprung haben.«

Die Verzweiflung hat viele Masken.

Der Posten schläft wieder. Ein leiser Sandalenschritt läßt den Kies kaum hörbar knirschen. Sonst ist nur der Morgenwind wach, der noch nicht kräftig genug ist, um den Sand vom Boden aufzuwirbeln; niemand hört ihn, wenn er zögernd über die Wellblechdächer streicht. Der Leutnant geht müde in sein Zimmer. Die schwache Dämmerung des Morgens ist hell genug, er braucht kein Licht, um Toilette zu machen. An die Kassette denkt er gar nicht. Er zieht ein helles Pyjama an, zerreibt ein paar Tropfen Eau de Cologne auf seiner Stirn und legt sich dann ins Bett. Zahlen wirbeln um ihn und füllen das Zimmer aus; um sie nicht mehr zu sehen, schließt er die Augen. Noch einmal läßt ihn eine schwere Wut gegen diesen Lös auffahren. Dann sinkt er zurück und schläft ein.

Aber er schläft nicht lange, da weckt ihn ein lautes Schreien, draußen vor seinen Fenstern. Eine heisere Stimme brüllt seinen Namen. Zuerst erkennt Mauriot diese Stimme nicht. Dann murmelt er: »Der Capitaine«, und denkt beruhigt, »der kann ein wenig warten.« Gemütlich fährt er in die Hosen, zieht seinen Scheitel, glättet mit ein wenig Brillantine die widerspenstigen Haare auf dem Wirbel und bindet eine frische Reitkrawatte um; er bindet sie sorgfältig, so daß sie nur zwei Millimeter über den Kragen des Waffenrocks ragt, knöpft frische Manschetten an die Ärmel seines Waffenrocks und nickt manchmal, wenn die Stimme draußen sich überschlägt. Es klopft. Mehmed schiebt sich durch die Türe, sein Chinesengesicht drückt keine Erregung aus, er spielt mit der Zunge im Mundwinkel und schielt in die Ecke, wo die Geldkassette stehen sollte, lächelt und zeigt mit dem Finger auf die leere Stelle. Der Leutnant will zuerst auffahren, eine fremde Ordonnanz, noch dazu die Ordonnanz eines Unteroffiziers. Dann aber folgt er der Richtung des Fingers, wird ein wenig bleich, seine Angst zeigt sich an der Ungeschicklichkeit der Finger, die sich in den Knopflöchern verheddern.

Mehmed hebt beruhigend die Hand. »Schon wieder da, Kassette«, tröstet er. Mauriot versteht nicht. Er will auch keine Erklärung von einem Untergebenen. Er reißt die Türe auf, tritt über die Schwelle und ...

Das erste, was er sieht, ist ein Gesicht, rot wie Bordeauxwein, und ein blonder Schnurrbart leuchtet auf ihm. Die letzte Silbe seines Namens klatscht dem Leutnant wie eine Ohrfeige auf die Wange. Dann schließt sich der Mund, der diesen Laut ausgestoßen hat. Mauriot sieht fuchtelnde Arme, die sich plötzlich verschränken, er sieht eine schmutzige Khakiuniform, an der Knöpfe fehlen – und Blutflecke mustern die Hose. Aber hinter dem Capitaine, ihn um Haupteslänge überragend, steht der dicke Pullmann (unter seinem Korkhelm blühen wie immer gelbe Pusteln zwischen seinen Bartstoppeln) und trägt die Kassette auf den Händen, vorsichtig und verlegen, als sei sie ein zarter Säugling.

Nach dem Augenblick der Stille, die notwendig war, um das Verschränken der Arme majestätisch zu gestalten, überschwemmt Chabert den erstaunten Leutnant mit einer Sturzflut von Flüchen, Beleidigungen, höhnischen Anzüglichkeiten, Fragen. Vor der versammelten Mannschaft tut er dies, die abgerissen und blutig gemustert, wie ihr Capitaine, grinsend zuhört; auch die Maulesel sind anwesend, noch schwerer bepackt, und auch sie lachen mitleidig und verachtungsvoll, wenn sie die Oberlippe mutwillig nach vorne strecken und ihre Zähne entblößen.

Die Sturzflut ist vorbei; ihr folgt eine sanft plätschernde Rede: Ob während der ganzen Zeit seiner Abwesenheit keine Wache aufgestellt worden sei? Daß der Wachtposten sogar in das Zimmer des Herrn Leutnants eingebrochen sei und dort eine Kassette geholt habe, davon spreche man lieber gar nicht. Es sei nur gut, daß die Kompagnie auf ihrem Rückwege eine Abkürzung genommen habe: darum sei der Ausreißer ihr geradewegs in die Hände gelaufen. Ob man so etwas schon erlebt habe! Der Mann habe fast keine Lebensmittel bei sich gehabt, nur sein Gewehr, und statt der Patronen Zigaretten. Dafür müsse er eigentlich gestraft werden, denn dies sei unerhört: jeder Mensch müsse doch, das sei genügend bekannt, seine Patronentaschen stets gefüllt haben mit 120 Patronen, das sei die Vorschrift, und wegen Nichtbefolgung dieser Vorschrift diktiere er, der Capitaine, diesem jungen Mann da zwei Tage Prison zu. (Sobald von Pullmann die Rede ist, verliert die Stimme des Capitaines jegliche Schärfe, väterlich und milde klingt sie, und ein wenig Triumph schwingt in ihr.) Denn diese andere Kinderei wolle man doch nicht ernst nehmen! »Un coup de cafard«, sagt der Capitaine und zuckt mit den Achseln. An der ganzen Sache sei er, Chabert, eigentlich selbst schuld. Warum habe er diesen starken Mann, der nichts lieber täte als kämpfen, »hä, mein Kleiner, hab ich nicht recht?« hier im Posten zurückgelassen und noch dazu als Ordonnanz? Als Ordonnanz!! Zweimal wiederholt Chabert das Wort und betont es verachtungsvoll. Diesen armen Teufel vor Kriegsgericht schicken? Niemals! Aber... Kriegsgericht! Da sei ja noch so eine schöne Geschichte? Mit dem Korporal der Verpflegung, nicht wahr? Unterschlagung? Betrügerei? Weibergeschichten? Immer höher klettert des Capitaines gereizte Stimme. Schwindeleien, um einer arabischen Hure Kleider zu kaufen? Und er habe gerade diesem Korporal so viel Vertrauen geschenkt! Immer seien die Weiber an diesen Sachen schuld. Aber doch müsse hier energisch eingeschritten werden. Lausbubereien wie diese da (und er deutet mit dem Daumen auf die Kassette) sei er immer bereit zu entschuldigen. Denn es liege doch noch Mut in solch einer Tat. Aber Betrügerei? Fi donc! Das sei feige und gemein. Vertrauen mißbrauchen! Des Capitaines Vertrauen mißbrauchen! Chabert ist so ehrlich entrüstet, daß ihn wieder rote Wut überfällt. Er verlange einen strengen Rapport von Leutnant Mauriot über diesen Fall Lös. Niemand könne ihm vorwerfen, daß er Leute grundlos vor Kriegsgericht schicke. Aber was zuviel sei, sei zuviel. Und mit breiten Schritten geht er auf die Zellentür los, drohend schwingt er die dicke Reitpeitsche; plötzlich schreit er nach dem Chef, weil er den rostigen Riegel nicht aufbringen kann, er meint, die Türe sei versperrt. Doch ehe Narcisse herbeieilen kann, fährt der Riegel aus seiner Öse, schnellt zur Seite, die

Tür kracht auf, weiter tobt der Capitaine in der Zelle. Die Matratze fliegt ins Freie, die Kopfkissen, die Decken, das Eßgeschirr. Fuchtelnd und weiter schreiend, aber schon so heiser, daß man die Worte nicht deutlich versteht, kommt Chabert wieder zum Vorschein; im Kompagniebüro geht ein neuer Wolkenbruch über den Chef nieder...

Dann fliegt die Bürotür auf, zur Küche geht der Weg; dort wütet der Sturm weiter. Veitl entflieht in Sprüngen, sein Gesicht ist wieder von grünlicher Blässe. Durch die Schluchten der Baracken schreitet der Capitaine, sein rotes Gesicht trieft, alle, die ihm begegnen, drücken sich gegen die Mauern oder verschwinden durch offene Türen. Chabert sieht nichts mehr, er hat die Lider gesenkt, damit seine Augen nicht vom beißenden Schweiß überschwemmt werden. Er stapft die Stufen zum Turm empor; einige Zeit noch schallt seine wütende Stimme durch das offene Fenster, dann wird sie sanfter, weinerlich schier, tränenfeucht, er scheint Samotadji sein großes Leid zu klagen.

Leutnant Mauriot schleicht bleich durch die Höfe: er sucht Bergeret, zweimal schon hat er mit sanfter Stimme einen Vorübergehenden angehalten, um ihn nach dem Arzt zu fragen. Endlich sieht er ihn. Er kommt, ausgeruht und freundlich, aus der Messe der Offiziere und hebt erstaunt die Arme, sobald er Mauriot sieht; dieser schleppt ihn in sein Zimmer.

»Es ist unmöglich, direkt unmöglich, daß es so weitergeht.« Mauriots Stimme ist nicht mehr näselnd, sie ist hoch und schrill, fast wie die eines Mädchens, das einen hysterischen Wutanfall hat. »Mich vor der ganzen Mannschaft zu beschimpfen und abzukanzeln. Er, ein Mann, der nicht fähig ist, seine Kompagnie anständig zu führen! Diese Schmach! Nein, nein, nein. Ich lasse mir das nicht gefallen!« Bergeret hat es sich in einer Ecke bequem gemacht, der Ellbogen ruht auf dem Knie des übergeschlagenen Beins, und die Hand hält die kurze hölzerne Pfeife. Er nickt, während er den Aufgeregten durch den Rauch wissenschaftlich interessiert beobachtet. Mauriot hat sich in die andere Ecke gestellt und spricht dort weiter, er gleicht einem Volksredner, der eine Wahlrede herunterrasselt, unterstützt von Verrenkungen und eckig geschwungenen Händen. – Im Grunde, sagt er, sei dieser Lös ganz unschuldig, einzig schuld sei nur der Capitaine, und zwar wegen des schlechten Beispiels, das er seiner Mannschaft gebe: Laxheit, sogenannte Milde, Bequemlichkeit und jenes Achselzucken über Disziplin, Ordnung, Hierarchie, das Anarchisten heranzüchte. Dieser Lös, angeregt durch das Beispiel seines Capitaines, betrachte seine Vorgesetzten als Menschen, sehe ihre Fehler und Lächerlichkeiten, empöre sich nicht einmal gegen deren Befehle, nein, befolge sie manchmal sogar, wenn sie ihm paßten, und ignoriere sie einfach, wenn sie ihn störten ... Und wer habe ihm dieses Beispiel gegeben? Der Capitaine. Oh, er (Mauriot) wisse Bescheid. Wie oft seien Befehle vom Kommandanten des Sektors gekommen: Chabert habe sie einfach in den Papierkorb geworfen. Dieser Geist der Disziplinlosigkeit! Dieser perniziöse Einfluß! – Kein Wunder, daß er die ganze Truppe vergifte. Aber nun wisse er (Mauriot), was zu tun sei. Er werde sich erkundigen, wie dieser Kampf verlaufen sei, er werde den Spion spielen, denn es sei eine gute Sache, die er zu verfechten habe. Und dann werde er seinem Vater, dem General (es klang, als halte sich Mauriot mindestens für einen Kronprinzen), berichten. Sein Vater sei einflußreich, ein guter Freund des Kardinal-Erzbischofs von Paris und gehöre zur »Action française«, er selbst Mauriot, sei bei seinem letzten Besuch in Frankreich mit seinem Vater nach Belgien gefahren und dort Monseigneur, dem Duc d'Orléans, vorgestellt worden. »Glauben Sie mir, Bergeret, die Zeit ist nahe, wo all dies Parlamentariervolk mit einem eisernen Besen ausgekehrt wird, wo wieder das angestammte Königshaus regiert; dann wird man Leute brauchen wie mich, Leute, die noch Disziplin im Leibe haben und Sinn für Hierarchie.«

Leutnant Mauriot schweigt, und sein Kindermund entspannt sich in einem Lächeln. So gleicht er einem Knaben, der den schönen Traum träumt, endlich erwachsen zu sein und Macht ausüben zu dürfen. Er sieht sich in schwarzseidenen Culottes, Escarpins mit roten Stöckeln an den zierlichen Füßen, in einem schweren Brokatrock, der mit Ordenssternen besetzt ist, vor seiner Majestät, dem König, stolz das Knie beugen und für die Eroberung zweier Provinzen außer dem Titel eines Marschalls noch ein Herzogtum empfangen.

Bergeret in seiner Ecke hat sich nicht bewegt; jetzt geht er zum Fenster und klopft auf dem Sims seine Pfeife aus. »Sehr interessant«, sagt er, nickt dem Leutnant zu und geht aus der Tür. Er ist ein Mensch, der stets weiß, was er zu tun hat. Gewissenskämpfe kennt er nicht.

Leise, auf den weichen Sohlen seiner Reitstiefel, steigt er über die Treppe des Turms, tritt ohne anzuklopfen bei Chabert ein und sagt mit seiner ruhigen Stimme: »Mauriot will Dummheiten machen, mein Alter, an deiner Stelle würde ich mich offiziell bei ihm entschuldigen.« Der Capitaine sieht ihn mit müden Augen an: »Will er seinem Vater schreiben?« Bergeret nickt. Er hat Mitleid mit dem alten Manne, der vor ihm sitzt und dessen Haut nun, da die Erregung abgeklungen ist, sonderbar scheckig ist. Der Arzt sagt noch: »Er will die Sergeanten über den Kampf ausholen: das wird dir wohl nicht recht sein.«

Ein resigniertes Achselzucken.

»Soll er doch. Mir ist alles gleich. Ich danke dir. Übrigens solltest du nach Rich zurück. Ich habe die Verwundeten hinschaffen lassen. Morgen werden sie dort sein. Vorläufig liegen sie noch in Midelt, um verbunden zu werden. Aber das Lazarett dort ist überfüllt, so daß sie weitertransportiert werden müssen.«

»Gut«, sagt Bergeret, »ich bleibe heute noch hier, wir werden eine allgemeine Visite auf heut nachmittag festsetzen. Ich will sehen, wie der Gesundheitszustand der Truppe ist, denn ich muß in den nächsten Tagen meinen Rapport abgeben. Morgen früh reite ich dann ab. Soll ich nach Lös sehen?« Da springt der Capitaine auf und ist wieder wütend, er stapft im Zimmer umher. Ein Hemdzipfel ist ihm aus der Hose gerutscht und weht beim Schreiten hin und her.

»Sprich nicht von dem Lumpen, vor Kriegsgericht muß er mir. Keine Schonung!« Er keucht. Bergeret zuckt die Achseln und geht wieder, nach kurzem Gruß.

Lös ist durch den Besuch des Capitaines unsanft geweckt worden. Der schwere Schlaf der Nacht hat ihm einen dumpfen Kopf zurückgelassen, den auch das wütende Eindringen Chaberts nicht ganz hat klären können. Er versucht auf dem nackten Betonblock zu liegen: aber kleine Kiesel sind in ihn eingebacken, die sowohl das Liegen als auch das Sitzen schier unmöglich machen. Der Morgen schleicht langsam vorbei und läßt den Hunger wachsen. Es wird zum Mittagessen geblasen. Lös wartet, die Tür bleibt verriegelt. Er klopft. Korporal Dunoyer ist mit vier Mann auf Wache gezogen, Lös sieht ihn durch den Spalt der Tür. »Ah, die Kalkbrenner von Atchana sind auch zurück«, denkt er. Dunoyer kommt auf den ersten Anruf. Es tue ihm leid, aber er habe strengen Befehl vom Capitaine, Lös hungern zu lassen. Er hat die Tür geöffnet und spricht ganz kameradschaftlich. – Aber, meint Lös, Dunoyer erinnere sich doch an die verschiedenen Bidons Wein, die er in der Verpflegung geholt habe. Dunoyer lacht, natürlich erinnere er sich, aber jetzt hätten sich die Zeiten geändert. Ein Stück Brot werde er dem Gefangenen gerne geben. Aber sonst nichts. Er geht es holen, es ist hart und staubig. Dunoyer spricht tröstende Worte; er scheint sich an eigene Erlebnisse zu erinnern, denn er sagt: das werde alles vorübergehen, Gott, wenn er nachrechne, wieviel Tage Prison er habe machen müssen. Stolz schwingt in seiner Stimme. Zweimal vor Kriegsgericht – und die Zeit in Tunis! Von der wolle der gar nicht sprechen ... Offenbar freut es ihn, einen anderen am Beginn seiner Laufbahn zu sehen, die er schon längst und endgültig hinter sich hat.

»Du mußt dir nicht einbilden, daß mit deiner Verurteilung alles erledigt ist. Nehmen wir an, du bekommst, wenn alles gut geht, fünf Jahre, dann mußt du den Rest der Dienstzeit, also drei Jahre, wenn ich rechnen kann, nachdienen, denn zwei hast du ja schon gemacht; das wird nicht leicht sein, mußt du wissen. Denn du bist durch die drei Jahre Travaux so verdorben, daß du dich nur schwer an Garnisonsdienst gewöhnen kannst. Du kriegst leichter den ›Cafard‹, gehst gern auf Pump, zwei Tage, drei Tage, bleibst eine Nacht draußen und so. Du hast nicht mehr den nötigen Respekt vor den Sergeanten und verbringst die Hälfte der Zeit in Prison, desertierst vielleicht wieder einmal ... Drei Jahre. Ich kann dir sagen, du kannst von Glück reden, wenn du deine Tage nicht in Cayenne beschließest.«

Es macht Dunoyer großes Vergnügen, die schwarze Farbe möglichst dick aufzutragen.

Nun sitzt Lös wieder in seiner Zelle, auf der Kante des Zementblocks. Ein langer Nachmittag dehnt sich vor ihm aus, eine lange Nacht, endlose Tage, Monate. – Trotz will in ihm aufsteigen: als Untersuchungsgefangener darf man ihn eigentlich nicht so behandeln. Er hat Anrecht auf volle Verpflegung, auf Wein, auf einen täglichen Spaziergang. Er gilt noch nicht als Verurteilter, man hat ihn mit Schonung zu behandeln! Aber was nützt der Protest? Lös ist dem Willen des Capitaines ausgeliefert.

Alles ist quälend: die Geräusche, die in die Zelle dringen, die Worte Dunoyers, die nun in der Einsamkeit weiterklingen. Zäh ist die Hitze in dem kleinen Raum ... Und doch friert Lös. Wieviel Zeit ist seit gestern abend vergangen? Achtzehn Stunden – nur achtzehn Stunden! Es schmerzt, daß sich die einfachsten Wünsche nicht befriedigen lassen! Lös möchte oben auf der hellen Terrasse sitzen und Zeno neben sich fühlen! Er möchte Gewehrgriffe klopfen in stechender Sonne ... Ein Genuß wäre dies, verglichen mit dem Herumsitzen auf dem harten Block. Lös stöbert in der

Zelle. Grauer Staub auf dem Boden, breite und schmale Ritzen zwischen den Lehmziegeln, in einer Ecke ein Blechgefäß, mit einem schmutzigen Papier beklebt, das den Ruhm des Pflanzenfettes verkündet, das es einmal enthalten hat. Ein Stück des Deckels läßt sich abreißen; eine der Kanten ist scharf. Und weil Lös nichts zu tun hat, beginnt er diese Kante zuerst gerade zu klopfen mit einem Stein, der sich im Staub versteckt hat, und dann beginnt er sie an der einen Seite des Betonblocks zu schleifen. Während dieser stumpfsinnigen Arbeit denkt Lös an nichts. Das eintönige Scharren des Blechs gegen den Stein wirkt beruhigend; dazu kommt das Summen vieler Fliegen, die ihre Schleifen um das übelriechende Blechgefäß in der Ecke ziehen. Es sind die Fliegen, die Lös' Blick von der Beschäftigung abziehen; das ist nicht gut, denn die Kante ist inzwischen scharf geworden und zerschneidet die Haut des Daumens. Lös saugt das Blut auf. »Ein widerlicher Geschmack«, denkt er und spuckt aus.

Lös schärft weiter. Aber seine Versunkenheit ist nicht tief genug, er lauscht auf das Geräusch der Schritte, die draußen vorübergehen. Der schwere Tritt, der sich eben nähert, gilt ihm, er weiß es, bevor noch der Riegel zurückgeschlagen wird. Das Blechstück verschwindet in der Hosentasche und geblendet schließt er die Augen.

In der Türe steht der Adjutant. Lös erkennt ihn zuerst an den hohen Schnürstiefeln, die bis an die Knie reichen. Aber während Lös noch zu Boden blickt, schiebt sich ein schwarzer walzenförmiger Körper dicht an den Füßen des Adjutanten vorbei, drückt sich hinter den Kübel, preßt sich an die Mauer und bleibt regungslos liegen. Der Adjutant hat nichts gemerkt, er ist zu sehr damit beschäftigt, seine Augen furchterregend rollen zu lassen. Lös wirft einen kurzen Blick zur Seite, Türks ergebene braune Augen schauen zu ihm empor.

Der Adjutant tobt und läßt seine Faust vor Lös' Gesicht wippen. Er rächt sich für das Gläschen Schnaps, das ihm am Morgen verweigert worden ist. Er schreit und schreit. Endlich ist er von seiner Autorität genügend überzeugt, spuckt aus zum Zeichen seiner Verachtung, schmettert die Türe zu und muß sich noch eine Zeitlang mit dem widerspenstigen Riegel quälen.

Während der Anwesenheit des Adjutanten hat Türk die Ohren hängen lassen. Aber sobald die Schritte verhallt sind, stellen sich die Ohren auf, eins nach dem andern, in kleinen Rucken. Und dann kriecht Türk aus seiner Ecke, setzt sich umständlich und blickt seinen Herrn an. Lös beugt sich nieder, das schwarze Fell ist rauh und ungepflegt, nur auf der Brust, zwischen den Vorderpfoten, fühlt es sich angenehm weich an. Türk rollt sich auf den Rücken, wälzt sich ein paarmal im dicken Staub, während er bedächtig und mit gesättigter Befriedigung die Pfoten schüttelt. Dann liegt er wieder auf dem Bauch – und grunzend sucht er nach einem Floh, der ihn am rechten Hinterbein sticht; hernach liegt er aufatmend still.

Es dämmert. Vor der Zellentür klatschen Kommandos: Die Wache wird abgelöst. Lös preßt das Auge an den Spalt: wer kommandiert die Wache? – Und er erkennt Baskakoff, der gerade mit offenem Munde auf die Zelle starrt. »Von dem ist nichts zu erwarten«, denkt Lös, und setzt sich wieder auf die steinerne Kante. Er zieht das geschärfte Blechstück aus der Tasche und versucht die Schneide dicht unter dem Handgelenk. Er zerschneidet mühelos die Haut.

Während er das primitive Messer betrachtet, überkommt ihn die Lust nach Zigaretten. Seinen Vorrat hat der Capitaine mitgenommen. Auf dem Boden liegt ein dünnes Hölzchen, er nimmt es in den Mund, um daran zu saugen. Es ist porös, die Luft zieht hindurch mit einem leicht zischenden Geräusch. Als ob sie Rauch wäre, saugt Lös die Luft tief in die Lungen. Aber der Selbstbetrug will nicht gelingen. Er wirft das Hölzchen weg. Dann quält ihn die Sehnsucht nach einem Rausch: einen Liter Schnaps zu haben, ihn unverdünnt hinunterzuschlucken und dann das schnelle Gefrieren der Unruhe zu spüren. Aber gerade diese Vorstellung steigert noch seine Schwäche. »Feig bin ich«, denkt er, »wenn ich nicht feig wäre, würde ich Schluß machen.«

Aber auch der Wunsch nach Schnaps flaut ab, sobald er einen schier unerträglichen Höhepunkt erreicht hat. Der Durst bleibt zurück. Brunnen sieht Lös, zuerst den Brunnen im Hof, mit der Kurbel, die man drehen muß, lange, bis endlich das Wasser kommt. Dann andere Brunnen, Dorfbrunnen drüben, die in mondhellen Nächten plätschern. Und Bäche sieht er, die über weiße Kiesel rinnen; Erlen stehen an den Ufern, und ihre Blätter rascheln wie ferner Applaus. »Sommer«, denkt Lös. Doch kein bestimmter Sommer taucht vor ihm auf, er sieht nur ein gelbes Ährenfeld, Mohn- und Kornblumen blühen darin und violette Kornraden.

Wie eine große Helle ist es plötzlich, aber die Helle weckt ihn, und er fühlt wieder, daß er Durst hat. Die Haut seiner

Hände ist heiß und trocken. Er geht zur Tür und trommelt mit den Fäusten gegen das stumme Holz. Schleichende Tritte kommen näher. Mit ärgerlicher Stimme fragt Baskakoff, was los sei. Wasser wolle er, ruft Lös, er habe Durst. Aber Baskakoff lacht. »Verboten, streng verboten!« Er geht wieder und läßt Lös allein.

Und die Zeit vergeht. Durch die Ritze der Tür dringt die helle Dämmerung der Nacht, aber die Finsternis der Zelle, ein zäher Pechklumpen, nimmt sie nicht auf.

Draußen pfeift es zum Appell, später noch einmal: Lichterlöschen. Türk schläft.

Da kratzt es an der Türe; Lös hat keine Schritte gehört, auch Türk fährt auf, knurrt leise, besinnt sich aber, wo er ist, und schleicht zur Türe.

Es ist nur der alte Kainz, der Zigaretten und Zündhölzer bringt; er schiebt sie durch den Spalt unter der Tür und entschuldigt sich, daß er nicht hat früher kommen können. Aber alles gehe drunter und drüber in der Verpflegung. Pierrard habe die Stelle erhalten, der Belgier, der immer so »gebüldet« tue. Den Leutnant habe man nur kurze Zeit gesehen, er habe den ganzen Nachmittag mit den Sergeanten in seinem Zimmer gesoffen und sie über den Kampf ausgeholt. Jetzt sei Baskakoff schlafen gegangen, und man habe Ruhe bis zur nächsten Ablösung – zwei Stunden. »Und wenn du willst, Korporal, kann ich dir die Tür aufmachen, du kannst dann dein Geld holen gehn, wenn du's versteckt hast. Ich heb dir's dann sicher auf.«

Aber Lös will nicht, er will dem alten Kainz nicht sagen, daß der Chef es schon lange hat. Damit würde er sein letztes Machtmittel aus der Hand geben. Er dankt und bittet um ein wenig Wasser, Kainz könne ja den Schnabel des Bidons in die Ritze der Türe stecken, das sei besser, als die Türe zu öffnen: der rostige Riegel mache soviel Lärm. Der alte Kainz brummelt, und plötzlich ist er lautlos verschwunden. Nur für kurze Zeit... Der Schnabel des Bidons ist gerade so lang, daß Lös das Ende mit den Lippen packen kann. Die Luft zischt leise am Korken vorbei, der die große Öffnung schließt. »Ah«, sagt Lös laut. »Und überleg' dir's wegen dem Geld«, sagt Kainz noch, aber in der Zelle bleibt es still.

In der Baracke der Mitrailleusenabteilung ist noch Licht. Frank hockt mit Pierrard zusammen, und die beiden unterhalten sich eifrig. Ein wenig abseits sitzt Korporal Koribout und bewundert seinen schön gescheitelten Bart in einem kleinen Taschenspiegel. Neben ihm spricht Sitnikoff eifrig auf Pausanker ein.

»Ist's erlaubt?« fragt der alte Kainz höflich. Pierrard nickt gnädig, im Hochgefühl seiner neuen Wichtigkeit. Sitnikoff läßt sich nicht stören.

»Sie wissen«, sagt er, »daß ich mich damals für Sie eingesetzt habe, um Ihnen diese Schmach zu ersparen. Sie haben es anders gewollt. Aber jetzt fühlen Sie selbst, wie Sie mir sagen, das Unmögliche Ihrer Stellung. Das zeigt, daß Sie nicht alles Gefühl für Sauberkeit verloren haben... Wir alle von der Mitrailleusensektion werden Ihnen beistehen. Das Wichtigste scheint mir jetzt, daß Sie so bald als möglich nach Rich kommen. Farny hat Sie angesteckt, das war vorauszusehen. Aber Sie müssen sich jetzt gesund pflegen lassen, verstehen Sie, und der giftigen Atmosphäre entfliehen, die diesen Farny umgibt...« Pausanker hört verständnislos zu, und sein Mund steht offen ... Reden kann dieser Sergeant! »Ich will nicht«, sagt er trotzig, »ich will bei meinem Sergeanten bleiben.« Sitnikoff stößt einen Seufzer aus. Da sagt der alte Kainz: »Ich war bei Lös.«

Schweigen. Korporal Koribout steckt den Spiegel in die Tasche, Pierrard räuspert sich verlegen. »Man sollte ihn besuchen gehen oder etwas für ihn tun«, meint er ohne rechte Überzeugung.

»Die Hilfsaktion müßte vor allem richtig organisiert werden«, stellt Sitnikoff energisch fest. »Wenn man so ins Blaue hinein etwas tut, getrieben von einer vagen Sentimentalität, hat das gar keine Wirkung.«

»Ich werde für ihn übersetzen eins von meinen Gedichten aus dem Russischen, das wird ein Trost sein für ihn«, sagt Koribout mit seiner leisen, preziösen Stimme.

»Morgen kann er einen Bidon Wein haben«, verspricht Pierrard und massiert seine mageren Wangen. »War immer anständig zu mir, der Lös, und ich weiß schon, daß ich sein Nachfolger sein werde, auch in der Zelle.«

Einige Stimmen verlangen aus dem Dunkel heraus, die Kerze solle endlich gelöscht werden. Sitnikoff bläst das Licht aus. Der alte Kainz zieht Frank aus der Türe.

»Weißt jetzt, wo er sein Geld hat?« fragt Frank. Er ist noch ein wenig blaß, aber geht ganz sicher auf seinen Beinen.

Kainz zuckt mit den Achseln: »Er hat mir's nicht sagen wollen.« Sie gehen schweigend über den Hof. »Vielleicht hat er's irgendwem gegeben?« schlägt Frank als Lösung vor. »Red' net so dumm!« verweist ihn Kainz. »Es war doch niemand bei ihm, zu dem er hätt' Vertrauen haben können... Und i hab' mich so schön bei ihm eing'schmeichelt, mir hätt' er's sicher geben. Aber weißt, der Chef hat ihn sicher durchsucht, und der Lös is net grad der G'scheitest und hat das Geld bei sich g'habt. Dann hat's also der Chef. Na, i geh morgen noch einmal zur Prison und bring ihm Zigaretten, vielleicht sagt er mir's dann.«

Aber Frank schüttelt nur den Kopf. Während er in Lös' Kammer gelegen ist, hat er ein paar Ritzen in der Mauer bemerkt. Vielleicht liegt das Geld dort. Und er trennt sich vom alten Kainz, geht in die Bäckerei und wartet dort vor der Tür, die er aufgemacht und wieder geschlossen hat, für den Fall, daß Kainz mißtrauisch ist. Dann schleicht er sich in Lös' verlassene Hütte. Pierrard wird wohl nicht so bald heimkommen. Nach einer Stunde kommt Frank enttäuscht heraus...

Am anderen Morgen pfeift es wie sonst zum Reveil. Verschlafen gehen Abgesandte der Gruppen Kaffee holen und schleppen bei ihrer Rückkehr lange Streifen Kaffeegeruch hinter sich her. Der alte Hirt treibt die Schafe durch den Posten, über den Trommelwirbel ihres Laufens klingt laut ihr helles »Bäh«. Und wie sonst trägt auch heute der »Schibany« ein neugeborenes Lamm auf dem Arm. Der dürre Sergeant Veyre schießt durch den Posten, steif, als stecke sein Rumpf in einem Gipsverband; zwischen die Lippen hat er ein rostiges Signalpfeifchen gesteckt, auf dem er andauernd trillert. Aus der Unteroffiziersmesse kollert das Lachen des Adjutanten; Sergeant Hassa hat einen Witz erzählt. Plötzlich wird es still dort drinnen. Die Treppe des Turmes, die über das Dach der Messe führt, dröhnt. Capitaine Chabert schreitet schwer in die Tiefe. Unten empfängt ihn der Chef. Eifrig schwatzend gehen die beiden ins Büro. Noch einmal schrillt die Pfeife einen endlosen, bösartigen Triller. Die Maultiere schreien schon hoch und quietschend, weil sie Hunger haben. Angeführt von ihren Korporälen, gehen die Titulaires zum Füttern; im Takt der Schritte schlenkern sie die schwarzen, ledernen Futtersäcke. Alle sehen müde aus und blinzeln mißmutig...

Als die erste Gruppe der Mitrailleusensektion, angeführt von Korporal Koribout, am Wachtlokal vorbeikam, drang aus der Einzelzelle ein heiseres Gebrüll, und die dicke Tür zitterte von den Schlägen, die von innen gegen sie geführt wurden. Die Gruppe geriet in Unordnung. »Lös hat sich aufgehängt«, hieß es. – »Der Schlüssel, der Schlüssel!« Man rief nach Baskakoff. Koribout allein blieb ruhig, ging zur Türe, schob den Riegel zurück. Aber die Türe ging nicht auf, etwas drückte von innen gegen sie. Inzwischen war das Geschrei in der Zelle verstummt; endlich ließ sich die Türe öffnen, zur Hälfte nur, und zwei Mann mußten helfen. Türk sprang durch die Spalte, seine Schnauze war mit Blut besudelt, er biß wütend um sich, durchbrach den Kreis, ein Fußtritt erreichte ihn noch. Bellend jetzt, in höchster Angst, floh er aus dem Tor des Postens, beschrieb auf dem Platz davor einen Kreis, noch einen; setzte sich dann und schnappte nach Luft, während seine Zunge, mit Schaum bedeckt, ihm aus dem Maul hing. Dann begann er von neuem um den Platz zu rasen, bog wieder in den Posten ein, kam vor die Zelle, die nun leer war, und schnupperte einer Blutspur nach, die quer über den Hof führte und vor dem Krankenzimmer endete.

Vor der geschlossenen Tür winselte der Hund, kratzte

am Holz, bellte kurz und atemlos ein paarmal. Dann beruhigte er sich und begann seine Schnauze vom Blut zu reinigen. Das Blut schien ihm zu schmecken. Er vergaß einen Augenblick seinen Kummer und schmatzte gesättigt. Major Bergeret, der eilig herankam, unordentlich noch, mit offenem Rock und wirrem Haar, schob ihn sanft beiseite und schloß die Türe, bevor ihm Türk folgen konnte.

12. Kapitel

Inventar

Das »Krankenzimmer« besteht aus zwei Räumen und liegt in der Baracke der Mitrailleusensektion. Im vorderen Raum steht ein Bett, an der Wand hängt ein kleiner Schrank, der die Medikamente enthält. Ein Stuhl, ein Tisch ergänzen die Einrichtung. Im anstoßenden Zimmer aber stehen vier richtige Betten, der Türe gerade gegenüber; meist sind sie leer. Schwerkranke werden ins Lazarett nach Rich transportiert, und die leicht Erkrankten ruhen sich in den Baracken aus.

Koribout hat Lös in den ersten Raum auf das Bett des Krankenwärters legen lassen. Der Ärmel des blutigen Hemdes ist bis zur Schulter zurückgeschlagen, im Ellbogengelenk klafft eine lange Schnittwunde, deren Ränder mit einer schmutzigen Kruste überdeckt sind. Der Krankenwärter, jenes blonde, sommersprossige Männlein, dem der spitzgedrehte Schnurrbart aus den Nasenlöchern zu wachsen scheint, ist dabei, die Wunde auszuwaschen. Der Schmerz läßt Lös die Augen aufschlagen, das merkt der Krankenwärter: »Mein armer Alter«, sagt er, »was machst du für Geschichten!« Es ist die in solchen Fällen gebräuchliche Bemerkung, darum nickt Lös nur. »Und womit hast du das gemacht? Du mußt ja bös herumgesäbelt haben!« –

»Mit einem Stück Blech«, antwortet Lös leise und kehrt den Kopf der Wand zu.

Da wird die Türe aufgerissen, das Gesumm von draußen, das nur ganz leise hörbar war, fährt wie ein lauter Schrei ins stille Zimmer, verstummt aber, sobald die Türe geschlossen ist. Bergeret dehnt sich, gähnt laut. »Laßt uns einmal sehen«, sagt er und beugt sich über die Wunde. »Aber, aber, wie dumm! Sie haben ja gar keine Arterie getroffen. Sie hätten ja niemals verbluten können!«

Er lacht leise, und Lös schämt sich, aber der Major läßt ihm keine Zeit, irgend etwas zu erwidern und fährt schnell fort: »Ja, so eine Nacht in der dunklen Zelle ist sicher nicht angenehm. Da kann man schon auf dumme Gedanken kommen. Und eine Dummheit war es, das müssen Sie schon zugeben, Korporal. Hat er eigentlich viel Blut verloren?« fragt er den Krankenwärter. »Ja, der Boden war voll, hat der andere Korporal erzählt, der ihn hergebracht hat. Und der Hund soll auch noch viel aufgeleckt haben.« Bergeret pinselt die Wunde mit Jod aus und heftet dann die Lippen mit drei glänzenden Klammern zusammen. »Eigentlich könnte ich Sie jetzt vor Kriegsgericht bringen«, bemerkt er lächelnd. »Selbstverstümmelung kann man das nämlich nennen, wenn man bösartig sein will; aber ich bin nicht bösartig«. Er nickt und sieht zum Fenster hinaus; Lös stellt erstaunt fest, wie jung der Major eigentlich aussieht. Seine Haut ist ganz glatt, nicht einmal in den Augenwinkeln zeigen sich Falten.

Eine aufgeregte Stimme läßt das Summen vor der Tür wieder verstummen. Lös kann die Worte verstehen: »Und ich sage Ihnen, Chef, ich will ihn nicht sehen. Mir derartige

Unannehmlichkeiten zu bereiten! Der Mann muß ganz einfach verrückt sein.« Die Tür fliegt auf, Chabert dreht sich noch einmal um und schreit hinaus: »Was gibt es da zu gaffen? Ich will euch schon Arbeit verschaffen, wenn ihr keine habt! – Stehen da und glotzen!« Die letzten Worte richtet er an den Chef, dann schlägt er die Türe zu, daß der Kalk von der Decke rieselt. Der Chef lehnt sich gegen die Tür, blinzelt Lös zu und räuspert sich, um die Kehle für eine Äußerung zu klären. Aber der Capitaine kommt ihm zuvor. Wütend fährt er auf Lös los, aber seine Wut wirkt unecht.

»Sie brauchen mich nicht anzuschauen! Mit Ihnen bin ich fertig. Solche Komödien aufzuführen! Ist es schwer, Bergeret? Du schüttelst den Kopf, bist du zu faul zum Antworten? Also, du garantierst mir, daß er nicht stirbt? Kann man sich auch so etwas vorstellen! Mit was hast du das gemacht?« fährt er wieder auf Lös zu. »Du willst nicht antworten? Antworte sogleich, sonst ist es Insubordination. Jawohl.« Da Lös schweigt, tritt der Chef vor und hält dem Capitaine das geschärfte Blechstück unter die Nase. »Was? Mit dem? Na, na, mein Kleiner! Solche Dummheiten! Das hat doch weh getan?« Lös schüttelt den Kopf, weil er nicht sprechen kann, das Schluchzen sitzt ihm im Halse und seine Augen sind voll Wasser. Der Capitaine kämpft entschlossen gegen seine und der andern Rührung. »Aber die Untersuchung geht weiter, verstanden, Chef? Ich will die Klage sehen, bevor sie nach Fez abgeht. Gesund muß er werden, damit er seine Strafe abverdienen kann. Soll ich ihn nach Rich schicken, damit die Heilung nicht zu lange dauert? Nicht nötig, meinst du? Übrigens, Bergeret, machst du einen Rapport über diese Sache? Nicht? Kannst du denn nicht antworten? Besser keinen, ich finde auch. Sonst schnappt man den armen Kerl da noch wegen irgendeines blöden Paragraphen. Selbstmord ist nämlich in der Legion verboten, wird gleichgesetzt mit Diebstahl; denn du darfst über deinen Körper nicht frei disponieren, du hast ihn verkauft, weißt du das nicht? Und dann Bergeret, mach', daß du nach Rich kommst. Meine Verwundeten sind schon längst dort und brauchen dich, sind auch viel interessanter als dieser da, in ehrlichem Kampfe verwundet! Wenn es hier eine Infektion geben sollte, schicke ich dir den Korporal mit den nächsten Camions. Denn gesund muß er werden. Komm, Chef, wir gehen.«

Draußen ist es still geworden. Nur das Heulen eines Hundes ist zu hören. Lös fährt auf: »Das ist Türk. Warum quälen sie meinen Hund?« Der Major wird plötzlich streng und drückt Lös aufs Bett nieder. »Sie haben gehört, was der Capitaine gesagt hat. Sie sind noch immer Untersuchungsgefangener. Und der Hund gehört nicht Ihnen. Sie besitzen überhaupt nichts mehr. Destange, Sie machen ihm dann noch eine Einspritzung gegen Starrkrampf. Sie wissen doch wie? Und eine Pravazspritze ist auch vorhanden? Gut. Also, Sie sind verantwortlich für ihn. Wenn irgend etwas los ist, können Sie mir telephonieren. Nichts zu fragen?« Destange steht stramm, schüttelt den Kopf. Der Major führt zwei Finger zur Mütze: »Und geben Sie ihm gehörig zu trinken, Tee, Wasser. Nur keinen Wein. Ich glaube, er wird noch Fieber kriegen. Seine Augen gefallen mir nicht. Und dann hat er ein schlechtes Herz. Na, Lös, es wird schon wieder besser.« Der Major winkt mit der Hand.

»Jetzt wollen wir umziehen«, sagt Destange. »Kannst du gehen?« Lös nickt. Aber sobald er die Füße auf den Boden gesetzt hat und sich vom Bett abstößt, knicken die Knie ein, die Mauern scheinen ihm plötzlich schief zu stehen, sie drängen die Decke zusammen, die spitz wird, wie ein gotischer Bogen. »Na, na«, sagt Destange, packt den Kranken unter den Armen und schiebt ihn sanft vorwärts.

Die Kleidungsstücke, die Lös noch trägt, Hemd und Khakihose, sind steif vom geronnenen Blut. Sie hindern seine Bewegungen, während er die sechs Schritte macht, die ihn vom Bett im Nebenraume trennen. Endlich liegt er, Destange hat ihn fast ins Bett heben müssen, sonst wäre er von der Kante abgerutscht.

»Ich will sehen, daß ich andere Wäsche für dich bekommen kann und auch andere Hosen. Ausziehen kannst du dich nicht: Leintücher sind rar im Posten, das weißt du, und die Decken sind schmutzig, das siehst du ja. Hast du Durst? Ich will sehen, daß ich in der Küche ein wenig Tee kochen kann. Während der Zeit mußt du schön ruhig liegen bleiben.«

Destange trägt einen neuen Leinenanzug und dazu blaue Wadenbinden; auch die Policemütze ist von dieser zarten Farbe, die an den Frühlingshimmel über Paris erinnert.

Lös' Bett steht neben einem Fenster; ein feinmaschiges Drahtgitter bedeckt es. Draußen liegt still und glühend der kleine Hof. Die Sonne, von den Dächern noch verborgen, erhitzt aus dem Hinterhalt die Mauer, die dem Fenster gegenüberliegt. Schmerzhaft ist für die Augen das harte Blau des Himmels.

Aber wie gut ist es, die zähe Dämmerung der Zelle nicht

mehr ertragen zu müssen, die schmale Ritze nicht mehr zu sehen zwischen den Brettern der verriegelten Tür. Lös legt die Fingerspitzen gegen das feinmaschige Drahtgitter; dort kühlt sie ein trockener Luftzug; dann betupft er vorsichtig die sauberen Stahlklammern der Wunde, weil sie so kalt scheinen: aber sie sind heiß.

Destange hat die Türe, die ins Freie führt, offen gelassen, und Lös kann von seinem Bett aus die Vorübergehenden sehen. Sie bleiben stehen, gucken neugierig auf den Liegenden, nicken wohl auch einen lächelnden Gruß. Lös winkt zurück mit der gesunden Hand. Jetzt geht Peschke vorbei, er wendet den Kopf nicht, der Korkhelm beschattet sein Gesicht, auf seiner Schläfe ist die Spitze seiner Apachenlocke, ein kleines schwarzes Dreieck. Ihm auf den Fersen folgt Patschuli, bleibt stehen, wirft eine Kußhand und steigt mit zögernden Schritten die beiden Stufen hinauf: er will ins Zimmer treten, da schlägt ein Zugwind die Türe zu. Aber Patschuli erscheint wieder am Fenster neben dem Bett, drückt seine Nase ans Drahtgitter, sein Gesicht ist so nahe, daß Lös zurückfährt, erschreckt von der Gier der weitaufgerissenen Augen. Patschuli möchte die Wunde sehen, er zappelt vor Neugierde, als verspreche der Anblick etwas ungeheuer Erregendes, steckt den Zeigefinger durch eine Masche und bettelt um die Erlaubnis, die Wunde betasten zu dürfen. Von Zeit zu Zeit ruckt er mit dem Kopf, lugt argwöhnisch nach rechts und nach links, als fürchte er eine unliebsame Überraschung. Dann läuft er plötzlich davon, ohne Gruß.

Wieder ist Lös allein. Die Tür zum Vorderzimmer ist geschlossen. Durch das Gitter des Fensters sickert die heiße

Luft, wie dickflüssige Gelatine durch ein Sieb. Der Posten ist so still; schlafen denn alle? Die Fliegen üben unermüdlich ihre komplizierten Reigen und gönnen sich nur selten eine kurze Rast; den Betten entströmt ein muffiger Geruch, der an schmutzige Wäsche erinnert, die lange in einem verschlossenen Schrank aufbewahrt worden ist. Lös schließt die Augen, weil das allzu neue Gesicht der Dinge ihn ermüdet.

Da bläst ein heftiger Atemzug über sein Gesicht. »He!«, sagt eine Stimme. Draußen steht, angetan mit einem neuen Khakihemd, Pierrard, der Belgier; zwei Finger der linken Hand tragen einen Verband. Er lächelt. »Wie geht's? Ich muß mit dir sprechen. Sie erzählen im Posten, du hättest Tag für Tag 30 Bidons Wein verschenkt. Ich weiß nicht, ob das wahr ist, übertrieben ist es ja sicher. Aber eines steht fest, mein Lieber, daß nämlich unglaublich viel fehlt. Über vierhundert Liter Wein, ein halbes Faß; außerdem hast du vergessen, die Fässer jeweils wieder zu schließen, so daß in dreien der Wein sauer geworden ist. Du verstehst... die Hitze. Das Schnapsfaß ist auch fast leer und sollte doch noch mindestens hundert Liter enthalten, dazu fehlt ein ganzer Sack Kaffee, eine Kiste Seife. Weißt du, wir machen die Sache so: Ich muß die Aufstellung machen, Mauriot hat Vertrauen zu mir, da schreib ich eben etwas mehr Fehlendes auf, damit ich nachher Spielraum habe. Dir ist's doch gleich, es geht ja alles im gleichen Aufwaschen. Da – sie haben dir doch sicher dein Geld abgenommen«, Pierrard schiebt unter dem Drahtnetz eine Zwanzigfrankennote durch. »Ich hab' gestern gut einkassiert, beim Spaniolen und beim Adjutanten vom ›Bureau arabe‹ und bring's schon wieder ein, wenn eine Truppe durchzieht.« »Nimm dich in acht«, warnt Lös und versteckt das Geld unter dem schmierigen Kopfkissen, »das ist gefährlich mit dem einkassierten Geld. Wenn der Leutnant plötzlich Abrechnung verlangt, was machst du dann?« »Unbesorgt! Ich steh gut mit ihm. Aber mit dem Chef räume ich auf. Der soll nicht bei mir betteln und schön tun. Ich habe ihn heut morgen wieder fortgeschickt, als er Kaffee ohne Bon holen wollte.« Noch einmal warnt Lös: mit dem Chef müsse man sich gut stellen, das sei besser, er sei schlau und rachsüchtig und gelte viel beim Capitaine. Pierrard lacht nur, das Machtbewußtsein hat seinem Körper eine majestätische Starrheit gegeben. Er will es gern mit dem Chef aufnehmen, mit dem Leutnant im Rücken und dem Capitaine als freundlich schirmende Gottheit. »Und wenn du Wein willst, sag's nur. Weißt du, ich lasse keinen fallen, der einmal mein Freund gewesen ist.« Mit diesem Ausspruch verabschiedet sich Pierrard.

Lös bleibt grübelnd zurück. Hätte er eindringlicher warnen sollen? Er erinnert sich der ersten Zeit in der Administration. Auch damals waren sie alle freundlich zu ihm gewesen.

Wie langsam dieser Morgen vergeht!

Destange kommt zurück. Er hat sich Mühe gegeben: der Tee ist stark, er hat den Saft einer Zitrone darunter gemischt. Und dann bringt er das Mittagessen: Schaffleisch in dünner Sauce, sehr zäh (die Gabel will gar nicht eindringen) und Linsen.

Mit der Übelkeit, die in Lös aufsteigt, macht sich die Erinnerung an einen Augenblick der verflossenen Nacht breit: das Blut hat aufgehört zu fließen, die Venen haben sich von selbst geschlossen, der Tod will nicht kommen, nicht einmal eine Ohnmacht stellt sich ein, er fühlt sich verpflichtet, das Begonnene zu Ende zu führen, noch einmal zu sägen, endlich die Arterien zu treffen, deren Pochen er deutlich spürt, wenn er den Finger in die Wunde legt. Nur eine dünne Schicht kann sie von der Oberfläche trennen, aber ihm fehlt die Kraft, diese dünne Schicht zu durchschneiden. Und diese mitleidlose Erkenntnis seiner eigenen Schwäche, die ihn überfallen hat, läßt ihn auch jetzt noch so laut aufstöhnen, daß Destange mitleidig fragt, was ihm denn fehle und ob er Schmerzen habe? Destanges Augen glotzen gierig.

Lös hat die Augen geschlossen, um den saugenden Blikken des andern zu entgehen. »Stell das Essen weg, mir wird ganz übel davon. Nur ein wenig Tee. Danke.«

Lös schläft ein. Wie er aufwacht, hat der Posten seine Stille abgeschüttelt. Die dünne Wand, die das Krankenzimmer vom Schlafsaal der Mitrailleusensektion trennt, läßt Gespräche nur als Lautbrei durch; in seiner Unverständlichkeit wirkt er aufreizend: Lös ist überzeugt, daß drüben sein Fall verhandelt wird; er legt das Ohr an die Wand, um besser lauschen zu können. Einige Worte nehmen Form an: »Gewehr«, »Feigheit«, »Gums«, »Schilasky«, »der Alte«. – Sie sprechen nur vom Kampf.

Destange bringt das Nachtessen. Der Teekessel ist leer. Lös kann sich nicht besinnen, wann er ihn ausgetrunken hat. »Ich werde frischen machen«, verspricht Destange und räumt auch das schmutzige Geschirr vom Mittag fort. »Nichts gegessen? Du mußt essen, sonst wirst du nie die Kraft einholen, die du verloren hast.«

»Willst du mir nicht ein paar Eier bringen?« unterbricht ihn Lös, der vergebens versucht, die Wiederholung des Mittagessens zu essen: Suppe, in Wasser gekochtes Schaffleisch und klebriger Reis. »Im Dorf kannst du welche finden. Geld habe ich auch.«

Destange zieht ein dummes Gesicht. »Geld?« Er spuckt in die Handflächen und reibt sie an seinen Hosen ab, ein symbolisches Händesäubern. »Übrigens, was geht's mich an? Ich bin verantwortlich für dich; aber der Major hat nichts davon gesagt, daß du kein Geld haben darfst. Wieviel Eier willst du?« »Soviel du auftreiben kannst. Sie langen dann für ein paar Tage.«

»Gut!« Destange nickt, er müsse dem Capitaine Materne noch Borwasser bringen, weil dieser über Augenschmerzen geklagt habe. Eine gute Ausrede! Ein Spirituskocher sei auch vorhanden. Sonst brauche Lös nichts?

– Nein. – Übrigens sei Bergeret diesen Morgen fortgeritten; vorher habe er gesagt, Lös solle sich beruhigen. Der Capitaine sei ein guter Mann, aber seine Aufregung müsse sich zuerst legen. In ein paar Wochen werde die ganze Geschichte vergessen sein, und vom Kriegsgericht sei dann nicht mehr die Rede.

Oh, tröstlich ist die Dunkelheit im hohen Krankenzimmer, kein zähes Pech mit heller Dämmerungslinie. Nicht abgeschlossen ist man vom Leben, wieder aufgenommen ist man von einer Gemeinschaft; dies gibt Sicherheit und Ruhe. Drüben singen sie:

»Ja, das war die böse Schwiegerma-ma-ma,
Schwiegerma-ma-ma, Schwiegerma-ma-ma.

Eine Triko-Triko-Trikotaille hat se an
Das Luder,
Stiefel ohne Sohlen
Und kein Absatz dran...
Und als der Müller nach Hause kam,
Vom Regen war er naß, ja war er naß...«

Lös summt leise mit. Nur dürftig vermag der Gesang durch die Mauer zu dringen und flattert dann im weiten Zimmer umher und in dessen großer Leere. Aber das Lied gibt die Sicherheit menschlicher Nähe: nur zu rufen braucht Lös, und sogleich wären sie da, die Kameraden von nebenan; langsam versinkt die Erinnerung an die beiden letzten Nächte.

Aber plötzlich erhebt sich drüben ein Brüllen, das anschwillt. Vergebens ruft Sitnikoffs Stimme: »Ruhe«, das Geheul überschlägt sich, wird dumpf und drohend; ein einzelner Schrei steigt auf, wie eine Blase aus dunklem Wasser – zerplatzt. Dann Schweigen und aufgeregtes Geflüster. Schritte eilen am Fenster vorbei, die Tür wird aufgerissen: »He, Krankenwärter!« ruft eine Stimme, keuchend und bedrückt von der Finsternis. »Er ist nicht hier«, sagt Lös laut. Die Schritte kommen näher, ein Zündholz flammt auf, ein Stuhl fällt um. »Sie haben einen Sergeanten niedergeschlagen«, sagt der Schatten. Lös erkennt im letzten Aufflammen des Streichholzes Koribout.

Wieder Schritte vor dem Fenster, schwere Schritte von Leuten, die eine Last tragen. Ein Körper wird auf das Bett neben Lös geworfen; die Träger drängen eilends wieder hinaus, als seien sie verfolgt. Koribout ordnet bedächtig die

Glieder des Leblosen. »Wer ist es?« fragt Lös. In der Stille hat er versucht, die Atemzüge des Ohnmächtigen zu erlauschen. Sie sind unhörbar.

»Denken Sie, es ist Sitnikoff.« Koribout ist erlöst, weil er sprechen kann. »Er ist mein Freund und ich habe ihn gewarnt, er soll sich nicht mehr mischen in diese Angelegenheit. Er hat retten wollen eine junge Seele, ein sehr schönes Unternehmen, ich leugne es nicht, und gibt bestes Zeugnis für seine Menschlichkeit. Nur ist diese Menschlichkeit einfach unbrauchbar in der Legion. Ich habe es Sitnikoff oft gesagt. Wir sind hier, habe ich gesagt, um zu registrieren, nichts sonst, alles andere ist gefährlich. Denn unsere Argumente werden hier nicht verstanden, nur die Gewalt herrscht, die reine Gewalt, die Faust.« Das letzte Wort spricht Koribout mit deutlich getrenntem Diphthong. Er hat sich neben Sitnikoff aufs Bett gesetzt und spricht, über Lös hinweg, gegen das Viereck des Fensters. Der Bewußtlose scheint ihm weiter keine Sorge zu machen, wichtig ist jetzt einzig die Formung des Vorfalls.

Nun, Pausanker, die Ordonnanz des Sergeanten Farny, sei von Bergeret nur oberflächlich untersucht worden, wie die anderen, und sei gesund befunden worden. Sitnikoff aber habe darauf gedrängt, daß Pausanker sich noch einmal zur Visite melde, denn er sei angesteckt, und eine Verzögerung der Kur könne die Krankheit unheilbar machen. Aber von Farnys unheilvollem Einfluß bestimmt, habe Pausanker sich plötzlich geweigert, noch einmal zum Major zu gehen. Inzwischen sei Bergeret fortgeritten. Da habe Sitnikoff gedrängt, Pausanker solle zum Capitaine gehen und diesem beichten. Pausanker sei einverstanden gewesen.

Nun hätten wohl ein paar Alte aus der Sektion Farny die Überredungsversuche Sitnikoffs verraten. Farny habe wüste Drohungen ausgestoßen, sich aber nicht selbst an Sitnikoff gewagt. Farny habe darum Dunoyer, dem alten Guy und Stefan den ganzen Nachmittag zu trinken gezahlt und sie dann in die Mitrailleusensektion geschickt, um Pausanker dort zu holen. Die drei seien in die Baracke eingedrungen, Dunoyer habe Pausanker aufgefordert, sofort zu Farny zu kommen, denn dieser brauche seine Ordonnanz. »Ich fordere Sie auf, zu bleiben, Pausanker«, habe Sitnikoff sehr ruhig gesagt, ohne dem tätowierten Korporal zu antworten. Da habe Dunoyer ein Zeichen gegeben, seine beiden Genossen hätten Pausanker gepackt und ihn laufend fortgeschleppt, bevor die Sektion noch habe eingreifen können. Es habe nur eine Kerze gebrannt, die sei von Dunoyer gleich nach dem Raub ausgeblasen worden: Tumult. Gebrüll. Plötzlich habe Sitnikoff einen Schrei ausgestoßen.

»Ich habe mich ruhig verhalten, nur beobachtend, denn mich interessieren die Ausbrüche der menschlichen Leidenschaft gar sehr«, erklärt Koribout weiter; er spricht affektiert, weil er vom eigenen Wert überzeugt ist, »aber ich mußte doch sehen, wie die Massenszene sich entwikkelte, denn dies kann später für mich von ungeheurem Nutzen sein, wenn ich etwa dazu berufen werde, einen Film zu schaffen. Sie verstehen mich? Auch ein rein literarisches Interesse war dabei. Darum zündete ich die Kerze wieder an. Sitnikoff lag am Boden, und seine Lippen waren blau. Da befahl ich den anderen, ihr Gebrüll einzustellen, und meine Landsleute sorgten für eine schnelle

Ausführung meines Befehls. Wir trugen meinen Kameraden hierher – nun, nun, was meinen Sie, ist weiter zu tun?«

»Eine Kerze anzuzünden«, sagt Lös, möglichst trocken.

»Natürlich, Sie haben recht. Se-e-ehr.«

Koribout tappt ins andere Zimmer, tastet auf dem Tisch, kommt zurück. Die Kerze wird auf den metallenen Bettfuß geklebt, und deutet dann mit ihrem Flammenfinger nach den verschiedenen Winkeln des Zimmers, bevor sie zur Ruhe kommt.

»Sie müssen mir dann noch Ihre Erlebnisse erzählen, Korporal, Ihre Erlebnisse, die seelischen, die vorangegangen sind Ihrem Entschluß, zu sterben. Ich glaube, daß ich besitze Einfühlungsvermögen genug, um mich ganz zu denken hinein in Ihre Situation, und ein schönes Motiv wäre es, zu gestalten Ihre Verzweiflung, finden Sie nicht? Denn Sie müssen wissen, nicht nur ein lyrisches Talent habe ich, oh nein, ich habe schon geschrieben einen – wie sagen Sie? – psychologischen Entwicklungsroman, meine Entwicklung, ja, bis zu meine Engagement in die Legion, in Konstantinopel. Sitnikoff habe ich vorgelesen ein paar Kapitel, und er hat gesagt, er findet es bedeutend. Bedeutend!« wiederholt Koribout mit Nachdruck. Dann wendet er sich dem Ohnmächtigen zu und spricht auf ihn ein mit derselben leisen, von sich überzeugten Stimme.

»Nun, Freund, wache auf, lang genug hast du geschlafen. Du hast nicht hören wollen auf die guten Ratschläge, die ich dir habe gegeben. Schlage die Augen wieder auf, die Gefahr ist vorbei, aber du wirst trauern, weil die Rettung, die du versuchtest, mißglückt ist. Wache auf, sage ich dir, Freund!«

Sitnikoff rührt sich nicht. Zum Glück kommt Destange zurück, fragt nicht lange, legt das Ohr auf die Brust des Ohnmächtigen, nickt: »Nichts Schlimmes...«, holt bedachtsam ein Fläschchen, dessen Hals er unter die Nase Sitnikoffs hält. Der scharfe Geruch von Ammoniak kühlt die Schwüle des Zimmers. Sitnikoff öffnet die Augen, stößt heftig Luft aus und blickt zwinkernd um sich. »Wo ist Pausanker?« ist seine erste Frage. – »Bei seinem Verderber!« antwortet pathetisch Koribout. Sitnikoff regt sich auf: das hätte man verhindern sollen, mit Gewalt, warum die Leute seiner Sektion nicht eingeschritten seien? Koribout, mitleidig lächelnd, klärt ihn auf. Sie sprechen deutsch miteinander, damit Lös sie verstehen kann; Sitnikoff begrüßt ihn nachträglich mit einem Händedruck. Dann wird langatmig beraten, was zu tun sei. Sitnikoff will nicht, daß der Capitaine etwas von dem Vorfall erfahre. Man dürfe den alten Mann nicht unnötig aufregen. So wird beschlossen, nur von einem vorübergehenden Unwohlsein Sitnikoffs zu sprechen und die Sektion in diesem Sinne zu instruieren.

»Ihr hättet ruhig französisch sprechen können«, meint Destange, der sich beleidigt und ausgeschlossen fühlt. »Ich bin kein Blauer. Ich verrate nichts.« Koribout, den Mund höflich gerundet und mit den Knöcheln der Fäuste seinen Bart bügelnd, unternimmt es, den Krankenwärter zu versöhnen. Er ist unwiderstehlich. Umständlich wird Destange der Beschluß bekanntgegeben, nachdem man auch ihn in die Tragödie einer Menschenrettung eingeweiht hat. Er müsse verstehen, die Legion habe im allgemeinen zu schlechte Erfahrungen mit den Regulären gemacht, da schwinde eben das Vertrauen, aber Destange sehe aus wie ein guter Kamerad, er werde sich gewiß nicht in interne Angelegenheiten der Legion mischen? Destange kann nur den Kopf schütteln, so überwältigt ist er von diesem unerhörten Redeschwall. »Das sind mir ›Schädelstopfer‹, die sollten mir ins Parlament«, erklärte er, als die beiden das Zimmer verlassen haben. Dann sieht er lange in die Kerzenflamme, bläst sanft hinein, doch das behagt der Kerze nicht: sie weint weiße Tränen. »Die Eier«, erinnert sich Destange; er geht ins Nebenzimmer; bald summt das Wasser, Destange kommt mit einem Glas zurück, in dem die Dotter auf einer weißen Unterlage ruhen. Auch den Kessel hat er wieder mit Tee gefüllt, er läßt Lös daran riechen: Rum! »Und da hast du noch Chinin. Wenn du etwas brauchst, kannst du rufen.« Dann schließt er die Türe zum Nebenzimmer, beim Ausziehen pfeift er leise die Internationale, verstummt dann, das Bett kracht.

Lös versucht, sich auf verschiedene Weise die Zeit zu vertreiben. Das Chinin spart er auf, er leckt nur daran, um der Süßigkeit des Tees einen bittern Hintergrund zu geben. Sorglos fühlt er sich, wie ein Kind, das spielt. Dann ordnet er sein Bett, klopft das Kissen zurecht, streicht die Decke glatt, entschließt sich sogar, die Hosen auszuziehen: sie sind starr vom geronnenen Blut. Ein kühler Wind streicht durch das Netz. Nun ist der Sommer bald zu Ende, der Regen wird kommen, Schnee und Kälte, wo werde ich im Winter sein?

Die Kerze flackert; lange, lange starrt Lös in die Flamme. Sie ist wie ein Gefangener, der aufrecht steht, mit gefesselten Füßen, und den Oberkörper verzweifelt hin und her schleudert, um sich zu befreien. Aber die Befreiung naht:

die Kerze ist zu Ende; erlöst versinkt die Flamme in der Dunkelheit. Nun kann die lange schlaflose Nacht beginnen, kein Licht wird mehr den Fluß der Gedanken hemmen.

»Halt!« murmelt Lös. »Jetzt nehmen wir die beiden Tabletten, die wir verschmäht haben. Dann wird das Chinin den Schweiß durch die Poren treiben. Gesagt, getan!« sagt er wichtig, »In den Mund mit den Ptisanen, sie sind bitter, das schadet nichts. Einen Schluck Tee darauf, und er schmeckt nach Rum... Hmhm...« Dann bleibt er liegen, murmelt uralte komische Gedichte: »Das Perlhuhn zählt eins, zwei, drei, vier, was zählt es denn das kluge Tier, dort unter den dunklen Erlen? Es zählt von Wissensdrang gejückt (was es sowohl als uns entzückt) die Anzahl seiner Perlen...« Mit offenen Augen folgt er den Sternen, die in der Dunkelheit tanzen. Endlich rührt vor seinen Augen der weiße Zauberer Chinin die Trommel, beruhigt schließt der Kranke die Augen, und der Wirbel ist sein Schlummerlied...

Auflösung

Seigneur, Seigneur,
nous sommes terriblement enfermés

Gide, *Paludes*

13. Kapitel

Der Kampf

Aus den dumpfen Baracken haben sie die Matratzen ins Freie geschleppt. Um Mitternacht kommt ein spielender Wind von den Bergen und trocknet den Schweiß von den klebrigen Körpern. Aber der Wind bringt nur wenig Kühlung, denn zwischen den Bergen und dem Posten liegt die Ebene, und auf ihr lagert die Hitze des Tages; der Wind nimmt die Hitze mit sich und trägt sie in die Höfe ...

Sie können nicht schlafen; den Tag über haben sie geruht, nun vermissen sie die Müdigkeit, die all die Wochen vorher ihre Augen entzündet hat. Und der heiße Wind macht geschwätzig. Sie liegen auf dem Rücken und sprechen Worte in den Wind – und der Wind nimmt die Worte, spielt mit ihnen wie mit dem Staub, den er aufwirbelt. Doch er, der Staub, wird wieder zurückfallen auf die Erde – sei es, daß ein Regen ihn niederschlägt, sei es, daß er an den Blättern der Feigenbäume haften bleibt und mit ihnen, wenn sie welk sind, zu Boden fällt. Nie wird er ganz verloren gehen. Doch die Worte? – Der Wind pflückt sie von den Lippen (leicht sind die Worte, leichter als der Staub, leichter als die heiße Luft), und dann wird er sie verwehen. Wohin? Worte sind es nur, Worte, in die Nacht gesprochen ... Stimmen haben sie geformt, die heiser geworden sind vom Wein und vom Durst und vom Rauch.

Schilasky spricht: »Der Todd hat mir schon am Abend vor dem Kampf gesagt: ›Hör, morgen gibt's etwas! Ich hab im Café vier Araber getroffen, die wollten mich ausholen... Weißt du, daß wir nicht nur Camions mit Lebensmitteln bewachen müssen, sondern daß auch das Auto vom Zahlungsoffizier den Convoi begleiten wird?‹ – Natürlich wußt' ich das nicht, aber am Morgen war das kleine Auto wirklich da. ›Paß auf‹, sagt da der Todd noch zu mir, ›heut wird's stinken!‹ Und plötzlich steht der Lartigue neben uns und redet uns auf deutsch an: ›Daß ihr der Sektion keine Schande macht! Verliert mir nie die Ruh'! Verstanden?‹ Dann kehrt er sich um, und wir sehen, daß er einen ganz runden Rücken macht – wie ein alter Mann... Ja, sein Rükken sah traurig drein; ich bin sicher, er hat gewußt, wie es gehen wird.«

Neben Schilasky liegt ein langer, magerer Mensch, der ein Handtuch um die Hüften gebunden hat. Er liegt auf dem Bauch und stützt das Kinn in die hohlen Hände. Seine Bartstoppeln schimmern wie Messing, und die Locken auf seinem Kopfe sind blond.

»Wir in der vierten Sektion«, sagt er mit heiserer Stimme, »haben es nicht so gut gehabt wie ihr. Bei uns hat der Farny kommandiert. Ich sag dir, Mensch, der Kerl ist ganz verrückt. Du kannst direkt vor ihm stehen, und er sieht dich nicht – guckt an dir vorbei. Er hält sich für den größten Mann der ganzen Kompagnie, weil er die berühmte Kolonne mitgemacht hat – wißt ihr, ins Tafilalet, damals, neunzehnhundertachtzehn... Von zweihundertzwanzig Mann ist er allein mit seiner Ordonnanz und einem Korporal zurückgekommen. Wie der sich diesmal benommen hat!

Ich wette, daß er die Hosen genäßt hat, wie die Bicots angeritten sind.« Er lacht, dann hört man einen leisen Knall – er hat den Stöpsel aus seiner Feldflasche gezogen – und nun trinkt er in langen, glucksenden Zügen.

Der Mond ist noch nicht aufgegangen, aber der Sternenschein ist so hell, daß die vorspringenden Wellblechdächer der Baracken samtene Schatten auf den Boden werfen. Ein Lachen steigt auf, es gurgelt wie ein Dorfbrunnen in einer stillen Sommernacht. Schweigen. Dann lacht Pfister: »Hahaha!... Hosen genäßt! Dem Petroff neben mir ist das wahr- und wahrhaftig passiert. Die Bicots fangen an zu schießen, und das ist ein gruusiges Klepfen ... Takoouu ... Grad an meinem Ohr vorbei pfeift's, und da hockt der Petroff ab vor Angscht, und wie er aufsteht, ist sein ganzer Hosenboden naß. Gestunken hat er, sag ich euch! ›Gang zum Tüüfu!‹ sag ich zu ihm. ›Gang di go putze!‹ Und er will wirklich zurückkriechen. Da sieht ihn der Hassa und jagt ihn wieder nach vorn. Aber der Russki in seiner Angst versteht ihn nicht und deutet nur immer auf seinen Hintern. Da hat auch der Hassa lachen müssen ...«

Und Pfister macht das Lachen des Sergeanten nach. Er ist klein und rundlich, der Schweizer Pfister; so oft ist er wegen seines heimatlichen Dialekts verspottet worden, daß er sich Mühe gibt, hochdeutsch zu sprechen; manchmal gelingt es ihm sogar, Kraschinskys Berlinern nachzuahmen.

Korporal Cleman, von der ersten Sektion, ein dürrer Streber, mit einem Mund, rund und rot wie eine Kirsche, nach der seine krumme Schnabelnase stets zu picken scheint, er sieht aus wie ein verhungerter Kellner und behauptet, der letzte Sproß des Grafengeschlechtes derer von

Mümmelsee zu sein. Er spricht wie ein Schmierenschauspieler in der Rolle eines preußischen Leutnants. »Ihr habt gut lachen!« sagt er, »ihr von der windigen zweiten Sektion. Aber wir von der ersten! Immer mit dem Hauptmann zusammen, immer Nachhut! Wo uns die Biester doch schon auf den Fersen saßen. Kamen da 'ran, zwei auf 'nem Ferd, bis auf hundert Meter, machen kehrt und in Karriere zurück. Sagt der Alte plötzlich zu mir: ›Na, Kleener, haste gesehen, was die für weißen Dreck fallen lassen? Regarde! Là-bas ...!‹ Richtig, nun sah ich's auch. Jeder, der gegen uns angeritten ist, hat einen zweiten hinten aufsitzen, und der läßt sich zu Boden fallen, bevor das Pferd kehrt macht. Und kreucht dann näher. Das Anschleichen vastehn se ja; man sieht se nich, bis sie janz nahe sind ... Hm«, meint Cleman gedankenvoll, »es war wirklich merkwürdiger weißer Pferdedreck ...«

»Pferdedreck! Wyssi Rossbolle!« lacht Pfister verzückt – er lacht gern, auch über die dümmsten Witze. Vor einem halben Jahr hat ihn der Huf eines Maultiers mitten auf die Stirn getroffen und dort eine rote Narbe hinterlassen. Vielleicht hat auch sein Gehirn unter dem Schlag gelitten. »Jaja, Witze reißen kann der Alte. Bei uns hat der Hassa nichts gemerkt. Er ist kurzsichtig. ›Sergeant!‹ sag ich zu ihm. ›Sergeant! Dort kriecht einer!‹ – ›Kümmern Sie sich um Angelegenheiten Ihrige!‹ seit de Löli. ›Nein‹, sag ich. ›Dort kriechen zwei Dutzend. Laß schießen, Sergeant, sonst ist fertig mit Pinard.‹ – ›Was erlauben Sie sich zu duzen Ihr Vorgesetztes?‹ Aber er hat kaum ausgeredet, da stehen kaum zwanzig Meter von uns ein Haufen Graumäntel auf, und sie brüllen. Da macht der Hassa ›demi tour à droite‹

und rennt zurück. Da sage ich: ›'s isch z'heiß zum springe‹, und kommandiere: ›Bajonette 'on!‹ Die andern folgen mir... Der Petroff hat gebrüllt: ›Yoptoyoumatj!‹ und ist gesprungen wie ein junges Kalb. Die Araber haben Fäden gezogen... Und dann ischt es still geworden, und wir haben eine Autohupe gehört. Der Zahlungsoffizier ist gemütlich vorbeigefahren. Ischt das nicht eine Schande? Bei der Hitze haben wir uns so anstrengen müssen, um dem sein dreckiges Geld zu retten. Aber du, Schilasky, erzähl, wie der Todd verwundet worden ist...«

Wispern: »Der Todd...« – »Todd...« – »tot...« Dann Stille. Regungslos liegen die Körper auf den dünnen Matratzen. Keiner lacht. Es ist, als hielten sie alle den Atem an. Dann raschelt Schilaskys Matratze, der Mann setzt sich auf, zieht die Beine an, seine Arme umschlingen die Knie, und er läßt seinen Blick wandern über die Kameraden, die ihn umgeben.

Patschuli ist da und Peschke, aneinandergeschmiegt auf der gleichen Matratze, und dort, an die Mauer gelehnt, hockt der alte Kainz. Neben ihm, auf dem Bauch, liegt der Bäcker Frank. Und auf der Türschwelle der Baracke, ein offenes Notizbüchlein in der Linken, einen scharfgespitzten Bleistift in der Rechten, sitzt Koribout, der Dichter mit dem gescheitelten Bart. Er ist der einzige, der vollständig angekleidet ist: Gelbe Khakiuniform, die graue Flanellbinde faltenlos um die Hüften geschlungen, elegante Schnürschuhe und vorschriftsmäßig gewickelte Wadenbinden. Sein Tropenhelm ist frisch geweißt, das Sturmband versteckt sich hinter seinem Bart. Weiter wandert Schilaskys Blick, ruht einen Augenblick auf Kraschinsky, flieht dann, um an Clemans Nase hängen zu bleiben, senkt sich endlich. Schilasky seufzt. Er denkt an den Abend jenes Marschtages, er denkt an den Todd, und leise beginnt er zu sprechen:

»Ihr wißt, daß die Mitrailleusensektion Avantgarde war... Wie wir aufbrachen, war's noch finster. Der Leutnant ritt voraus und sah böse drein. In der ersten Pause riß bei einem Lasttier der Riemen, und die Hotchkiss fiel zu Boden. Der Weibel mußte allein wieder laden. Aber wie's dann hell wurde – bei der zweiten Pause – und der Weibel dem Leutnant Meldung machte – mußte Koribout nachschauen gehen ...«

»Es hat gefehlt ein Bolzen vom Dreifuß ...«, klang es von der Türe her. Schilasky nickte; dann fuhr er fort:

»Lartigue schickte den Todd und mich zurück, um den Bolzen zu suchen. Wir liefen die ganze Zeit gebückt, und der Rücken tat uns weh. Schließlich haben wir den Bolzen gefunden und sind zurückgelaufen. Die Sektion war weit voraus – und wir zwei allein. Die Piste ging zwischen zwei hohen Felswänden durch, und immer wieder rollten Steine herab. ›Das gefällt mir nicht‹, meinte der Todd. Ich hab geschwiegen. ›Na‹, sagte der Todd weiter, ›auf uns haben sie's wohl nicht abgesehen, wir haben kein Geld – höchstens unsere Gewehre könnten die Bicots noch interessieren ...‹ Endlich haben wir die Sektion erreicht und ich hab dem Leutnant gemeldet, daß wir den Bolzen wieder gefunden haben. ›Habt ihr sonst nichts Verdächtiges bemerkt?‹ fragt der Lartigue. Da erzählt der Todd von den Steinen, die von den Hängen gerollt sind, und der Leutnant verzieht das Gesicht. Dann meint er, wir hätten noch Zeit zum Casse-croûte. So hat die ganze Sektion gehalten, und wir haben unsern Speck verzehrt. Dann zieht der Lartigue aus seiner Satteltasche sechs Pakete Zigaretten und verteilt sie unter uns. Anständig, was? ...«

Kraschinskys Kopf hob sich von der Matratze, seine Locken glänzten speckig wie falsches Gold, er räusperte sich, blies den Schleim durch die gespitzten Lippen, wie durch ein kurzes Blasrohr, und meckerte dann:

»Ich weiß wahrhaftig nicht, warum ihr alle vor diesem Leutnant auf dem Bauch liegt; natürlich, er verteilt Zigaretten, und ihr Schafsköpfe glaubt, er tue dies aus Liebe zu euch... Nein! Angst hat er um seine Haut, weiter nichts, der hohe Herr, und er denkt: Wenn ich meine Leute nicht anständig behandle, so knallen sie mich hinterrücks nieder... Unser Farny hat gewußt, warum er immer hinten geblieben ist, der Leuteschinder; wenn der mir vor die Mündung gekommen wäre, der würde heut nicht mehr mit dem Pausanker...« »Erzähl' weiter, Schilasky, und mach keinen Schmuh mit 'm Edelmut von die Offiziere...«

»Ach, Berliner!« Schilaskys Stimme war verächtlich. »Du hast immer ein großes Maul, wenn die Offiziere nicht da sind und kriechst, wenn du einen von weitem siehst. Du hast doch den Hitzig beim Chef angegeben, wie er im Magazin eine Krawatte geklaut hat. Weißt du, mit dir will ich mich gar nicht herumstreiten, du bist mir viel zu dreckig...«

»Und du?... Und du?... Wenn ich auskramen wollte... Mit wem gingst noch nich in der Kompagnie, he? ... Und zuletzt noch mit dem Todd, stimmt's oder stimmt's nicht?«

In der Tür der Baracke stand Korporal Koribout. Seine sonst sanfte Stimme tönte laut durch die Dunkelheit.

»Sie sollten sich schämen, Kraschinsky... Einem Verwundeten muß man Achtung bezeugen, das sage ich Ihnen. Obwohl ich finde, daß eine Typus wie die Ihrige vom Standpunkt des Gestaltenden höchst interessant ist und einer gewissen Ähnlichkeit mit einer Gestalt meines Landsmannes Dostojewski, den Sie wahrscheinlich nicht kennen, nicht ermangelt. Ich denke da zum Beispiel an Ferdyschtschenko aus dem Roman ›Der Idiot‹... Eine meisterhafte Typus...« Koribout setzte sich wieder und kritzelte in sein Büchlein.

Kraschinsky versuchte zu lachen. Aber das Schweigen, das ihn von allen Seiten einschloß, war so beklemmend, daß sein Gelächter in ein Husten überging – es war ihm, als sei sein Mund mit Staub gefüllt. Schilasky fuhr nach einer Pause fort, während der er erbittert an der Haut seines Daumennagels gekaut hatte:

»Der Leutnant schaute immer ins Tal hinunter. Wir standen auf einer Anhöhe. Im Tal war nichts zu sehen...

Die Luft war ganz klar und die Sonne noch gar nicht hoch. Ganz hinten, dort, wo der Weg anfängt zu steigen, sahen wir die erste Sektion. Der Leutnant suchte mit seinem Feldstecher die Berge rund um uns ab. Da plötzlich rief der Todd laut: ›Schilasky!‹ Ich schaute auf und sah gerade, wie er dem Leutnant einen Stoß gab mit der Schulter vor die Brust, so daß der Lartigue auf die Seite fiel und sich mit der Hand auf den Boden stützte. Ich sprang hinzu, denn ich verstand nicht, was dem Todd plötzlich eingefallen war, ob er den Verstand verloren hatte oder was sonst... Und kam gerade zur rechten Zeit, um den Todd aufzufangen. Ich mußte wohl sehr dumm dreingesehen haben ...«

»Sonst siehst du ja blendend intelligent aus ...« schob Kraschinsky ein, aber er wurde niedergezischt, und Cleman, der Mann mit dem Papageienschnabel, sagte laut, deutlich und so scharf, daß keine Widerrede aufkommen konnte:

»Halt deine ungewaschene Schnauze, Kraschinsky, sonst kannste was erleben!« – »Sehr richtig!« pflichtete Pfister bei, und Patschuli ließ in dieser Nacht zum erstenmal seine Stimme hören: »Ogottogottogott! Müßt ihr denn immer streiten! Seht doch die Sternschnuppen. Die Nacht ist so schöön. Und ihr wißt nur schmutzige Sachen zu erzählen, während doch der Wind so liebevoll durch meine Haare streicht...« »Kusch!« sagte Peschke. »Erzähl weiter, Schilasky!«

»Der Lartigue hat angefangen zu lachen – aber plötzlich stockt er, will aufstehen, da sagt der Todd mühsam und greift sich an die Schulter: ›Liegen bleiben, mon lieutenant! Tous couchés!‹ ruft er noch, und da werfen sich alle hin. Ich laß den Todd auf den Boden gleiten und leg mich neben ihn. Mit vieler Mühe stellen wir die Mitrailleusen auf, der Leutnant gibt das Ziel an, die Distanz. Es geht alles wie geschmiert. ›Feu à volonté!‹ ruft der Leutnant, und da beginnen unsere Hotchkiss und es ist ein Lärm wie von einem Dutzend Nietmaschinen. – Der Todd ist ganz still dagelegen, und der Lartigue kriecht zu ihm. Er hat sein Taschenmesser in der Hand und schneidet die Knöpfe ab, vorn an Todds Waffenrock. Dann haben wir die Wunde gesehen: vorn, eine Handbreit von der Brustwarze nach oben, war nur ein kleines Loch, aber am Rücken ein Trichter... ein Trichter...« Schilasky stockte, es klang, als habe er den Schluckauf. »Ein Tri-hi-hichter, eine Spanne Durchmesser. Fleisch und Knochen waren herausgerissen und das kle-hebte (der Schluckauf kam wieder) an einem Stoffstück, das ein wenig weiter entfernt am Boden lag. ›Warum haben Sie das getan, Todd?‹ fragt der Leutnant. Ganz weiß ist mein Kaha-merad gewesen... Da schreit mich der Leutnant an, ich soll mein Hemd hergeben. Ich war froh, daß ich's am Tag zuvor gewaschen hatte – und so-ho-ho – und so war das Hemd sauber. Wie ein Doktor hat der Leutnant gearbeitet. Das Hemd zerfetzt er und stopft es in das Loch; dann mußt ich seine Satteltaschen holen (die Tiere standen in einer Mulde). Der Lartigue legt einen Verband an – zwei Binden hat er gebraucht und ein ganzes Fläschchen Jodtinktur. ›Nicht einmal Morphium hab ich‹, sagt der Leutnant und weint fast. Aber plötzlich fällt ihm etwas ein, und er lächelt. Ganz unten in der Satteltasche hat er eine Büchse gehabt, in der war eine Art braune Konfitüre, die riecht stark nach Gewürzen. Mit der Messerspitze holt er ein wenig von dieser Konfitüre aus der Büchse, knetet eine Kugel aus der Masse – oh, sie war nicht groß, die Kugel, wie der Nagel von meinem kleinen Finger. ›Du mußt schlucken diss!‹ sagt der Leutnant zum Todd. Und der schluckt gehorsam. ›Was ist das, mon lieutnant?‹ frage ich. ›Psch!‹ macht der Lartigue und legt einen Finger auf die Lippen...«

»Und du Trottel hast natürlich nicht gewußt«, keifte Kraschinsky, »daß der Lartigue ein Opiumraucher ist. Na, ich sag's ja...« Das heisere Lachen dauerte nicht lange. Es klatschte. Und dann sah Koribout ein sonderbares Schattenspiel: Über das Dach der Baracke, die vor ihm liegt, kriecht langsam der Mond. In seinem Scheinwerferlicht steht eine flache Scheibenfigur regungslos; krumm springt die Nase vor und berührt mit ihrer Spitze fast das Kinn. Ein ausgestrecker Arm geht über in den Hals einer zweiten Figur, die mit Armen und Beinen schlenkert wie eine Marionette. Korporal Cleman hält Kraschinsky im Nacken fest. Er schüttelt den Widersacher nicht, er hält ihn nur mit einer Hand; dann wirft er ihn mit einem Schwung auf die Matratze zurück.

»So wollen wir nicht auseinandergehen«, flötete Patschuli. »Nein – so nicht. Legt euch wieder alle hin. Ich will euch von Atchana erzählen, wo wir Kalk gebrannt haben, während ihr so tapfer gekämpft habt ... Ihr wißt ja, einer hat sich dort umgebracht, der kleine Schneider. Im Fieber wahrscheinlich. Der arme Kerl ... Hat in der Sommeschlacht gekämpft, hat das Eiserne Kreuz gehabt und ist verreckt – wie soll man's anders nennen? In einem alten Sack haben sie ihn verscharrt. Der Adjutant stand an seinem Grab, und eine Erdscholle blieb an seinem Stiefelabsatz kleben ... ›Merde!‹ sagte er und schleuderte unwillig den Fuß nach vorne ... Das war Schneiders Sterbelied.«

Einer nach dem andern nahm seine Matratze und verschwand durch die Tür der Baracke – Cleman zuerst, dann Pfister; die andern folgten. Schließlich blieb nur Schilasky zurück, und keiner seiner Kameraden wußte, warum er blieb ... Weil er Kraschinsky nicht das Feld räumen wollte? – Weil Patschuli auf seiner Matratze hockte? – Dies war wohl kaum der Grund. Schilasky saß noch immer in der gleichen Stellung da, wie zu Beginn seiner Erzählung, die Knie ans Kinn gezogen, die Arme um die Schienbeine geschlungen ... Nun glitt das Kinn ab, schwer lag die Stirn auf den Knien. Schilasky hörte das Geflüster nicht mehr, das anhob. Er war weit fort ... Vielleicht im Lazarett zu Rich, wo sein Freund lag, sein Freund, der Todd ... Und das Flüstern wurde lauter:

»Türk! – Komm her, Türk! – Guter Hund, komm, komm ...« Kraschinsky schnalzte mit der Zunge. »So! Hab ich dich erwischt! – Was, du willst nicht folgen? Ich werd dich lehren! Du Köter! Du Aas! Jetzt hilft kein Wimmern mehr! Und kein Winseln. Ruf doch deinen Herrn! – Deinen sauberen Herrn! – Wo hab ich mein Messer. – Was, beißen willst du! – Misch dich nicht ein, Schilasky, ich warn dich ...!«

Schilasky wollte aufspringen, da traf eine Faust sein Kinn ... Er schlug hin, ihm war übel, aber dennoch hörte er die Stimme und verstand die Worte, die sie sprach:

»Komm Patschuli, wir wollen den Hund beim Stall verscharren. Schnell, es kommt jemand ... Ach! 's ist nur der Lartigue ...«

Nun hörte Schilasky eine andere Stimme, französische Worte, er verstand die Worte nicht, bis er seinen Namen hörte. Und nun sprach die Stimme deutsch:

»Schilasky! Was machen Sie hier? Sind Sie krank? Oder trauern Sie einsam über Ihre verwundete Freund?«

Schilasky konnte sich nicht rühren, er hätte gerne Antwort gegeben, aber seine Zunge war am Gaumen festgewachsen. Da, ein Knall neben seinem rechten Ohr, ein Knall, der in seinem Kopf widerhallte. Zwei Absätze klappten, dann sagte eine zweite Stimme: »Mon lieutenant, caporal Koribout...« Und die erste Stimme:

»Was ist hier geschehen, Korporal? Blut am Boden?«

»Ich habe zugesehen, mon lieutenant. Kraschinsky hat einen Hund umgebracht.«

Endlich konnte Schilasky reden. Er richtete sich auf. »Er hat...« stotterte er, »er hat Türk gemordet...«

»Türk...? Der Hund von Lös...? Traurig, traurig. Wir werden dem Kranken nicht erzählen die Geschichte. Glauben Sie nicht auch? Es geht ihm nicht gut, dem Kameraden Lös. Und Sie, Schilasky, Sie nicht sich müssen aufregen, das ist sentimentalité! Denken Sie: ein Hund...«

Schilasky hätte gern etwas gesagt, widersprochen... Er fand die Worte nicht. Durfte man einen Hund quälen? Ein Wesen, das niemandem geschadet hat, nur so, aus purer Gemeinheit, darf man es hin... hinmachen? Es hat seinen Herrn geliebt... Und ein Kraschinsky... Sanft plätscherte Leutnant Lartigues Stimme: »Wir haben eine französische Schriftsteller – manche be-haupten, viele be-haupten, er ist ein großer Artist – wie Sie sagen? Künstler? Ja Künstler... Ich kann ihn nicht lesen... Brechreiz... für mich. Zola er heißt. Doch Zola hat geprägt ein Wort, eine Ausdruck: ›La bête humaine‹. Das heißt...«

Schilasky unterbrach ganz ruhig: »Die menschliche Bestie...«

»Parfaitement. Ganz richtig. Nun ja, Kraschinsky hat plötzlich entdeckt die volupté – die – wie sagen Sie – die Wollust von der Grausamkeit. Blut! Blut ist schön für einfache Seelen und für komplizierte. Von Blut, von Wollust und von Sterben – du sang, de la volupté et de la mort...

Auch ein Buchtitel... Nehmen Sie eine Zigarette, Schilasky, und auch Sie, Korporal. Was haben Sie da, Koribout? Das Notizbuch? Zeigen Sie...! Russisch. Schade. Wollen Sie mir übersetzen?«

Und Koribout sagte: »Ich habe erst den Titel des Gedichtes: ›Über den Tod eines Hundes‹ und den ersten Vers:

»Der du so treu gedienet hast
Nun weint dein Auge Blut...«

»Ah«, sagte Leutnant Lartigue und setzte sich auf Schilaskys Matratze. »Endlich finde ich in der Legion eine Poet...!«

Das Compagniebureau ist klein. Unter dem einzigen Fenster, das sich auf die Nacht öffnet, die fremde und feindselige, steht ein weißer Tisch, den Papiere bedecken. »Rapport...« »Rapport...« »Rapport...« Capitaine Gaston Chabert trägt eine verbogene Stahlbrille auf der Nase, seufzt auf von Zeit zu Zeit, wenn er einen neuen Bogen zur Hand nimmt. Sein Mund murmelt Zahlen, Zahlen und seine Stirne ist gefurcht. Hinter ihm geht, mit pendelndem Hinterteil, Narcisse Arsène de Pellevoisin, Sergeant-major oder, wie er sich lieber nennen hört: »der Chef« auf und ab...

»Ich verstehe nicht, mein Kleiner«, sagt der Capitaine, »ich verstehe ganz und gar nicht. Nach dieser Aufstellung hier sieht es ganz so aus, als habe dieser Lös nicht das geringste unterschlagen. Die Zahlen stimmen – sie stimmen auffallend. Was hat Mauriot da zu reklamieren gehabt?«

»Mauriot!« sagt der Chef und hebt seine gepolsterten Achseln.

»Also du bist einverstanden mit mir, daß dieser Mann ...«

»Mann!« unterbricht der Chef verachtungsvoll und hebt wieder die Achseln.

»Nun, eine Frau ist er nicht. Ich will ja zugeben, daß er sich nicht gerade anständig benommen hat – den ganzen Nachmittag hat er mit den Sergeanten gesoff ... getrunken und gegen mich gehetzt. Sein Vater ist General – aber glaubst du, daß einer, dessen Vater General ist, intelligenter ist als der Sohn einer Waschfrau? He? Und Royalist ist der Mauriot auch. Reaktionär ...! Geht das an in einer republikanischen Armee? Haben unsere Ahnen deshalb die Bastille erstürmt, die Aristokraten an die Laternen gehängt, damit die Nachkommen dieser Aristokraten uns das Leben sauer machen? Wie?«

»Gegenrapport!« sagte Narcisse lakonisch.

»Du meinst, mein Kleiner, ich solle dem Marschall in Fez einen Rapport schicken? Aber der Marschall selbst – das weißt du, wie ich, der Marschall stammt selbst aus einem alten Geschlecht, er ist ...« der Capitaine sucht seine Worte, »er ist der Kirche treu. Oder täusche ich mich?«

»Nein!«

»Siehst du! Siehst du! Und wie – sag mir dies einmal – soll ich meinen Rapport formulieren? Ich muß dir erzählen, wie der Kampf vor sich gegangen ist. Hast du nichts zu trinken? Nein? Die Cooperative ist geschlossen ... Wenn jetzt der Lös in der Verwaltung wäre, würde ich zu dem Mann gehen und mit ihm trinken – dann kämen mir Gedanken, dann könnte ich meinen Rapport aufsetzen ... Er ist voll Finessen ... (kleine, kaum merkliche Pause) ... gewesen, der kleine Lös. Eigentlich war er immer anständig zu mir ...«

»Zu mir auch«, brummte der Chef.

»Und schließlich habe ich wenig Lust, ihn an Intendanzoffiziere auszuliefern ... Also hör zu, mein Kleiner – ah! Du hast etwas zu trinken!« (Der Chef hat ein Wandschränkchen geöffnet und eine Flasche Anisette erscheinen lassen. Zwei rötliche Becher füllt er mit der würzig riechenden und süßlichen Flüssigkeit.) Der Capitaine trinkt, saugt an seinen Schnurrbarthaaren und blickt in das Licht der Petroleumlampe, das gelb und gezackt, wie eine winzige Märchenkrone hinter dem Glas des Zylinders leuchtet ...

»Im Grunde«, sagt Chabert leise, »halten Sie mich für einen Cretin. Ist's nicht so, Chef?« Er schweigt, wartet auf einen Protest. Da dieser nicht kommt, seufzt er, nimmt die Stahlbrille von der Nase und versorgt sie in einem Etui. »Für einen Cretin ... Ja ...« Und seufzt noch einmal. »Der nicht mehr weiß, was er spricht. Ich weiß, ich weiß. Und wahrscheinlich denkt auch der Marschall so. Vielleicht habt ihr beide recht ... Aber, mein Kleiner, dieser Kampf ist mir wahrhaftig an die Nieren gefahren, ich habe seither ständig Rückenschmerzen und das Wasserlassen verursacht mir Pein. Die Verantwortung, Chef, die Verantwortung! Alle werden sie jetzt auf mir herumhacken – ich möchte nicht hören, was sie in der Sergeantenmesse über mich sagen. Aber hören Sie, Chef,– ich will gewiß nie mehr mein Kleiner zu Ihnen sagen, und auch mit dem Duzen werd' ich aufhören, denn ich fühle, daß beides Sie reizt.«

Chabert wendet sich nicht um. Er sitzt klein und zusammengesunken auf seinem harten Stuhl und wieder wartet er auf eine Antwort, die nicht kommt.

»Sie wollen mich strafen, weil ich Ihren Schützling, den Lös, schlecht behandelt habe. – Das wird es wohl sein. – Nur müssen Sie bedenken, daß dieser Kampf – dieser Kampf. – Stellen Sie sich vor, hier ist die Ebene ...« Der Capitaine nimmt ein Blatt Papier und legt es mitten auf den Tisch. »Da ist der Bergsattel, hier, zwischen den beiden Tintengefäßen ... Auf dem Fäßlein, das mit roter Tinte gefüllt ist, hat Lartigue seine Mitrailleusen aufgestellt ... Gut placiert, meiner Treu, der Lartigue versteht seine Sache. Nun beginne ich den Aufstieg zum Sattel mit meiner Sektion, so ...« Chabert legt einen Federhalter vom Papierbogen bis zum hölzernen Gestell, in dem die beiden Tintenfässer stecken ... »Aber kaum habe ich die Steigung begonnen, so beginnt es von allen Seiten zu knallen und die Bicots reiten an. Ich kommandiere ›Absitzen‹ und schicke den Kraschinsky als Verbindungsmann zu den anderen Sektionen, um den Befehl zu übermitteln. Die dritte stand hier«, der Capitaine stellt den rötlichen Becher, der mit Anisette gefüllt war, auf den Bogen, »und da hör ich schon Farny brüllen: ›Absitzen! Niederlegen!‹ Nun ist Sergeant Farny sicher ein fähiger Mann, obwohl er wegen seiner Ordonnanzen immer Händel hat. Warum wartet er nicht, bis ich meinen Befehl wiederholt habe? Ich weiß, er führt seine Sektion – ist gewissermaßen für sie verantwortlich – aber ich bin doch für die ganze Kompagnie verantwortlich ...! Nun gut, die Geschichte geht weiter. Die Bicots stürmen an und ich sehe, daß sie zu zweit auf einem Pferd sitzen, ganz nahe heranreiten und ihre Last abwerfen, bevor sie zurückgaloppieren.

Und schon kommandiert der Farny wieder: ›Feuer!‹ Wieder hat er nicht warten können. Ich habe im Taktikkurs gelernt... im Taktikkurs gelernt... ja, dort hab ich's gelernt, denn woher sollt ich's sonst wissen? Ich bin ein bescheidener Mann, war früher ein einfacher Bankangestellter, also ich habe gelernt...«

»Im Taktikkurs...« unterbricht der Chef. Er lehnt an der Mauer neben der geschlossenen Tür, sein Gesicht ist im Schatten und seine Khakiuniform sticht dunkel ab von der hellgeweißten Fläche.

Chabert seufzt. »Du mußt dich nicht lustig machen über deinen Capitaine, mein Kleiner. Das bringt kein Glück.« Seine Stimme ist weich, und es schwingt auch keine Spur von Ärger in ihr... »Ich habe gelernt, daß man stets warten soll, bis sich der Feind entwickelt hat, um dann genaue Dispositionen zum Angriff geben zu können. Ich war mit der Sektion, bei der ich mich befand, der rechte Flügel, Farny das Zentrum und Hassa der linke Flügel... Bin ich klar genug?«

Die Bretter des Fußbodens ächzen, als der Chef mit drei Schritten zum Tisch tritt. Er schenkt die rötlichen Becher voll, ohne sich darum zu kümmern, daß einer von ihnen symbolische Bedeutung hat. Und der Capitaine sagt: »Gesundheit!« und kippt den Inhalt der dritten Sektion.

»Er greift mir vor, der Farny da«, sagt Chabert und stellt den Becher an seinen Platz – an den Rand der Papierbogenebene. »Nun kommt noch Hassa« (die Flasche Anisette), »und bevor ich etwas sagen kann, weist ihm Farny seinen Platz an. Wir sind also im Halbkreis aufgestellt – die zweite Sektion hat Verspätung, sie erscheint erst später auf dem Kampfplatz, und Cattaneo mit seiner Vierten ist in Atchana beim Kalkbrennen. Während ich nun noch nachdenke über die zu treffenden Dispositionen – und du weißt, mein Kleiner, ich bin kein Napoleon, ich brauche Zeit – sehe ich, wie Farny mit seinem Karabiner in der Luft herumfuchtelt... Ich drehe mich um und sehe Hassa zurücklaufen. Und ich habe keinen Verbindungsmann mehr – mein Pferd ist auch fortgeführt worden. Was bleibt mir übrig? Ich beginne zu laufen... Aber was wollen Sie, Chef, ich bin ein wenig beleibt – vier Jahre Schützengraben, drei Jahre Marokko – und jung bin ich auch nicht mehr... Da höre ich eine Stimme brüllen: ›Bajonette 'on!‹ Aha, denke ich, ein Korporal übernimmt das Kommando. Da ist es aber dieser Schweizer, wie heißt er, einen schwierigen Namen hat der Mann, einen Namen – Fistère, ja ja, Fistère – du mußt mich erinnern, mein Kleiner, man muß etwas für den Mann tun... Was meinst du, zwei Bidon Wein und ein Paket Zigaretten? Ja? Einverstanden! – Die andern folgen dem Fistère und schließlich kommt Hassa auch zurück. Dieser Feigling! Degradieren! Unbedingt! Ich habe also bei dieser Sektion nichts mehr zu suchen und laufe zurück – aber die erste Sektion ist nicht mehr dort, wo ich sie gelassen habe. Farny hat sie genommen und macht einen Gegenangriff. Da steh ich also und weiß nicht, was ich mit mir anfangen soll. Ich kann doch nicht meinen Säbel ziehen und – und – Denn erstens hab ich ihn gar nicht, den Säbel, sondern nur meine Ordonnanzpistole, und zweitens... Doch es gibt gar kein zweitens. Ich, der Führer der Kompagnie muß meinen Leuten nachlaufen, um den Gegenangriff nicht zu verpassen... Stell dir das vor, mein Kleiner – pardon Chef! Es war kein sehenswerter Anblick – oder vielleicht doch ... Komisch ist es sicher gewesen ...« sagt der Capitaine langsam und verträumt, so, als erblicke er sich selbst, wie er in jenem Augenblick ausgesehen haben muß. Der Chef räuspert sich.

»Wollten Sie etwas sagen ...? He, Chef ...! Nein? Nun, ich bin natürlich gleich außer Atem, bleibe stehen und warte, bis alles zu Ende ist. Resultat: Ein Schwerverletzter. Zehn Leichtverletzte. Ich danke Gott, daß wir keinen Toten zu beklagen haben ...«

Die Petroleumlampe flackert, ein Windstoß fährt durchs Fenster und das Märchenkrönlein über dem Docht verschwindet. Doch statt des gelben Lichtes erfüllt ein bleicher Schein das Zimmer. Über dem Dach der Baracke, die dem Bürofenster gegenüberliegt, wird der Himmel grau.

»Schau, mein Kleiner ...« flüstert der Capitaine. »Diese Farbe ...! Weißt du, woran sie mich erinnert? – Nein? – An Pappeln, an die Blätter von Pappeln ... Die Bäume stehen am Ufer des Kanals, der Mittagswind dreht ihre Blätter um, eine sanfte Sonne bescheint sie ... Ach!« seufzt Chabert. »Morgen schreibst du mir in deiner schönsten Schrift ein Gesuch:

›Capitaine Chabert (Gaston), kommandierend die 2. berittene Kompagnie des III. Fremdenregiments an Seine Exzellenz den Herrn Kriegsminister ...‹«

Er hat die Feder gepackt, der rundliche Mann in der zerknitterten Khakiuniform, und aus all den Papieren, die seinen Schreibtisch bedecken, einen Bogen herausgefischt, der ebenso zerknittert ist wie seine Uniform; nun schreibt er in seiner sauberen Bürokratenschrift, während er sich den Wortlaut des Gesuches laut und bisweilen stockend in die Feder diktiert...

»Das ist nutzlos, mon capitaine«, sagt Narcisse von der Tür her. »Erstens kann ich das Gesuch besser aufsetzen als Sie (strengen Sie Ihre Augen nicht an) und zweitens werden Sie nicht so schnell fortkommen. Die Suppe, die man sich eingebrockt hat, muß man auch auslöffeln...«

Er öffnet die Türe. Draußen schreitet eine hohe weiße Gestalt vorbei. In diesem Augenblick wendet sich der Capitaine um – der Luftzug, der durch das Öffnen der Tür entstanden ist, reißt spielend die Papiere vom Tisch und läßt sie durchs Zimmer flattern – Chabert wendet sich um, sieht die weiße Gestalt, springt auf, beugt sich zur Tür hinaus... Schweigend vergeht eine Minute.

»Chef«, sagt Chabert heiser.

»Oui, mon capitaine?«

»Wo geht Lartigue hin?«

Narcisse hebt seine mächtigen Achseln. Er hat die Hände in den Hosentaschen vergraben und sein geringelter Bart ist in der unsicheren Dämmerung blau wie Stahl. Verächtlich läßt er die Worte seiner Antwort auf den runden Schädel seines Vorgesetzten tropfen:

»Ins Krankenzimmer. Zu Lös.«

Capitaine Chabert seufzt. Dann rafft er sich auf. Seine Stimme ist scharf wie noch nie.

»Das Gesuch an den Kriegsminister will ich um elf Uhr unterzeichnen. Verstanden?«

»Zu Befehl, Capitaine«, sagt Narcisse. Seine Brust wölbt sich vor, wie bei einer Frau. Gaston Chabert geht schlafen...

14. Kapitel

Aufruhr

Samotadji, Capitaine Chaberts ungarische Ordonnanz, glich mit seinem blonden, spitz zulaufenden Bart einem noch jugendlichen Magier. Er saß auf der Schwelle der Küchentür, die Blechtasse zwischen die Knie geklemmt, tauchte längliche Brotschnitten in den Kaffee und lauschte den Erzählungen der Abgesandten, die gekommen waren, um für die Sektion das Frühstück zu holen. Sein Gehör war gut, trotz der Büschel, die ihm aus den Ohren wuchsen und er verstand alles, was erzählt wurde. Denn er sprach ungarisch, deutsch, französisch, russisch, rumänisch – ja sogar ein paar Brocken türkisch hatte er aufgeschnappt, damals, als er von einem Getreidejuden als Leibwache angestellt worden war...

So konnte er seinem Capitaine später, beim Rasieren, viel Interessantes und zugleich Unangenehmes mitteilen: Er erzählte von der Prügelei in der Mitrailleusensektion, bei welcher Sergeant Sitnikoff niedergeschlagen worden war, von der Ermordung Türks durch Kraschinsky. Sogar vom Besuche Leutnant Lartigues im Krankenzimmer hatte er gehört – aber diese letzte Neuigkeit spann er nicht aus, denn Chabert grimassierte derart unter dem Messer, daß Samotadji lieber einen andern Gesprächsstoff anschnitt – die letzte große Neuigkeit: Korporal Seignac, der Neger, hatte einen Rapport wegen Gehorsamsverweigerung eingegeben.

»Glauben Sie mir, mon capitaine«, sagte Samotadji in seinem harten Französisch, »das sind alles schlechte Zeichen. Wissen Sie, Sie sind zu gut mit den Leuten« (mit den Leuten! sagte der Soldat erster Klasse, der Gefreite Samotadji) »und aus Übermut werden sie irgend etwas Dummes anstellen – nur weil sie sich langweilen. Und das wird dann nicht etwas Unschuldiges sein wie das Abschlachten eines Hundes ...«

Die Müdigkeit – eine Folge der fast schlaflos verbrachten Nacht – machte des Capitaines Schritte schwer. Am Fuße der Treppe angelangt, blieb Chabert lange Zeit ratlos stehen. Den Besuch Lartigues im Krankenzimmer empfand er als Verrat, Türks Tod kümmerte ihn wenig, er fand, Sitnikoff habe seine Prügel verdient – warum mischte sich der Mann in Farnys Privatangelegenheiten? Farny hatte den Kampf gewonnen – kein Zweifel, wollte man ehrlich gegen sich selbst sein, so mußte man das zugeben – und Sitnikoff war ein »Intellektueller« – wie Lös, wie Lartigue. Sie paßten zusammen, die beiden: der bücherlesende Leutnant und der Verwaltungskorporal Lös, der sich kleine Mädchen leistete mit dem Geld, das er dem Staate gestohlen hatte ...

Der Besuch Lartigues wäre so schlimm nicht, aber in Verbindung mit dem Rapport Seignacs (und obwohl diese beiden Angelegenheiten nichts miteinander zu tun hatten, waren sie dennoch gewissermaßen als Barometerstand der Stimmung im Posten zu werten) erhielt auch er seine Bedeutung. Es ging nicht an, einfach zu diesem Korporal Seignac hinzugehen und ihm zu sagen: »Du hast Fäuste, mein Kleiner, verschaff dir Respekt!« Nein, das war unmöglich. Denn Seignac war schwarz, und wenn er den Versuch wagte, mit dem Renitenten zu boxen, würde die ganze Sektion über den einzelnen Mann herfallen. Die Folgen? Sie waren nicht schwer zu erraten. Denn allmählich wurde es klar: Den Posten beherrschte ein unsichtbarer Geist, der Geist des »Cafards«.

Cafard – ein Wort, das sich nicht übersetzen läßt. Es ist nicht Heimweh – obwohl Cafard ohne einen Schuß Heimweh undenkbar ist. Melancholie? Melancholie heißt schwarze Galle – und ein »Cafard« ist ein schwarzer Käfer – genauer: eine Küchenschabe. Beide – Melancholie und Cafard – haben etwas mit schwarzer Farbe zu tun.

Cafard! – Viel kann aus dem Cafard entstehen: Desertion, Gehorsamsverweigerung, sinnloses Saufen, Messerstecherei, Selbstmord. Wenn ein einzelner den Cafard hat...

Aber Cafard ist ansteckend... Ansteckender als beispielsweise Typhus – gegen den es immerhin einen Impfstoff gibt. Wie also, wenn der Cafard eine ganze Kompagnie ergreift?

Was gibt es dann?

Revolte! Aufruhr!...

Capitaine Chabert schüttelte den Kopf (die Sonne stand schon hoch, und dennoch war es sehr still im Posten), und kopfschüttelnd machte er sich auf den Weg. Er blickte hier in eine Baracke: »Guten Morgen!« dort in eine: »Guten Morgen!« –

Keine Antwort. Die Leute hockten auf ihren Matratzen,

unbeschäftigt, schweigsam. Keiner erwiderte den Gruß. Und auch denen, die ihm begegneten, sah man von weitem den Cafard an. Die Augen waren glanzlos, die Lippen fest geschlossen. Das Heben der Hand zum Rand des Korkhelms sah aus wie das Stemmen einer hundertpfündigen Hantel...

Der Chef stand beim Eintritt seines Vorgesetzten auf; da er barhaupt war, neigte er nur gönnerhaft den Kopf – wie er es gewohnt war. Dieses Nicken ärgerte den Capitaine – wohl besonders, weil er an das Gespräch der letzten Nacht denken mußte, in dem er eine klägliche Rolle gespielt hatte. Dumpf dachte er, daß er wohl auch den Cafard haben müsse. – – – War es ihm früher nicht gleichgültig gewesen, was die Menschen über ihn gedacht hatten? Er durfte es sich gestatten, stets offen zu reden, trug er nicht die »médaille militaire« – eine Auszeichnung, die nur selten Offizieren verliehen wurde? Er hatte sie sich an der Marneschlacht als Korporal verdient, weil er für einen gefallenen Leutnant das Kommando des Zuges übernommen hatte... Das war schon lange her. Aber schließlich, er hatte damals sein Leben eingesetzt, während dieser schwammige Bürohengst, der ihn immer wie ein Kind behandelte, sicher nie das Einschlagen einer Granate gehört hatte...

Chabert setzte sich und blickte durchs Fenster. Verschwunden war überm Dach der Baracke das seidige Grau, das an Pappelblätter erinnerte – blau, ewig blau blendete der Himmel, und sein Blau verwundete die Augen grausamer als das spiegelnde Wellblechdach, das, vom Sande glattgeschmirgelt, die Sonnenstrahlen zurückwarf...

Die Stahlbrille auf der Nase, begann Chabert, den Rapport Korporal Seignacs zu lesen, der sich in englischer Kurantschrift – wie ein zartes Ornament sah sie aus – über die Widersetzlichkeit des Soldaten zweiter Klasse Guy und des Gefreiten Malek beschwerte. »Ich gab ihnen den Befehl, die Baracke zu kehren, da sie nach der von mir aufgestellten Liste an der Reihe waren, diese Arbeit verrichten zu müssen; jedoch kamen sie, trotz wiederholter Mahnungen, diesem Befehl nicht nach, sondern bewarfen mich mit groben Schimpfnamen, die aufzuzählen ich unter meiner Würde halte. Auch waren ihre Effekten nicht ordnungsgemäß zusammengelegt, sondern lagen durcheinander auf ihren Matratzen herum.«

Chabert knurrte, murmelte.

»Wie bitte?« fragte der Chef.

»Kann man jemand mit Schimpfnamen bewerfen?«

»Es ist bildhaft gemeint«, sagte Narcisse.

»Bildhaft! Hm ... bildhaft ...! Um zwölf Uhr möchte ich die Kompagniekasse kontrollieren und Ihre Abrechnung sehen, Chef!« Chabert blickte auf, die Stahlbrille war ihm auf die Nase gerutscht, seine Augen sahen sich an des Chefs bärtigem Gesicht fest. Schien es ihm nur so, oder lachte ihn der Mann wirklich aus? Nein! Er war bleich geworden. Und das erfüllte Gaston Chabert mit Stolz ...

»Ein Ungar und ein Franzose«, fuhr er fort und bedeckte die Augen mit der Hand – zu unerträglich blendete der ewig blaue Himmel. »Von Guy ist ja nichts anderes zu erwarten, denn er ist alt und wunderlich. Warum läßt ihn der Schwarze nicht in Ruhe? Wenn ich nur den Trottel bei der Hand hätte, der diesem Neger die Schnüre gegeben hat! Wenn man schon – leider Gottes – mit einer schwarzen

Hautfarbe auf dieser Welt herumläuft, so geziemt es sich, Bescheidenheit und Rücksicht walten zu lassen. Nicht wahr, Chef? Und dem Ungar Malek hatte ich auch ein wenig mehr Intelligenz zugetraut... Wo ist das Gesuch an den Kriegsminister...? Noch nicht geschrieben...? Was haben Sie den ganzen Morgen getrieben? He, Chef? Anisette gesoffen? Mit Ihrer Mulattin poussiert?« Chaberts Stimme stieg, stieg an, überschlug sich. – Was ist mit mir los, dachte er dunkel. Packt mich auch der Cafard? Ich habe doch sonst nie so geschrien? – Aber es kommt auch alles zusammen!

»Es kommt auch alles zusammen!« sagte er laut mit seiner alltäglichen Stimme. »Zuerst der Kampf. Dann komm' ich in den Posten zurück und hoffe, hier Ruhe zu finden. Aber nein! Gleich muß ich den Polizisten spielen und einen Korporal einsperren lassen – den einzigen Gradierten, zu dem ich Sympathie empfinde... Du bist der andere, mein Kleiner. Nimm mir nichts übel, Chef. Ich muß fort. Cafard!«

Nun war es ausgesprochen, das große Wort. Narcisse nickte. Er stand neben dem Tisch, hatte seine weiße Hand auf die Platte gelegt. »Fast hab ich ein Menschenleben auf dem Gewissen«, fuhr der Capitaine fort, »denn wäre ich nicht so hart gewesen, so hätte der Lös nicht daran gedacht, sich umzubringen. Und weil ich auf den Mauriot gehört habe, auf den Generalssohn...« Chabert schwieg und sah die Zweizimmerwohnung in einem stinkenden Haus der Altstadt von Rouen vor sich. Fünf Geschwister, der Vater immer besoffen. Die Mutter verängstigt... Und er? Jetzt war er Capitaine, Vorgesetzter von zwei Leutnants, die nicht wußten, was Armut war, die ihn verachteten, weil er sparen mußte... »Der Seignac, der arme Kerl!« sagte er leise. »Was soll man machen? Ich hab Kopfweh, wahrscheinlich ein Fieberanfall... Weißt du was, Chef, mein Kleiner? Wir schicken den Seignac auf Wache mit ein paar Leuten, die ihn gern haben, dann ist er von heut' abend bis morgen abend von der Sektion fort und ich kann mir die Angelegenheit in Ruhe überlegen. Mit Lartigue? – Lassen wir den Herrn Leutnant. – Lassen wir die beiden Herren Leutnant...« Er stand auf, lehnte sich an die Tischkante, ergriff einen Knopf an Narcisses Uniformrock und begann ihn zwischen Daumen und Zeigefinger hin und her zu drehen. »Hab ich nicht stets Milde walten lassen?« fragte er leise und senkte den Blick. »Menschlichkeit? In meiner Kompagnie? Sag selbst! Du kannst es nicht leugnen. Und welchen Dank empfange ich? Meine Sergeanten verachten mich, meine Leutnants wollen mich aus meiner Stelle drängen – Mauriot zum Beispiel – und Lartigue? Lartigue verrät mich dreimal, ehe der Hahn kräht.«

Fast beschämt, einen derartigen Vergleich gewagt zu haben, ließ Chabert seinen Kopf noch tiefer sinken. Gedankenlos riß er den Knopf vollends ab, den er von seinen Fäden gedreht hatte, ließ ihn zu Boden fallen und setzte sich wieder vor seinen Tisch. Er legte das Gesicht in die geöffneten Hände, ihre Flächen glitten an seinen Wangen hinauf, bis die Augengruben sie aufhielten. Und so, die geschlossenen Lider gegen die Handballen gedrückt, blieb der Capitaine lange sitzen. Er versuchte zu denken – aber dies war unmöglich. Der Raum war erfüllt von Fliegengesumm, und dieses dröhnte in seinem Kopf, zuerst leise, wie die Bässe einer Orgel, dann lauter, immer lauter, schmetternd endlich, wie die Posaunen des Jüngsten Gerichtes. Es kostete ihn Mühe, seine Augen zu befreien – und als er die Lider öffnete, sah er zuerst nur bunte Kreise, die sich rasend schnell drehten. Dann blendete ihn wieder das Blau des Himmels und das spiegelnde Dach. Er wandte sich um. Narcisse Arsène de Pellevoisin, der vielleicht wirklich nur Dupont hieß, hatte lautlos das Büro verlassen ...

Friedlich verging der Tag – das heißt, an der Oberfläche blieb alles ruhig. Um zwölf Uhr hielt der Chef den Rapport ab – ganz allein, die Offiziere blieben unsichtbar, und der ehemalige Piemonteser Fuhrmann Cattaneo schlief in seinem Zimmer den Rausch aus, den er sich am Morgen unter Korporal Pierrards sachkundiger Leitung an einem Fäßlein Kartoffelschnaps angetrunken hatte. Narcisse teilte der versammelten Mannschaft mit, der Capitaine habe noch zwei Ruhetage zum Instandsetzen der Ausrüstung bewilligt. Von zwei Uhr an sei Waschen am Oued. Um sechs Uhr werde die Löhnung verteilt. Kampflöhnung. Abtreten.

Nach dem Mittagessen ging der Chef in die Baracke der vierten Sektion, um mit Seignac zu sprechen. Der schwarze Korporal saß hinten in einer Ecke (der Raum war sonst leer), die Zeigefinger in den Ohren und über ein Buch gebeugt, so vertieft, daß ihn Narcisse an der Schulter rütteln mußte. Seignac stand auf, ohne übertriebene Eile, sammelte die Hacken und ließ die Arme zwanglos zu beiden Seiten der sehr schmalen Hüften bammeln. Mit leicht vorgebeugtem Kopf hörte er sich die Mitteilung an: Er habe heute abend das Kommando der Wache zu übernehmen; auch der

Aufforderung, künftighin ein wenig Nachsicht walten zu lassen und seine Untergebenen nicht unnütz zu reizen, lauschte er mit wohlwollender Aufmerksamkeit. Ob er seinen Rapport nicht lieber zurückziehen wolle, wurde er gefragt. Der Capitaine wünsche es sehr – die Mannschaft sei aufgeregt. »Gern«, sagte Seignac und blieb ernst, »wenn es der Capitaine wünscht ...« – »Was studieren Sie so eifrig?« erkundigte sich Narcisse. Schweigend schlug Seignac die Titelseite des Buches auf. Eine englische Grammatik ... »Korporal Smith ist so freundlich, mir Stunden zu geben und mich zu korrigieren.«

Der Chef bewunderte den Schwarzen. »Gute Rasse!« sagte er laut. – »Pardon?« fragte Seignac höflich und wandte dem Chef das linke Ohr zu, das klein war und schön geformt: das Läppchen deutlich und der Saum wohlgebildet. »Nichts, nichts«, sagte Narcisse und klopfte Korporal Seignac auf die Schulter, was diesen veranlaßte, leicht erstaunt die Brauen zu heben. Dann ging der Chef. Ohne einen Blick auf das Zimmer zu werfen, setzte sich Seignac wieder, steckte die Zeigefinger in die Ohren und lernte weiter.

Es war nicht gut für die vielen, die noch die Aufregung des Kampfes in sich fühlten, einen zweiten Tag ohne Arbeit zu verbringen. Aber wie Sitnikoff Lös im Krankenzimmer erklärte, als er ihn um die Mittagsstunde besuchen ging: Der Capitaine sei zu gut. Ganz laut habe er soeben noch mitten im Hofe stehend und vor einer Schar Zuhörer umgeben, dem Adjutanten Cattaneo auseinandergesetzt, seine Leute seien zwar Söldner, aber dieser Beruf sei ebenso ehrlich wie jeder andere. Vielleicht habe Chabert gerade an seine Frau, die Hugenottin, gedacht, meinte Sitnikoff und verzog das Gesicht. Und dann habe der Capitaine noch gesagt: zum Berufe des Söldners gehöre Kampf und Tapferkeit, aber auch der Lohn für die überstandenen Strapazen: trinken, lieben, schlafen, essen, ruhen nach dem Kampf, kartenspielen und was sonst noch der Erholung dienlich sei.

»Dieser Mangel an Psychologie«, sprach Sitnikoff, »ist kaum zu fassen. Sie als Intellektueller werden dies ohne Zweifel sogleich begreifen. Obwohl ich hinzufügen muß, daß Ihnen eigentlich jede praktische Erfahrung auf diesem Gebiete abgeht. Ich aber habe nicht nur in einer regulären Armee gedient, sondern auch später die Truppen der Gegenrevolution geführt. Als Oberst, jawohl. Und ich kann Ihnen sagen: Idealismus ist schädlich. Wenn Sie den Leuten nur einen einzigen Tag der Zuchtlosigkeit schenken, so haben Sie sich damit jeglicher Autorität begeben. Wie soll der Capitaine dies wissen? Im Kriege hat er scheint's nichts gelernt. Ich gebe ihm kaum zwei Tage, um seine Nachsicht zu bereuen.«

Dann empfahl sich Sitnikoff und hinterließ auf Lös' Bett »La Garçonne«, unter dem Hinweis, dies sei das bedeutendste Buch, das er seit langem gelesen habe ...

Lös dachte: Oberst? Oberst bei Koltschak oder Denikin oder Wrangel? Wo bleibt da der Advokat aus Odessa, der im Schlafrock über die Straße gegangen ist, um sich rasieren zu lassen? Doch war er zu müde, zu gleichgültig auch, um sich weiter über so nebensächliche Lügen den Kopf zu zerbrechen und schlief ein.

Die Löhnung wurde nach dem Abendessen ausgeteilt. Der Gruppenführer erhielt das Geld für seine Leute gewöhnlich in großen Scheinen und war gezwungen, die Verteilung selbst vorzunehmen. Wechselgeld war keines aufzutreiben. Da mußten sich drei, manchmal vier zusammentun und auf einander aufpassen, denn zwanzig Franken konnte ein einzelner gar schnell vertrinken, und wer gab den andern dann ihr Geld? So wurden Männer, die sich nicht leiden konnten, gezwungen, den Abend miteinander zu verbringen. Streit flackerte auf, Sergeant Hühnerwald von der Cooperative wurde beschimpft, weil er nicht wechseln konnte... Einige rannten zum Chef; Narcisse schickte die Unzufriedenen zu Mauriot, der immer noch in seinem Zimmer saß und über seiner Rache brütete. Der Leutnant warf die Leute kurzerhand hinaus. Auch Pierrard hatte kein Kleingeld. Die Stimmung wurde gereizt.

In der Sergeantenmesse ging es laut zu. Cattaneo und Farny, die beide mehr als zehn Jahre Dienstzeit hatten, hielten die übrigen frei. Um neun Uhr hatte Hassa schon zweimal erbrochen, Farnys Augen waren glasig, der Adjutant wieherte unausgesetzt. Baguelin, durch den Wein und durch die Schnäpse angelockt, trug Chansons vor, während Hassa, den das Erbrechen ein wenig ernüchtert hatte, mit lallender Stimme behauptete: Insubordination werde immer bestraft. Beispiel: die Verwundung Todds. Das sei die Strafe für den gemeinen Griff, damals auf dem Marsch. Und Baguelin sang.

Die Komik dieses Gesanges erschütterte den Adjutanten. Er stand mühsam auf, umarmte Baguelin, fiel mit ihm zu Boden, meinte dann wohl eine Frau vor sich zu haben, denn er begann die Wangen Baguelins mit lauten schmatzenden Küssen zu bedecken. Das Geräusch dieser Küsse übte auf Farny eine unerwartete Wirkung aus.

Er stemmte sich am Tischrand hoch und sah in den dikken Rauch. Wirre Bilder schienen seine Augen zu belagern. Mit kreischender Stimme versuchte er diese Bilder in einen Sang zu rahmen:

»Ach nur 'n bißchen Liebe
Ach nur 'n bißchen Liebe ...«

Eine große Verzweiflung leuchtete in diesen gekrächzten Liedfetzen und es ward plötzlich still. Alle standen auf (auch der Adjutant), Baguelin glotzte. Diese plötzliche Stummheit war sehr grauenhaft. Hassa schüttelte sich, lachte lautlos mit offenem Mund, das Lachen ging in ein Schluchzen über. Er sank mit dem Oberkörper über den Tisch und seine Schultern zitterten heftig.

»Und nur 'n bißchen Liebe ...«

sang Farny, storchte zur Tür, stieß sie auf, mit steifem Bein, und schmetterte sie von draußen zu.

Die Luft schien ihm unwahrscheinlich dick. Sie drang ihm in die Nase, in den Mund, wie heißer Staub, und hinderte ihn am Atmen. Er glaubte noch die schmatzenden Küsse Cattaneos zu hören und ihn packte der Wunsch, eine kühle Haut zu streicheln. »Ja, der Junge hat eine kühle Haut, wir wollen den Jungen holen gehen.« Er torkelte gegen das Gebäude der dritten Sektion und stieß die Tür mit einem Fußtritt auf.

Auf den Brettern über den Matratzen brannten Kerzen. Die kahle Baracke sah festlich aus. Gruppen von vieren und fünfen saßen auf dem Boden, schmierige Kartenblätter in den Fäusten. Zigarettenrauch und Schnapsdampf zitterte über den Köpfen. Ein Flüstern blies zuweilen durch den Raum: »Noch eine Karte ... zwanzig ... nichts wert, zwei As ... die Bank gewinnt.«

»Wo ... ist ... meine ... Ordonnanz?« Keine Antwort. »Könnt ihr nicht antworten? Schweine!« Einige blickten auf, die Kerzenflammen warfen Glanzlichter auf die Augäpfel, die feuchten Stirnen und die Wangen.

Steif ging Farny zum Angriff vor. Die dumpfe Luft schien seine Betrunkenheit zu verstärken. Er stieß mit der Fußspitze nach einem der Sitzenden, ergriff dann eine Flasche, leerte sie. Gehässige Worte zerknallten in der Stille wie platzende Schweinsblasen. »Reklamieren«, schrie Farny, »reklamieren wollt ihr? Pack! Wißt ihr, wen ihr vor euch habt?« Irgend etwas Drohendes fühlte Farny in sich hochsteigen, er versuchte es zu bannen mit den Worten, die sonst zur Meldung vor einem hohen Vorgesetzten dienen: »Sergeant Farny von der zweiten Compagnie montée des dritten Fremdenregiments.« Aber eine Stimme in ihm übertönte diese Worte. Sie wurden zu einem Lallen in seinem Munde, während ein Fremder in ihm laut und deutlich sprach, so daß ihm nichts anderes übrigblieb, als diese unbekannten Worte nachzusprechen: »Kaiser! Ich bin euer Kaiser! Befehle! Befehle!« Er hörte das Lachen nicht mehr, seine Ohren waren taub geworden; er stand nur und murmelte, Speichel lief aus seinem Munde. »Feinde überall, viele Feinde. Katzen, Tiere, Tiger, Katzen. Katzen sollen vergiftet werden. Wenn ich befehle. Nicht mich vergiften. Wo ist meine Ordonnanz der König? Nicht König heißt er, er ist König!« Plötzlich drehte er sich zweimal um sich selbst, Schwindel schien ihn zu packen. »Zu den Waffen!« brüllte er, »Aux armes! aux armes!« Mit diesem Schrei stürzte er zur Tür hinaus.

Pausanker sang gerade in der Mitrailleusensektion mit einigen anderen Deutschen das schöne Lied: »An der Saale grünem Strande.« Sie waren bei der letzten Strophe angelangt und sangen in einer Art Verzauberung. Sie hielten sich nicht an den Händen gefaßt, und dennoch hatten sie sehr stark das Gefühl einer innern Zusammengehörigkeit; dies tat ihnen wohl, vielleicht weil es sie zu einem Zorn aufpeitschte, der süß war. –

»Aux armes!« schrie es draußen.

Alle kannten sie diesen Ruf. In Algerien in den kleinen Garnisonen hatten sie ihn gehört, in Bel-Abbès vor allem, wenn am Morgen der dicke Boulet Ducarreau in die Kaserne rollte, der Colonel. Aber hier? Die Stimme draußen war schrill. – Hatten Araber den Posten angegriffen? Nur Pausanker erkannte die Stimme und Sorge erfüllte ihn. Nun drängten sie sich alle an die Rechen, wo die Gewehre standen. Mechanisch schoben sie Patronen ins Magazin; und dann stürzten sie in den Hof und trafen dort auf eine schon schreiende kreischende Masse. – Auch Seignac, der um fünf Uhr auf Wache gezogen war, hatte den Ruf gehört. Wie ein Schlag auf den Nacken traf er ihn. Einen Augenblick blieb er erstarrt stehen, weil er nicht verstand, woher der Ruf kommen konnte. Keine der ausgestellten Wachen hatte ihn ausgestoßen: mitten im Posten war er geplatzt, und es war

Farnys Stimme gewesen, unbedingt. »Er ist besoffen« sagte Seignac leise zu Veitl, der neben ihm stand, »wir müssen Ordnung schaffen gehen.« Er fühlte, daß er der einzige Verteidiger der Disziplin war in diesem Posten, in dem es drunter und drüber ging. Eine große Verachtung hatte er für den Capitaine, der es nicht gewagt hatte, die zwei zu bestrafen, die sich gegen das Gesetz des Gehorsams vergangen hatten.

Seignac ließ seine Leute antreten, Waffe an der Hand, wie der Ausdruck heißt; keiner hatte gegen den Schwarzen etwas einzuwenden. Alle waren sie geladen mit Spannung. Eingreifen dürfen! Nie noch hatten im kleinen Posten die Gewehrgriffe so gut geklappt. Und »Vorwärts! Marsch!« kommandierte Korporal Seignac.

Nur ein paar Schritte waren es, dann sahen sie vor sich einen verknäuelten Menschenhaufen. In der Mitte des Haufens stand Sergeant Farny. Beleuchtet wurde er von dem Licht einiger Kerzen, die auf hochgereckten Armen wie auf sonderbaren Leuchtern staken. Farnys zerfressener Schnurrbart war deutlich gesträubt und Schaumflocken hingen darin wie feine Wattebüschel. Eben hielt er eine Rede an die Umstehenden in seiner deutschen Muttersprache. Aber es waren nur einige Worte zu verstehen, der Rest war so zerkaut, daß er unverständlich blieb.

Im Turm des Capitaines flammte Licht auf. Chabert war heute früh schlafen gegangen. Die Aufregungen der letzten Tage hatten ihn erschöpft. Er schlief fest und tief, und Samotadji brauchte einige Minuten, bis sein Herr nur die Augen aufschlug. »Sergeant Farny verrückt geworden« murmelte er immer wieder. »Capitaine müssen hinunter gehen.« »Mein Kopf ist eine hohle Kugel«, sagte der Capitaine tief traurig. »Mach Kaffee, Samotadji, und gib mir einen Schnaps. Dann wach ich vielleicht auf.« Samotadji stellte Wasser auf einen kleinen Spirituskocher, dessen blaues Flämmchen vor dem Bilde der Hugenottin wie ein Opferlämpchen brannte. Der Capitaine war mit dem Oberkörper aufs Bett zurückgesunken und döste mit schlaff herunterhängendem Unterkiefer, schnarchte dazu leise. Das Wasser summte in der Pfanne ...

»Sektion halt!« kommandierte Korporal Seignac. Die Gewehrkolben fielen in drei Schlägen zur Erde. Seignac als einziger ließ das Gewehr geschultert. Zuerst versuchte er sanft den Knäuel der Menschen zu durchbrechen, um bis zu dem Schreienden zu gelangen. Da er nicht durchkam, kehrte er das Gewehr um und teilte Kolbenstöße aus. Die Getroffenen beklagten sich laut, wütend. Endlich war Seignac bis zu Farny vorgedrungen, legte ihm die Hand auf die Schulter und sagte ruhig und fest: »Kommen Sie mit, Sergeant. Sie sind aufgeregt, Sergeant. Legen Sie sich nieder, Sergeant.« Dies alles in einem Ton gesprochen, der Überlegenheit zeigte, und mit einer Aussprache, die einem Mitglied der Comédie Française Ehre machen würde.

»Seht ihr«, keifte Farny, »ein dreckiger Neger, der sich an mir vergreifen will. Schlagt ihn tot, schlagt ihn tot!« Er hatte sich von Seignacs Hand befreit und wiederholte seinen Schicksalsruf: »Aux armes!«

Pausanker war mit den Sängern aus der Tür getreten, er hielt das Gewehr im Arm, wie ein Sonntagsjäger, den Lauf gegen die Sterne gerichtet. Er sah seinen Sergeanten, über den ihm Sitnikoff so viel Schlechtes gesagt hatte, und glaubte, einen neuen unbekannten Menschen zu erblicken.

Stolz stand Farny da, Begeisterung funkelte ihm aus den Augen; trotz seiner geringen Körpergröße schien er die Menge zu überragen. Pausanker hatte heute abend viel getrunken. Aber nicht nur der Alkohol trieb ihn, jetzt, da Farny wieder sein stotterndes Singen begann (»Ach nur 'n bißchen Liebe«) und Seignac den Arm um die Schultern des Sergeanten legte. Der Neger sagte zu Veitl: »Es ist ganz leicht, unter diesen Betrunkenen Ruhe zu schaffen. Sehen Sie, Sie haben nicht einmal eingreifen müssen, alles habe ich allein getan.«

Da platzte ein Laut in das Stimmengewirr. In dem Geschrei war er nicht auffallend, aber doch so deutlich, daß er eine plötzliche Stille hervorrief. Seignac schwankte ein wenig, hielt sich an einem neben ihm Stehenden; dessen Kerze fiel zu Boden. Dann lockerte Seignac seinen Griff und sank um. Die Kerze, die neben ihm auf dem Boden lag, flackerte zuerst ein wenig und brannte dann weiter mit stiller Flamme. In ihrem Licht sah Veitl das schwarze Gesicht langsam grau werden, ein Ausdruck des Erstaunens klebte darauf. Dann schimmerten die Augäpfel weiß zwischen den halbgeschlossenen Lidern.

Im Turmzimmer verbreitete sich Kaffeegeruch. Chabert fuhr ein wenig auf – der Knall des Schusses – dann fiel er wieder zurück und murmelte: »Was war das?« Aber Samotadji wurde energisch, er führte die Tasse mit dem heißen Getränk (auf dessen Oberfläche noch zerbröckelte Körner schwammen) heftig an die Lippen des Liegenden. Der Schmerz ließ den Capitaine auffahren. Er trank, immerfort blasend, die Tasse leer, sank noch einmal zurück, aber Samotadji feuerte ihn an: »Sie haben geschossen, mon capitaine.« »Ja, ja«, murmelte Chabert. Aber in diesem Augenblick knallten vier weitere Schüsse, im Hof der Verpflegung dröhnte Fußgetrappel, ein Feuerschein flammte durch die Scheiben des Fensters. Chabert murmelte: »Es ist doch nichts, eine Volksbelustigung.«

Pausanker stand mit erstauntem Bubengesicht mitten in der schreienden Menge. Noch immer hielt er das Gewehr, wie ein Jäger, der aus Versehen einen Hasen geschossen hat. Lachen war um ihn und Brüllen. Langsam schob er sich auf seinen Sergeanten zu, nahm ihn am Arm, gab der liegenden Gestalt des Schwarzen einen Fußtritt. »König wirst du«, lallte Farny, »König von Kamerun. Denn weißt du, Kamerun gehört uns, daß du's nur weißt. Sag's den anderen, sonst vergessen sie's, und sag ihnen auch, sie sollen die Biester vertreiben, die mich plagen wollen, siehst du dort hinten? Da warten schon Katzen auf mich und Mäuse. Wo warst du heut abend?« fuhr er plötzlich Pausanker mit erschreckender Deutlichkeit an. »Warst mit einem anderen zusammen. Ich weiß es. Nicht leugnen! Wart nur, wir rechnen noch ab. Ich hab dir verboten, mit einem andern zu gehen. Du gehörst mir. Du trägst das Siegel. Das kaiserliche Siegel. Vergiß es nicht.«

Farny wollte an die Umstehenden Befehle austeilen; da sah er mit Unmut, daß ein anderer die Führung ergriffen hatte. »Ruhig dort«, versuchte er zu schreien. Aber seine Stimme war zu heiser, um sich Gehör verschaffen zu können. Kraschinsky, der Berliner, hatte sich auf die Schultern des geduldigen alten Guy geschwungen, Stefan, dessen Augen gefährlich glänzten, stützte ihn von hinten: und so gesichert hielt Kraschinsky seine große Rede.

– Da man nun so fröhlich beisammen sei, sagte er, (und schwang die Arme, als wolle er die Menge umfangen) und die Geistesgegenwart eines allseitig beliebten Kameraden den verehrten Sergeanten Farny aus den Klauen eines Negers gerettet habe, so sei der Weg, der begangen werden müsse, ohne weiteres vorgezeichnet. Er sei überzeugt, im Namen aller zu sprechen, wenn er nun vorschlage, die günstige Gelegenheit beim Schopf zu packen und ein für allemal mit der Tyrannei abzufahren, unter der sie alle jahrelang gestöhnt hätten. Frei sein wollten sie! Marokko sei groß, die Eingeborenen hätten genug von der fremden Herrschaft, einige Teile des Landes seien auch noch nicht unterworfen, dorthin müsse man ziehen! Dort sei die Freiheit! Er wisse, wenn man zu den Leuten komme, ein paar Maschinengewehre anbiete und Munition, werde man hochwillkommen sein.

»Glaubt ihr nicht?«

Ein langgezogenes Hurra antwortete dem Redner. Eifrig liefen die Russen umher und ließen sich die Worte übersetzen. Weit von der Menge entfernt, an den Wänden der Baracken, lehnten Gestalten im Schatten, murmelten sich Worte zu: Korporal Ackermann, Koribout, Sergeant Sitnikoff. Zu den dreien gesellte sich eine tiefgebückte Gestalt, die auf allen Vieren zu gehen schien, sich an der Mauer hochtastete und dann schweratmend stillstand: Lös, der aus dem Krankenzimmer gekrochen war. »Was habe ich Ihnen gesagt, Lös? Heute nachmittag? Habe ich nicht recht gehabt? Und der Capitaine kommt nicht. Es ist Licht in seinem Zimmer. Wenn er kommt, müssen wir ihn schützen, haben Sie verstanden, Ackermann?« Ackermann nickte nur; er nahm die Mütze ab und seine blonden Haare schimmerten hell in der Nacht. Aus der Sergeantenmesse drang wüster Lärm und das Klirren zersplitternder Gläser.

»Was wir brauchen«, tönte Kraschinskys aufdringliche Stimme weiter, »sind Lebensmittel, damit wir uns durchschlagen können. Was wir aber vor allem brauchen, ist ein Führerrat, der die Organisation der Sache in die Hand nimmt. Den Sergeanten kann man nicht trauen, es müssen Leute von uns sein. Der einzige, der zu uns halten wird, ist Sergeant Farny, unser Befreier, denn sein Ruf hat uns die Waffen in die Hände gedrückt. Er soll zuerst die Führung übernehmen. Die anderen Sergeanten ... Hört ihr sie lärmen?« Kraschinsky breitete die Hand aus, eine plötzliche Stille entstand, in der das Brüllen Cattaneos und die Fistelstimme Baguelins deutlich aus der Messe drang. Dann kam hinter dem Rücken Kraschinskys eine Stimme hoch: »Qu'est ce qu'il bave, l' mec?« Stefan erkundigte sich nach dem Sinn der Rede.

»Sergeant Farny meint«, Kraschinsky richtete sich auf, es sah aus, als habe er soeben mit dem Verrückten Zwiegespräche gehalten, »das Wichtigste sei, sich Lebensmittel zu verschaffen. Darum, Sturm auf die Verpflegung! Waffen habt ihr alle. Los!« Als sei Guy ein Roß, trommelte Kraschinsky mit den Hacken auf die Brust des Franzosen, und schwerfällig setzte sich der Alte in Bewegung. Hinter ihm kam der Trupp, der wuchs; Nachzügler, die aus dem Dorfe heimkehrten, stießen zu ihm ...!

Mitten im Hof der Verwaltung stand Pierrard, die Hände in den Taschen. Als die Schlüssel von ihm verlangt wurden, zuckte er mit den Achseln. Sie seien beim Leutnant in Verwahrung, teilte er mit. Kraschinsky befahl die Schlösser zu sprengen. Es war nicht schwer, ein paar Schüsse genügten.

Im Hof lag ein großer Strohhaufen. »Licht müssen wir haben!« rief Kraschinsky und warf seine Kerze in den Haufen. Händeklatschen und Hurrarufe.

In diesem Augenblick kam Capitaine Chabert die Turmtreppe herab. Er sah mitleiderregend aus. Mit geschwollenen Lidern und zitternden Händen stand er vor den Heulenden und blinzelte in das helle Strohfeuer. Strudel bildeten sich in der Masse. Plötzlich standen drei Gestalten, Gewehr bei Fuß, mit aufgepflanztem Bajonett vor Chabert. »Zwei Korporäle, ein Sergeant«, meldete Ackermann. Ein kleines Lächeln ging über des Capitaines Gesicht. »Brav, mein Kleiner, sehr brav. Aber ich werde euch wohl nicht brauchen«, sagte Chabert mit schwerer Zunge.

In einiger Entfernung katzbuckelte Kraschinsky. Ob der Herr Capitaine nicht so gütig sein wolle, wieder seinen Turm zu ersteigen. Sonst würde man leider gezwungen sein, den Capitaine gefangen zu setzen.

»Schweig... du... du...« rief Sitnikoff, und das sonst nie gebrauchte Du des Sergeanten schüchterte Kraschinsky einen Augenblick ein. Er schwieg. Sitnikoff sprach russisch. Seine leicht singende Rede schien Eindruck zu machen. Neue Wirbel entstanden in der Masse, von Fortdrängenden, die in der Dunkelheit verschwanden. Da brach die Wache durch die lockeren Reihen, fünf Mann hoch, Veitl hatte das Kommando übernommen, und auch sie stellten sich vor dem Capitaine auf.

Und noch einer kam herbeigeschlichen, waffenlos, sehr blaß im Gesicht, er tastete sich an den fuchtelnden Gestalten langsam vorwärts, endlich erreichte er Sitnikoff, stützte die Hand auf die Schultern des Sergeanten und wartete: Lös. »Bist du auch da, mein Kleiner?« begrüßte ihn der Capitaine, »das ist recht.« Er blickte in die Gesichter seiner Garde.

»Meine Kleinen«, begann der Capitaine. Roh unterbrach ihn Kraschinsky, immer noch auf seiner menschlichen Mähre hockend: »Raufgehen! Maulhalten!« Ein eifriges Gemurmel unterstützte seine Worte, Kolben sanken und wurden zwischen Ellbogen und Hüfte festgeklemmt, die Läufe waren auf die kleine Gruppe gerichtet. Die senkte ihrerseits die Bajonette, so daß der Capitaine von einem stachligen Kreis umgeben war.

»Meine Kleinen«, begann der Capitaine wieder; als ein Gemurmel aufstieg, beschwichtigte es Kraschinsky mit einer Handbewegung. »Laßt den Alten sprechen«, befahl er. »Nein!« erhob sich wieder Farnys Stimme. »Ich bin der Kaiser. Ich will sprechen.« Aber Pausanker legte seinem Sergeanten die Hand auf den Mund. »Später«, flüsterte er, und sogar dies Flüstern war in der großen Stille deutlich zu hören.

»Meine Kleinen«, begann der Capitaine wieder. »Wenn ihr nicht zufrieden seid, so müßt ihr eure Reklamationen nicht in dieser Form anbringen. Ich bin für jeden von euch zu sprechen, das wißt ihr und ich habe immer jeden angehört, der sich zu beklagen hatte. Aber geht auseinander jetzt, legt euch hin. Ihr seid aufgeregt, warum weiß ich noch nicht. Ihr seid sicher irregeführt worden. Ich bitte euch, macht mir nicht noch unnütz Sorgen, ich habe doch schon genug Aufregung. Ich will tun, was ich kann, um diese ganze Kinderei (›enfantillage‹ nannte es der Capitaine) aus der Welt zu schaffen. Aber wenn ihr länger zögert, so geht es schief, das kann ich euch sagen. Auch meine Geduld hat Grenzen. Ihr habt euch gut gehalten im Kampf, darum bin ich bereit, euch viel nachzusehen. Aber alles mit Maß. So, und nun übersetzest du, mein Kleiner«, er wandte sich an Sitnikoff, »meine Rede ins Russische, und du mein Kleiner« er wandte sich an Lös, »meine Rede ins Deutsche«. In der wieder eingetretenen Stille hörte man den Lärm aus der Sergeantenmesse. Sie schienen dort mit metallenen Instrumenten auf Gläsern die Begleitung des Liedes zu spielen, das Cattaneo sang:

»Ferme tes jolis yeux
Car les heures sont brè-è-è ves
Au pays merveilleux
Au beau pays du rê-ê-ève ...«

Capitaine Chaberts Gesicht verzog sich. Seine Ohren brannten. Wut schien in ihm hochzusteigen. Er ballte die Fäuste vor der Brust, wie ein Schnelläufer. »He! Pullmann!« rief Kraschinsky aus der Höhe, »bring mal die Leute zum Schweigen, man versteht ja sein eigenes Wort nicht bei diesem Lärm.«

Pullmann winkte, und fünf Mann folgten ihm. Sie schlichen um den Fuß der Treppe. »Und los, ihr anderen! Los! Auf den Capitaine!« rief Kraschinsky.

Aber während die Masse sich in Bewegung setzte, wurde Chabert von Sitnikoff und Koribout in die Mitte genommen und sanft die Treppe hinaufgeschoben. Ackermann deckte den Rückzug, die Wache blieb unten und hielt die Bajonette gefällt. Ein paar Schüsse knallten, aber die Kugeln sangen harmlos ihr Lied zu den Sternen.

Als Pullmann mit seinen Begleitern in die Messe drang, herrschte dort Ruhe. Die meisten Unteroffiziere lagen mit den Köpfen auf dem Tisch, nur Baguelin stand in einer Ecke neben dem Adjutanten und sah aufmerksam auf Cattaneos geöffneten Mund, dem rauhe Töne entströmten.

»Ferme tes jolis yeux ...«

schluchzte Cattaneo und Tränen rannen über seine Backen. »Ja, ja, die alten Lieder. Es geht nichts über die alten Lieder«, stellte Baguelin fest. Er sah erstaunt auf die bewaffneten Männer an der Tür, aber er mußte den Adjutanten ziemlich kräftig in die Seite puffen, bis dieser die verdrehten Augen in ihre gewöhnliche Lage brachte. Lange starrte Cattaneo auf Pullmann. Dann zog er mit behutsamen Bewegungen eine zerdrückte Zigarre aus der Tasche, zündete sie an, langte mit der gleichen behutsamen Bewegung in die hintere Hosentasche und legte eine kleine Repetierpistole aufs Knie. »Waffe fort!« brüllte Pullmann, in der Aufregung gebrauchte er deutsche Worte. Der Adjutant sah ihn verständnislos an. Hintereinander, fast ohne Pause, es klang wie das Zerreißen eines schweren Stoffes, knatterten Schüsse. Wütendes Geheul. Die Pistole, die der Adjutant noch immer auf seinem Knie hielt, ließ einen dünnen Rauchfaden aus ihrer Mündung, der sich seltsam mit dem Rauch der Zigarre vermischte, die zwischen den Fingern der linken Hand steckte. Die Kugeln hatten niemanden getroffen. Die von ihnen erzeugten Löcher bildeten ein unregelmäßiges Muster im Balken über der Tür. Die Köpfe auf den Tischen hatten sich nicht bewegt. Mit starren Augen, während der Schluckauf seinen schweren Körper durchschüttelte, wartete der Adjutant auf seine Angreifer. Pullmann ging vor. Er hielt sein Gewehr vorne am Lauf und schlenkerte es wie einen Stock. Und wie ein Spaziergänger manchmal den Stock gebraucht, um eine Blume zu köpfen, hob Pullmann das Gewehr und ließ es seitlich gegen den Kopf des Adjutanten fallen...

Im Turmzimmer saß der Capitaine und ließ sich von Samotadji pflegen. Chaberts Gesicht war bläulich angelaufen, er schnaufte schwer. Samotadji legte seinem Herrn feuchte Handtücher auf die Stirn. Stumm saßen die anderen herum. Koribout hockte in einer Ecke, unberührt von allem Geschehen, und schrieb Beobachtungen in sein Notizbuch. Verlegen kaute Ackermann an seinen Fingernägeln. Sitnikoff und Lös saßen am Tisch; beide waren sehr blaß. Die Gewehre lehnten neben der Tür. Ein Klopfen ließ alle auffahren. Es tönte hart durch das dumpfe Schreien, das von unten heraufdrang. Sitnikoff ging langsam zur Tür, schob den Holzriegel zurück, nachdem er gefragt hatte, wer draußen sei. Die leise Antwort blieb den andern unverständlich.

Herein traten der Chef und Leutnant Lartigue.

»Hallo, hallo!« der Chef schien ausgezeichneter Laune zu sein. »Wer rettet nun die Situation? Natürlich: Narcisse Arsène de Pellevoisin! Denn wer hat den einzig richtigen Gedanken gehabt? Immer der Vorgenannte. In fünf Minuten kommen die Gums, die werden Ruhe schaffen, einszwei! Aber«, ein zweifelnder Blick auf die liegende Gestalt des Capitaines, der nichts zu hören schien. »Die Auseinandersetzung mit Materne wird sich schwieriger gestalten. Ich bedaure unseren Capitaine. Materne war nämlich nicht allein, als ich kam. Leutnant Mauriot war schon bei ihm. Unserem Capitaine wird es nicht gut gehen, das sehe ich kommen.« Er schwieg, zog einen leeren Stuhl heran und setzte sich. Alle schwiegen. Da brach der Lärm unten ab. Getrappel von Pferden. »Jetzt sind sie da«, sagte der Chef leise. Chabert stöhnte: »Welche Schande, welche Schande!« Die anderen drängten sich zur Tür. Nur Lös blieb sitzen, verlor den Halt und klammerte sich an der Stuhllehne fest. Samotadji saß auf dem Bett des Capitaines, drehte den feuchten Umschlag und legte die kühle Seite auf Chaberts Stirn.

Im Hofe der Verpflegung war das Strohfeuer herabgebrannt. Die Sterne legten einen sanften Schein auf die kämpfende Masse. Die grauen Mäntel der Gums flatterten. Alles ging jetzt lautlos vor sich, die Fliehenden schrien nicht, warfen ihre Waffen fort, die Türe der Baracken schluckten die Laufenden. Durch das Tor des Postens schritt eine hohe Gestalt, waffenlos. Hinter ihr hüpfte ein dünner weißer Zwerg, der zischende Laute ausstieß. Die hohe Gestalt wandte sich nicht um. Sie war barhäuptig und ihr schwarzes Haar glänzte ölig im schwachen Licht. Nun verschwand der weiße Zwerg und einsam schritt die Gestalt weiter, gelangte an den Fuß der Treppe, erstieg sie langsam. Die Zuschauer drängten ins Zimmer zurück. Capitaine Materne trat ein. Seine trägen Augen musterten die Anwesenden. Schließlich blieben sie an der Gestalt auf dem Bette haften. Schweigen.

»Sie können disponieren, Lartigue«, sagte Materne schleppend, ohne die Blicke vom Bett zu lassen.

Schweigend verließen alle den Raum. Lös wurde von Sitnikoff gestützt. Unten angelangt wollten sich die beiden verabschieden. Aber Lartigue hielt sie zurück. »Kommen Sie doch mit. Ich bin zu aufgeregt, um schlafen zu können.«

In Lartigues Zimmer waren nicht genug Stühle vorhanden. Lös durfte sich aufs Bett legen. Der Leutnant schenkte Schnaps ein, bot Zigaretten an. Dann setzte er sich auf die Bettkante und sprach leise.

»Sehen Sie die Entwicklung, Lös? Im Grunde sind Sie an allem schuld. Nun ja, das Ganze war amüsant, amüsanter als tragisch. Ein guter Redner, dieser Kraschinsky. Haben Sie schon erfahren, daß Farny tot ist? Ja, er ist plötzlich umgefallen. Aber wissen Sie, Lös, daß Sie wirklich eine schwere Schuld zu tragen haben? An dem Tode Ihres Hundes, an der Ermordung Seignacs, an dem ganzen Aufruhr? Lächeln Sie nicht, oder gut, lächeln Sie, das zeigt mir, daß Sie über den Berg sind. Wieso? fragen Sie.« Lös hatte nichts gefragt, auch gelächelt hatte er nicht. Aber der Leutnant brauchte rhetorische Zwischenfragen. Die anderen lauschten aufmerksam. Koribouts saugende Augen leuchteten aus einer Ecke. »Sie, Sie allein haben Blut in den Posten gebracht, Blut und Zerstörung. Sich selbst haben Sie zerstören wollen, Ihr Blut haben Sie vergossen. Wissen Sie, welche Wellen unsere Taten werfen?« Das zweideutige Pathos Lartigues wirkte auf alle erregend. Sitnikoff erhob sich und begann im Zimmer auf und ab zu schreiten. Ackermanns glänzende Augen waren auf Lartigues Mund gerichtet, mit dem Ausdruck eines Kindes, dem man schöne Märchen erzählt.

»Sie wissen es nicht, zu Ihrem Glück! Gerade so wenig, wie Ihr verwundeter Freund die Magie der Worte gekannt hat. Warum nannte er sich Todd? Tod?« Der Leutnant sprach französisch, er dehnte das fremde Wort, übersetzte es für sich, murmelnd. »Sehen Sie, im Spielen mit dem Tode und dem Blute liegt eine böse Zauberei. Zuerst ist Ihr Hund geopfert worden. Dann hat das Opfer nicht genügt. Das Feuer ist aufgeflammt, wie ein Strohhaufen. Oh, das Symbol. Grobe Symbole ... feine Symbole. Überall sehe ich Symbole. Natürlich, in juristischem Sinne sind Sie unschuldig. Ob in einem anderen auch? Ich weiß es nicht. Wie jener möchte ich Ihnen sagen: Gehe hin und sündige nicht mehr. Es war ein Meisterstück von Ihnen, heut abend aufzustehen. Der Alte wird Ihnen das nicht vergessen. Und solange er noch die Kompagnie führt, kann er viel für Sie tun. Wir können also annehmen, daß unser Freund hier außer Gefahr ist«, wandte er sich an die anderen. »Auch ich bleibe nicht länger. Wahrscheinlich werde ich Chabert nach Frankreich begleiten müssen. Denn ich habe keine Sehnsucht, die Zeit der Reaktion, die nun hier folgen wird, mitzumachen. Vielleicht treffe ich Freund Lös in Paris. Denn daß er auf Reform geht, halte ich für sicher. Der Alte wird alles dafür tun, vor seiner Abreise. Sprechen wir leise, der Arme schläft. Mit Ihnen, Sitnikoff, habe ich noch eine Zwiebel zu häuten, wie man bei uns sagt: Warum lesen Sie die ›Garçonne?‹ ich verstehe Sie nicht!« Und zweideutig, wie sein Pathos, war auch die literarische Moralpredigt, die Leutnant Lartigue nun hielt.

15. Kapitel

Der Frühling

Die Eisentische auf dem Trottoir trugen weiße Tischtücher. Aber die Marquise, die gegen die Sonne ausgespannt war, warf ein gelbes Licht darauf, das angenehm hell und beruhigend wirkte. Der Kellner hatte in den Kolonien Dienst getan und bediente Lös mit kameradschaftlicher Freundlichkeit; der Anzug, den Lös trug, schien ihn nicht zu stören. Es war ein sogenannter »Habit Clemenceau« und in ganz Frankreich als die Uniform der aus dem Dienste Entlassenen bekannt: der Rock war eine Art Litewka, aus grauem Stoff und wie Röhren umgaben die Hosen die Beine. Lös betrachtete seine Schuhe; es waren dieselben, die er noch in Gourrama getragen hatte, an den Spitzen hielt das Leder nicht mehr fest, an der Sohle und bei Regenwetter bekam man nasse Füße. Das war alles, was man ihm für drei Jahre Dienstzeit gegeben hatte, mit einem Paar zerrissenen Unterhosen und einem ebenfalls zerissenen Hemd. Langweilig war nur, daß die Füße nicht heilen wollten: er hatte sie sich auf den letzten Märschen wundgelaufen.

Wie hellblau der Himmel war zwischen den Fransen der Marquise! Ganz nahe dehnte sich die Seine in ihrem Bett (›sie hat es gut, wenigstens hat sie ein Bett‹). Aber der Kaffee, den der Kellner soeben brachte, verscheuchte die aufsteigende Traurigkeit und die Angst vor der Zukunft. Braungebackene, warme Brötchen standen auf dem Tisch.

Es war noch früh am Tage. – Das Gras in den Anlagen am Fluß hatte wahrhaftig Tautropfen. Lös dehnte sich, der Kellner meinte, der frühe Gast habe ihm gewinkt und kam gemütlich näher; ob der Kamerad etwas brauche? – »Nein.« – Das sei wohl nicht ganz leicht, sich jetzt wieder hineinzufinden in das neue Leben, nach den vielen Jahren Bled, meinte er. Wo denn Lös gewesen sei, zuletzt? In Gourrama? Kenne er nicht. Er sei mehr in Tunis gewesen. Auch dort sei es nicht gerade angenehm. Diese Hitze! Und wie das eigentlich sei in der Legion? Wirklich so schlecht, wie man überall höre?

Lös mußte nachdenken ... Schlecht? Nein, schlecht eigentlich nicht, bloß ungeheuer langweilig. Und eigentlich auch nicht langweilig. Überhaupt sei das schwer zu formulieren; die Legion sei eben die Legion. Eine bedrückende Atmosphäre, ein seelisches Fieberklima, wenn der Kamerad den Ausdruck verstehe. Und das mache das Leben dort so schwer, weil man immer wieder in Versuchung komme, aus reiner Langerweile Dummheiten zu machen.

Ja, das kenne er gut, meinte der Kellner und kratzte sich die glatte Wange. Auch in Tunis seien immer alle unzufrieden gewesen, wegen des Essens, wegen der Korporäle, die frech gewesen seien.

»Denk dir«, sagte Lös, (das Duzen verstand sich von selbst) »da haben wir letzten Herbst eine Revolte gehabt. Ich lag im Krankenzimmer; weißt du: ein Messerstich; die Wunde hat sehr geblutet. Die Kompagnie, es war eine Compagnie montée, du weißt doch was das ist?« Der Kellner nickte. »Ja, und da wurde die Kompagnie von einem Dschisch angefallen, kam ein wenig überreizt in den Posten zurück, der Capitaine (übrigens war er ein lieber Kerl, dieser Capitaine) gab den Leuten ein paar Ruhetage, und aus lauter Langerweile fingen einige an zu revoltieren. Nicht böswillig, nein, nur ein schwarzer Korporal mußte dran glauben. Dann kamen die Gums über den Posten und räumten auf... Der Capitaine wurde abgesetzt, ein Neuer kam, aus Frankreich, und der brachte den Leuten Anstand bei. In zwei Monaten zwölf Klagen fürs Kriegsgericht! Gehorsamsverweigerung allesamt. Aber dann ging es plötzlich wieder. Geschlaucht hat er uns, der Neue, ich war froh, daß ich für die Reform vorgemerkt war. So konnte er mir nicht mehr viel tun. Ich meldete mich einfach immer krank, und da der Major mich gern hatte, war ich immer dienstfrei. Aber zum Schluß mußte ich doch noch ausrücken zum Straßenbau, das war... wart einmal... vor zwei Monaten. Und plötzlich an einem Sonntag, ich weiß das noch genau, ruft mich der Chef. Ich lag im Zelt und schlief halb. Darum antwortete ich nur ›Merde‹, wie es sich gebührt. Da lachte der Chef, übrigens war er lustig, was der für Sachen aufgeführt hat, du machst dir keinen Begriff. Wie der neue Capitaine gekommen ist, sollte der Chef natürlich auch ausrücken... Weißt du, was er gemacht hat? Am Tag des Abmarsches läßt er sich von seinem Zimmer auf einem Schiebkarren in die Messe fahren, mit dickverbundenem Bein: Er habe Gicht, könne unmöglich reiten. Was sollte der Capitaine tun? Damals war's Winter... und kalt sag ich dir! Wir haben manchmal das Eis aufbrechen müssen, um die Maulesel zu tränken. Ja, also der Chef ruft mich. Ruft mich noch einmal, ich soll doch kommen. Eine gute Nachricht. Ich krieche aus meinem Zelt heraus, und weißt du, was der Chef mir sagt?« Die ganze Freude dieses Augenblicks zitterte in Lös' Stimme, auch der Kellner hatte sich vorgebeugt und lauschte interessiert. »Ja, der Chef sagte also, ich käme am nächsten Tag nach Oran. Mit den Camions bis Colomb-Béchar und von da mit dem Zug. ›Und schau, daß du nicht mehr zurückkommst‹, sagte der Chef. In Oran ging's dann gut. Der Experte war ein Zivilist, kein Militärarzt, untersuchte mein Herz, fand es bedenklich. Dann mußte ich noch vor einer Kommission dicker Leute erscheinen, Colonels, was weiß ich. Die haben mich nur angeschaut. Und dann hieß es: Reform No. 1 ohne Pension. Und jetzt steh ich da.«

Der Kaffee war kalt geworden, aber das schadete nichts, er war auch so noch viel besser als in der Legion. War die Tasse daran schuld? Lös griff an seine Brust. Ja, die alte Brieftasche war immer noch da. Sie enthielt noch die aus der Verpflegung geretteten zweihundert Franken; fünfzig waren mit der Zeit draufgegangen und zwanzig hat der Chef behalten. »Das bist du mir schon schuldig«, hatte er damals gemeint, »denn ohne mich hätte dich der Alte sicher nach Fez geschickt.« Das stimmte nicht ganz. Denn der Capitaine war die letzten Tage vor seiner Abreise rührend gewesen. Er hatte Lös nach Rich geschickt, ins Lazarett, er solle sich dort ausruhen, und dann sei es besser, Lös sei nicht da, wenn der Neue komme ... Diesen Neuen haßte Capitaine Chabert, das merkte man, und später wurden die sonderbarsten Geschichten erzählt von der Übergabe der Kompagnie. Der Neue mußte alles alleine ansehen, Chabert blieb in seinem Turmgemach, erschien nicht einmal zum Essen. Samotadji mußte es ihm bringen.

Lös stand auf. Der freundliche Kellner wollte sich nicht bezahlen lassen. »Wir sind doch Kameraden, nom de dieu, ich kann dir schon einen Kaffee zahlen«, meinte er. »Du hast sicher nicht viel. Und wenn du einmal nicht weißt was anfangen, so komm nur wieder hierher, am besten am Morgen, ich werd' dir schon helfen. Frag nach Jean.«

Ein Menschenstrom begann die Straßen zu überschwemmen. Mädchen in hellen Kleidern liefen vorbei, Lös sah sie an, es war so sonderbar, wieder saubere Frauen zu sehen. Ein bißchen blaß waren sie, aber sie lachten doch, ein ganz anderes Lachen als Zeno. Wie schnell die Vergangenheit die Dinge unwahr machte. Zeno! Er hörte plötzlich ihr Lachen und drehte sich um. Ein Mädchen war es, das wohl Lös' Schuhe sehr komisch fand. Mag sie doch, dachte er, und lächelte zurück. Das schien dem Mädchen zu gefallen, sie strich an ihm vorbei. »Auf dem Hund?« fragte sie mit rauher Stimme, die an die Stimme Zenos erinnerte. Lös nickte ernsthaft. »Armer Kerl«, sagte die Kleine und lief weiter.

Ja Zeno! Er hatte Zeno verkauft, für eine Flasche Anisette und wem? Pierrard. Er hatte ihr die Sache erklärt. »Ich kann nichts mehr für dich tun. Jetzt geh ich ins Lazarett nach Rich, und wenn ich wiederkomme, muß ich Dienst machen in der Kompagnie. Aber mein Nachfolger ist auch ein guter Kerl, er wird für dich sorgen.« Zeno war traurig gewesen zuerst; aber dann hatte sie gelacht (wie das Mädchen vorhin), dies Lachen war Pierrard teuer zu stehen gekommen. Denn Zeno hatte ihn gequält, ihn gezwungen, ihr Kleider zu kaufen und Schuhe und Strümpfe, auch der Spaniol hatte bei diesem Geschäft gut verdient. Er war es, der die Kleider (europäische Kleider!) von Fez hatte kommen lassen. Lös hatte Zeno gesehen in ihrer neuen Tracht, als er von Rich zurückgekommen war. Ein langer Rock, der ihr bis über die Knöchel fiel, eine Bluse mit Spitzen und Rüschen. Zeno sah wirklich sehr komisch aus. Aber mit Pierrard war es nicht lange gegangen. Der Chef paßte auf. Eines Abends wurde Pierrard in die Zelle geführt. Das war für ihn das Ende. Pierrard war tapferer als Lös, er führte kein Theater auf; auch waren die Zeiten anders, der neue Capitaine machte nicht viel Federlesens. Nach kaum vierzehn Tagen kam Pierrard mit einem Transport von vier Mann nach Fez vor Kriegsgericht – fünf Jahre Travaux Publics.

Lös zog tief die Luft ein; trotz des Staubes, der sie durchsetzte, schmeckte sie kühl, wie im Kern erfrischt vom Frühling; er steckte die Fäuste tiefer in die Hosentaschen und ließ sich gerne von der eiligen Menge weiterschieben, die sich um ihn drängte und an ihm vorbeihastete. Er setzte sich auf eine Bank und starrte auf das Wasser des Flusses, das wie ein Spiegel blendete – und schloß die Augen.

Das Wohlgefühl, in der warmen (nicht heißen) Sonne zu sitzen, verschwand allmählich. Zuerst tauchte das Lazarett in Rich auf, wie er es zuerst gesehen hatte, von einem Weinfaß, auf dem er saß. Ein Camion hatte ihn mit seinem geschwollenen Arm nach Rich mitgenommen. Es war schwierig gewesen, sich auf diesem wackligen Faß zu halten, denn er hatte ja nur einen Arm frei. Lange Morgen hatte er dann auf der Terrasse des Lazaretts gesessen, in der Sonne, und hatte seinen Arm bescheinen lassen, der nach und nach heilte. Aber etwas anderes war noch in Rich geschehen, und seine Gedanken wichen immer aus, sobald sie an die Grenze dieses Erlebnisses gelangten. Auch jetzt riß er wieder angstvoll die Augen auf. Immer noch warf der flüssige Spiegel des Flusses ein scharfes Blinken in seine Augen; als Lös die Lider wieder senkte, sah er einen andern, einen kleinen Spiegel. Todd hielt ihn, betrachtete darin seine kümmerlichen Barthärchen und flüsterte aufgeregt: »Ich muß mich rasieren. Schilasky hat gesagt, ich soll mich rasieren!« Das war zwei Tage vor seinem Tod gewesen.

Lös seufzte auf, wie unter einem Alpdruck. Ja, damals hatte er viel zu tragen gehabt. Erst Türk, den die anderen gequält hatten; und dann war auch Todd gestorben. Wundbrand, Gangräne hatte Bergeret gesagt und die Achseln gezuckt. Todd hatte arge Schmerzen und Lös hatte die Nächte bei ihm gewacht. Es war nicht viel gesprochen worden. Nur: »Liegst du gut?« »Ja, danke.« »Brauchst du nichts?« »Nein danke.« Sie waren beide ein wenig hergenommen. Nur einmal hatte Todd gesagt: »Siehst du jetzt, mein Name hat mir doch Unglück gebracht.« »Ach was!« hatte Lös geantwortet, »du wirst doch wieder gesund und gehst auf Reform mit voller Pension. Mit dem Geld kannst du in Wien herrlich und in Freuden leben.« Damals hatte sich Lös sehr über sich selbst geärgert. Es kam ihm vor, als hätte er nur Gemeinplätze zur Verfügung, sein Verstand wollte einfach keine anderen Sätze hergeben als solche, die Generationen schon in gleichen Augenblicken gebraucht hatten. Tröstende Worte, die doch gar keinen Trost enthielten; Todd war übrigens nie sentimental geworden. Ein einziges Mal hatte er Tränen in den Augen gehabt, damals, als er seine

Wangen geschabt hatte... »Ich denke, jetzt werde ich Schilasky doch gefallen«, murmelte er.

Lös sprang auf. Seine Hände auf dem Grunde der Taschen waren unangenehm feucht, und auch auf seiner Stirne glänzten kleine Schweißtropfen. Nein, er wollte nicht mehr an all diese Dinge denken, die waren vorbei, jetzt galt es sich durchzuschlagen, und daran wollte er denken, aber nicht an sterbende Freunde. Doch eine unsichtbare und sanfte Hand schien ihn auf die Bank zurückzudrängen, eine leichte Hand: wie oft war Todds Hand auf seinem Ärmel gelegen, und so war er auch plötzlich gestorben... »Hier«, sagte Lös laut, und strich über den groben Stoff.

›Wir haben uns doch kaum gekannt‹, dachte er. ›Einmal nur wirklich zusammen gesprochen. Warum hab ich ihn so gern gehabt? Weil er aus Wien war? Nein! – Wir haben uns einfach gern gehabt; ja, aber Schilasky hatte ihn auch gern, und doch war ich Todd näher, als der andere. Nicht einmal eifersüchtig war ich auf diesen Schilasky...‹

»So, so, wird hier gepennt«, sagte eine rauhe Stimme über Lös' Kopf. Vor der Bank stand ein breitschultriger Polizist, lächelte unter einem schöngeschwungenen Schnurrbart und nickte aufmunternd. »So. Kommt man aus den Kolonien; man sieht das an der Hautfarbe und an den Kleidern. Na, bleib nur sitzen. Ich will dich nicht stören. Wenn ich nicht Dienst hätte, gingen wir zusammen ein Glas trinken. Aber so... du verstehst?«

Lös verstand vollkommen. Der Polizist grüßte, wahrhaftig mit der gleichen Bewegung, die auch der Chef bevorzugte. Ein Greifen nach dem Mützenschild mit gebogenen Fingern, dabei eine leichte Neigung des Oberkörpers, die überaus herzlich wirkte.

»Die sind freundlich hier«, murmelte Lös, froh über die Ablenkung. Er stand auf und ging weiter. Die Straßen waren leerer geworden. Lös blieb vor Auslagen stehen. – Ich muß mir zu allererst einen Anzug kaufen und Schuhe, dachte er. Dann erinnerte er sich an Stefan, an den Abschied von ihm. »Wenn du nach Paris kommst«, hatte Stefan gesagt, »so mußt du zu den ›Dames de France‹ gehen. Die schenken dir einen neuen Anzug und Wäsche und alles was du brauchst . . .«

Das hat Zeit bis am Nachmittag, dachte Lös, als er vor einer Buchhandlung stand. Was gab es für neue Bücher? Ein Titel, in roten Buchstaben auf schneeweißem Grunde leuchtete ihm entgegen. »Le temps retrouvé« – »Die wiedergefundene Zeit«. Es war – ja, es war die Fortsetzung der »Suche nach der verlorenen Zeit«.

Und Lös sah eine Baracke – auf den leeren Weinfässern ist die Bühne aufgeschlagen worden . . . Ein halbes Dutzend Bretter auf fünf Weinfässern . . .

»Et puis si par hasard
Tu voyais ma tante . . .«

Schallendes Gelächter. In einem Klubsessel lehnt eine Gestalt, der schwere Körper steckt in einer schneeweißen Uniform. Der Weißgekleidete sagt: »Übrigens, große bittere Neuigkeit: Proust ist gestorben . . .«

Lartigue! Leutnant Lartigue! Er war vor Lös abgereist –

ganz plötzlich, und der neue Capitaine hatte sich schwer geärgert. Und was hatte er zum Abschied gesagt? »Hoffentlich treffen wir uns in Paris, Lös. Hier haben Sie meine Adresse...«

Lös riß seine Brieftasche heraus, zog einige schmierige Blätter aus einem Fach, suchte, suchte... Da: »Lartigue, 10, Rue Wilhem in Auteuil...«

Auteuil! Das war das elegante Viertel. Beim Bois de Boulogne. Aber zuerst mußte er sich einen Anzug kaufen, Schuhe... Zweihundert Franken würden nie für einen Anzug langen, aber vielleicht würde ihm Lartigue helfen?

Eigentlich war es doch schön gewesen in der Legion, dachte er. Gespräche fielen ihm ein: mit Sitnikoff, mit Pierrard, mit Smith, mit Koribout, dem Dichter, – aber vor allem mit Lartigue. Lartigue, der nie den Offizier hervorkehrte, Lartigue der Kamerad, ja, man durfte ruhig das Wort wagen: der Freund! Es war doch ganz gleichgültig, in was für einem Anzug man Lartigue besuchen ging...

Auteuil...! Lös war in die Buchhandlung getreten und hatte den Proust gekauft. Dann stand er vor einem Plan von Paris und studierte die Linien der Untergrundbahn.

Die Rue Wilhem war nicht schwer zu finden...

Geruch nach Staub, nach Lysol, nach erhitzten Schienen. Lös saß in einer Ecke des dröhnenden Wagens und las: »Der Wunsch, der Hunger uns wiederzusehen werden endlich wiedergeboren im Herzen, das augenblicklich uns mißversteht. Nur braucht es Zeit. Und unser Verlangen – was die Zeit betrifft – ist nicht weniger ungeheuerlich als unser Verlangen, das Herz sich ändern zu sehen...«

Ein ungeheuerliches Verlangen ...

Treppen, die Luft wird dünner, leichter. Wie still die Straßen sind in Auteuil! – Rue Wilhem 4 – 6 – 10 ...

Die »Concierge«, die das verschlossene Haustor öffnete, sah aus wie eine gepflegte Dame.

»Monsieur Lartigue?« Die gepflegte alte Dame rümpfte die Nase. Leise meinte sie dann, sie wisse nicht, ob Herr Lartigue zu sprechen sei. »Ein alter Freund will ihn besuchen ...« Die alte Dame ließ sich erweichen. »Vierter Stock«, lispelte sie.

Das Haus war neu, der Lift stieg, stieg – nein er blieb nicht stecken.

Auch das Dienstmädchen, das öffnete, musterte mißtrauisch Lös' Anzug. »Ich hätte doch zuerst ...« dachte er, »wenigstens neue Schuhe kaufen sollen!«

Ein Salon vollgestopft mit Möbeln. Plüschvorhänge, schlechte, sehr schlechte Ölgemälde. Zahnpasta-Frauenköpfe, Landschaften, Landschaften, Landschaften. Auf dem Klavier Noten: Massenet ...

Dann trat ein Herr in den Raum. Wer war das? Steifer Kragen, grasgrüne Krawatte, violetter Anzug. Aus dem Ärmel zog der Herr ein seidenes Taschentuch – (Lös schnupperte, was war das für ein Parfüm? Chypre? Richtig! Chypre!) wedelte mit dem Tuch, tupfte sich die Stirn, reichte zwei Finger. Dann, in einem Zug:

»Es tut mir schrecklich leid, lieber Freund, aber ich habe keine Minute Zeit. Wichtige Unterredung, man erwartet mich im Nebenzimmer. – Habe mich nur einen Augenblick frei machen können. – Aber vielleicht ein andermal? Warten Sie. – Heut abend verreise ich für zwei Monate, aber bei meiner Rückkehr, wenn Sie mich anläuten wollen, lieber Freund. – Vielleicht erlauben Sie mir, es geht Ihnen wahrscheinlich nicht gut. – Haben doch schöne Stunden – wenn ich mir gestatten darf – miteinander verlebt. – Einstweilen nehmen Sie wohl dies. – Und selbstverständlich, wenn Sie eine Empfehlung brauchen, stehe ich zu Diensten.«

Die Salontüre war offen geblieben, sanft aber bestimmt wurde Lös zu dieser Öffnung hin gedrängt, er stand im Korridor. »Vor allem, lieber Freund, sollten Sie sich auskurieren, nicht wahr? Ich würde Ihnen anraten, sich in ein Spital zu begeben, ausgezeichnete Spitäler in Paris. – Und nicht wahr, Sie vergessen mich nicht. – Hier, Sie werden mir erlauben. – Sie lesen Proust, wie schön! – Immer in den Wolken, lieber Freund, müssen auf die Erde steigen. – Jaja, nein, nicht adieu, auf Wiedersehen, lieber Freund, auf Wiedersehen...«

Die Gangtür fiel zu. Langsam stieg Lös die Stufen hinab. Er öffnete die Hand. Eine Banknote. Fünfzig Franken...

Vor ihm breitete sich eine Straße aus, in ihrer Mitte wuchsen hohe Bäume, die zartgrüne Blätter trugen und leere Bänke beschützten. Lös setzte sich. Erst jetzt merkte er, daß er den linken Zeigefinger immer noch zwischen die Seiten seines Buches geklemmt hatte. Er schlug es auf:

»Und unser Verlangen, die Zeit sich ändern zu sehen, ist wohl nicht weniger ungeheuerlich als unser Verlangen, das Herz sich ändern zu sehen...« Dies war der Sinn. Und vorher hatte er es falsch verstanden.

Also: Die Zeit ändert sich nicht, die Herzen ändern sich nicht. Was ändert sich? Die Umgebung. Gourrama, ein kleiner Posten, nur schwer auf einer Landkarte zu finden, Menschen darin – ein Mensch vor allem, ein Freund, ein Kamerad …

Lös schlief ein. Kein Polizist störte ihn. Es war später Nachmittag, als er erwachte.

Friedrich Glauser im Diogenes Verlag

Wachtmeister Studer

Roman. detebe 21733

Mord? Selbstmord? Oder doch Mord? Der erste Roman Glausers mit Wachtmeister Studer.

»Glauser erfand die Figur des Wachtmeisters Studer. Nach eigener Auskunft dachte er dabei an Georges Simenons Maigret. Aber Studer wurde nicht eine Kopie. Glauser verhalf ihr zu unverkennbar helvetischer Selbständigkeit, indem er das Hintergründige in die Biederkeit steckte.« *Hugo Loetscher*

»Der Fahnder, den sogar die Sträflinge mit ›Eh, der Studer!‹ begrüßen, ist ein massiger Mann, ›schwer und hart wie einer jener Felsblöcke, die man auf Alpwiesen sieht‹. Wer je den Schauspieler Heinrich Gretler im Film als Wachtmeister Studer gesehen hat, der kann auf weitere Metaphern verzichten. Studers Lieblingsgetränk ist ›Kaffee Kirsch‹, unter seinem Schnauzer ragt eine Brissago hervor, und wenn er seine langen Verhöre beginnt, dann zieht er ein Ringbuch aus der Tasche und fordert den Verdächtigen auf: ›Hocked ab.‹ Das ist ein Ritus wie das Bier und die belegten Brote, die sein Pariser Kollege Maigret aus der Brasserie Dauphine holen läßt.« *Süddeutsche Zeitung, München*

Die Fieberkurve

Roman. detebe 21734

Wachtmeister Studers zweiter Fall: Die Spur beginnt in Paris, über Basel und Bern gelangt Studer nach Marokko, das Glauser aus seiner Zeit als Fremdenlegionär kennt.

»Auf Mörderjagd in Marokko raucht Studer Kif, und die Haschischmusik klingt ihm, ›als werde der Berner

Marsch von himmlischen Heerscharen gespielt‹. Darüber geht ihm nichts, und um sein höchstes Wohlgefühl auszudrücken, ist schon sein stärkster Superlativ nötig: ›Suber!‹ sagte er. ›Cheibe suber isch es gsy!‹«
Süddeutsche Zeitung, München

»Friedrich Glauser mit seinem abenteuerlich umgetriebenen Leben und seiner Fähigkeit, es spontan in Sprache umzusetzen, mit seiner Unmittelbarkeit, seiner leidend und leidenschaftlich durchlebten Erfahrung ist tatsächlich eine Entdeckung.«
Bayerischer Rundfunk, München

Matto regiert

Roman. detebe 21735

Unfall oder Mord? Wachtmeister Studer recherchiert in einer Umgebung, die Glauser aus eigener Erfahrung nur zu gut gekannt hat:
»Eine Geschichte muß irgendwo spielen. Die meine spielt im Kanton Bern, in einer Irrenanstalt. Was weiter?... Man wird wohl noch Geschichten erzählen dürfen?«
Friedrich Glauser in seiner ›Notwendigen Vorrede‹

»Offenkundig autobiographisch geprägt ist dieser Roman, der eine deprimierende Fülle hoffnungsloser Lebensläufe ganz undramatisch, als handele es sich um lauter Normalfälle, erzählt, Lebensläufe, die im Alkoholismus, in Schizophrenie und Mord enden und enden und enden.«
Bücherkommentare, Freiburg im Breisgau

»In diesem Werk Glausers ist auch ein surrealistisches, ein visionäres Element, Einfühlung für die Verrückten und ihre andere Welt: ›Ich kann mich nicht mehr über Verrückte wundern, die Stimmen hören, denn ich habe selbst Unsichtbare sprechen gehört.‹ Der Roman *Matto regiert* spielt in einem Irrenhaus, und das Irrenhaus wiederum ist hier – wie schon oft – ein Bild für die Welt.« *Die Zeit, Hamburg*

Der Chinese

Roman. detebe 21736

»Eine Schweiz, wie sie sonst keiner kennt: Pfründisberg, ohne jeden Fremdenverkehr, ein Weiler, bestehend aus einer Armenanstalt, einer Gartenbauschule, zwei Bauernhöfen, der Schnapsbeize ›Zur Sonne‹, wo die Armenhäusler am Wochenende ihr ›Bätziwasser‹ trinken und aus dem Friedhof, wo man auf einem Grab die Leiche des ›Chinesen‹ findet, eines in seine Heimat zurückgekehrten Auslandschweizers – er ist erschossen, es ist Mord, und seine Ermordung hat der ›Chinese‹ schon vor drei Monaten dem Wachtmeister Studer vorausgesagt. *Der Chinese* ist mehr als ein Rätselspiel für den Fahnder Studer – soziale und psychische Atmosphäre: Armut und Angst, wie sie Simenon nicht besser geschildert hat.« *Süddeutsche Zeitung, München*

»Glauser, den man zum Lügner gemacht hatte, stellte fest, daß alle lügen. Ihm leuchtete die Kollektivlüge ein; ansonsten wäre in einer Gesellschaft nicht möglich, was er ›Geselligkeit‹ nannte. Genau diese Geselligkeit aber zerstörte er. Er, der nicht ins Bild paßte, zeigte, wie das Bild nicht stimmt. Er führte vor, was wir alle zu vermeiden suchen: ›Als jener arme Hund dazustehen, der jeder von uns nun einmal ist.‹«
Hugo Loetscher

Krock & Co.

Roman. detebe 21737

»Wachtmeister Studer ist kein superschlauer Meisterdetektiv mit divinatorischen Kombinationsgaben, eher der Typ des etwas schwerfälligen Dorfpolizisten, ein Mann, der den Alkohol nicht verschmäht und der sich gern aus der Enge seiner Lebensverhältnisse hinwegträumt in bessere ferne Welten, ein Mann, der aus eigener Erfahrung weiß, was es heißt, im Schatten dahinleben zu müssen.« *Hessischer Rundfunk, Frankfurt*

»Wie Maigret muß Studer eine Zeitlang im Milieu der Verdächtigen untertauchen, muß er ein Teil dieses Milieus werden, dann kann er mühelos so viele Verdächtige ausscheiden, bis der Schuldige zwangsläufig übrigbleibt. Studer freilich tut dies auf eine zurückhaltende und bedächtige Berner Art; er weiß: ›Es war nie gut, sich auf einen Fall zu stürzen wie eine hungrige Sau aufs Fressen‹; er macht systematisch Bekanntschaften und sammelt Bilder, ›eigentlich nicht anders als ein Fisel Schokoladebildli‹.«
Süddeutsche Zeitung, München

Der Tee der drei alten Damen

Roman. detebe 21738

Das Genf der dreißiger Jahre als Schauplatz internationaler Intrigen, schwarzer Magie und rätselhafter Todesfälle.

»Glausers Kriminalromane sind nicht nur Schilderungen, angesiedelt in helvetischer Umgebung. Vorbild mußten für den Schriftsteller die ersten Maigret-Romane von Georges Simenon sein. In dem Roman *Der Tee der drei alten Damen* heißt es einmal: ›Spotten Sie nicht über Kriminalromane – sie sind heutzutage das einzige Mittel, vernünftige Ideen zu propagieren.‹ Für Glauser war die Form des Kriminalromans ein Mittel, sich für die verschiedensten Themen einzusetzen: es waren und es sind Themen, die ihm von eigenen Erfahrungen aufgedrängt wurden. Strafvollzug, Rauschgiftsüchtigkeit, Bedrängnis im Außenseitertum: es sind damit nur Andeutungen gegeben, wie Glauser versuchte, Verhaltensweisen in Situationen darzustellen.« *Tages-Anzeiger, Zürich*

Gourrama

Ein Roman aus der Fremdenlegion

detebe 21739

In *Gourrama* hat Glauser seine Erfahrungen als Fremdenlegionär aus den Jahren 1921 – 1923 literarisch umgesetzt.

»Stimmungen zwischen Angst und Langeweile, zwischen fieberartiger Erregtheit und Erschlaffung, Mißtrauen, Prahlerei und gegenseitiges Werben um kleinste Zeichen von Anteilnahme bestimmen das Leben der Legionäre, einer zusammengewehten Truppe von Verlorenen und Verbannten. Abgeriegelt sind sie nicht nur von einer schuldbeladenen oder doch belastenden Vergangenheit, ausgesperrt sind sie auch von der Gegenwart der sie umgebenden Landschaft.«
Neue Zürcher Zeitung

»Ich glaube, daß *Gourrama* eines der besten Bücher ist, das in diesem Jahrhundert in der Schweiz geschrieben wurde.« *Peter Bichsel*

Schweizer Autoren im Diogenes Verlag

● Rainer Brambach

Auch im April
Gedichte. Leinen

Kneipenlieder
Mit Frank Geerk und Tomi Ungerer. Erheblich erweiterte Neuausgabe. detebe 20615

Wirf eine Münze auf
Gedichte. Mit einem Nachwort von Hans Bender. detebe 20616

Für sechs Tassen Kaffee
Erzählungen. detebe 20530

Außerdem ist Rainer Brambach Herausgeber der Anthologie
Moderne deutsche Liebesgedichte
detebe 20777

● Ulrich Bräker

Leben und Schriften in 2 Bänden
Herausgegeben von Samuel Voellmy und Heinz Weder. detebe 20581–20582

● Beat Brechbühl

Kneuss
Roman. Zwei Wochen aus dem Leben eines Träumers und Querulanten, von ihm selber aufgeschrieben. detebe 21416

● Friedrich Dürrenmatt

Achterloo
Komödie. Leinen

Minotaurus
Eine Ballade. Mit Zeichnungen des Autors
Pappband

Die Welt als Labyrinth
Ein Gespräch mit Franz Kreuzer. Broschur

Versuche
Leinen

Der Winterkrieg in Tibet
Stoffe I. detebe 21155

Mondfinsternis / Der Rebell
Stoffe II/III. detebe 21156

Der Richter und sein Henker
Kriminalroman. Mit einer biographischen Skizze des Autors. detebe 21435

Der Verdacht
Kriminalroman. Mit einer biographischen Skizze des Autors. detebe 21436

Justiz
Roman. detebe 21540

Der Auftrag
oder Vom Beobachten des Beobachters der Beobachter. Novelle in vierundzwanzig Sätzen. detebe 21662

Achterloo IV
Eine Komödie in zwei Akten. Mit einem Nachwort des Autors. detebe 21789

Denkanstöße
Ausgewählt und zusammengestellt von Daniel Keel. Mit sieben Zeichnungen des Dichters. detebe 21697

Friedrich Dürrenmatt & Charlotte Kerr
Rollenspiele
Protokoll einer fiktiven Inszenierung und Achterloo III. Leinen

Gesammelte Werke
Herausgegeben von Franz Josef Görtz
Leinen

Werkausgabe in 29 Bänden
Herausgegeben in Zusammenarbeit mit dem Autor. Alle Bände wurden revidiert und mit neuen Texten ergänzt

Das dramatische Werk in 17 Bänden
detebe 20831–20847

Das Prosawerk in 12 Bänden
detebe 20848–20860

Als Ergänzungsbände liegen vor:

Über Friedrich Dürrenmatt
Essays, Zeugnisse und Rezensionen. Interviews, Chronik und Bibliographie. Herausgegeben von Daniel Keel. detebe 20861

Elisabeth Brock-Sulzer
Friedrich Dürrenmatt
Stationen seines Werkes. Mit Fotos, Zeichnungen, Faksimiles. detebe 21388

● Konrad Farner

Theologie des Kommunismus?
detebe 21275

● Nicolas Gfeller

»Du sollst...«
Eine kleine Geschichte der Ethik von Buddha bis Ernst Bloch. Diogenes Evergreens

● Friedrich Glauser

Die Kriminalromane in 6 Bänden in Kassette
detebe 21740

Wachtmeister Studer
Roman. detebe 21733

Die Fieberkurve
Roman. detebe 21734

Matto regiert
Roman. detebe 21735

Der Chinese
Roman. detebe 21736

Krock & Co.
Roman. detebe 21737

Der Tee der drei alten Damen
Roman. detebe 21738

Gourrama
Ein Roman aus der Fremdenlegion
detebe 21739

● Jeremias Gotthelf

Ausgewählte Werke in 12 Bänden
Herausgegeben von Walter Muschg
detebe 20561–20572

Der Bauernspiegel
oder Lebensgeschichte des Jeremias Gotthelf. Von ihm selbst beschrieben. Mit einem Essay von Walter Muschg. detebe 21407

Als Ergänzungsband liegt vor:

Gottfried Keller über Jeremias Gotthelf
Mit einem Nachwort von Heinz Weder. Chronik und Bibliographie. detebe 20573

● Alfred A. Häsler

Das Boot ist voll
Die Schweiz und die Flüchtlinge 1933 – 1945. Mit einem Nachwort von Friedrich Dürrenmatt. detebe 21699

● Gottfried Keller

Zürcher Ausgabe
Gesammelte Werke in 8 Bänden
Herausgegeben von Gustav Steiner
detebe 20521–20528

Als Ergänzungsband liegt vor:

Über Gottfried Keller
Sein Leben in Selbstzeugnissen und Zeugnissen von C. F. Meyer bis Theodor Storm. Chronik und Bibliographie. Herausgegeben von Paul Rilla. detebe 20535

● Hugo Loetscher

Vom Erzählen erzählen
Münchner Poetikvorlesungen. Mit einer Einführung von Wolfgang Frühwald. Broschur

Die Fliege und die Suppe
und 33 andere Tiere in 33 anderen Situationen
Fabeln. Leinen

Wunderwelt
Eine brasilianische Begegnung. detebe 21040

Herbst in der Großen Orange
detebe 21172

Noah
Roman einer Konjunktur. detebe 21206

Das Hugo Loetscher Lesebuch
Herausgegeben von Georg Sütterlin
detebe 21207

Der Waschküchenschlüssel oder Was – wenn Gott Schweizer wäre
Geschichten. detebe 21633

Der Immune
Roman. detebe 21590

Die Papiere des Immunen
Roman. detebe 21659

Die Kranzflechterin
Roman. detebe 21728

Abwässer
Ein Gutachten. detebe 21729

● Mani Matter

Sudelhefte
Aufzeichnungen 1958–1971
detebe 20618

Rumpelbuch
Geschichten, Gedichte, dramatische Versuche. detebe 20961

● Niklaus Meienberg
Heimsuchungen
Ein ausschweifendes Lesebuch. detebe 21355

● Hans Neff
XAP oder Müssen Sie arbeiten? fragte der Computer
Ein fabelhafter Tatsachenroman
detebe 21052

● Walter Nigg
Große Heilige
Von Franz von Assisi bis Therese von Lisieux
Mit ausführlichem Quellennachweis
detebe 21459

Das Buch der Ketzer
Von Simon Magus bis Leo Tolstoi. Mit ausführlichem Quellennachweis. detebe 21460

● Emil Steinberger
Feuerabend
Mit vielen Fotos. Broschur

● Beat Sterchi
Blösch
detebe 21341

● Rodolphe Toepffer
Meistererzählungen
Ausgewählt und aus dem Französischen von H. Graef. Mit einem Vorwort von Maurice Aubry. detebe 21505

● Robert Walser
Der Spaziergang
Erzählungen. Nachwort von Urs Widmer.
detebe 20065

Maler, Poet und Dame
Aufsätze über Kunst und Künstler. Herausgegeben von Daniel Keel. Mit zahlreichen Dichterporträts. detebe 20794

● Urs Widmer
Indianersommer
Erzählung. Leinen

Auf auf, ihr Hirten! Die Kuh haut ab!
Kolumnen. Broschur

Der Kongreß der Paläolepidopterologen
Roman. Leinen

Das Normale und die Sehnsucht
Essays und Geschichten. detebe 20057

Die lange Nacht der Detektive
Kriminalstück. detebe 20117

Die Forschungsreise
Ein Abenteuerroman. detebe 20282

Schweizer Geschichten
detebe 20392

Nepal
Ein Stück in der Basler Umgangssprache
detebe 20432

Die gelben Männer
Roman. detebe 20575

Züst oder die Aufschneider
Ein Traumspiel. detebe 20797

Vom Fenster meines Hauses aus
Prosa. detebe 20793

Liebesnacht
Erzählung. detebe 21171

Die gestohlene Schöpfung
Ein Märchen. detebe 21403

Das Verschwinden der Chinesen im neuen Jahr
Mit einem Nachwort von H.C. Artmann
detebe 21546

Das enge Land
Roman. detebe 21571

Alois / Die Amsel im Regen im Garten
Zwei Erzählungen. detebe 21677

Shakespeare's Geschichten
Sämtliche Stücke von William Shakespeare nacherzählt von Walter E. Richartz und Urs Widmer. detebe 20791–20792

● Liebesgeschichten aus der Schweiz
Von Jeremias Gotthelf bis Max Frisch. Herausgegeben von Christian Strich und Tobias Inderbitzin. detebe 21124

Friedrich Dürrenmatt

Der Richter und sein Henker

Kriminalroman. detebe 21435

»Die Hauptthematik von *Der Richter und sein Henker* findet man unter anderem bei Dashiell Hammett, Rex Stout, Raymond Chandler und Georges Simenon. Grundthema: der Kampf zweier Parteien, deren eine ein einzelner Detektiv ist. Die ›gute‹ Partei, Inspektor Bärlach, ist todkrank, und es bleibt ihm nicht mehr viel Zeit, den Verbrecher Gastmann zu überführen.
Was für ein Mensch ist dieser Bärlach? In seiner Menschlichkeit erinnert er an Maigret. Wie dieser ist er von altem Schrot und Korn, ist in erster Linie ein konservativer Mensch, der nicht nach juristischen Regeln operiert, der von den modernen Techniken der Kriminologie wenig hält und lieber seiner durch Erfahrung gewitzten Nase und dem gesunden Menschenverstand folgt.« *Armin Arnold*

»Zusammen mit *Der Verdacht* ist dieses Werk zweifellos den wertvolleren Erzeugnissen dieser Gattung, wie sie etwa E.T.A. Hoffmann und G.K. Chesterton geschaffen haben, zuzuzählen.« *Kölnische Rundschau*

Der Verdacht

Kriminalroman. detebe 21436

»In *Der Verdacht* geht es nicht darum, herauszufinden, wer der Mörder ist, sondern darum, ob und wie Kommissär Bärlach wieder aus der Falle kommt, in die er hineingeraten ist. Bärlach hat eine Operation überstanden, und man nimmt an, daß er noch ein Jahr leben wird. Er liegt im Salemspital in Bern und liest symbolischerweise in der Zeitschrift ›Life‹. Ein Bild erweckt den Verdacht seines Arztes –, daß nämlich der berüchtigte Arzt Nehle, der im Konzentrationslager Stutthof ohne Narkose operierte, mit Dr. Emmenegger, dem

Vorsteher einer Zürcher Privatklinik, identisch sei. Bärlach hätte allen Grund, anderen die Prüfung dieses Falles zu überlassen: erstens ist er jetzt pensioniert, und zweitens hätte er wohl ein Recht darauf, sein letztes Lebensjahr in Ruhe zu genießen. Es ist keine moralische Verpflichtung, die ihn treibt, sondern ein unbändiger Trotz, ›in dieser Welt zu bestehen und für eine andere, bessere zu kämpfen, zu kämpfen auch mit diesem jammervollen Leib, an welchem der Krebs fraß‹. In der besten Tradition der ›tough private eyes‹.«
Armin Arnold